GUIDE DE L'ENNEMI JURÉ PASSIONNÉ

Une comédie romantique pétillante où les
ennemis font les meilleurs amoureux

Sœurs et cœurs
Tome 3

KATE O'KEEFFE

Wild Lime
Books

Chapitre 1

Marlowe

Il y a 3 mois

— Bon, si je comprends bien, tu veux que je grimpe de mon plein gré dans ce ballon de plage géant, que je dévale la colline en tentant un slalom comme une boule de flipper, puis que je rebondisse contre ce truc qui ressemble à un mur pour ensuite retomber sur Terre dans une série de rebonds à me retourner l'estomac… et *payer* pour ce privilège ?

Je lève les yeux au ciel en direction de ma petite sœur et de son copain, qui se tiennent là en maillot de bain, les cheveux mouillés, une serviette nouée autour de leur taille.

Ce n'est pas parce qu'ils l'ont fait que je vais m'y mettre.

Ils finiront bien par entendre raison.

— Allez, Marlowe, c'est super marrant et, en plus, tu as apporté ton maillot de bain, répond Ryn, ma cadette, le stéréotype parfait de la petite sœur casse-cou.

Je regarde un Zorb dévaler la pente, avec la pauvre personne piégée à l'intérieur qui hurle à pleins poumons. Si j'avais le moindre doute sur toute cette mascarade, les cris frénétiques prouvent amplement que j'ai raison.

— Pour le côté marrant, j'ai des doutes, Ryn.

Je croise les bras sur ma poitrine, me sentant grande sœur jusqu'au bout des ongles.

— Et de toute façon, je suis sûre que ta notion de l'amusement et la mienne sont aux antipodes l'une de l'autre.

— Le zorbing, c'est génial, annonce Gabe, le copain de Ryn.

Comme si une telle déclaration allait me convaincre de monter dans l'un de ces… *trucs*.

— Et si on allait boire une bonne tasse de café ? Seattle est célèbre pour son café, et je suis sûre que vous deux, vous ne diriez pas non à un peu de chaleur. Vous devez avoir froid.

Sans attendre leur réponse, je fais demi-tour pour quitter le parc.

Ryn m'attrape par la manche.

— Tu es toujours obligée d'avoir un balai coincé là où je pense ?

— Je n'ai aucun balai coincé nulle part, merci beaucoup, répliquai-je d'un ton hautain.

Elle me lance un regard qui me dit qu'elle ne me croit pas.

— Ce n'est pas parce que je ne veux pas risquer ma vie dans une grosse boule en plastique que je suis coincée, tu sais.

Ryn ricane et Gabe lui lance un regard noir.

— Bon, ben, moi je vais le faire. Nous deux, on va le faire. Pas vrai, Gabe ?

Ryn me fusille du regard, l'air de me défier.

— Ouais, mais t'es pas obligée si tu veux pas, Marlowe. C'est pas grave.

Gabe hausse les épaules.

— Si ça te plaît d'être une poule mouillée, ajoute Ryn en se mettant aussitôt à caqueter comme une poule.

— C'est pas ça que je voulais dire, lui siffle Gabe.

Sans l'écouter, Ryn se met à battre des bras et à hocher la tête dans son imitation de poulet, juste au cas où je n'aurais pas saisi l'allusion.

— Tu veux bien arrêter ça ? je me plains.

— Seulement quand tu diras que tu le fais, me répond-elle entre deux caquètements.

Je jette un regard furtif à l'un des Zorbs. La femme qui était prisonnière à l'intérieur en est sortie, trempée, et tape dans la main de ses amis qui hurlent et rient avec elle.

Elle a l'air heureuse et, surtout, vivante.

— Tu vois ? Ils ont aimé, et ils doivent avoir au moins ton âge, me glisse Ryn à l'oreille.

— C'est ça, merci bien.

— Alors ? Qu'est-ce que tu en dis ? demande Gabe.

Je regarde ma sœur, puis son copain. Même si l'idée de me faire secouer comme une poupée de chiffon ne correspond pas vraiment à ma notion de l'amusement, j'ai accepté de venir ici. En fait, à part le Musée du Verre, c'était la seule activité que mes visiteurs du week-end voulaient faire à Seattle.

Il y a aussi une partie de moi qui craint d'être devenue trop casanière, trop installée dans mes habitudes, comme une vieille dame qui résiste au changement. Je n'ai que 28 ans. Bien sûr, je ne suis plus une gamine, mais peut-être que je devrais être un peu plus aventureuse ? Plus ouverte à de nouvelles expériences ? Autant dire que je n'ai jamais fait de zorbing auparavant — le monde de l'entreprise ne l'exige pas vraiment — et peut-être qu'aujourd'hui, je pourrais sortir de ma zone de confort ?

— Elle hésite, annonce Ryn en m'étudiant.

— Je trouve qu'elle a l'air d'avoir envie de vomir, répond Gabe.

— Nan. C'est sa tête quand elle réfléchit.

— Ah oui ?

— Ouais. Totalement rebutant, non ?

— Totalement.

Ils parlent de moi comme si je n'étais pas juste là, devant eux.

Je souffle et, avant de changer d'avis, je dis :

— D'accord, je le fais.

Je ne veux pas être vieille avant l'heure.

Ryn lève un poing victorieux.

— Yes ! Tu ne vas pas le regretter, ma sœur.

— Le zorbing, c'est génial, déclare Gabe pour la deuxième fois.

Je pince les lèvres.

— C'est ce que tu as dit.

Quinze minutes plus tard, je suis en maillot de bain et je grimpe dans le Zorb avec pas mal de réserves, en remettant très certainement en question ma décision de prendre plus de risques dans la vie. En fait, à bien y réfléchir, je dirais que ma vie me convient très bien comme ça. J'ai un super boulot, un appartement mignon, même s'il est un peu petit. J'ai un patron merveilleux, avec qui, soit dit en passant, je sors depuis dix mois, ce qui, je le sais, n'est pas très malin. Je me suis déjà fait toutes les remarques possibles. Mais je sais que Mike Warner est différent. Notre relation est différente. Nous sommes faits l'un pour l'autre, et le fait que nous nous soyons rencontrés au travail — et qu'il se trouve être mon patron — n'aura finale-ment aucune importance dans le grand schéma de notre vie quand nous serons un jour assis autour du sapin de Noël avec nos petits-enfants.

— Okay, c'est parti ! Amuse-toi bien ! me dit le type aux allures de surfeur, qui ne doit pas avoir plus de 18 ans, une fois que je suis à l'intérieur.

Avant d'avoir eu la chance de lui dire que je faisais ça sous la contrainte et dans une tentative totalement malavisée d'être plus aventureuse, il lâche le Zorb et je commence à dévaler la piste, l'eau clapotant autour de moi, la balle commençant à rebondir, et moi hurlant à pleins poumons. Il faut quelques rebonds, et que j'avale un peu de cette eau probablement assez dégoûtante, avant que je ne me surprenne à commencer à vraiment apprécier. Bien sûr, ce n'est pas mon premier choix pour une activité du samedi après-midi, et je ne pense pas acheter un abonnement de saison de sitôt, mais je suis contente de le faire.

Alors que la balle et moi rebondissons contre le mur, indiquant la fin de mon baptême de zorbing, je suis presque triste que ce soit terminé. Je sors avec un grand sourire aux lèvres.

Ryn et Gabe sont là pour m'accueillir, leurs sourires aussi larges que le mien. Ma sœur me prend dans ses bras et Gabe me tape dans la main.

— Tu as adoré, n'est-ce pas ? Ça se voit, dit Ryn avec un grand sourire.

— C'était sympa, je suppose, je réponds, mais je n'arrive pas à faire semblant.

C'est peut-être l'adrénaline qui circule dans mon corps ou le fait que je sois maintenant debout sur la terre ferme, mais je ne peux m'empêcher d'être d'accord avec elle.

Elle me donne un petit coup de coude dans le bras.

— Allez. Tu as adoré.

— Ouais, c'est vrai, j'admets, ce qui provoque d'autres cris de joie et un autre câlin de ma sœur.

— Tu veux le refaire ? On pourrait le faire en tandem, suggère-t-elle.

— Hé, je croyais que je devais le faire en tandem avec toi, se plaint Gabe.

Ryn passe son bras autour de la taille de Gabe.

— On a tout l'après-midi. On peut y aller autant de fois qu'on veut.

Je ris de son enthousiasme, savourant ce nouveau sentiment de proximité avec ma petite sœur. J'ai toujours été proche de ma famille, mais je partage beaucoup plus ma vie avec notre sœur cadette, Harper. Elle a été au courant pour Mike dès le début et, bien sûr, elle a essayé de me dissuader de sortir avec mon patron. Harper a la tête sur les épaules et donne toujours les meilleurs conseils, mais quand elle a rencontré Mike, elle a totalement soutenu notre relation, même si je savais qu'elle avait ses propres inquiétudes.

Ryn et moi, en revanche, n'avons vraiment commencé à nous connaître en tant qu'adultes qu'au cours de l'année écoulée. J'ai cinq ans de plus qu'elle, et j'ai quitté la maison pour l'université quand elle n'avait que treize ans. Jusqu'à récemment, je la voyais encore comme une enfant. Maintenant, en passant du temps ensemble et en apprenant à connaître Ryn, la jeune femme de vingt-trois ans, j'ai découvert à quel point elle est gentille et intelligente, et combien elle s'amuse mieux que moi.

D'où le Zorb.

— Qu'en dis-tu, grande sœur ? On se lance ? me demande Ryn, le visage rayonnant.

Je lâche un rire.

— Bien sûr. Ça va être marrant.

— Tu vois ? Je t'avais dit que le Zorb, c'est... commence Gabe.

— Génial ? je termine pour lui.

— C'est ça, répond-il en riant.

Nous commençons à remonter vers le départ du parcours quand j'aperçois un couple du coin de l'œil. Ils ont les bras enroulés l'un autour de l'autre et s'embrassent, ayant tout l'air d'un couple d'amoureux. Il est beaucoup plus grand qu'elle, ce qui est dû au fait que c'est un homme très grand et qu'elle est probablement de taille moyenne. Il y a quelque chose de familier chez lui et je réalise en un éclair que c'est parce qu'il me rappelle mon petit ami.

Je souris en pensant à Mike. Il est grand, deux mètres pour être précise, ce qui non seulement le fait ressortir dans la foule, mais signifie aussi qu'il a joué au basket à l'université avec l'ambition de devenir pro avant qu'une blessure ne mette fin à ce rêve particulier. Je ne me plains pas, puisque tout a bien tourné pour moi, car s'il était devenu basketteur professionnel, je ne l'aurais jamais rencontré.

Il a dîné avec nous hier soir en avance, mais il a dû prendre le vol de nuit pour Chicago pour une conférence. Je comprends qu'il ait besoin de voyager et que ça fasse partie de son travail, mais il me manque toujours quand il part – et je suis la première à lui dire à quel point il me manque – probablement beaucoup trop souvent. Mais quand on sait, on sait, comme on dit, et je sais sans l'ombre d'un doute avec Mike Warner.

Le baiser du couple prend fin et je détourne les yeux. C'est une chose d'être renvoyée à son propre petit ami pendant que des inconnus partagent un moment intime, c'en est une autre de se faire surprendre à les reluquer comme une sorte de cinglée.

Mais quelque chose me fait reporter mon attention sur eux. Le grand homme sourit maintenant à la femme. C'est un sourire familier, sur un visage familier.

Mon estomac se noue et ma bouche devient instantanément sèche.

C'est Mike.

Mon Mike.

L'homme dont je suis amoureuse. Sauf qu'il vient d'embrasser cette autre femme et que maintenant il la tient dans ses bras et la regarde avec de l'amour dans les yeux et... et... Soudain, j'ai la tête qui tourne, mon monde virevolte autour de moi comme si j'étais de retour dans le Zorb. Sauf que c'est tout le contraire d'amusant.

— Ça va, Marlowe ? demande Gabe, sa voix me paraissant lointaine, étouffée par les battements de mon cœur dans mes oreilles.

Boum-boum, boum-boum, boum-boum.

Je ne peux pas me détourner. Je ne peux pas arrêter de les fixer. Mes yeux sont collés à Mike et à l'autre femme, enlacés l'un contre l'autre.

Une vague de nausée me submerge.

Est-ce que Mike... me trompe ?

Ce n'est pas possible. Il ne ferait pas ça. Il est à moi. Nous sommes ensemble. Nous sommes amoureux. Nous nous le sommes dit, nous avons prononcé ces mots. Plusieurs fois. Il m'a donné le collier que je porte en ce moment même. Ma main vole vers mon cou, mes doigts trouvent le pendentif. Il est toujours en place autour de mon cou, mais l'homme qui me l'a offert la semaine dernière est maintenant... avec quelqu'un d'autre.

— Tu te dégonfles ? demande Ryn.

— Non, je...

Je commence, mais ne trouve pas les mots.

Elle suit mon regard et observe la scène.

— Oh, mon Dieu ! C'est Mike ?

— On dirait bien que c'est lui. Je croyais qu'il était à Chicago, répond Gabe.

Il se retourne pour regarder.

— Hein. C'est sa sœur ?

Ryn ricane.

— Moi, en tout cas, je ne regarde pas *mes* sœurs comme ça. Maintenant, ils se tournent vers nous, ils regardent dans notre direction et...

Elle m'attrape par le bras et entreprend de m'entraîner plus haut sur le parcours, loin de Mike et de l'autre femme. Qui qu'elle soit.

— Ryn, arrête ! j'insiste en me dégageant brusquement. Il faut que je lui parle.

Elle me prend par les épaules et plante son regard dans le mien.

— Marlowe, rien de bon ne peut en sortir. Il te trompe, c'est une évidence.

Mike me trompe ? Je jette un nouveau coup d'œil vers lui et la femme, comme si j'avais besoin d'une preuve supplémentaire. Comme si l'image de leur duo n'était pas gravée à jamais dans mes yeux.

J'avale ma salive, avec une boule de la taille d'un Zorb dans la gorge.

— Et maintenant, ils viennent vers nous, constate Gabe.

— C'est vrai ?

Ma voix semble sortir de la bouche de quelqu'un d'autre.

— Est-ce qu'ils nous ont vus ?

Je jette un coup d'œil furtif dans leur direction et je les vois marcher, son bras passé autour de ses épaules, souriants et riant.

Ils ne m'ont pas vue.

— Marlowe. Regarde-moi, dit Ryn d'une voix autoritaire, et je m'exécute. Est-ce que tu veux confronter ce salaud d'infidèle tout de suite, ou partir ? Quelle que soit ta décision, on te suit.

— On est avec toi, répète Gabe en écho.

— Je...

Que faire ? Je ne suis pas préparée à ça. Je veux dire, quand je me suis levée ce matin et que j'ai envoyé un message à Mike pour lui dire qu'il me manquait déjà et que j'avais hâte de le voir dimanche, la dernière chose à laquelle je m'attendais, c'était de le voir dans les bras d'une autre femme, l'air parfaitement heureux, comme si notre relation n'existait même pas.

Et de toute façon, il est censé être à Chicago, pour assister à une conférence. Pas en train de rouler des pelles à une autre femme dans un parc de Zorbing à Seattle.

La décision est prise pour moi.

Comme au ralenti, je les regarde s'approcher, le visage de Mike passant de joyeux sourires à une expression de choc.

Gabe et Ryn se rapprochent de moi, me protégeant, agissant comme un bouclier.

Ryn croise les bras et fusille Mike du regard.

— Belle journée pour une promenade, *Michael*, dit-elle d'un ton sec.

Ses yeux désormais paniqués passent d'une sœur trempée post-Zorbing à l'autre, puis sur Gabe, et enfin reviennent sur moi. Je peux presque voir les rouages de son cerveau grincer tandis qu'il cherche comment gérer cette situation nouvelle et inattendue.

Il commence par étirer ses lèvres en un sourire.

— Salut, tout le monde. On dirait que vous avez fait du Zorbing. C'était sympa ?

Il est sérieux, là ?

Sa compagne pose la main sur son avant-bras et tout le corps de Mike se raidit.

— Tu ne vas pas me présenter à tes amis, chéri ?

Chéri ?

La moindre once de doute sur le fait que Mike et cette femme puissent être frère et sœur s'évanouit aussitôt.

— Excusez-moi, Cara. Voici Marlowe, qui travaille pour moi, et sa sœur, Ryn et... il regarde le petit ami de Ryn d'un air absent.

— Gabe, dit ce dernier à sa place.

— C'est ça. Comment ai-je pu oublier ? répond Mike. Voici Gabe.

— Ouais, surtout que vous avez utilisé mon nom plusieurs fois lorsque nous avons tous dîné chez Marlowe hier soir, ajoute Gabe d'une voix douce mais tranchante.

J'ai envie de l'embrasser, mais je suis trop abasourdie pour faire quoi que ce soit.

Mike laisse échapper un rire rauque, un son étrange qui n'aurait pas détonné au milieu d'une troupe de singes hurleurs.

Cara resserre sa poigne sur le bras de Mike en lui lançant un regard interrogateur.

— Chéri ?

Ryn me donne un coup de coude et me désigne Cara. Je suis tellement déboussolée qu'il me faut un moment pour comprendre ce qu'elle veut me montrer de précis, au-delà du film d'horreur qui se déroule sous mes yeux. Jusqu'à ce que quelque chose scintille au soleil sur sa main gauche.

Une bague.

Pas une bague ordinaire. C'est une bague de fiançailles, à sa main gauche, qui trône fièrement au-dessus d'une alliance.

Elle est mariée ? Mike a une liaison avec moi et... et il est marié ?

Mike a l'air pétrifié.

Cara se détache de lui et tend la main.

— Je suis Cara Warren. Pour une raison que j'ignore, mon mari a oublié ses bonnes manières.

Ryn est la première à réagir, lui prenant la main et la secouant vigoureusement.

— Vous êtes Cara Warren, dites-vous ? Mariée à... ?

— Eh bien, à Mike, bien sûr, répond-elle avec un rire léger, comme si la question de Ryn sortait de nulle part.

— Vous habitez ici, à Seattle, ou vous êtes simplement de passage ? poursuit-elle.

— J'habite ici.

Ryn fait un geste entre eux.

— Alors, vous vous voyez souvent, tous les deux ?

— Oh oui, répond-elle en riant. Nous habitons dans la même maison. Enfin, quand le pauvre Mike n'est pas obligé de passer la nuit en ville. Je lui ai dit qu'il devait dire à son patron qu'il a aussi besoin de temps pour lui, mais c'est un tel bourreau de travail.

Elle lève un regard amoureux vers Mike.

Mike, le menteur, l'infidèle, le *salaud*.

Lui, de son côté, a l'air d'avoir avalé une assiette de choux de Bruxelles trop cuits.

Ryn fronce les sourcils.

— Je ne comprends pas. Vous êtes divorcés, mais vous vivez dans la même maison ?

Cara laisse échapper un joli rire cristallin en posant sa main sur le torse de Mike.

— Pourquoi penseriez-vous que nous sommes divorcés ? Nous avons été séparés, dit-elle en pinçant les lèvres, mais tout ça, c'est du passé maintenant. N'est-ce pas, chéri ?

— Nous fêterons nos cinq ans de mariage le mois prochain.

Je cligne des yeux en regardant Cara. Ils étaient séparés et maintenant ils sont de nouveau ensemble ?

Non ! Pas question. Elle doit mentir. Mike n'est pas marié. Il est divorcé. Tout le monde le sait. Je suis sa petite amie. Il m'a dit qu'il m'aimait. Je lui ai dit que je l'aimais.

Il m'a offert ce collier.

Je lève les yeux vers Mike, mais il ne me regarde pas – ce qui n'a absolument rien de surprenant. Pourquoi regarderait-il la femme avec qui il a… oh, non. Avec une secousse nauséeuse, je réalise ce que je suis pour lui. L'existence de Cara fait de moi quelque chose que je n'aurais jamais cru être.

Elle fait de moi *l'autre femme*.

— C'est vrai ? Est-ce que c'est vrai ? je demande à Mike, retrouvant enfin ma voix, la boule de la taille d'une balle de Zorb dans ma gorge m'empêchant de respirer alors que les larmes menacent de monter. Mais je refuse de pleurer. Je refuse de laisser mes émotions prendre le dessus. Je dois être forte. Je dois garder la tête haute. Même si je suis désormais l'autre femme sans le savoir, je n'ai aucune honte à avoir.

Son visage est fermé, la bouche pincée.

— Marlowe, je… oui, c'est vrai. Cara et moi, nous nous sommes réconciliés.

— Il y a trois mois, corrige Cara d'un autre rire cristallin. Mon Dieu !

Elle secoue la tête en le regardant avec tendresse, comme si c'était un adorable filou.

C'est toute la réponse dont j'ai besoin.

Les doigts toujours agrippés au pendentif, d'un seul mouvement fluide, je tire sur le collier jusqu'à ce qu'il se rompe. Je le lui tends d'un geste sec. Il le prend dans sa main avant que je me détourne, aveuglée, en ravalant mes larmes, et que je m'éloigne, me concentrant pour mettre un pied devant l'autre alors que mon monde s'écroule autour de moi.

Chapitre 2

Oliver

Il y a 3 mois

Le cuir grince alors que je me penche en arrière dans mon fauteuil, écoutant d'une oreille distraite le rapport de David O'Neill sur les derniers résultats financiers de l'entreprise. Je regarde par la fenêtre du 42e étage les eaux bleues profondes d'Elliot Bay et, au-delà, Bainbridge Island, sous un ciel de nuages sombres et gris. Des doigts de lumière percent les nuages, dansant sur l'eau en contrebas.

Sombre. Voilà le mot que j'utiliserais pour décrire cette journée.

J'essaie de me reconcentrer sur David. C'est la même histoire que j'entends le premier lundi de chaque mois, et qu'on me raconte depuis que l'entreprise a démarré il y a une vingtaine d'années comme un petit café indépendant de banlieue. C'est toujours une histoire de croissance, de nouveaux marchés et de profits, profits, profits.

Personne ne se plaint. Enfin, à part nos concurrents, bien sûr.

La femme en bout de table, son tailleur Chanel d'un rouge profond avec des liserés noirs et blancs, ses cheveux bruns parfaitement coiffés, impeccable avec le même maquillage qu'elle porte depuis que je la connais — un rouge à lèvres vif, des cils noirs et épais — tapote son stylo en or contre la table en bois massif, avec impatience. Elle a clairement quelque chose à dire, et en tant que ses sbires, nous allons tous écouter. C'est ce qu'on fait quand sa patronne parle, surtout quand il s'agit d'une patronne comme Melody Langdon.

Quoi que vous fassiez, ne vous laissez pas tromper par son joli nom aux consonances musicales. Melody Langdon est un vrai rottweiler, même si elle a l'air d'une de ces dames qui déjeunent en ville.

— Ce qui est bien sûr une excellente nouvelle pour les chiffres de vente de la région, qui sont solides, en hausse de vingt-trois pour cent par rapport au mois dernier.

D'un clic, David O'Neill passe à sa diapositive suivante et je détache mon regard des doigts de lumière sur la baie pour le ramener vers la pièce.

Je dois me concentrer.

— Maintenant, si je peux attirer votre attention sur les statistiques de la nouvelle image de marque, vous verrez que ça a été un énorme succès en Oregon, en Californie et au Nevada, mais que ça a eu un impact négatif dans l'État de

Washington, ce qui a été une surprise. Je crois que vous allez reprendre le flambeau sur ce sujet, Oliver ?

David se rassied dans son fauteuil.

— Bien sûr. Évidemment. J'ai mes statistiques là-dessus juste ici.

Je lance la présentation correspondante et branche mon ordinateur portable pour qu'elle apparaisse sur le grand écran, visible de tous dans la pièce.

— Comme vous pouvez le voir, certaines parties de l'État ont bien réagi à la nouvelle image de marque, des endroits comme Seattle, Olympia, Tacoma et Spokane, mais nous avons vraiment du mal dans les plus petites villes. Pour une raison quelconque, elles ne veulent pas voir de gens à moitié nus quand elles vont chercher leur café du matin.

Je souris aux pontes assemblés, mais ne reçois en retour que des sourcils froncés et des regards vides.

Public difficile.

— Bref, nos recherches montrent que des endroits comme Cotown et d'autres petites villes préfèrent des publicités plus, disons, *habillées*.

Je passe aux diapositives suivantes qui contiennent deux images : l'une d'un bel homme et d'une femme séduisante souriant en tenant leurs tasses de café, et l'autre du torse nu d'un homme, pressé contre une femme vêtue uniquement de son soutien-gorge et de sa culotte, le haut de leurs visages étant coupé, tandis que leurs mains agrippent une seule tasse embossée des mots *Ça chauffe chez Steamy Coffee*.

Voilà, mesdames et messieurs, notre nouvelle image de marque.

Le fait que tout le monde à cette table ne grimace pas à chaque fois que cette image apparaît me déconcerte. C'est comme si on frappait nos clients en pleine tête avec du sex-appeal, en hurlant : *Regardez-nous ! On est sexy ! On boit du café !*

Subtil n'est pas un mot de notre vocabulaire.

Mais vous savez quoi ? Même si ça ne me plaît pas, ça

marche, et ça marche depuis bien avant que je rejoigne l'entreprise, fraîchement sorti de l'université.

Ça n'a pas commencé comme ça. Comme le veut la légende de l'entreprise, Melody Langdon a ouvert son tout premier café et servait une bonne tasse de café avec un muffin savoureux quand elle était une mère célibataire de trois enfants. C'était un endroit chaleureux et confortable, le genre d'endroit où l'on pouvait passer des heures à manger de délicieux plats, à siroter son café et à se perdre dans un bon livre. Mais toutes les bonnes choses ont une fin, et pour Melody, ç'a été sa rencontre avec Frank Darlington, son deuxième mari et la personne qui l'a poussée à transformer son unique café en un début de chaîne, en la baptisant Steamy Coffee. La chaîne a prospéré, mais la relation de Frank et Melody, non.

Au fil des ans, un génie du marketing a décidé de jouer sur le double sens du mot « torride » et de mettre en scène un couple sexy se câlinant autour d'un café. L'entreprise a connu un succès fulgurant, transformant la chaîne en le géant qu'elle est aujourd'hui.

— Pour résumer, ils réagissent positivement dans les zones urbaines, mais pas dans les zones rurales, dis-je.

— Pourquoi ?

C'est la réponse monosyllabique de notre patronne.

— Peut-être qu'ils n'aiment pas les gens sexy dans l'arrière-pays de l'État de Washington ? suggère David.

— Vous avez peut-être raison. Cotown et ses environs sont pleins de bûcherons, après tout, commente Sylvester Bordwood, le vice-président des opérations, sous les gloussements étouffés de la salle.

— Pas de bûcherons sexy dans l'État de Washington ? demande Tiffany Carlisle, la vice-présidente du marketing et la seule autre femme dans la pièce. J'ai du mal à le croire.

Le visage de Melody Langdon reste impassible.

— On devrait peut-être faire une campagne avec des

bûcherons tenant des tasses de café et voir ce que ça donne ?
suggère Tiffany.

— Tant qu'il y a aussi des filles pulpeuses, je suis partant,
répond Sylvester.

David lève la main pour interrompre la conversation et je
jette un coup d'œil à Melody. Je connais ma patronne mieux
que la plupart des gens, et elle n'est pas du genre à plaisanter,
surtout dans la salle de réunion. Ou dans n'importe quelle
pièce, d'ailleurs.

— Je sais que c'était une blague, mais l'idée des bûcherons
pourrait peut-être fonctionner dans les petites villes de l'État
de Washington. On pourrait tester ? suggère David.

Melody Langdon pince les lèvres.

— Nous avons dépensé une fortune pour notre image de
marque et ça a très bien fonctionné ailleurs. Je propose que
nous choisissions un site que nous utiliserons comme base de
test.

— C'est une excellente idée, Melody, répond David.

David O'Neill a toujours été un lèche-bottes fini, depuis
que j'ai accepté ce poste juste après l'université. Enfin, je n'oc-
cupais pas ce poste à l'époque. J'ai commencé par gérer un
café, apprenant les tenants et les aboutissants des opérations
quotidiennes avant de rejoindre le siège social, où je suis passé
de simple employé à gravir les échelons jusqu'aux sommets
vertigineux de l'entreprise.

Mais ce que j'aimais, c'était d'être sur le terrain, à gérer les
cafés. À vrai dire, ça me manque, et je passe bien trop de
temps à regarder par la fenêtre de nos jours, les yeux perdus
sur Elliot Bay.

— Je le vois déjà, commence Tiffany, une lueur excitée
dans le regard. Un bûcheron à moitié nu, peut-être avec sa
chemise ouverte pour montrer ses abdos, avec sa bûche-
ronne... Je ne sais pas quel est l'équivalent féminin. Lumber-
jane ? Elle hausse les épaules. Je n'en ai aucune idée. Bref, ils
sont ensemble, savourant leur premier café du matin, l'air

heureux et super sexy. Naturellement. Les gens des petites villes pourront s'identifier et je parie qu'ils vont adorer.

Vraiment ? Ou seront-ils vexés que nous nous approprions un élément de leur culture de petite ville pour l'exploiter à nos propres fins ?

— Donc, en gros, vous suggérez qu'on utilise la même pub mais avec un type en chemise à carreaux ?

Tiffany se penche en arrière sur son siège, un sourire suffisant sur le visage.

— Exactement. On pourrait probablement le faire sur Photoshop.

— J'imagine bien, je marmonne à voix basse.

Melody me lance un regard sévère.

— Robert a créé une marque incroyablement réussie pour cette société, et je ne vois aucune raison de s'en écarter juste pour ne pas déranger les petites villes de l'État de Washington.

Ah, Robert Langdon. L'homme dont l'ombre s'étend sur toute la longueur de cette table de réunion et bien au-delà. L'homme dont j'ai essayé d'être à la hauteur toute ma vie professionnelle. L'homme qui ne pouvait rien faire de mal, du moins jusqu'à sa mort prématurée dans un accident de voiture il y a deux ans.

Sa mère ne s'en est jamais remise et dire quoi que ce soit de vaguement négatif à son sujet déclenche toujours sa colère.

— Vous avez raison. C'est un fait, dis-je, moins pour apaiser Melody que parce que Robert Langdon était excellent dans son travail — et qu'il a vraiment aidé à faire connaître Steamy Coffee.

La conversation se poursuit sur le ciblage des petites villes de l'État, jusqu'à ce que David dise :

— Certaines de ces petites villes ont des festivals. Il y en a une en particulier que j'ai visitée l'année dernière. Elle s'appelle Hunter's Creek. C'est un vrai décor de carte postale, nichée au cœur d'une immense forêt, avec des bâtiments coloniaux et de petites boutiques pittoresques. Vous voyez le genre. Digne d'un téléfilm à l'eau de rose.

— Ça a l'air charmant, et ce nom me dit quelque chose. D'où est-ce que je le connais ? commente Tiffany.

— Ils ont ce festival où je suis allé l'an dernier, pour lequel ils font venir une flopée de gamins pour chanter des chansons de *La Mélodie du bonheur*. C'est kitsch à souhait, mais les gens adorent. Ils viennent de très loin.

— Pour écouter des enfants chanter des chansons ringardes de comédies musicales du siècle dernier ? demande Sylvester avec un gloussement.

— Eh oui. Il y a des animaux que les enfants peuvent nourrir, des manèges et même un concours de tartes. Tous ces trucs typiques, sains et authentiques du cœur de l'Amérique que les gens adorent, poursuit David.

— Et vous pensez que le cœur de l'Amérique authentique rêve de regarder des hommes à moitié nus en chemises de flanelle déboutonnées tout en buvant leur café ? je demande avec une bonne dose de sarcasme.

— Absolument, continue David, sans déceler la moindre ironie dans mon ton. Hunter's Creek a deux cafés en ce moment et un seul semble bien marcher. Il s'appelle Second Chances ou quelque chose comme ça. Je ne me souviens plus. C'est sur Main Street. De superbes tartes, mais un café moins que superbe.

— Oh, je me souviens d'où je connais le nom de cette ville, dit Tiffany. C'est à Hunter's Creek qu'ils ont tourné le film qui sort cet été. Celui avec Leonardo Finch et Charlene Kemp. Vous voyez lequel. C'est une comédie romantique.

— *Love at First Swipe*, annonce Sylvester, et tout le monde se tourne pour le regarder. Mes filles sont fans de Leonardo Finch, précise-t-il en guise d'explication. Il sort plus tard cet été.

— Quand a lieu le festival de la ville ? demande Melody.

— Fin de l'été également. Je vérifie, dit David en commençant à pianoter sur son téléphone. Tiens. On dirait qu'ils sont prévus le même week-end. Le Festival d'été ce vendredi-là et l'avant-première mondiale de *Love at First Swipe* le dimanche. Un gros week-end pour une petite ville comme Hunter's Creek.

— Je ne peux pas imaginer un meilleur moment pour ouvrir un nouveau Steamy Coffee, avec en prime l'image de marque du bûcheron, dit Tiffany avec un grand sourire, en se penchant en arrière sur sa chaise. Hunter's Creek : notre site test pour la région.

Melody tourne son attention acérée vers moi.

— Vous connaissez Leonardo Finch, n'est-ce pas, Oliver ?

— C'était mon colocataire à l'université, je réponds.

— Vraiment ? s'exclame Tiffany, les yeux écarquillés.

— Comment ai-je pu ignorer ça ? se plaint Sylvester. Mes filles vont halluciner quand je vais leur dire.

— Oh, on pourrait vraiment s'en servir ! déclare Tiffany avec une excitation grandissante. Vous pourriez lui faire faire une promo sur le site avant l'avant-première, attirer un tas de médias et profiter de sa notoriété. Il a tellement la cote en ce moment.

— Je l'ai perdu de vue il y a quelques années, je réponds, rejetant l'idée de profiter de la célébrité de mon ancien colocataire.

— Non, réplique Melody, en plissant les yeux vers moi. C'est une bonne idée. Il faut utiliser tous les atouts que nous avons dans notre jeu.

— Ça me paraît déplacé de l'appeler à l'improviste après dix ans, je réponds.

Melody me décoche un regard qui pourrait faire dépérir l'âme la plus hardie.

— Il faut utiliser tous les atouts que nous avons dans notre jeu, répète-t-elle.

— Je... euh... vais l'appeler, je réponds d'un air penaud.

Chez Steamy Coffee, on fait ce que dit la patronne.

— Parlez-moi de cet endroit, Second Chances, ordonne-t-elle à David.

— C'est un petit café avec une bonne clientèle. La nourriture est excellente et ils ont une bibliothèque qui déborde de livres et des fauteuils confortables où l'on peut s'asseoir et lire en buvant un café et en mangeant une part de tarte.

— À vous entendre, ça a l'air plutôt idyllique, commente Melody, sur un ton qui nous fait comprendre qu'elle ne prend pas ce café indépendant très au sérieux.

David s'éclaircit la gorge.

— Leur café est du café filtre. C'est une cible facile.

— Facile ? s'enquiert Melody. Ayant moi-même tenu un petit café qui marchait bien, je sais que les habitués leur seront fidèles, du moins au début. On aura du pain sur la planche, c'est pourquoi le contact d'Oliver à Hollywood pourrait être utile.

— Ce n'est plus un contact d'actualité, j'interviens.

Mais personne n'écoute. En ce qui les concerne, le fait que je demande une faveur à un ancien colocataire devenu célèbre que je n'ai pas vu depuis dix ans est une affaire conclue.

— Nous avons conquis les principales villes sur toute la côte Ouest. Je suis presque sûr qu'une petite ville ne va pas nous faire dérailler, déclare David avec assurance.

Tiffany glousse.

— On l'a déjà dit. Nous sommes comme l'armée romaine en marche, conquérant toutes les villes sur notre passage.

— Sauf en Gaule, je propose, non sans une pointe d'ironie.

— C'est où, la Gaule ? Dans l'Est ? demande Tiffany.

— C'est dans *Astérix*, j'explique.

Elle fronce les sourcils en guise de réponse.

— C'est où, ça ? Au Nouveau-Mexique ?

— Vous savez, la bande dessinée ? *Astérix* ? je dis, face à des regards vides. C'est un classique. L'histoire se passe sous l'Empire romain, dans un petit village de Gaule — la France actuelle — que les Romains n'arrivent pas à conquérir, quoi qu'ils fassent.

— Pourquoi pas ? demande David.

— Parce qu'ils ont une potion secrète qui rend super fort quiconque la boit. Les Romains ne peuvent tout simplement pas les battre.

Je me souviens des bandes dessinées de mon enfance. Originellement françaises, quelqu'un en avait oublié un exemplaire traduit dans le café de ma mère. Il n'est jamais revenu le chercher, et c'est ainsi que j'ai fait ma première rencontre avec Astérix, Obélix et toutes les péripéties étranges et merveilleuses de leur petit village gaulois.

— Vous suggérez que les gens de cette ville ont bu une potion secrète qui fait que les grandes chaînes de cafés ne peuvent pas les battre ? demande David d'un air moqueur.

— Quelle référence obscure, commente Melody.

— En fait, c'est incroyablement populaire, je dis en tapotant sur mon écran pour lancer une recherche rapide sur Google. Elle s'est vendue à 385 millions d'exemplaires et a été traduite en 111 langues, ce qui en fait la série de bandes dessinées la plus traduite au monde.

— Oliver apprécie les bandes dessinées, dit Melody sur son ton le plus acerbe, pour me faire comprendre que cette conversation n'a pas sa place dans une salle de réunion.

Message reçu.

Le problème, c'est que ces réunions peuvent être si arides que parfois, il faut simplement y injecter autre chose. Sinon, on passe tout son temps à discuter d'argent, de la manière de mettre les cafés indépendants en faillite et à compter les abdos du type à moitié nu qui tient sa tasse de café. Astérix et ses amis me semblent être une distraction légère et appropriée.

Melody prend son verre d'eau sur la table et boit une gorgée avant de regarder les visages qui l'attendent.

— Je suis convaincue que Steamy Coffee peut conquérir une petite ville comme Hunter's Creek.

Elle tourne son regard perçant vers moi.

— Appelez Leonardo Finch.

Je lâche un soupir. Impossible d'y échapper maintenant.

— Pas de problème.

— Ça va être génial, dit Tiffany tandis que David opine d'un air béat.

— Il nous faudra quelqu'un pour chapeauter ça. Je vous laisse vous en charger, Sylvester.

Melody dit cela en rassemblant ses papiers, signifiant que la réunion est terminée.

Sylvester a l'air décontenancé.

— Je... eh bien... bien sûr, il sera difficile de trouver quelqu'un qui accepte de déménager dans une petite ville de l'État de Washington. Mais je suis sûr de pouvoir dénicher quelqu'un. Quelqu'un de haut calibre qui sera à la hauteur du défi, bien sûr, dit-il.

Il pédale dans la semoule.

Tiffany, David et Sylvester sortent de la pièce, et je me retrouve seul avec ma patronne.

— Je vais le faire, dis-je, me surprenant moi-même.

Quoi ? Pourquoi ? Je n'ai aucune envie de déménager dans une petite ville de l'État de Washington, et encore moins d'essayer de faire d'un lieu jugé imprenable par l'armée romaine de Steamy Coffee un succès.

Melody me regarde comme si je venais de suggérer que nous fermions définitivement toutes nos franchises pour aller siroter des cocktails à Cabo.

— Vous ?

— Moi, je confirme, ma détermination à accepter cette mission grandissant de seconde en seconde.

Hunter's Creek, État de Washington. Ça ne peut pas être si terrible.

— Je ne suis pas sûre que ce soit une si bonne idée, répond Melody d'un ton dédaigneux.

Je serre la mâchoire.

— Moi si, et je suis tout à fait prêt à relever le défi.

Elle lève les yeux vers moi.

— Je ne suis pas sûre que vous le soyez.

Je ne me laisse pas piquer par ses mots. J'y suis habitué. Peut-être est-ce parce que j'aime l'idée de me retrouver dans l'équivalent américain d'un village français qui a résisté au pouvoir de la grande chaîne de cafés ? Ou peut-être est-ce parce que je suis déterminé à projeter un peu de lumière sur cette longue ombre en forme de Robert Langdon ?

— J'ai ouvert un tas de succursales. Des succursales prospères. Il est logique que je m'occupe d'une nouvelle entreprise, même si cet endroit, Hunter's Creek, semble difficile. Laissez-moi faire mes preuves avec ça.

Elle m'observe un instant, les lèvres pincées, ses yeux bleus perçants me forant le crâne. Finalement, elle parle :

— Très bien. Faites vos preuves avec cette succursale et vous pourrez faire partie de l'équipe internationale l'année prochaine.

Je m'autorise un petit sourire.

— Je ne vous décevrai pas, *Maman*.

Chapitre 3

Marlowe

De nos jours

Vous savez ce qu'on fait quand notre vie implose ? Quand elle nous explose complètement à la figure sans crier gare et que notre nouvelle vie n'a plus rien à voir avec la précédente ?

On rentre chez soi la queue entre les jambes, la tête basse, on retourne là d'où l'on vient pour y lécher ses blessures.

En tout cas, c'est ce que j'ai fait quand ma vie a volé en éclats. Me voilà de retour dans ce bon vieux Hunter's Creek, dans l'État de Washington, où les arbres sont immenses, les hommes costauds et vêtus de flanelle, et où les ragots alimentent le cœur même de la ville.

Bien sûr, j'aurais pu rester à Seattle. J'aurais pu tenir le coup. Ma vie avait peut-être changé de manière irrévocable, mais j'avais toujours un super appartement, une bonne bande d'amis, une vie.

Seulement voilà, je vous préviens, accrochez-vous bien : quand on surprend son petit ami, qui est aussi son patron, avec une autre femme, qu'on lui demande des comptes sur ladite femme et qu'on découvre qu'en fait, *l'autre femme*, c'est *soi*, parce qu'il est toujours marié, eh bien, on ne saute pas vraiment sur l'occasion de rester dans le coin.

J'ai donc mis un terme non seulement à ma relation malavisée avec mon petit ami-slash-patron-slash-infidèle-slash-gros-salaud-menteur, mais aussi à mon emploi dans son entre-prise. Parce que, quel genre de masochiste voudrait rester dans l'une ou l'autre de ces situations ?

Une masochiste idiote qui se voile la face, voilà tout.

Je souffle en quittant la route principale pour m'engager dans une jolie zone boisée juste à la sortie de la ville. Je gare la voiture pour laquelle il me reste bien trop d'argent à rembourser (car pas de boulot dans une grande ville égale pas de fric, évidemment, histoire d'ajouter à mon spleen) sur le parking vide, et je fais de mon mieux pour chasser ces souve-nirs profondément désagréables de mon esprit. C'est une chose que j'essaie de faire depuis que je suis rentrée à la maison, il y a deux mois et demi.

Disons simplement que c'est un travail de longue haleine.

Je prends ma serviette sur le siège passager et, en tongs, je m'avance sur le chemin de terre en direction de l'étang.

Il fait un temps magnifique et c'est l'un des endroits qui me manquaient quand je vivais en ville. Le bruissement des feuilles au-dessus de ma tête murmure dans la brise chaude, tandis qu'un orchestre d'oiseaux emplit l'air, et je respire l'odeur de pin qui me rappelle toujours la maison, où que je sois.

C'est bon pour mon âme, et pour bannir les horribles souvenirs de Mike Warner.

Je serpente sur le sentier à travers les arbres jusqu'à ce que j'atteigne la clairière familière. L'étang est d'un bleu profond et lisse comme un miroir, reflétant les nuages qui parsèment le ciel.

Je jette un regard furtif autour de moi. Pas de voitures sur le parking signifie que tout l'endroit est à moi. *Le bonheur.* Exactement comme j'aime.

Je fais glisser ma robe par-dessus ma tête et j'enlève mes tongs d'un coup de pied. Je prends une grande inspiration et je ferme les yeux, le soleil de fin d'après-midi réchauffant ma peau.

Hunter's Creek manque peut-être de l'effervescence d'une ville, avec toutes ses distractions et ses activités, mais ce manque d'animation est largement compensé par la tranquillité, et en ce moment, je ne voudrais être nulle part ailleurs.

J'étends ma serviette sur la surface de galets, j'ajuste mon bikini et je me promène jusqu'au bord de l'eau. L'éclair d'une queue de poisson et le clapotis de l'eau attirent mon attention.

— C'est toi, Freddy ? je demande alors que la surface de l'étang ondule en un cercle grandissant.

Bien sûr, le poisson ne répond pas. En fait, il ne sait probably même pas qu'il s'appelle Freddy.

Je ne l'avouerai jamais à personne, parce que je suis une adulte, mais ces dernières semaines, j'ai donné un nom à quelques-unes des créatures qui vivent ici, à l'étang. Bien sûr, il y a Freddy le Poisson, mais il y a aussi deux grenouilles que j'ai nommées Fiona et Fenella, puis il y a la famille Canard, Dion et Della Canard et leurs petits, Daphné, Dawson, Délia, Drake et Diego. Henriette le Héron ne se montre pas aujourd'hui, mais si j'attends assez longtemps, je finirai par l'apercevoir, cherchant son dîner le long de la rive.

Sérieusement, je devrais être auteure de livres pour enfants.

J'ai lu quelque part récemment que l'eau froide est bonne pour la santé. Je me dis que j'ai besoin de tout ce qui peut me faire du bien en ce moment, alors malgré la température de l'eau, je fais quelques pas hésitants dans l'étang jusqu'à avoir de l'eau jusqu'aux genoux, la fraîcheur me coupant le souffle.

J'ai pris l'habitude de venir ici après avoir travaillé au café de ma tante dès que le temps le permet. J'ai peut-être lu que se plonger dans l'eau froide est bon pour la santé, mais je fais clairement partie de ceux qui ne se baignent que par beau temps. Je regarde la plateforme de baignade au milieu de l'étang, vers laquelle je fais l'aller-retour à la nage la plupart du temps.

C'est maintenant ou jamais, Marlowe.

Alors que je commence à m'avancer dans l'eau, j'entends d'autres éclaboussures et je regarde de l'autre côté de l'étang pour voir ce qui cause tout ce remue-ménage. Est-ce que Freddy le Poisson a organisé une fête, une soirée endiablée à s'enfiler des algues ?

Je me fige.

Ce n'est pas Freddy le Poisson.

Ce n'est même pas un amphibien.

C'est une personne, qui traverse l'étang à la nage en direction de la plateforme flottante, depuis la rive opposée. Je regarde ses mouvements de bras, amples et puissants, l'eau qui éclabousse derrière elle à chaque battement de pieds. Avec de telles épaules, ça doit être un homme, même si c'est difficile à dire d'ici.

Je me demande qui c'est.

La personne atteint la plateforme et grimpe à l'échelle. Il n'y a plus aucun doute sur le sexe du nageur.

Eh oui. C'est un homme. Et un homme bien bâti, taillé à la serpe qui plus est.

Et un *inconnu*. Je le sais de source sûre, car si un homme comme ça vivait à Hunter's Creek, tout le monde le saurait, en particulier le Comité des Dames de Hunter's Creek, comme ma sœur, Ryn, appelle les commères de la ville.

Oh, oui. Elles lui mettraient le grappin dessus, à ce type.

Même en étant aussi loin de lui, je ne peux m'empêcher de le reluquer. M. Gros-Tocard-d'Infidèle a peut-être brisé mon cœur en mille morceaux, mais je reste une femme, et cet homme est *canon*.

De ses épaules larges et dessinées et de ses bras jusqu'à ses tablettes de chocolat luisantes, son physique respire la force masculine et l'athlétisme. Sa peau est hâlée, ses cheveux sont sombres, et bien que je ne puisse pas distinguer ses traits à cette distance, à voir la confiance avec laquelle il bouge, je parie qu'il est beau.

Non pas que le fait qu'il soit beau, musclé et sûr de lui doive avoir le moindre effet sur moi. Loin de là. Il s'incruste dans mon sanctuaire volontairement solitaire.

Mais il *est* particulièrement agréable à regarder.

Je le regarde passer ses doigts dans ses cheveux humides et les rejeter en arrière de son visage avant qu'il ne se tourne vers moi.

C'est le signal pour que je parte.

En reculant d'un pas hésitant, mon pied atterrit sur un rocher pointu. Je laisse échapper un hoquet de douleur et je trébuche en arrière, atterrissant lourdement sur les fesses dans une gerbe d'eau froide.

— Aïe ! je m'exclame, et je plaque aussitôt une main sur ma bouche tandis que mes yeux se tournent vers M. Beau-Gosse sur la plateforme.

Est-ce qu'il m'a remarquée ?

— C'tait'nsacrépas'danse ! lance-t-il.

C'tait'nsacrépas'danse ? Mais de quoi parle-t-il ?

Je me relève, enlevant les cailloux de la peau humide de mes fesses.

— Pardon ? je demande, quelque peu indignée.

Est-ce que cet inconnu se permet de juger ma chute accidentelle ?

Non mais, quel culot !

— J'ai dit, c'était un sacré pas de danse !

Il crie à nouveau, cette fois en faisant un porte-voix avec ses mains, en articulant clairement.

Ah, d'accord. Pigé. Ma chute sur les fesses. Il l'a vue et il fait une blague.

Génial.

— Je serai là toute la semaine !

Je réponds avec un sourire plein d'autodérision qu'il ne peut probablement pas voir.

Il éclate de rire.

— Tu es une danseuse de talent *et* tu es drôle !

— J'essaie ! je lance en haussant les épaules, commençant presque à apprécier mon interaction avec ce type, principalement parce qu'il est littéralement trop loin pour autre chose que des cris.

— Attends-moi là. Je traverse à la nage !

Attends, *quoi ?*

— Oh, pas la peine ! Je suis sur le point de partir...

— Mais tu viens à peine d'arriver.

Il se prend pour qui, Sherlock Holmes ?

Je plisse les yeux. Il a un petit air de Robert Downey Jr., je suppose. Mais je ne vais pas rester pour *rencontrer* ce type.

— Vraiment, je dois y aller. Bonne baignade. Salut !

Je dis ça en levant la main en signe d'adieu, pour signifier que même si nous savons tous les deux que je suis arrivée il y a à peine deux minutes avant d'atterrir douloureusement sur mes fesses, je pars bel et bien.

Mes mots se perdent dans le plouf du type qui plonge dans l'étang et commence à nager vers moi.

Si j'étais dans un coin isolé en ville, je n'attendrais pas qu'un parfait inconnu vienne m'assassiner. Mais nous sommes à Hunter's Creek, et bien que je ne reconnaisse pas le type qui fend actuellement l'eau tel un nageur olympique, c'est probablement le frère ou le mari d'une amie, ou le père d'un enfant de l'école de ma sœur, ou même quelqu'un avec qui j'étais au lycée. Possiblement tout ça à la fois.

Il faut dire que Hunter's Creek est une petite ville.

J'attrape ma robe froissée, la passe au-dessus de ma tête et me tortille pour l'enfiler. Il a peut-être été témoin de ma gêne lorsque j'ai atterri sans élégance sur mes fesses il y a un instant, mais inutile de le rencontrer en bikini.

Il ne lui faut pas longtemps pour atteindre le rivage. Le temps que je repousse mes cheveux de mon visage et que je me tourne vers lui, il marche déjà dans l'eau dans ma direction. Il est tout mouillé, ses muscles luisants, son short de bain collé à ses jambes fortes et sculptées.

Sérieusement, mettez-lui un poignard dans son fourreau à la hanche et on dirait ce sacré James Bond.

Mon ventre fait un petit bond d'appréciation.

Non pas que je cherche un homme.

Mais, comme je l'ai déjà dit, je *suis* une femme, et je suis sûre d'avoir lu dans un magazine que contempler une telle perfection masculine est bon pour l'âme. Ou quelque chose comme ça. Peu importe. Ne me jugez pas. Je regarde et la vue est superbe.

— Vous avez changé d'avis pour la baignade ? L'eau est magnifique aujourd'hui, dit-il d'une voix profonde et mélodieuse qui correspond parfaitement à son physique de rêve.

— Absolument.

Je réponds d'un ton enjoué.

— Mes… euh… chevilles ont apprécié. Enfin, pendant le peu de temps où elles y sont restées.

Un sourire en coin se dessine sur ses lèvres.

— Tes chevilles ?

Son regard parcourt mon corps de bas en haut, puis remonte jusqu'à mon visage, et je jurerais que son regard a une sorte de pouvoir magique qui me donne des frissons partout où il se pose.

— Tu ne viens pas faire trempette ?

Je parcours son visage du regard. Il est vraiment beau, il n'y a pas à dire. Je ne le reconnais pas, et ce type a vraiment le genre de visage qu'on n'oublie pas. Il porte à la perfection cette barbe de trois jours qui encadre ses yeux marron et son nez aquilin, tandis que des filets d'eau s'écoulent sur son visage depuis ses cheveux épais et sombres. Comme il l'a fait sur la plateforme, il repousse ses cheveux en arrière et je fais de mon mieux pour ne pas reluquer ses bras musclés.

C'est le sosie parfait de Ian Somerhalder de la série sur les vampires que nous regardions. Sauf que, vu la façon dont il me regarde en ce moment, cette version pourrait sans problème faire de l'ombre au vieux « Smolderholder ». Et oui, c'était vraiment son surnom. Donné par ses fans, pas par lui-même. Évidemment.

Ce n'est pas tous les jours qu'on va se baigner à l'étang du coin et qu'on tombe sur Hercule.

— Je crois qu'elle est un peu froide pour moi aujourd'hui, je réponds en m'efforçant de ne pas laisser mon regard dériver plus bas.

Son sourire s'élargit et illumine tout son visage.

— Tu ne sais pas ce que tu manques.

Je fais un geste évasif de la main.

— Je reviendrai demain.

— Tu habites ici, à Hunter's Creek ?

— Oui, je réponds après un instant d'hésitation.

Ses lèvres esquissent un sourire.

— Tu n'es pas sûre ?

— Si, si, j'en suis sûre. C'est juste que je viens d'emména-ger, alors j'ai dû réfléchir un instant. Je lui offre un sourire, j'ai l'impression d'être une écervelée. Et je ne suis même pas blonde.

Pour ma défense, il me domine de toute sa hauteur, avec ses muscles luisants et humides, il est ridiculement sexy — Smolderholder, tu te souviens ? — et il me dévisage avec ses yeux d'un bleu d'enfant.

Je m'étonne d'arriver à aligner deux mots.

— Ça te plaît, ici ? demande-t-il.

— J'adore cet endroit. Je suis née et j'ai grandi à Hunter's Creek, tu comprends. C'est chez moi. Je suis revenue de Seattle où j'ai vécu quelque temps. Quelques années, tu sais, après l'université. Non pas que j'aie fait mes études à Seattle, mais c'est là que j'ai eu mon premier vrai poste. Et mes promotions. Mais ça, je cherche les mots justes, ça s'est... terminé... récemment. C'est pour ça que je suis de retour. Ce qui est génial, parce que j'ai un travail que j'adore, je peux venir nager ici à l'étang, toute ma famille est ici et, bref, j'adore.

Pourquoi suis-je en train de raconter ma vie à ce type ?

Son sourire ne s'efface pas.

— Ça fait beaucoup d'informations.

Je m'éclaircis la gorge.

— J'imagine.

— Merci d'avoir partagé.

Je décide de jouer le jeu jusqu'au bout.

— Je me suis dit que c'était important que tu le saches, au cas où on se recroiserait ici un de ces jours.

Je suis récompensée par le plissement de ses yeux alors que ses lèvres esquissent un nouveau sourire. Ça me provoque une chaleur dans le ventre, me rappelant que ça fait longtemps que je n'ai pas pris plaisir à discuter avec un homme qui me trouble, et c'est bien le cas avec lui.

— Mais tu es revenue vivre ici maintenant que les choses se sont *terminées* à Seattle ?

Je ne peux m'empêcher de sourire. Ça arrive chaque fois

que je pense à mon travail actuel. Je suis passée d'un poste dans le marketing pour une boîte de tech à Seattle, avec de belles perspectives de carrière et une note de frais confortable, à la gérance d'un café dans une petite ville. Je devrais être effondrée. Je devrais pleurer la perte de ma carrière spectaculaire.

Mais non. J'ai découvert que j'adorais cet endroit. J'adore mon travail. C'est comme si j'avais eu besoin que ma vie implose pour me mener là où j'ai toujours été censée être : chez moi, à Hunter's Creek, à gérer le Second Chance Café.

Je vois ça comme le bon côté de l'histoire d'horreur qu'est devenue ma vie.

— Yep, réponds-je joyeusement, c'est super ici. C'est tellement plus calme qu'une grande ville.

Il observe les environs.

— C'est certain. Qu'est-ce que tu fais ? Tu travailles à la scierie ? J'ai entendu dire que la plupart des gens d'ici travaillent à la scierie.

— C'est vrai. Moi, je gère le café de ma tante sur Main Street. Tu le connais peut-être. Le Second Chance Café ?

— C'est le café de ta tante ? J'y suis passé ce matin. À emporter.

Comment ai-je pu rater ce type ? Je devais être dans la cuisine ou en train de faire les comptes à l'arrière.

Fichus comptes.

— Tu devrais manger sur place la prochaine fois. Le meilleur café de la ville, et les meilleures tartes. Primées, même. Ma tante en est très fière.

— Je n'ai rien mangé, mais le café était bon.

Bon ?

— J'ai peut-être rencontré ta tante ?

— Oh non, tante Sheila ne travaille pas en ce moment. Elle est partie pour un moment et je m'occupe du café pour elle.

Je ne mentionne pas que ma tante est à Seattle pour

soutenir mon oncle Johnny qui suit un traitement contre le cancer. Pas besoin d'en dire autant. Personne ne prononce jamais le mot qui commence par c tout en flirtant avec un nouveau mec canon.

— Ça te plaît de gérer un café ?

— J'adore ça. Hé, tu devrais vraiment passer pour une part de tarte aux pommes. Ou aux myrtilles. Ou aux noix de pécan. Ou fraises et rhubarbe. N'importe quelle tarte, en fait. Ou pas. C'est toi qui vois.

Je suis sérieusement en train d'énumérer *tous* les parfums de tarte ? Je hausse les épaules d'un air penaud.

Il n'a pas quitté mon visage des yeux et je sens mes joues s'empourprer sous son regard.

— Je ne manquerai pas de le faire. Je n'ai pas grandi ici ni décroché mon premier gros boulot à Seattle, mais je suis de passage et cet endroit est vraiment magnifique.

Il y a quelque chose dans sa façon de dire *cet endroit* qui me laisse à penser qu'il ne parle pas seulement de l'étang. Qu'il parle de *moi*.

Ça me fait tout drôle dans le ventre.

Il faut dire que je n'ai rien ressenti pour personne depuis que j'ai rompu avec Mike il y a des mois. Mais je ne vais pas m'apitoyer sur mon sort. Il serait peut-être temps que je tourne la page ? Tourner la page avec un homme qui n'est pas mon patron et qui n'est pas secrètement marié à une autre femme ?

Ce serait un excellent point de départ.

Je jauge M. Hercule du regard. Il est nouveau en ville, il est magnifique, il me regarde comme il me regarde, et — je vérifie rapidement sa main gauche — il n'a pas l'air marié.

Peut-être que je devrais prendre mon courage à deux mains et inviter ce type à sortir ? Les hommes le font tout le temps. Pas plus tard que la semaine dernière, Cody, un des bûcherons de la scierie, m'a demandé si je voulais aller voir un film avec lui. J'ai refusé. J'avais été sa baby-sitter quand j'étais au collège et même si je n'ai rien contre le fait que les femmes plus âgées sortent avec des hommes plus jeunes, je n'arrivais pas à m'imaginer sortir avec un type qui m'avait un jour raconté qu'il voulait construire une maison en Lego assez grande pour y vivre avec ses cochons d'Inde.

Et puis, mes sœurs, Ryn et Harper, n'arrêtent pas de me rabâcher que je dois oublier le désastre Mike et remonter en selle. Ryn m'a rappelé plus d'une fois qu'à mon âge, mes ovules risquent de se transformer en raisins secs microscopiques. Tellement gentille.

— Pourquoi tu ne passerais pas au café demain ?

Je demande avant de me dégonfler. Bien sûr, ce n'est pas vraiment un rendez-vous, mais ça lui montre que j'aimerais le revoir. Il faut y aller pas à pas.

— J'adorerais, mais je pars à la première heure, répond-il.

Mon cœur se serre.

— Je reviendrai bientôt, alors je passerai à ce moment-là.

— Cet endroit doit vraiment te plaire. Tu viens deux fois en si peu de temps.

— Quelque chose comme ça, répond-il évasivement. Bon, je ferais mieux de retourner à ma voiture à la nage.

— Où est-ce que tu t'es garé ?

— Dans les arbres, là-bas, sur le bord de la route, dit-il en montrant l'autre côté de l'étang.

— Pourquoi tu ne t'es pas garé sur le parking ?

— Il y a un parking ?

Je ris.

— On a des voitures ici, tu sais. C'est par ce sentier, dis-je en faisant un geste derrière moi.

— Bon à savoir. La prochaine fois que j'aurai envie de piquer une tête, je n'aurai pas besoin de jouer les Bear Grylls en pleine nature.

Nous échangeons un sourire, et mon estomac refait ce drôle de salto.

— Eh bien, c'était un plaisir de te rencontrer... Il penche la tête. — Je ne connais même pas ton nom.

— C'est Marlowe. Marlowe Cole.

— Salut, Marlowe, Marlowe Cole. Moi, c'est juste Oliver.

Cet homme n'a absolument rien de banal.

— Oliver. Joli prénom.

Son sourire fait plisser ses yeux d'une manière terriblement séduisante.

— Je l'ai depuis toujours.

— C'est un peu le principe des prénoms, tu sais.

— J'ai entendu dire ça. Je ne manquerai pas de passer au Second Chance quand j'emménagerai en ville la semaine prochaine, dit-il avec un sourire en se détournant pour retourner vers l'étang.

Il déménage ici ? C'est de mieux en mieux.

— C'est un rendez-vous !

Je crie, puis je ferme les yeux très fort, morte de honte.

— Ou, enfin, pas un rendez-vous. Juste pour passer faire un coucou. Ou, tu sais, bref.

Pourquoi faut-il toujours que j'ouvre la bouche ?

Il se retourne et m'adresse son sourire, à moi, cette femme qui bredouille au bord de l'étang. Il avance dans l'eau, la lumière du soleil se reflétant sur les muscles dessinés de son dos et de ses jambes puissantes, avant de plonger et de reprendre sa nage puissante et rythmée.

Je n'ai pas peur de l'admettre. Je le regarde. À chaque brassée, mes yeux sont rivés sur cet homme magnifique, aux allures de dieu, tandis qu'il glisse dans l'eau.

Qui pourrait m'en vouloir ? Oliver est un sacré spectacle. Et il déménage à Hunter's Creek.

Chapitre 4

Marlowe

Je les entends avant de les voir : le fameux comité des dames de Hunter's Creek, un groupe de commères autoproclamées qui carburent aux ragots et qui n'aiment rien de plus qu'une histoire croustillante. Mieux encore, elles adorent être intimement impliquées dans une histoire croustillante, tirant les ficelles pour jouer les entremetteuses.

Mme Ashbridge, Mme Jacobson et Mme Sommerfeld sont trois amies, nées et élevées à Hunter's Creek, et mes habituées de neuf heures du matin, du lundi au vendredi, ici, au Second Chance Café.

Elles jacassent entre elles, partageant les potins de la ville, et cherchent probablement à savoir dans la vie de qui elles vont bien pouvoir se mêler ensuite, gloussant comme une bande de lycéennes.

— Je te le jure, Suzie. Tanya les a vus roucouler à la bibliothèque. N'est-ce pas, Tanya ? dit Mme Sommerfeld.

— Je ne peux ni confirmer ni infirmer, répond Mme Jacobson en hochant la tête, signifiant à quiconque la regarderait qu'elle confirme bel et bien les roucoulades susmentionnées.

Entre qui, je ne saurais le dire, mais connaissant ces trois-là, je suis certaine que je suis sur le point de le découvrir.

— Bonjour, mesdames, leur dis-je avec un grand sourire. Que puis-je vous servir aujourd'hui ?

— Marlowe, n'êtes-vous pas ravissante dans ce joli chemisier ? lance Mme Jacobson. Vous avez toujours eu un sens du style formidable. N'est-ce pas, les filles ?

Les autres femmes ouvrent la bouche pour acquiescer, mais elles ont à peine le temps de répondre avant que Mme Jacobson ne poursuive.

— Je pense que c'est parce que vous avez eu ce travail chic à Seattle pendant toutes ces années. Je sais que Penelope O'Mara a une belle sélection de robes et de chemisiers et tout le tralala dans sa boutique au bout de la rue, mais une grande ville comme Seattle offre certainement beaucoup de choix pour une jeune femme comme vous. Ce bleu pâle ne va-t-il pas à merveille avec vos cheveux auburn ? Où l'avez-vous trouvé, celui-ci ?

— Oh, je ne m'en souviens plus, je réponds en jetant un coup d'œil à mon chemisier en coton sur lequel je porte mon tablier du Second Chance Café. Ann Taylor, je crois ? Ou Nordstrom ? Je faisais les boutiques un peu partout.

Contre ma volonté, mon esprit se reporte à la dernière fois

que j'ai porté cette chemise. Je l'avais assortie à ma veste bleu marine et à ma jupe crayon ce jour-là, au travail. Je me souviens que Mike m'avait emmenée dans la salle des photocopies pour me voler un baiser, parce qu'il m'avait dit que j'étais trop belle pour qu'il puisse y résister. Je me souviens m'être sentie si forte, si sexy et si désirée.

Ma poitrine se serre. Ce chemisier va peut-être devoir être relégué au fond de ma garde-robe.

J'étire mes lèvres en un sourire, chassant ce souvenir de mon esprit. Inutile de ressasser le passé. Ce qui est fait est fait. J'ai tourné la page, et plus jamais je ne commettrai l'erreur de tomber amoureuse du mauvais homme. Surtout si nous travaillons ensemble.

Une mauvaise idée. Une très mauvaise idée.

— Vous ne voulez pas savoir qui Tanya a vu roucouler à la bibliothèque hier ? demande Mme Sommerfeld. C'est croustillant.

— Vous savez que les ragots, ce n'est pas trop mon truc. Que puis-je vous servir, mesdames ? je répète. Vos commandes habituelles ?

C'est peine perdue.

— Nancy Molloy et Dwayne Batten, déclare-t-elle avec satisfaction.

— L'épicier et la veuve du gentil M. Molloy ? je demande, surprise malgré moi. Ils doivent avoir bien plus de quatre-vingts ans tous les deux.

— Eux-mêmes. Vous y croyez ?

— Oh que oui. Je l'avais prédit il y a des semaines, déclare Mme Jacobson.

— Seulement parce que tu les avais vus glousser ensemble dans le rayon des romances historiques la semaine d'avant, réplique Mme Ashbridge. Ce sont les couvertures, tu sais. Tous ces corsets et ces poitrines opulentes. Il y a de quoi faire glousser n'importe qui.

Mme Jacobson se contente de sourire à ses amies.

— Vous savez toutes que j'ai un sixième sens pour ce genre de choses.

— Pas aussi douée que Sheila, répond Mme Sommerfeld en parlant de ma tante, la propriétaire de ce café. C'est Sheila qui a été le cerveau derrière l'idylle de la sœur de Marlowe et de Gabriel Hartmann, vous savez. Elle a toujours su qu'ils étaient faits pour être ensemble, et elle a concrétisé tout ça au festival d'été grâce à sa magie du karaoké.

— Faire chanter *Islands in the Stream* à Ryn et Gabe au festival de la ville, c'était mon idée, *ma* magie du karaoké, je vous ferai remarquer, réplique Mme Jacobson.

Mme Sommerfeld secoue la tête.

— Non, c'était celle de Sheila.

— La mienne.

— Celle de Sheila.

— La mienne, lâche Mme Jacobson, la mâchoire serrée.

Il faut que quelqu'un intervienne avant que ça ne dégénère en bataille à coups de sac à main, ici même, au Second Chance.

— Ce sera comme d'habitude aujourd'hui, mesdames ? je demande pour la troisième fois. Sérieusement, heureusement que l'équipe de tournage a quitté la ville l'an dernier, sinon la file d'attente s'étendrait jusqu'à la porte et serpenterait le long de la rue Principale à l'heure qu'il est.

— Trois cafés, ordonne Mme Jacobson.

— Comme d'habitude.

Je pose trois tasses sur le comptoir et commence à verser le café.

— En plus, je vais prendre une de ces parts de tarte aux pommes de votre tante qui ont l'air si délicieuses, dit Mme Jacobson.

— Excellent choix.

Je m'affaire à couper la première part de la tarte que j'ai moi-même préparée tôt ce matin et je la pose sur une assiette.

— Et le régime keto, Suzie ? Tu ne surveilles plus tes glucides ? demande Mme Ashbridge.

Elle me regarde et m'explique :

— C'est ce qu'il faut faire avec le keto : surveiller ses glucides. Nous, on continue. N'est-ce pas, Dana ?

— Si par « surveiller ses glucides », tu veux dire manger un donut en cachette, alors oui, c'est ce que fait Dana, plaisante Mme Jacobson, un sourire de conspiratrice sur le visage.

— Tu avais dit que tu ne le dirais pas, se plaint Mme Sommerfeld.

Mme Jacobson hausse les épaules.

— Je n'en ai peut-être pris qu'un, mais toi, tu en as pris deux !

Les yeux de Mme Ashbridge s'écarquillent comme des soucoupes volantes tandis qu'ils passent d'une amie à l'autre.

— C'est vrai ?

Elles hochent toutes les deux la tête d'un air contrit.

Mme Sommerfeld soupire.

— J'aimerais tellement que les donuts et la tarte aux pommes ne soient pas des glucides.

— Mais ça en est, dit Mme Ashbridge d'un ton sec, l'air d'avoir mordu dans un citron.

Mme Jacobson soupire.

— Pas de tarte pour moi aujourd'hui.

— Sage décision, dit Mme Ashbridge avec un hochement de tête approbateur.

— Bon, Marlowe, avant que j'oublie, il faut que je vous inscrive au Comité d'embellissement de la ville, commence Mme Jacobson. Nous avons besoin de toutes les bonnes volontés pour donner un coup de neuf à la ville avant qu'Hollywood ne débarque pour la grande première du film dans deux semaines. Ryn, Harper et leurs charmants petits amis, Gabe et Christopher, se sont déjà inscrits. Vous êtes la dernière sœur Cole sur ma liste.

— J'aiderai avec plaisir. Que voulez-vous que je fasse ?

— Je ne sais pas encore exactement, mais je vous tiendrai au courant.

Le son strident d'une scie à ruban pollue l'air et je jette un coup d'œil par la porte ouverte, de l'autre côté de la rue, à ce qui était, jusqu'à il y a un mois, la boutique de tricot et de crochet de Naomi Burton. Mme Burton était une dame âgée et bienveillante qui adorait partager sa passion pour le tricot et le crochet avec les habitants de Hunter's Creek. Elle a fermé la boutique uniquement parce que son arthrite est devenue trop handicapante. Maintenant, l'endroit est en cours de transformation, et toute la ville est en effervescence, se demandant ce que cela pourrait bien devenir.

Personne ne le sait.

— Du nouveau sur ce que sera la nouvelle boutique ? J'espère toujours que c'est une animalerie. Comme ça, je n'aurai pas à aller jusqu'à Cotown chaque fois que j'aurai besoin de nouvelles graines pour Alfred et Betty, dit Mme Sommerfeld.

— Ce ne sera pas une animalerie. Hunter's Creek est maintenant sur la carte, grâce aux gens du cinéma. Non, ce sera quelque chose de bien plus glamour que de la litière pour chat et des réserves d'aliments pour chien qui empestent, déclare Mme Jacobson avec assurance. Comme un bar à ongles ou un nouveau salon de coiffure. Mais un salon chic.

— Peut-être une boutique avec des vêtements de marque, suggère Mme Sommerfeld.

— Ou un restaurant avec un chef célèbre ! dit Mme Ashbridge.

— Il va falloir attendre pour le savoir. J'ai remarqué une nouvelle enseigne au-dessus de la porte ce matin, recouverte de plastique noir, leur dis-je.

— Je parie que c'est une animalerie. Ou un restaurant, dit Mme Sommerfeld.

— Tu veux parier, Dana ?

— Ce serait de l'argent bien placé, si tu veux mon avis, Tanya, lance-t-elle d'un ton badin.

Mme Jacobson lève les yeux au ciel en payant son café, puis les trois femmes se dirigent vers leur table habituelle près de la fenêtre.

Ryn apparaît à mes côtés, en train de nouer son tablier.

— Quoi de neuf ?

— Tu es en retard, voilà ce qu'il y a.

— De sept minutes seulement, proteste-t-elle. Elle est pour qui, cette tarte ?

— Pour personne.

— Je vais t'en débarrasser. Littéralement.

Elle s'empare de l'assiette sur le comptoir et, avant que je puisse protester, prend une fourchette et en enfourne une bouchée.

— Ryn !

— Quoi ? demande-t-elle, la bouche pleine de tarte. Je n'ai pas pris de petit-déjeuner.

Les dames remarquent Ryn et lui font un signe de la main joyeux. Elle leur rend leur salut avant d'avaler sa bouchée.

— Le comité des dames te mène la vie dure ? me demande-t-elle à voix basse.

— Elles racontaient comment elles vous ont arrangé le coup, à toi et Gabe, au festival d'été.

— C'est un peu ce qu'elles ont fait, tu sais, d'une certaine manière. Elles ont planté une graine, je suppose.

Un sourire se dessine sur son visage et je sais qu'elle se souvient du festival d'été de l'an dernier avec beaucoup plus de positivité que moi. J'y suis allée avec Mike, alias le Crétin Menteur et Salopard.

Pas vraiment un souvenir que je souhaite me remémorer.

— La chanson a fonctionné sur vous deux, hein ? je demande.

— Eh bien, ça et le fait que je venais juste de comprendre qu'il avait toujours été amoureux de moi, depuis le lycée. Qu'est-ce que tu veux que je te dise ?

Elle hausse les épaules.

45

— Ce mec a très bon goût en matière de femmes.

Voilà ma petite sœur : elle manque cruellement de confiance en elle.

Sérieusement, si je pouvais prendre la moitié de l'assurance de Ryn, je suis sûre que la vie me semblerait beaucoup plus rose qu'en ce moment.

Elle pose son assiette de tarte à moitié mangée sur le comptoir et me prend par le bras.

— Viens avec moi.

— Quoi ? Où ça ?

Elle ne répond pas et me traîne jusqu'à la table où les trois membres du Comité des Dames sont toujours plongées dans une conversation animée.

— Bonjour, mesdames, lance Ryn avec un doux sourire.

— La voilà, répond Mme Ashbridge, rayonnante. Notre adorable Ryn.

— Comment va ton superbe petit ami ? demande Mme Sommerfeld.

— À merveille, répond Ryn. Que diriez-vous d'un nouveau projet ? Quelqu'un d'autre sur qui exercer votre magie ?

Qu'est-ce que ma sœur est en train de manigancer ?

— Toujours, répond Mme Jacobson.

— À qui penses-tu ? demande Mme Sommerfeld.

Ryn recule et me désigne d'un geste, comme une présentatrice de jeu télévisé.

Elle ne peut pas être sérieuse.

Tous les regards se tournent vers moi.

Ma sœur est une femme morte.

— Tu vas me le payer, je grogne entre mes dents.

— Qui, moi ?

L'auréole factice de Ryn est étincelante.

— Marlowe Cole. Quelle excellente idée ! s'exclame Mme Sommerfeld en tapant dans ses mains. Maintenant, avec qui pourrions-nous la caser ?

— Oh, je sais ! dit Mme Ashbridge. Son visage se décompose. Non, attendez. Pas lui. Il a la goutte. Et une mauvaise jambe.

— Est-ce que tu parles de Kyle Bradshaw ? demande Mme Jacobson. Parce que je l'ai vu essayer une paire de talons aiguilles taille 47 la semaine dernière à Cotown.

— Vraiment ? Ooooh ! s'exclame Mme Sommerfeld. Il est gay ?

— Ce n'est pas parce qu'il aime porter des talons hauts qu'il est gay, tu sais, dit Mme Jacobson d'un ton supérieur. Je suis allée à San Francisco.

Non mais sérieux… Un travesti qui chausse grand, avec une mauvaise jambe et la goutte, et qui est peut-être gay ?

Qu'on me l'amène.

— Écoutez, aussi gentilles que vous soyez toutes, je ne veux pas qu'on m'arrange de rendez-vous, pas après… vous savez.

Je recule d'un pas, loin de ces femmes, et lance un regard noir à Ryn qui semble trouver toute cette situation — la situation qu'elle a provoquée — des plus amusantes.

— Oh, ma chérie, on sait, ronronne Mme Ashbridge.

— On est vraiment navrées pour vous. Il avait l'air d'un homme si gentil. C'est vraiment dommage que ça n'ait pas marché entre vous deux.

Mme Jacobson ne fait pas dans la subtilité en allant à la pêche aux ragots.

Bien que Ryn et Gabe sachent pourquoi j'ai rompu avec Mike — après tout, ils étaient avec moi quand je l'ai pris la main dans le sac avec sa femme au parc de Zorb —, la seule autre personne à qui j'ai raconté toute l'histoire est mon autre sœur, Harper. Si le Comité des Dames mettait la main sur les véritables circonstances de notre rupture, cela éclipserait tous les potins sur les papouilles des octogénaires à la bibliothèque et tout le monde, partout dans cette ville, saurait quelle catastrophe ambulante je suis.

Il vaut mieux qu'elles pensent que je maîtrise ma vie et que j'ai juste eu un peu de malchance en amour.

Ryn se moque et je la foudroie du regard, juste au cas où elle déciderait de laisser filtrer ne serait-ce qu'une bribe de la véritable histoire.

— Ça ne sert à rien de ressasser le passé, dit-elle. Mike qui, hein ? Ma sœur l'a oublié et passe à autre chose. Et c'est précisément là que vous, mesdames, entrez en jeu avec vos talents experts d'entremetteuses.

Ai-je mentionné que ma petite sœur est *une femme morte* ?

— Je suis très heureuse toute seule, à m'occuper de cet endroit. Et à fantasmer sur des hommes canons dans des étangs, bien sûr, mais je ne vais quand même pas parler d'Oliver au Comité des Dames. Pas question de leur donner du grain à moudre. D'ailleurs, je pensais que vous alliez peut-être parler de la grande nouvelle : l'avant-première du film qui va se tenir ici même, à Hunter's Creek.

Je l'avoue. J'essaie de détourner l'attention. Et une avant-première de film à Hunter's Creek, ce n'est pas seulement un véritable sujet de commérage, c'est aussi du jamais-vu dans cette ville. C'est une nouvelle de taille !

Mais ma tentative de diversion tombe dans l'oreille d'une sourde.

— De l'histoire ancienne, Marlowe, me répond Mme Jacobson en balayant l'air de la main, ça date d'il y a trois mois, pour être précise. Mais te trouver un homme ? Ça, voilà ce que j'appelle une nouvelle digne d'intérêt.

Chapitre 5

Oliver

J'observe la femme au chemisier bleu pâle et à la jupe ajustée, chaussée d'une paire de talons hauts, tandis qu'elle ferme à clé le café de l'autre côté de la rue et se dirige vers sa voiture. Je la reconnais : c'est la jeune femme que j'ai rencontrée à l'étang lors de ma visite le mois dernier. Marlowe Cole, la nageuse qui refusait de nager.

Je la revois me souriant ce jour-là, plissant les yeux face au soleil, ses cheveux rassemblés en un chignon flou sur le sommet de sa tête, la peau pâle de ses épaules nues parsemée de taches de rousseur. Elle est belle, je dois bien le lui accorder. Belle et intéressante. Comme l'actrice Jessica Chastain.

Mais je ne suis pas là pour elle.

Il est un peu plus de quatre heures de l'après-midi, et je passe la main sur ma mâchoire couverte d'une barbe de quelques jours tandis qu'elle monte dans sa voiture et s'en va.

Belle et intéressante ou non, fermer à 16 heures, c'est du pur amateurisme. Non pas que je m'en plaigne. Les horaires d'ouverture du Steamy Coffee seront l'un des nombreux points qui nous différencieront d'un petit établissement indépendant. Bien sûr, le service marketing a peut-être opté pour le type en chemise de flanelle ouverte, avec des abdos si dessinés qu'ils vous sautent aux yeux, mais cette ville ne demande qu'à être ramenée au siècle présent. Elle réclame à cor et à cri un café urbain géré par des professionnels, avec une nourriture et des boissons de qualité constante qui vont au-delà du simple café filtre.

Je suis sûr que le Second Chance Café est délicieusement accueillant et pittoresque, et qu'il compte sans aucun doute une bande d'habitués âgés qui aiment s'asseoir et lire des livres de sa bibliothèque surchargée tout en tuant le temps pendant leur retraite devant une tasse de café de qualité inférieure. Avec notre arrivée en ville, le Second Chance Café n'offrira de seconde chance à personne, et encore moins ne servira de café à ces gens. Je sais. C'est la loi du genre. Enfin, la plupart du temps, en tout cas.

Mais l'endroit ne doit pas faire beaucoup de profit et, bien que je ne me réjouisse jamais de voir des commerces locaux mettre la clé sous la porte, Mlle Cole me semble faite pour des choses bien plus grandes et brillantes. Elle retombera sur ses pieds, chaussés de talons hauts, une fois que nous aurons attiré ses clients.

Les femmes magnifiques comme elle y arrivent toujours.

Ma conscience, la partie de moi qui n'a pas été formée par ma mère, me tiraille. Je la repousse. Ce sont les affaires. Point barre. La loi du plus fort. C'est ce que dirait Melody Langdon, en tout cas.

Le gémissement de la scie à ruban de Dave me ramène à l'intérieur du magasin, et je me tourne pour évaluer l'avancement de l'installation.

L'agencement spacieux comprendra des tables et des sièges confortablement moelleux ; la palette de couleurs noir et gris, avec des touches de vert et de bleu, accueillera les clients dans cet espace pendant qu'ils parcourront les menus rétroéclairés derrière le comptoir. À côté du menu, vous trouverez des images de jeunes couples heureux et séduisants savourant leur café quotidien. Notre service marketing décrit ce look comme étant à la fois accueillant et ambitieux et, pour avoir supervisé de nombreuses installations de ce type à travers le pays, le Steamy Coffee de Hunter's Creek offrira la même ambiance que celle à laquelle nos clients s'attendent.

Nous essayons toujours d'inclure une touche locale dans nos établissements et notre équipe de recherche nous a informés que Hunter's Creek est connu pour trois choses : le bois, le verre artisanal et, plus récemment, une invasion hollywoodienne. Dave, un artisan local, est en train de mettre la touche finale à ce que nous aimons appeler la vitrine locale. Nous avons l'œuvre d'un souffleur de verre local, quelques boîtes en bois poli, ainsi qu'une bobine de film et une fausse caméra.

Je suis certain que les habitants apprécieront le clin d'œil à la saveur unique de Hunter's Creek. Et si ce n'est pas le cas, tant qu'ils achètent notre café et nos en-cas, ça m'ira très bien.

Alors que Dave met en place la dernière pièce de la vitrine, je me fraie un chemin entre les tables et les chaises empilées, je passe devant l'énorme planche de bois local que nous avons utilisée pour fabriquer le comptoir, et je me dirige vers mon bureau. Quand nous avons repris le bail de cet endroit, nous avons dû retirer tous les détritus de l'arrière-boutique de l'ancien propriétaire. Des boîtes de laine et des aiguilles en plastique surdimensionnées dont ma sœur, Olena, a dû m'expliquer qu'elles servaient à tricoter. Pourquoi diable voudrait-on tricoter quoi que ce soit dans l'Amérique du XXIe siècle me dépasse. Mais nous sommes dans une petite ville de l'État de Washington, où le besoin de suivre le reste du monde ne s'est pas fait sentir depuis plus de trente ans.

Ce qu'une fille comme Marlowe Cole fait ici, habillée comme si elle travaillait à Wall Street, est un mystère total.

Et voilà que je pense encore à elle. Il faut que je me sorte ça de la tête avant que ça ne devienne une habitude. Je ne peux pas me permettre la moindre distraction ici. Je ne suis peut-être pas le fils préféré de ma mère, mais je ne suis pas non plus un second choix. Je vais conquérir ce marché et lui montrer, ainsi qu'au reste de l'équipe de direction, qu'Oliver Langdon obtient des résultats.

— C'est très réussi, Ollie. Comme tous les autres Steamy Coffee où je suis allée, bien sûr.

Je me retourne et vois Olena qui me sourit, son fils de deux ans calé sur sa hanche. Avec son pantalon large et son haut à rayures bleues et blanches, elle ressemble à une publicité pour la maternité : jeune, jolie et heureuse.

Je la serre dans mes bras. Je respire son parfum floral familier.

— Salut, Zander. Comment va mon neveu préféré ?

Je le chatouille sous le menton et suis récompensé par un petit rire.

— Tonton Orrie, dit-il avec un grand sourire.

— Quand est-ce que tu es arrivée ?

— On vient juste d'arriver. Cette ville est tellement magnifique ! Pas étonnant que Freida Roil ait voulu tourner son dernier film ici. Les vieux bâtiments historiques, les charmantes boutiques et la place de la ville sont tout simplement adorables. C'est comme la ville dans *Gilmore Girls*, mais au milieu d'une immense forêt et remplie de mecs canons qui se baladent en chemise de flanelle.

— Tu n'es pas mariée et heureuse, toi ? je demande en riant.

— Si, mais je ne suis pas aveugle.

— Étant un mec, je n'ai jamais regardé un seul épisode de *Gilmore Girls* et je n'ai pas non plus remarqué à quel point les hommes sont canons, donc je vais devoir te croire sur parole, sœurette. Mais oui, c'est un endroit charmant... parfait pour l'ouverture d'un nouveau Steamy Coffee.

Elle me sourit et Zander dit quelque chose de complètement indéchiffrable, ce à quoi ma sœur répond :

— Tu as raison, mon chéri. C'est le nouveau café de tonton Ollie.

— Il a vraiment demandé ça ?

Elle hausse les épaules, un large sourire aux lèvres.

— Bien sûr. En parlant d'hommes en flanelle, tu as vu les images derrière le comptoir ?

— Montre-les-moi, ordonne-t-elle.

Nous retournons à l'intérieur du café où Dave est en train de ranger ses outils, et je le présente à Olena.

— Oh, on s'est déjà rencontrés, n'est-ce pas, Dave ? dit Olena. Zander a été très impressionné par sa perceuse électrique.

— La plupart des enfants le sont. Mes propres enfants veulent toucher à mes outils, c'est pourquoi je dois les ranger sous clé.

— Les outils électriques et les enfants de moins de cinq ans ne font pas bon ménage, hein ? je demande avec un sourire.

— Les outils électriques et n'importe quel enfant ne font pas bon ménage, me dit Dave d'un ton sévère.

Olena et moi échangeons un regard.

Note pour moi-même : Dave n'est pas du genre à plaisanter.

— Je, euh, m'en souviendrai, dis-je. Je contemple le présentoir terminé. Il est superbe. Merci pour votre travail. Revenez le jour de l'ouverture, nous vous offrirons le café, à vous et à votre famille. Je me corrige. Pas pour vos enfants, bien sûr. Je suis sûr que la caféine et les enfants ne font pas bon ménage, n'est-ce pas ?

— Vous avez bien raison, répond Dave en refermant sa boîte à outils. Vous avez un aspirateur ? Je vais vous débarrasser de toute cette sciure.

— Je m'en occupe. Merci encore pour votre travail acharné.

— Pas de problème.

Dave prend congé et s'éclipse par la porte de derrière.

— Je suppose qu'il a signé un accord de confidentialité ? demande Olena.

— Oh oui. On ne veut pas que les gens de cette ville sachent qui nous sommes avant la grande révélation.

— Malin. Alors, où sont ces hommes en chemise de flanelle ?

— Attends.

Je me glisse derrière le comptoir et j'actionne l'interrupteur. Aussitôt, le menu au-dessus du comptoir s'illumine, éclairant les tablettes de chocolat incroyablement parfaites du mannequin, sa chemise à carreaux rouges en flanelle tombant de ses épaules ridiculement larges.

— C'est toi ? demande-t-elle avec un sourire en coin.

— C'est bien moi. Et c'est ma magnifique petite amie à côté de moi.

Je pince les lèvres en réalisant ce que je viens de dire. Bien sûr, ce n'était qu'une blague désinvolte faite à ma sœur, mais ça touche une corde sensible.

— Tu l'as vue ?

La voix d'Olena est douce.

Je secoue la tête.

—Elle a fait son choix et ce n'était pas moi.

— Et si... ?

Je ne la laisse pas finir sa question.

— Je vois où tu veux en venir, et je ne veux pas en

entendre parler. Carla et moi, c'est bel et bien fini. Il n'y a pas de retour en arrière possible. Pas après ce qui s'est passé.

— Elle est venue me voir dimanche dernier. Je crois qu'elle regrette de t'avoir quitté. En fait, je sais qu'elle le regrette.

— Olena...

— Tu veux bien au moins lui parler, Ollie ? Elle a l'air si triste sans toi.

J'éteins la lumière et, avec le papier kraft sur les fenêtres qui bloque la majeure partie de la lumière naturelle, nous sommes plongés dans la pénombre.

— Je dois prendre ça pour un non ?

— À ton avis ?

Elle tend la main et la pose sur mon bras.

— C'est ce que j'espérais que tu dises. Tu mérites bien mieux qu'elle et que ce qu'elle t'a fait.

— Pourquoi en as-tu parlé, alors ?

— Parce qu'elle me l'a demandé, qu'on était colocataires à la fac, et que je me sens un peu responsable du fait que tu sois tombé amoureux d'elle au départ.

Je laisse échapper un rire amer.

— Est-ce que j'aimerais ne l'avoir jamais rencontrée ? Bien sûr, mais tu ne peux pas t'en vouloir pour ça.

— Bah ouais. Si ce n'était pas pour moi, tu ne l'aurais jamais rencontrée et Robert... eh bien, Rob serait toujours là. Alors si. Je m'en veux.

— Tu as raison. Je t'en veux aussi.

Elle cligne des yeux en me regardant un instant avant de réaliser que je plaisante. Elle me donne une tape sur le bras.

— Ne me fais pas des coups comme ça.

Je hausse les épaules.

— T'es une proie facile, sœurette.

— Hé, c'est vrai ce que maman a dit ? Tu as réussi à faire venir Leonardo Finch pour une séance photo le jour de l'avant-première ?

J'ai ravalé ma fierté et j'ai contacté Leo. Il n'a pas été des plus faciles à joindre, mais quand je lui ai dit que je serais à Hunter's Creek pour son avant-première, il n'a pas tari d'éloges sur cette charmante petite ville et sur le café glacé du Second Chance Café. Bien sûr, je lui ai dit que les cafés glacés du Steamy Coffee seraient gratuits à vie pour lui, et j'ai même réussi à obtenir son accord pour une séance photo dans le café avant qu'il ne foule le tapis rouge.

— L'important, ce n'est pas ce que tu sais, mais qui tu connais.

Elle éclate de rire.

— Bien joué. Dis, ça te dit qu'on sorte d'ici ? On m'a dit qu'il y a un étang tout près et il faut bien que l'un de nous se dépense un peu.

Elle chatouille le ventre de Zander, qui se tortille et glousse.

À la mention de l'étang, mes pensées se tournent une fois de plus vers Marlowe dans sa robe d'été, le visage rougeaud pendant que nous discutions. C'était à peu près à cette heure de la journée que je l'ai rencontrée. Je me demande si elle y sera maintenant.

Je m'éclaircis la gorge.

— Vas-y sans moi. J'ai beaucoup de travail.

— C'est dommage.

— Tu ne t'en rends peut-être pas compte, mais on ouvre dans à peine quatre jours. On ne peut pas tous être en congé maternité à durée indéterminée.

— Hé ! Ça ne fait que deux ans.

— Je te taquine. Allez, vas-y. Amuse-toi bien. Je viendrai avec toi la prochaine fois.

— Demain. Promets-le-moi.

Je lui souris.

— Entendu. Demain.

Elle soulève Zander vers le plafond et il lui sourit de tout là-haut.

— Tu veux aller nager ?

Le visage de Zander s'illumine et il pousse un cri de joie.

Olena dépose un baiser sur ma joue tandis qu'ils me disent au revoir et sortent par la porte de derrière, et je me retrouve seul, sans penser au couple heureux qui encadre le menu au-dessus de ma tête.

Et ne pensant absolument pas à Marlowe Cole.

Chapitre 6

Marlowe

Bien que je sache que je ne devrais pas, j'ouvre Instagram et je cherche le nom de Mike. Il ne me faut pas longtemps pour le trouver. Je consulte son fil d'actualité bien trop souvent. Je sais que ce n'est pas bon pour moi de le voir continuer sa vie sans moi, de le voir faire les mêmes choses que nous faisions ensemble. Mais même si plusieurs mois ont passé, ce qu'il m'a fait me fait toujours aussi mal.

Un rapide défilement ne m'apprend absolument rien. Il n'y a aucune photo de sa femme, aucune déclaration sur moi et la fin de notre relation — non pas que j'aie pu m'attendre à ça de la part d'un homme qui avait une liaison clandestine avec une collègue. Le monde de Mike semble inchangé.

Le mien a été complètement bouleversé.

— Marlowe, ma chère !

Je lève les yeux de mon téléphone pour voir Mme Jacobson entrer d'un pas chancelant, une silhouette floue de tweed sage.

— Vous ne devinerez jamais qui je viens de rencontrer, dit-elle avant même que j'aie pu la saluer.

Je souris, sachant, *sachant* pertinemment, qui elle vient de rencontrer.

— Un jeune homme charmant, nouveau en ville, et je suis certaine qu'il cherche à tomber amoureux de quelqu'un comme vous, annonce-t-elle avec satisfaction, le visage rougeaud.

Et voilà.

J'ai un choix à faire. Je pourrais jouer l'idiote et entrer dans son jeu. Ou je pourrais être honnête et lui dire que j'ai déjà rencontré son « jeune homme charmant », car dans une ville de la taille de Hunter's Creek, il n'est pas difficile d'imaginer que le type que j'ai vu à l'étang et l'homme de Mme Jacobson sont une seule et même personne.

Je choisis de jouer l'idiote. Ne me jugez pas.

Je cache mon téléphone sous le comptoir.

— Un jeune homme charmant ? Voilà une nouvelle intéressante. Dites-m'en plus à son sujet, en commençant par son apparence.

Elle ne se fait pas prier, et j'avoue que ce sera agréable d'entendre sa description d'Oliver, mon homme mystérieux de l'étang.

— Eh bien, il est grand, probablement quelques centimètres de plus qu'un mètre quatre-vingts, mais pas immense comme votre ex.

Elle fait une grimace, me montrant qu'elle est sans équivoque de mon côté dans ma rupture avec Mike.

— Il aurait pu jouer au basket, tellement il était grand.

Perplexe, je demande :

— Qui ça ? Mike ou ce nouveau type ?

— Mike, bien sûr. Le beau jeune homme que j'ai rencontré aujourd'hui est de taille normale. Comme Gabe, sauf qu'il ne ressemble pas vraiment à notre Gabe. Non pas que Gabe ne soit pas un bel homme, bien sûr, car il l'est. Mais cet homme-là, on dirait qu'il pourrait venir d'Italie ou de Grèce, ou même être dans une publicité pour un parfum. Il est beau à ce point.

Je suis presque certaine que M. Oliver, l'Homme Mystère de l'Étang, adorerait être décrit en de tels termes.

— Il a l'air exotique et intéressant, en effet, dis-je pour l'encourager.

— Absolument exotique et intéressant. Il a des yeux intenses et expressifs qui recèlent un charme mystérieux, et il est terriblement, terriblement charmant.

Je réprime un sourire. Des yeux expressifs qui recèlent un charme mystérieux ? Mme Jacobson ne manque pas de lyrisme.

— Il a l'air si parfait que je suis surprise que vous ne vous le soyez pas gardé pour vous, Mme Jacobson.

Elle agite la main en l'air et laisse échapper un rire de jeune fille. C'est un son que je ne l'ai jamais entendue émettre de toute ma vie, et si l'on considère qu'elle est la bibliothécaire de la ville depuis aussi longtemps que je me souvienne, ça fait un bail.

— Pour être honnête, si j'avais votre âge, rien au monde n'aurait pu me retenir.

J'écarquille les yeux en imaginant Mme Jacobson retenue par un attelage de chevaux alors qu'elle essaie d'atteindre Oliver et son charme mystérieux.

— À ce point-là ?

Mme Jacobson hoche lentement la tête, ses lèvres s'étirant en un sourire de chat du Cheshire.

— Je pense que vous deux, vous serez parfaits ensemble.

Mme Jacobson, nouvelle présidente du Comité des Dames de Hunter's Creek – maintenant que tante Sheila est partie – veut me caser avec le nouveau venu ? *Quelle surprise.*

Ce n'est pas que je me plaigne, exactement. Elle a raison, il est terriblement séduisant, et il y avait une alchimie évidente entre nous quand on s'est rencontrés à l'étang. Une alchimie pleine de flirt, sans aucun doute.

Et je ne peux pas oublier que je l'ai vu, beaucoup trop sexy en simple maillot de bain. Même si je le voulais. Son image est gravée sur mes rétines.

— Pensez-vous qu'Oliver aura quelque chose à redire au fait que vous jouiez les entremetteuses ? je demande.

Le sourire de Mme Jacobson s'efface, ses yeux aussi ronds que des soucoupes.

— Tu le connais ?

Zut ! Je viens de prononcer son nom.

— J'avoue que nous nous sommes rencontrés à l'étang la semaine dernière.

Je hausse les épaules.

— C'est une petite ville. Il n'y a pas beaucoup de secrets.

— Pourquoi ne l'as-tu pas dit ?

— Je n'étais pas sûre que c'était la même personne que vous aviez rencontrée, je mens.

Parce que bien sûr que c'est lui. Combien y a-t-il de nouveaux hommes magnifiquement sexy à Hunter's Creek ?

Un seul, mesdames et messieurs. Un seul.

Elle n'est pas décontenancée par mon manque de transparence.

— Est-ce qu'il t'a dit ce qu'il faisait ici en ville ? Parce qu'il a été un peu évasif avec moi, même si je lui ai demandé poliment.

— Non.

— Il t'a dit qu'il était célibataire ?

— Non, je réponds d'un air détaché, ignorant la rougeur qui me monte au cou.

— Oh, ne fais pas ta sainte nitouche avec moi, ma petite. J'ai bien vu comment tes yeux se sont illuminés quand j'ai parlé de lui. C'est le destin, je te le dis. Le destin !

Je lève les yeux au ciel, réprimant un sourire.

— Je pense que vous avez lu trop de romans d'amour, Mme Jacobson.

— C'est ce qu'on verra.

Elle se tapote le nez et me fait un clin d'œil.

— Tout le monde a besoin de manger, prier, aimer pour se remettre d'une rupture. Comme dans le film.

— Je suis partante pour manger et prier, mais aimer ?

Je secoue la tête.

— Pas pour moi. Pas de sitôt.

Son sourire s'élargit encore.

— On verra, ma chère Marlowe. On verra. J'ai failli oublier. J'ai vu ça au marché et j'ai remarqué que vous n'en aviez pas ici.

Elle fouille dans son sac à main, en sort des prospectus et me les tend. Je baisse les yeux pour les lire.

Grande Ouverture le 24 juillet : Là où les arômes révèlent les secrets. Là où la vapeur et les rêves convergent.

Ambigu.

— C'est pour quoi ? je demande.

— Pour l'endroit qui ouvre en face, bien sûr ! C'est demain et on y va toutes. Promettez-moi que vous serez là !

— À l'inauguration d'un endroit qui promet de révéler les secrets des arômes ? Vous plaisantez ? Je ne manquerais ça pour rien au monde, je réponds d'un ton neutre. Parce que, *non mais sérieusement*, ce marketing est plus cliché qu'une carte postale de Paris.

— Tout le monde y sera. Je me demande pourquoi vous n'avez pas reçu de prospectus ?

— Peut-être que Ryn les a jetés ?

Je n'ai aucun souvenir d'avoir vu ces prospectus ici. Peut-être que le nouveau propriétaire nous a oubliées ?

— Je me demande de quel genre de commerce il s'agit. De l'aromathérapie ? Ça expliquerait l'arôme, mais la convergence de la vapeur et des rêves ?

— C'est peut-être un spa qui sert du gâteau au chocolat ? je suggère, et Mme Jacobson se met à rire.

— La vapeur et les rêves ! J'ai compris.

Ma sœur, Harper, entre au bras de son petit ami, Christopher, dans un tourbillon de rires, d'amour et de boucles rebondissantes.

— Bonjour, vous deux, dit Mme Jacobson. Vous avez l'air si heureux, tous les deux. N'est-ce pas merveilleux d'être amoureux ?

Elle me lance un regard lourd de sens, me faisant comprendre que nous sommes passées des bains de vapeur et du gâteau au chocolat à ses projets de marieuse.

Je lève les yeux au ciel. Le Comité des Dames a peut-être bien joué les entremetteuses pour Ryn et Gabe l'été dernier, mais pour autant que je sache, il n'y était pour rien dans l'histoire d'amour de Harper et Christopher.

— Bonjour, Mme Jacobson, dit Harper avec son joli sourire.

— Comment allez-vous, Mme Jacobson ? demande Christopher, toujours très poli.

— Oh, ce n'est pas à moi qu'il faut le demander.

Mme Jacobson me lance un autre regard entendu, et Harper et Christopher se tournent vers moi d'un air interrogateur.

— Qu'est-ce qui se passe, sœurette ? demande Harper.

J'ouvre la bouche pour répondre quand Mme Jacobson, fidèle à son zèle habituel, me grille la priorité.

— J'étais justement en train de parler à Marlowe de ce

charmant jeune homme que j'ai rencontré et qui, je pense, serait tout simplement parfait pour elle.

Elle frappe dans ses mains comme si l'affaire était déjà conclue.

— Ah oui, vraiment ?

Les yeux de Harper s'écarquillent en se posant sur les miens.

Je hausse les épaules en guise de réponse. Harper sait aussi bien que moi que Mme Jacobson et sa clique n'aiment rien de plus que de se mêler de la vie des habitants de la ville, en particulier de celle des célibataires. Étant donné le peu de célibataires vivant en ville, elles ont tendance à concentrer tous leurs efforts sur quelques malheureux élus. J'ai clairement rejoint leurs rangs.

Quelle chance j'ai.

— Bon, je ne suis pas venue ici pour papoter, dit Mme Jacobson, et personne dans le café ne la croit.

— Mais je tenais à vous parler d'Oliver, ma chère. C'est mon tour de prendre le café et les friandises, alors je vais prendre trois cafés. J'en prendrai aussi un à emporter quand j'aurai terminé, s'il vous plaît, ma chère Marlowe. Je forme une nouvelle bibliothécaire aujourd'hui et je pense qu'un peu de caféine nous fera le plus grand bien.

— Le nouveau bibliothécaire, c'est l'homme que vous essayez de caser avec ma sœur ? demande Harper.

— Grands dieux, non !

Mme Jacobson éclate de rire.

— Il faudra que je le lui raconte. Ça l'amusera beaucoup, j'en suis sûre.

Je prépare sa commande et, au moment de payer, elle se penche vers moi et dit :

— Dites-moi si vous avez besoin d'aide avec Oliver. Le festival de la ville approche, la veille de la grande première du film, comme vous le savez sûrement. Une excellente occasion de jouer les entremetteuses.

— Je ne manquerai pas de vous le faire savoir si j'ai besoin d'aide.

Mme Jacobson se pavane jusqu'à sa table. Je remarque Mme Ashbridge et Mme Sommerfeld qui arrivent et foncent droit sur elle, me faisant de grands signes de la main et me lançant des « bonjour ! » en s'asseyant.

— Raconte-moi tout, m'ordonne Harper.

— Et si je nous commandais des cafés pendant que tu nous rejoins à table, chérie ? suggère Christopher, visiblement mal à l'aise.

— Tu ne veux pas entendre les ragots sur le nouveau en ville et comment il va faire chavirer Marlowe, chéri ? demande Harper en riant.

— Je te laisse t'en charger.

Christopher lui sourit en passant sa commande de café.

Une fois qu'il est parti chercher une table, Harper hausse les sourcils vers moi, dans l'expectative.

— Tu as envie que le comité des dames de Hunter's Creek te case avec un parfait inconnu ?

— Oliver n'est pas un inconnu. Je l'ai rencontré quand je suis allée nager à l'étang. Il est… plutôt sympa.

La rougeur que j'avais réussi à contenir à peine quelques instants plus tôt revient sur mes joues alors que j'essaie, sans succès, de chasser une image de lui en maillot de bain, sa peau luisante, ses yeux fixés intensément sur les miens.

— C'est pour ça que tu rougis ? Parce qu'il est *plutôt sympa* ?

D'instinct, je porte la main à ma joue. C'est comme si elle avait son propre radiateur interne réglé au maximum.

— Il est mignon, d'accord ? Beau, en fait, et charmeur.

Je me perds dans ce souvenir avant de reprendre mes esprits. Mais ça n'a pas d'importance, parce que je ne cherche personne. Je me détourne et prépare le café de Harper et de Christopher.

— Laisse-moi deviner : tu en as fini avec les hommes ?

— Quelque chose comme ça.

— Ça ne m'étonne pas. Mais le truc, Marlowe, c'est que l'amour arrive quand on s'y attend le moins. Regarde-nous, Topher et moi.

Je me retourne brusquement.

— L'amour ? Je ricane. J'ai dit que je le trouvais mignon, pas que j'allais tomber amoureuse de ce type.

Harper s'accoude au comptoir.

— Ma chérie, tous les hommes ne sont pas comme Mike, tu sais.

Je fais la moue.

— J'imagine.

— Je comprends. Il t'a fait du mal. Il t'a fait croire que tu tombais amoureuse. Il t'a dupée.

— Harper, il nous a toutes dupées. Personne ne se doutait qu'il était...

Je ne peux pas me résoudre à prononcer ces mots et, de toute façon, s'il y a une chose que j'ai apprise, c'est que les murs ont des oreilles dans cette ville. Si je ne veux pas que quiconque sache que Mike était marié, je n'ai qu'à me taire.

Harper se mordille la lèvre.

— Il avait l'air vraiment fou de toi.

Je pousse un lourd soupir.

— C'était une performance digne d'un Oscar, délivrée par un vrai serpent en costume Armani.

Elle lève les mains en l'air.

— Maintenant, j'ai dans la tête l'image d'un serpent en costume avec une de ces statuettes dorées à la main.

— Les serpents n'ont pas de mains.

— Ils ne portent pas de costumes non plus, réplique-t-elle gentiment.

Comme je n'esquisse pas le moindre sourire, elle tend le bras et me frotte l'avant-bras.

— Tu sauras quand tu seras prête.

Le chagrin me poignarde la poitrine.

— Mon jugement n'est pas vraiment fiable ces derniers temps. Regarde comme j'ai tout fait rater.

— Tu ne savais pas qu'il était...

Elle jette un coup d'œil autour d'elle pour s'assurer que personne n'écoute.

— ... *marié*, chuchote-t-elle.

— Non, mais c'était aussi mon patron. Il était inévitable que ça m'explose à la figure.

— Alors, laisse-moi t'aider. Je serai ta coéquipière. C'est qui, cet Oliver, au fait ?

Comme s'il était invoqué par une force cosmique, l'air change autour de nous, et je sens une présence. Mon regard passe de ma sœur à Oliver, qui se tient maintenant dans l'embrasure de la porte.

Il est là ? M. Canon de l'étang, alias Oliver, alias le « jeune homme charmant » de Mme Jacobson, est là, dans le café de ma tante ?

Nos regards se croisent à travers la pièce, et un lent sourire étire ses lèvres.

Mon cœur rate un battement. Littéralement. Ce qui est ridicule. Bien sûr, il est mignon, et son corps est sans aucun doute fait pour les maillots de bain, mais ce n'est pas comme si nous avions une connexion forte. Nous ne sommes pas sortis ensemble. Nous ne nous sommes pas embrassés. Bon sang, nous n'avons rien fait ensemble, à part rester maladroitement au bord de l'étang à discuter. D'accord, à flirter, du moins de ma part. Mais ça ne va pas plus loin.

Pourtant, le voilà, il met mon cœur en émoi alors qu'il traverse la pièce dans ma direction, chacun de ses mouvements suivi par les clients curieux, et surtout par le Comité des Dames.

Je déglutis difficilement, essuyant mes mains sur mon tablier tandis qu'il se dirige vers moi. De près, il est encore plus saisissant que dans mon souvenir. Je serre les poings sous le comptoir, les genoux tremblants.

Je suis ridicule. Ce n'est qu'un homme. Rien de plus.

— C'est *lui* ? me demande Harper dans un murmure complice.

Je lui réponds d'un bref hochement de tête affirmatif.

Il arrive au comptoir. Vêtu d'une veste décontractée sur une simple chemise boutonnée, à côté d'Harper, il est grand, large d'épaules et tellement masculin.

— Eh bien, bonjour, Marlowe.

Sa voix est chaude comme du miel, débordant d'un charme suave.

— De tous les bars de toutes les villes du monde… dis-je en essayant de paraître maîtresse de moi.

Il termine la phrase :

— … il a fallu qu'elle entre dans le mien. Bien que dans le cas présent, il faudrait dire *qu'il* est entré dans le mien.

— En effet, je souffle.

— Excellent film.

Il aime *Casablanca* et il a ce physique-là ? Tu n'es pas juste, Univers.

— C'est mon film préféré, je lui dis.

— Quelle coïncidence. C'est aussi mon préféré. Rick et Ilsa. La grande histoire d'amour qui n'a pas vraiment marché, même si elle aurait dû.

Ô mon cœur, ne t'emballe pas.

— Sacrés nazis.

Il étouffe un rire. Ce son me fait quelque chose dans le ventre.

Je remets ma casquette de gérante de café pour ne pas tomber amoureuse de ce type, ici et maintenant.

— Comment puis-je t'aider, Oliver ?

— J'ai pensé venir jeter un œil à ton café. J'ai entendu dire que tes tourtes sont primées.

Je hausse un sourcil.

— Où as-tu entendu ça ?

— D'une femme magnifique que j'ai rencontrée à l'étang, je crois.

Il me trouve magnifique ?

— Les tourtes du Second Chance sont les meilleures du comté, dit Harper. Elle tend la main.

— Bonjour, je m'appelle Harper Cole. Tu es nouveau en ville.

— Oliver. Et oui, en effet, répond-il posément.

Je remarque à nouveau qu'il ne donne pas son nom de famille. C'est bizarre ? Ça me semble bizarre. Mais d'un autre côté, c'est peut-être un de ces noms longs et imprononçables et il en a marre de devoir corriger les gens quand ils se trompent.

Il jette un coup d'œil entre Harper et moi.

— Vous êtes de la même famille ?

— Sœurs, répondons-nous toutes les deux avant de sourire.

— Vous vous ressemblez, c'est sûr.

— Tu as déménagé ici ou tu es juste de passage ? demande Harper.

— J'ai déménagé ici. Du moins pour l'instant, répond-il. Énigmatique.

— Ça veut dire que tu es là pour un projet et que tu repars après, ou c'est plutôt que tu viens d'arriver et que tu essaies de décider si tu restes ? demande Harper.

Son sourire s'élargit et je ne peux m'empêcher de remarquer comment la peau autour de ses yeux se plisse, le rendant encore plus séduisant.

— Ça fait beaucoup de questions pour quelqu'un qu'on vient de rencontrer. Est-ce que tout le monde est comme ça dans cette ville ? Parce qu'une femme m'a passé sur le gril dans la rue un peu plus tôt aujourd'hui.

— Ça doit être Mme Jacobson, dis-je en désignant la table du Comité des Dames, qui s'empressent de lui sourire et de lui faire signe de la main, tout en me lançant des regards pleins de sous-entendus.

— Elle est… curieuse.

— C'est le mot, répond Oliver.

Nous échangeons un sourire qui fait des choses terribles à mon pouls.

— Elle est assez inoffensive. Elle aime juste savoir ce qui se passe en ville, explique Harper.

— J'imagine que dans une petite ville comme celle-ci, l'arrivée d'un nouveau est un centre d'intérêt.

— Un « centre d'intérêt ». Ouais, dit Harper.

Je lui lance un regard noir. La dernière chose que je veux, c'est qu'Oliver sache que Mme Jacobson et sa clique essaient déjà de nous caser, lui et moi. Le malaise. Je connais à peine ce type.

— Bon, Oliver, c'était un plaisir de te rencontrer. On se reverra sûrement en ville, dit Harper.

— Moi aussi, ravi de t'avoir rencontrée, répond Oliver.

Harper me fait un clin d'œil avant de rejoindre Christopher à sa table.

— Qu'est-ce que tu prends ? je demande.

— Je vais prendre un cappuccino à la vanille, merci.

— Ici, il n'y a que du café, soit chaud, soit glacé.

Il désigne de la main la vieille machine à café qui n'a pas fonctionné d'aussi loin que je m'en souvienne. Elle est juste posée sur le comptoir et prend la poussière.

— Ta machine ne fait pas de cappuccinos ?

— Elle sert plus de décoration qu'autre chose.

Ses yeux s'illuminent.

— Tout comme moi.

Je baisse la tête pour cacher un sourire et j'attrape une tasse.

— La dernière fois que je suis venu, j'ai cru que ta machine était juste en panne, c'est pour ça que j'ai pris un café filtre.

— Non. Elle ne marche pas. Un café crème ?

— Ça me va. Je prendrai une part de ta tarte de renommée mondiale, aussi.

— Pomme, cerise ou rhubarbe et fraise ?

— Je vais prendre celle à la rhubarbe et à la fraise, merci. Il faut bien vivre dangereusement parfois, non ? Je te dois combien ?

Il sort son portefeuille de la poche intérieure de sa veste.

— C'est pour moi.

Son regard glisse vers le mien, me réchauffant jusqu'à la pointe des pieds. Il marque une pause avant de répondre :

— S'il te plaît. Laisse-moi payer. J'en ai envie.

— Vraiment. Prends ça comme un cadeau de bienvenue à Hunter's Creek pour le nouveau « centre d'intérêt » dont tout le monde parle.

Ses lèvres s'étirent une fois de plus en son sourire à faire fondre les cœurs.

— Espèce de flatteuse.

Je laisse échapper un gloussement de gamine alors que mon visage devient plus brûlant qu'une bouilloire sur le feu.

Oliver sourit comme s'il appréciait mon embarras, ce qui est probablement le cas. Sérieusement, je ne pense pas avoir jamais autant rougi devant un homme de toute ma vie. Même pas devant Mike quand il a commencé à me draguer au bureau et que ça semblait si osé.

Je me détourne pour verser son café et placer une part de tarte à la rhubarbe et à la fraise sur une assiette avec un peu de crème fouettée. Alors que je les lui tends, ses doigts effleurent les miens, déclenchant une étincelle d'électricité qui inonde mes veines.

Bon sang ! Qu'est-ce qu'il a, ce type ? Mon cœur s'emballe et mes hormones s'affolent dans tous les sens. J'ai vingt-huit ans, pas treize. J'ai déjà effleuré les doigts d'hommes sans risquer une crise cardiaque.

Je dois montrer à Oliver que je ne suis pas une lèche-bottes en pâmoison, mais bien une femme adulte qui se maîtrise, alors je lui demande :

— Tu ne m'as pas dit ce que tu fais en ville ?

Tenant toujours sa tarte, il se penche un peu plus près de moi et dit :

— Si je te le disais, je devrais t'abattre, et je n'aimerais pas abattre quelqu'un qui fait des tartes qui ont l'air aussi bonnes.

— Tu n'y as même pas encore goûté.

— Je suis sûr que si c'est aussi bon que ça en a l'air, ce sera absolument délicieux.

— Oh oui, crois-moi.

Est-ce qu'on parle toujours de la tarte, là ?

— Je, euh, j'ouvre un nouveau commerce. De l'autre côté de la rue.

— Là où se trouvait la boutique de tricot de Thelma Anderson ?

— À en juger par la quantité de laine et d'aiguilles à tricoter qu'on a dû débarrasser, je dirais que oui.

— C'est super. On va être voisins. Qu'est-ce que tu ouvres comme boutique ? Le mystère plane et tout le monde veut savoir.

Il se tapote l'arête du nez.

— Top secret, tu te souviens ?

— Compris.

— Tu devrais venir pour l'inauguration.

— Une inauguration, c'est un peu chic, non ?

— Chaque boutique devrait avoir une inauguration, tu ne trouves pas ? Même la plus modeste.

— C'est quand, cette inauguration ?

— Demain à 16 heures.

Les prospectus.

— J'y serai.

Il lève son café et son assiette.

— Merci pour ça. Je ne l'oublierai pas.

— De rien, je murmure.

— Ça m'a fait plaisir de te revoir, Marlowe.

— Moi aussi, Oliver.

Il m'offre un dernier de ses sourires à faire flancher les genoux avant de se retourner et de se diriger nonchalamment vers une table près de la fenêtre.

Le Comité des Dames éclate en une avalanche de gloussements et de coups de coude, clairement ravies de cette tournure des événements.

Mais pour une fois, je n'arrive pas à lever les yeux au ciel face à leurs manigances. Je suis trop occupée à jeter des regards furtifs à Oliver, me demandant ce que l'avenir me réserve avec cet homme mystérieux qui ne veut pas trop en dévoiler. L'homme qui pourrait bien rendre mon retour à Hunter's Creek encore plus doux.

Chapitre 7

———————

Oliver

Je ne peux m'empêcher de sourire en parcourant du regard l'intérieur élégant et sophistiqué, prêt pour la grande inauguration. Il ressemble peut-être à n'importe quel autre Steamy Coffee du pays, avec sa palette de couleurs et ses touches de chrome, mais je suis certain que les habitants apprécieront les clins d'œil au caractère unique de Hunter's Creek.

Je vérifie auprès du personnel, m'assurant qu'ils sont prêts à démarrer dès que les portes s'ouvriront à 16 h précises. Bien que nous embauchions bientôt des gens du coin, sur la suggestion de Melody, nous avons fait venir du personnel expérimenté d'une autre succursale pour le lancement. Il vaut mieux que l'ouverture d'un nouveau Steamy Coffee se déroule sans le moindre accroc, et cela aide aussi à garder le secret pour la grande révélation.

Je prends une profonde inspiration. L'odeur du café fraîchement moulu flotte dans l'air, se mêlant à l'arôme irrésistible des viennoiseries chaudes, diffusé dans le café depuis la petite cuisine à l'arrière pour tenter nos clients.

Aussi excitant que soit l'ouverture d'une nouvelle succursale, j'ai du mal à me défaire de ma culpabilité. Elle a commencé à me ronger l'esprit, répétant le même nom encore et encore.

Marlowe Cole.

Cette femme belle et intrigante qui tient le café de l'autre côté de la rue. Elle a été chaleureuse et accueillante avec moi, et carrément séductrice, si l'on en croit la conversation que nous avons eue il y a quelques jours dans son café.

Maintenant, je suis sur le point de devenir son plus grand concurrent, et elle n'en a aucune idée.

La culpabilité serpente dans ma poitrine.

Mais le café de Hunter's Creek n'est pas mon premier coup d'essai. J'ai déjà fait ça un tas de fois. J'ai lancé un certain nombre de nouveaux sites à travers le pays et il y a toujours des dommages collatéraux. Je ne suis jamais très à l'aise avec ça, mais c'est la vie. Si on veut réussir en affaires, la concurrence va probablement devoir affronter des temps plus difficiles.

Je sais que ça fait de moi le méchant.

Si c'était un film, je serais habillé tout en noir, avec une lueur maléfique dans les yeux, et très probablement un cachot de torture dans ma cave.

Bon, d'accord, le cachot de torture, c'est peut-être un peu exagéré, mais vous voyez le tableau.

Oliver Langdon est le méchant de cette histoire.

Je suis la grosse machine d'entreprise, venue pour dévorer le petit café charmant et indépendant, voulant tirer profit de l'addiction au café des habitants.

Mais c'est mon travail. C'est ce que je fais.

Et en plus, je me suis porté volontaire pour celui-ci, et l'enjeu est de taille. Le petit village gaulois que les Romains n'ont jamais pu conquérir, seulement, moi, je vais le conquérir. Je dois en faire un succès. Sans aucun doute.

Gérante de café belle et séduisante ou pas.

Je me retourne et vois ma sœur, cette fois sans Zander.

— Tout le monde va adorer, Ollie, dit-elle.

— Pas tout le monde, je réponds en fronçant les sourcils.

— Tu veux parler de ce café pittoresque de l'autre côté de la rue ? Il est si mignon ! J'y ai emmené Zander hier matin. Leurs tartes sont les meilleures.

—Je sais.

Les sourcils d'Olena se haussent.

— Tu es allé voir la concurrence, c'est ça ?

Je hausse les épaules.

— Évidemment. Maman nous a bien élevés.

— C'est un endroit sympa et la femme qui m'a servi était si accueillante.

Je pense à Marlowe et ce ver de culpabilité se tortille un peu plus.

—Je ne suis pas très à l'aise à l'idée de m'installer juste en face d'eux, j'avoue.

— Oh, je ne m'inquiéterais pas pour le Second Chance Café. Ils s'en sortiront très bien. Et puis, un peu de concurrence n'a jamais fait de mal à personne, n'est-ce pas ?

— C'est vrai.

J'acquiesce sans grande conviction, en essayant de toutes mes forces de me persuader que je ne suis pas sur le point de ruiner la vie de Marlowe. Ou, tout du moins, son commerce.

— Tu es prêt pour l'inauguration ?

— Sinon, on est mal partis, parce qu'on ouvre dans moins de dix minutes.

Je me passe les doigts dans les cheveux. Comme je l'ai dit, il y a beaucoup en jeu.

L'attente dans tout Hunter's Creek est palpable. On dirait que toute la ville vibre d'excitation pour l'inauguration du Steamy Coffee, et je ne peux m'empêcher de ressentir une bouffée de fierté à l'idée de devenir le nouveau lieu incontournable du coin.

Huit minutes plus tard, je me tiens devant la porte d'entrée et je regarde ma sœur et l'équipe réunie.

— C'est un grand moment, les amis. C'est la première fois que nous ouvrons une succursale ici, à Hunter's Creek. Je sais que les habitants vont nous adorer, alors accueillons-les très chaleureusement et faisons-leur passer une excellente soirée.

Tout le monde applaudit et pousse des acclamations, l'atmosphère à l'intérieur du café est pleine d'attente et d'excitation.

Cette sensation ne se démode jamais, cette montée d'adrénaline que je ressens lorsque les gens affluent pour la toute première fois.

Je donne l'ordre à Tina et Naomi, deux baristas d'une succursale d'une ville voisine, de retirer le papier des vitres pendant qu'Olena allume toutes les lumières. Puis je prends une profonde inspiration avant de déverrouiller les portes doubles et de les ouvrir en grand.

Je suis accueilli par une marée humaine, impatiente de voir ce que nous avons créé. Nous avons dispersé notre marketing énigmatique de préouverture dans toute la ville la semaine précédente, créant le buzz, et maintenant, cela porte ses fruits.

— Bonjour à tous ! dis-je d'une voix de stentor pour me faire entendre par-dessus le brouhaha. Bienvenue ! Je suis Oliver Langdon, le propriétaire de cette nouvelle succursale du Steamy Coffee. Entrez donc et profitez d'un excellent café et des friandises que nous vous offrons !

Les gens se mettent à bavarder avec animation et je recule pour leur permettre de se presser aux portes, où ils sont accueillis par notre personnel en uniforme du Steamy Coffee, qui leur offre café et muffins gratuits. Le bruit de la mousse de lait et l'arôme des grains fraîchement moulus emplissent bientôt l'air. Les baristas préparent cappuccinos, lattes et mochas avec une précision d'expert, ajoutant des volutes de crème fouettée et des filets de sirop qui rehaussent l'attrait visuel — et le goût — du café.

Olena se glisse à mes côtés.

— Dis-moi si je me trompe, mais je dirais que cette inauguration est un succès retentissant.

Je regarde les clients qui déambulent, sirotant leur café et goûtant aux mini-muffins et aux cupcakes. L'endroit est plein et l'ambiance est électrique.

— Jusqu'ici, tout va bien.

Sans même y penser, je me surprends à balayer la foule du regard à la recherche d'une personne en particulier. Mais, bien sûr, elle ne sera pas là. Pourquoi la femme qui dirige mon principal concurrent en ville viendrait-elle à notre inauguration ?

Dès qu'elle verra qu'il s'agit d'un café — un café tenu par le nouveau venu en ville avec qui elle flirtait —, elle n'aura pas vraiment de tendres pensées à mon égard.

Mieux vaut oublier Marlowe Cole.

Je me promène et me présente aux habitants, dont j'ai déjà rencontré plusieurs depuis mon arrivée. Certains avaient déjà fait le rapprochement, devinant que j'étais le responsable de ce nouvel établissement, bien que personne ne se soit douté qu'il s'agirait d'un café.

— J'ai l'impression qu'il observe mes moindres faits et gestes, dit une femme d'âge moyen à ses amies en goûtant l'un des mini-muffins.

Je reconnais la femme aux cheveux gris courts et aux lunettes bleu vif comme étant la personne extrêmement curieuse que j'ai rencontrée sur la place de la ville. C'est Madame Jacobson, je crois que c'est le nom qu'elle a donné, bien qu'elle m'ait demandé de l'appeler Tanya.

— Qui ? demande une autre femme de son groupe.

— Lui. Là-haut. Celui avec tous les muscles. Elle désigne la photo du type portant une chemise de flanelle à carreaux rouges ouverte, exhibant ses impressionnantes tablettes de chocolat.

Tanya Jacobson se déplace d'un côté à l'autre en regardant l'image. — C'est vrai. C'est un peu flippant. Il a tellement de muscles.

— Ça n'a pas l'air naturel. Je parie qu'il prend des stéroïdes, dit l'une des autres femmes.

— Ma belle-sœur prend des stéroïdes, commente Mme Jacobson. Pour son arthrite.

— Ce n'est pas le même genre, ma chère.

Je souris intérieurement. Parfaitement conscient d'écouter aux portes, je commence à m'éloigner quand j'entends l'une d'elles demander :

— Je me demande si Marlowe vient ce soir.

Mon cœur se serre un peu à la mention de son nom. Enfin, il se serre et en même temps a une étrange palpitation, comme s'il ne voulait pas la voir mais espérait qu'elle soit là en même temps.

Bizarre.

— Elle a dit qu'elle viendrait, même si c'était avant que nous sachions toutes quel genre d'endroit c'est, répond son amie, comme si nous étions une sorte d'établissement douteux qui blanchit de l'argent pour la pègre.

— La concurrence, siffle-t-elle.

Ses amies hochent la tête d'un air entendu.

Tanya Jacobson remarque que je flâne à proximité et m'attire vers le groupe. Assez littéralement. Elle m'attrape par la manche de ma veste et me conduit fermement jusqu'à son groupe.

— Oliver, vous alors, vous êtes plein de surprises ! Vous n'avez jamais mentionné que vous étiez en ville pour ouvrir cet endroit. Et vous voilà en train de flirter avec Marlowe, la femme qui dirige votre principale concurrente.

J'ouvre la bouche pour protester quand l'une des femmes dit :

— On a entendu parler du flirt.

— Oh, oui. Nous avons *toutes* entendu parler du flirt, approuve l'autre.

Toutes les trois me regardent avec méfiance, comme si j'avais flirté avec Marlowe pour tenter d'apprendre ses secrets liés au café ou quelque chose du genre, et non simplement parce que c'est une femme sublime.

Je me décide pour ce que j'espère être un haussement d'épaules désarmant.

— Que voulez-vous que je vous dise ? Ma concurrente est magnifique.

Un murmure d'approbation parcourt le groupe.

— Magnifique *et* célibataire, dit Tanya Jacobson.

On essaie de me caser avec ma « principale concurrente » maintenant ? Les gens vont vite en affaires dans cette ville. Vite et de manière *intrusive*, pour être précis.

J'esquisse un sourire.

— Je le retiendrai. Merci, mesdames. Je n'ai pas retenu tous vos noms.

— Je suis Suzie Ashbridge, dit la femme aux grosses lunettes rouges et aux cheveux gris et bouclés.

— Et moi, c'est Dana Sommerfeld, ajoute l'autre femme du groupe.

— Et bien sûr, vous me connaissez.

Tanya sourit.

— Ai-je bien entendu que vous êtes un Langdon ? De la famille de Melody Langdon ?

Je déteste cette question. Elle donne l'impression que j'ai obtenu ce poste uniquement parce que j'ai un lien de parenté avec la patronne, alors qu'en réalité, je travaille dur pour l'entreprise et j'obtiens des résultats.

— Melody Langdon est ma mère.

— Beau *et* riche, hein ? dit l'une des autres femmes.

Elle me parcourt du regard et j'ai la nette impression qu'elle me jauge tout en assimilant cette nouvelle information.

— Oliver, vous devez être si fier d'avoir une mère comme Melody Langdon. Je l'ai vue en couverture d'un magazine, me dit Tanya.

— Elle a fait la couverture de quelques-uns au fil des ans.

Le sourire de Mme Jacobson est large.

— Comme c'est merveilleux pour vous.

Je change de pied. L'image publique de ma mère est celle d'une mère célibataire qui a réussi, une fonceuse qui n'a reculé devant rien pour devenir la femme riche et influente qu'elle est aujourd'hui. *Et elle a fait tout ça en élevant trois adorables enfants !* Le seul problème avec ce tableau, c'est qu'elle était bien plus concentrée sur sa réussite que sur l'éducation de ses enfants.

Non pas que j'aie l'intention de mentionner une chose pareille.

Garde ça pour ton psy. C'est ce que me dit toujours Olena.

Il est temps de changer de sujet.

Je tape dans mes mains.

— Alors, mesdames, avez-vous commandé un de nos cafés spéciaux auprès de nos sympathiques baristas, Tina et Naomi ? Ils sont offerts par la maison, et je peux vous garantir que vous allez les adorer.

— Nous n'y manquerons pas, Oliver Langdon, répond Tanya Jacobson, prenant un plaisir évident à utiliser mon nom de famille.

— Maintenant que vous êtes ouvert, il y aura peut-être une guerre entre les deux cafés, ici même à Hunter's Creek !

Ce serait quelque chose, n'est-ce pas ? déclare Suzie Ashbridge, les yeux écarquillés d'excitation.

De toute évidence, elles ne sont pas prêtes à passer à autre chose.

— Ou peut-être que Marlowe et Oliver, ici présents, vont tomber amoureux et fusionner leurs entreprises, suggère Dana Sommerfeld.

Ça ne risque pas d'arriver, je peux le leur dire tout de suite.

Je lève les yeux au ciel, mais au fond de moi, je ne peux m'empêcher de me demander ce que ce serait de travailler aux côtés de Marlowe Cole tous les jours. Je parie que ce serait beaucoup de choses à la fois. Amusant. Captivant. Distrayant. Carrément distrayant.

Je me force à chasser cette idée ridicule. Ce soir, tout tourne autour de Steamy Coffee, pas de mes sentiments de plus en plus confus pour ma concurrente.

— Ne t'en fais pas, Dana. Les choses sont déjà en marche sur ce front, dit Tanya Jacobson à ses amies avant de m'adresser un petit sourire.

Ah oui ? Qu'est-ce que ça peut bien vouloir dire ?

J'ouvre la bouche pour dire quelque chose — même si je ne sais pas trop quoi répondre à cette tentative flagrante de m'arranger un coup — quand quelqu'un pose sa main sur mon bras et se présente.

— Vous devez être Oliver Langdon, dit l'homme, qui a une ressemblance plus que frappante avec l'acteur Jack Nicholson.

— C'est bien moi, monsieur. Ravi de vous rencontrer, je réponds en lui serrant la main. Allez donc chercher ces cafés gratuits, mesdames, dis-je à mes interrogatrices, qui se précipitent vers le comptoir.

— Calvin Cantor. J'étais le propriétaire de la scierie jusqu'à ce que je la vende l'année dernière. J'ai vécu ici, à

Hunter's Creek, toute ma vie, sauf quand je suis allé à l'université puis en école de commerce. Une super petite ville.

Bien sûr. Je m'étais renseigné sur M. Cantor et la scierie que son grand-père avait fondée il y a bien longtemps. Elle fait partie de l'histoire de la ville, et la scierie reste le principal employeur d'ici, d'où tous ces types aux allures de bûcherons dans leurs chemises à carreaux en flanelle.

— Eh bien, c'est un grand plaisir de rencontrer un ancien grand nom de l'industrie de Hunter's Creek.

— Si je comprends bien, vous êtes le fils de Melody Langdon, la propriétaire de toute la chaîne Steamy Coffee.

Les nouvelles vont vite, on dirait.

— C'est exact, M. Cantor, et elle m'a confié l'ouverture de cette franchise ici, dans votre belle ville.

— C'est intéressant. J'aurais pensé qu'elle placerait son meilleur élément sur un site plus important, dans une grande métropole.

Il suppose que je suis l'employé préféré de ma mère, alors qu'en réalité, je sais que cette place revient à mon frère, même après sa mort prématurée.

— C'est moi qui ai demandé ce site, en fait.

Il me jauge de la tête aux pieds.

— Vraiment ?

Il me prend clairement pour un original qui préfère ouvrir une franchise dans une petite ville plutôt que sur un site majeur dans une grande ville.

— Je ne suis pas certain d'approuver le marketing, dit-il en regardant les photos lumineuses qui encadrent le menu.

— Nous voulions ajouter une touche locale à notre imagerie habituelle, un clin d'œil à l'histoire de la ville, je réponds avec aisance.

Un type en chemise de flanelle ouverte, c'est un clin d'œil à l'histoire de la ville ? Intérieurement, je grince des dents.

Il prend une gorgée de sa tasse de café.

— Ce café est de première qualité. Si on ne fait pas attention, vous allez mettre tous les cafés de la ville en faillite.

— On verra bien comment ça se passe, j'imagine.

Je ne peux m'empêcher de jeter un œil par la fenêtre, de
l'autre côté de la rue.

— Le Mary's n'est pas terrible, dit-il en nommant le petit
établissement au coin de la rue qui ne semble jamais avoir de
clients.

Bien que la nourriture soit excellente au Second Chance,
de l'autre côté de la rue, principalement grâce aux talents de
cuisinière de sa propriétaire, Sheila Browning, le café laisse
franchement à désirer.

— Je croyais que c'était le café de Marlowe Cole, je
réponds.

Même s'il me semble me souvenir que Marlowe a
mentionné sa tante lors de notre première rencontre.

— Elle gère l'endroit pour sa tante. Elle est revenue de
Seattle pour ça, m'a-t-on dit, même si je ne connais pas tous
les tenants et les aboutissants. Ce que je sais, c'est que le mari
de Sheila est très mal en point. Un cancer, ajoute-t-il à voix
basse, le mauvais.

Je suis en train de mettre en péril le gagne-pain d'une
femme qui a confié son commerce à sa nièce pendant qu'elle
aide son mari à lutter contre le cancer ?

Le ver de la culpabilité qui me ronge double de volume.

Ma mère m'a toujours appris à ne jamais m'impliquer
personnellement quand on ouvre une nouvelle franchise. Elle
a raison. Si on garde la concurrence à distance, on évite les
situations compliquées. Et la culpabilité. On peut se
convaincre que les gens veulent ce que nous offrons, une
version supérieure à celle du café du coin. Bien sûr, ce café du
coin est peut-être une affaire de famille, et peut-être qu'il est là
depuis toujours, mais les temps changent et les goûts des gens
évoluent. Et Steamy Coffee peut devenir leur nouvel endroit
préféré.

Si je n'avais pas rencontré Marlowe à l'étang ce jour-là, si je n'avais pas ressenti une attirance immédiate pour elle, et si je n'avais pas agi en conséquence en allant la voir au Second Chance, je ne serais pas impliqué personnellement. Je pourrais faire mon travail. Je pourrais faire de cet établissement un succès. Je pourrais montrer à ma mère ce que je vaux.

Mais me voilà, à m'inquiéter de ce qu'elle va ressentir à propos de cette nouvelle chaîne de cafés mastodonte qui ouvre de l'autre côté de la rue. Et plus particulièrement, de ce qu'elle pensera de moi pour ne pas l'avoir prévenue.

Je m'excuse et me fraie un chemin à travers la foule jusqu'au comptoir où je vais voir les baristas.

— Est-ce que tout est sous contrôle ici ? je demande.

— Ça cartonne vraiment ici, patron, dit Naomi en versant plus de grains de café dans la machine. On fait un tabac !

— Ben oui. Tout est gratuit. C'est pour ça qu'il y a autant de monde, explique Tina.

— Il n'y a pas une corrélation entre le succès de la soirée d'ouverture et le nombre d'habitués qu'une nouvelle franchise gagne au cours des semaines suivantes ? demande Naomi.

— Si, bien sûr, et c'est notre travail de leur donner envie de revenir et de devenir de vrais clients payants dès demain matin, je réponds.

— On s'occupe de tout, patron, dit Naomi avec un grand sourire.

— Vous savez que vous pouvez m'appeler Oliver, n'est-ce pas ?

— Bien sûr, patron.

Elle me fait un clin d'œil.

Je laisse échapper un rire en me retournant et je tombe nez à nez avec Marlowe Cole.

Je suis certain qu'un silence s'abat sur la foule, comme si tout le monde s'attendait à une sorte de duel au pistolet à l'aube entre nous.

— Marlowe, salut, dis-je, la voix sonnant bizarrement.

Ses traits sont crispés.

— Alors, c'est ça ta nouvelle affaire, hein ? Un café.

J'affiche un sourire forcé.

— C'est bien ça. Tu voudrais un…

Elle me coupe.

— Mais pas n'importe quel café. C'est un Steamy Coffee, l'une des chaînes de cafés nationales les plus grandes et les plus prospères.

Ses yeux lancent des éclairs, enflammés par la colère.

Je ne peux pas lui en vouloir.

Je baisse la voix.

— Écoutez, je comprends. Vous êtes contrariée, je commence.

— Contrariée ? Dis plutôt choquée, ou prise au dépourvu, ou… ou sans voix.

Elle fait un geste autour d'elle.

— Pourquoi tu ne m'as rien dit il y a quelques jours quand tu es venu au Second Chance ? Tu n'as pas eu la décence. Tu aurais au moins pu me *prévenir*.

À ma grande surprise, ce que je prenais pour une colère choquée se transforme en quelque chose de pire. Bien pire. Des larmes lui montent aux yeux et elle les chasse d'un clignement, relevant le menton d'un air de défi.

— Marlowe, je... je... je balbutie, décontenancé par son chagrin.

La colère, je sais y faire face. La tristesse, c'est une autre paire de manches.

— Les grandes chaînes de cafés poussent les petits commerces locaux à mettre la clé sous la porte en permanence. Je parie que vous le saviez.

Bien sûr que je le savais.

Je redresse les épaules. Je n'ai rien fait de mal. Nous avons deux stratégies marketing quand nous lançons un nouveau site. Soit nous restons discrets pour créer le mystère, soit nous le crions sur tous les toits. À Hunter's Creek, nous avons opté pour le mystère. Avec succès, à en juger par la situation.

— Voulez-vous un café offert ? je propose faiblement. Naomi ou Tina peuvent vous servir.

Son regard glisse vers les baristas qui lui sourient, ignorant tout du contenu de notre conversation et du fait que Marlowe dirige un café concurrent — un café qui, à cet instant précis, est sérieusement menacé.

Me regardant de nouveau, elle secoue la tête avant de repousser ses cheveux de son visage.

— Non merci pour le café.

Elle me jette un dernier regard avant de se frayer un chemin à travers la foule.

Tous les regards se tournent vers moi.

Mon visage brûle de gêne et je sens le poids du jugement de la ville peser sur moi, comme un presse-papiers en plomb sur une pile de feuilles. J'ai contrarié l'une de leurs filles préfé-rées en montant une entreprise en concurrence directe avec la sienne.

Une partie de moi a envie de la rattraper et de m'excuser. Mais je sais que ça ne servirait à rien. Je n'aurais pas dû m'im-pliquer personnellement. C'est du business. Rien de plus. Alors je ne le fais pas. À la place, je m'éclaircis la gorge et affiche un sourire forcé.

— J'espère que vous appréciez vos boissons et en-cas gratuits. Nous serons ouverts tous les jours dès 6 h du matin, et nous ne fermerons qu'à 22 h chaque soir.

Je vous avais bien dit que j'étais le méchant de l'histoire.

Chapitre 8

Marlowe

Je regarde par la fenêtre, baignée par la vive lumière du matin. Ma colère et ma consternation, suite au choc d'hier soir quand j'ai découvert la nature du nouveau commerce d'Oliver, sont encore à vif.

Quel coup bas, répugnant et méprisable ! Oliver savait que je tenais le café sur Main Street. Je le lui ai dit. Il est venu ici. Et malgré tout, il n'a pas jugé bon de partager ce petit détail sans conséquence qu'il ouvrait un commerce en concurrence directe avec le mien ?

C'est comme si je revivais l'histoire avec Mike. On me trahit. On me prend pour une idiote.

Je pousse un soupir d'exaspération.

Une voix dans ma tête me dit :

Oliver n'est pas marié en secret, je ne suis pas en couple avec lui et ce n'est pas mon patron.

Pourquoi faut-il que je sois si rationnelle ?

C'est exactement comme avec Mike, et je le déteste, me dis-je.

Voilà.

— Qu'est-ce qui t'arrive ce matin ? me demande Ryn en revenant au comptoir après avoir servi une table.

— Je n'arrive pas à croire que j'aie pu un jour trouver ce monstre mignon, dis-je en serrant les dents tandis que je regarde des clients — *mes* clients — franchir les portes du nouveau Steamy Coffee de l'autre côté de la rue.

— Attends. Tu trouves le nouveau venu en ville mignon ? demande Ryn.

— Seulement parce qu'il est nouveau et que c'est un homme, je réponds du tac au tac.

— Alors, quand Eugene McAllister a emménagé ici à Noël dernier, tu l'as trouvé mignon aussi ? demande-t-elle, faisant référence à un homme petit, rond et chauve d'une cinquantaine d'années qui a repris l'épicerie locale quand son frère aîné a pris sa retraite.

Je lance un regard noir à ma petite sœur.

— Tu n'as pas cours à Cotown ce matin ?

— C'est si facile de te taquiner. Et mon cours de soins du visage ne commence pas avant midi, ce qui veut dire que je suis là toute la matinée pour t'interroger sur tes sentiments pour le nouveau propriétaire du Steamy Coffee.

— Quelle chance j'ai, dis-je d'un ton monocorde.

— Tu es allée voir l'endroit ? demande notre tante Lisa, qui d'habitude reste dans la cuisine, à l'écart de l'agitation du café.

— J'y suis allée hier soir pour la « grande ouverture ». Je

mime des guillemets. Ce n'était pas vraiment grandiose, pour être honnête. C'était plus criminel que grandiose, vu qu'ils nous volent nos clients. Il devrait y avoir des lois qui interdisent d'ouvrir de nouvelles entreprises en concurrence directe juste de l'autre côté de la rue. Je me tourne vers tante Lisa. Il y en a ?

— Il faudra demander à quelqu'un qui s'y connaît, ma chérie. Peut-être Christopher ? C'est un avocat, répond-elle.

— Christopher sait tout, approuve Ryn.

— Je n'ai pas raté l'inauguration hier soir, donc je n'ai pas encore pu voir, mais quelques-unes de mes amies m'ont dit que c'est super chic, dit tante Lisa.

— Je n'ai pas fait attention. J'étais trop occupée à être sous le choc, j'admets.

— Pourquoi ne vas-tu pas voir ça de plus près ? suggère-t-elle.

Je retiens mon souffle, effarée à cette seule pensée.

— Pas question ! J'y suis allée une fois, et ça me suffit pour toute une vie.

— Si c'est si horrible, pourquoi y es-tu allée hier soir ? me demande Ryn.

— Parce que je devais le voir de mes propres yeux. Pour ma défense, je n'avais aucune idée que c'était un café.

— L'enseigne ne t'a pas mis la puce à l'oreille ? demande ma sœur avec sa pointe d'insolence habituelle.

— Elle était cachée, comme les fenêtres. Personne n'était au courant.

Je jette un nouveau coup d'œil au café bondé, remarquant que d'autres de nos habitués en franchissent la porte.

— C'est la pire chose qui soit jamais arrivée à Hunter's Creek.

Ryn croise les bras.

— Honnêtement, je pense que la pire chose qui soit arrivée, c'est quand Hollywood a débarqué en ville, amenant avec lui un crétin mielleux et arriviste du nom de Joe Turner.

— Mais sans Joe, tu n'aurais peut-être pas réalisé à quel point les choses pouvaient être géniales avec Gabe, fait remarquer tante Lisa, et Ryn arbore ce sourire niais qu'elle a chaque fois que le nom de son petit ami est mentionné.

— On peut se concentrer un peu ? je leur demande sèchement. Bon sang, qu'est-ce qu'on va faire ? La plupart de nos clients sont allés au Steamy Coffee ce matin.

Je regarde autour de moi.

— Je peux compter le nombre de personnes ici sur les doigts d'une main, alors que d'habitude, nous sommes débordées à cette heure de la journée.

— J'ai entendu dire que le type qui gère l'endroit est le fils de la propriétaire, déclare tante Lisa.

— Oliver ? je demande.

— Ouais. Le fils de Melody Langdon.

Alors, il est beau, riche *et* on lui a servi ce poste sur un plateau d'argent.

C'est de mieux en mieux.

— C'est un scénario typique d'émission de téléréalité de rencontres, déclare Ryn.

Je fronce les sourcils.

— Comment ça, exactement ?

— Le couple file le parfait amour, tout est génial, et puis une nouvelle bombe débarque et le mec se laisse tourner la tête parce qu'elle est super canon, mais ça ne dure qu'un temps avant qu'il ne se souvienne à quel point sa copine est vraiment géniale.

Je regarde ma sœur en clignant des yeux.

Tante Lisa, en revanche, hoche la tête.

— Je vois. Les habitants de la ville sont éblouis par la nouveauté, mais avec le temps, ils se souviendront à quel point c'est bien ici.

Je me mords la lèvre.

— J'espère que vous avez raison.

91

— Il va peut-être falloir faire plus qu'*espérer*, dit Ryn en montrant la fenêtre du doigt.

Je regarde de l'autre côté de la rue et vois les trois membres du Comité des Dames de Hunter's Creek entrer d'un pas décidé dans le Steamy Coffee.

— Quoi ? Mais… Elles viennent toujours ici.

— Gabe et moi avons manqué l'inauguration hier soir, donc il est normal que j'y aille aujourd'hui.

Ryn défait son tablier et me le met dans les mains.

— Je vais aller jeter un œil. Tu m'accompagnes ?

Je secoue la tête avec véhémence.

— Pas question. Je ne peux pas être vue dans… dans… cet endroit.

Ryn ricane.

— Marlowe, c'est juste un café, pas un antre du vice.

Elle saisit les liens de mon tablier et me le retire.

— J'ai un chapeau et une paire de lunettes de soleil dans l'arrière-boutique, si tu veux les mettre.

— C'est la pire idée du monde, lui dis-je.

Quelques minutes plus tard, nous traversons la rue en courant ensemble, Ryn habillée comme tous les jours avec son t-shirt, son jean et ses baskets, et moi avec mon chemisier sans manches, ma jupe et mes talons, affublée d'un bob et d'une paire de lunettes de soleil enveloppantes. Je ressemble à une imitatrice paumée de Vin Diesel. Mais la dernière chose que je veux, c'est qu'Oliver me reconnaisse.

Nous nous glissons à côté de l'entrée.

— Tu es sûre que c'est une bonne idée ? chuchoté-je d'une voix faussement discrète.

— Tu ne vas pas te dégonfler maintenant. On y va.

Ryn me prend la main et, avant que j'aie le temps de protester davantage, elle m'entraîne à l'intérieur du Steamy Coffee.

Je suis immédiatement saisie par l'odeur des grains fraîchement moulus et des pâtisseries chaudes tandis que je jette un regard furtif autour de moi. L'endroit ressemble à tous les autres Steamy Coffee que j'ai visités. Décoré avec goût, avec un parquet qui n'était très certainement pas là quand c'était une boutique de tricot, et l'argent des cadres et des étagères scintillant sous l'éclairage doux et expert. L'effet général est peut-être générique, mais il est soigné et élégant. L'antithèse de l'ambiance chaleureuse du Second Chance Café.

— Regarde-moi ça, souffle Ryn à côté de moi.

Mes yeux parcourent la longue liste de cafés affichée au-dessus du comptoir. Ils ont toutes les sortes de cafés imaginables, des cappuccinos au café glacé, et tout ce qu'on peut trouver entre les deux.

Elle me donne un coup de coude dans les côtes.

— Mate le beau gosse.

Mon esprit, bien sûr, se tourne instantanément vers Oliver.

— Quoi ? Où est-il ? Il m'a vue ? demandé-je, le souffle court, mes yeux s'agitant en panique.

— Pas ton rival propriétaire de café. Je parlais du gars là-haut.

Elle désigne la photo d'un homme souriant qui semble avoir oublié de boutonner sa chemise, laquelle est rouge à carreaux et clairement en flanelle, son physique impression-nant exposé à la vue de tous.

Subtil ? Pas vraiment.

À côté de lui se trouve une femme tout aussi magnifique, portant pour une raison quelconque un bikini rouge, ses longs cheveux noirs tombant dans son dos alors qu'elle sourit amou-reusement à son homme. Ils tiennent tous les deux une tasse de café à la main, l'air heureux, sexy et amoureux.

Ryn siffle.

— Tu sais ce qu'on dit : le sexe fait vendre. Même si je ne savais pas que ça vendait du café, précisément.

— Visiblement, ça marche, je réponds avec un soupir en baissant mes lunettes de soleil pour constater le nombre impressionnant de clients.

Toutes les places sont prises, et il y a une file d'attente au comptoir. Bien que je ne reconnaisse pas quelques-uns d'entre eux, la plupart sont des habitants du coin et des habitués du Second Chance.

— Eh bien, voilà où sont tous nos clients aujourd'hui, sœurette. Mystère résolu.

Elle me tire par le bras.

— Regarde le Comité des Dames. Les traîtresses.

Je regarde le groupe de femmes, assises à l'une des tables, en train de discuter autour de leurs cafés sophistiqués. Madame Sommerfeld lève les yeux vers nous et ses yeux s'écarquillent, surprise que nous soyons là.

J'enlève mes lunettes de soleil à la Vin Diesel et je lui fais un petit signe suffisant.

Vous voilà prises sur le fait, mesdames.

— Viens. Allons avoir une petite discussion, annonce Ryn en se dirigeant d'un pas décidé vers leur table.

— Ryn, non ! je m'écrie.

— Marlowe Cole.

Je sursaute en entendant mon nom. Je sais qui c'est. Évidemment, il fallait que je me fasse surprendre par la seule personne que je ne veux pas voir en ce moment. Ni jamais, d'ailleurs.

Oliver est debout derrière le comptoir, me souriant comme s'il venait de gagner au loto.

— Quelle agréable surprise. Joli bob.

— Ça fait partie de mon look.

J'essaie de prendre un air nonchalant, mais ma voix se brise. Tant pis pour mon air détaché.

Un sourire se dessine au coin de ses lèvres.

— Eh bien, c'est un look différent de celui que vous avez d'habitude, je vous l'accorde.

Bien sûr, je sais que le bob ne va pas vraiment avec le style chic de bureau que j'adopte pour le travail. Mais devrais-je être légèrement vexée qu'il ait remarqué ce que je porte d'habitude ? Vexée ou… secrètement ravie ?

Vexée. Carrément vexée.

— À quoi dois-je ce plaisir ? demande-t-il.

— Je me suis dit que j'allais passer voir ce qui faisait tant de bruit. Je, cuh, n'ai pas eu l'occasion de bien regarder hier soir lors de votre grande inauguration.

— Parce que l'endroit était bondé de clients impatients ?

C'est un commentaire acerbe. Il veut me faire réagir.

Il n'y arrivera pas.

— Pas du tout. J'ai tout vu hier soir, de vos sièges quelconques à ces images totalement inappropriées derrière le comptoir. Pas vraiment familial.

Il fait la grimace et je sais que j'ai touché le gros lot. J'en remets une couche.

— Vous ne savez peut-être pas que la ville est un peu conservatrice, et je ne suis pas sûre que ces images démesurées soient acceptées ici. Juste un petit avertissement amical.

Il se mordille la lèvre.

— Vous avez peut-être raison. On demande à quelques clients ce qu'ils en pensent ? Et cette table, là-bas ? On pourrait leur demander.

Je jette un œil aux membres du Comité des Dames. Elles auront certainement un avis sur la façon dont le couple est habillé — ou pas habillé, en l'occurrence.

— Je vous en prie.

Il m'invite d'un geste à passer devant lui, ce que je fais, les épaules droites.

Cela va tellement jouer en ma faveur. Le Comité des Dames va juger l'image totalement inappropriée et j'aurai marqué un point dans cette nouvelle bataille avec Oliver.

— Bonjour, mesdames,

je lance avec un sourire.

Elles me regardent avec des expressions inquiètes.

— Marlowe. Quel plaisir de vous voir, murmure Mrs. Jacobson, ses yeux allant de l'une de ses amies à l'autre.

— Tu as l'air bien installée ici, dit Ryn d'un ton ironique.

Mrs. Jacobson ignore la pique et dit plutôt :

— Et Oliver, aussi. Les deux propriétaires de cafés de Main Street, ici, ensemble.

Je sais où elle veut en venir, et me faire caser avec Oliver en ce moment ne serait pas du tout utile. Pas maintenant qu'il est mon ennemi.

— Je ne reste pas longtemps. J'ai juste une petite question pour vous, mesdames, dis-je.

Mais Oliver tient à en faire toute une histoire.

— Bonjour, mesdames. C'est merveilleux de vous revoir parmi nous aujourd'hui. Au nom du Steamy Coffee, je vous remercie de votre fidélité.

Sa voix dégoulinait d'amabilités excessives.

Les femmes gloussent. Elles *gloussent* pour de vrai. J'écarquille les yeux en les regardant. Elles ont l'âge d'être sa mère. Non, sa grand-mère. Non pas que je connaisse l'âge d'Oliver, mais il a l'air d'avoir la petite trentaine, voire trente-cinq ans.

— Vous nous avez manqué ce matin au Second Chance, leur dis-je.

— On fait une étude de marché pour vous, prétend Mme Ashbridge.

Les deux autres hochent la tête avec enthousiasme.

— C'est exact. Une étude de marché. On allait vous faire notre rapport demain matin quand on viendra prendre notre café habituel, dit Mme Sommerfeld.

— C'est formidable, je réponds, même si je sais que ce sont des balivernes. J'ai hâte de toutes vous revoir demain. En attendant, je me demandais ce que vous pensiez de ces photos là-haut, derrière le comptoir.

— Les photos ? demande Mme Jacobson. Je ne suis pas sûre d'avoir remarqué de photos.

Ses amies sont d'accord avec elle. Apparemment, elles

n'ont pas levé les yeux au-delà du comptoir pour remarquer les photos grand format qui encadrent le menu, et encore moins celles de la vitrine. En fait, j'irais même jusqu'à penser qu'il est impossible de les rater.

— Vraiment ? je demande, sans les croire une seconde. Je désigne du doigt les photos éclairées derrière le comptoir. Vous n'avez pas remarqué celles-là ?

— Oh, *ces* photos-là. On croyait que vous parliez d'autres photos, répond Mme Jacobson, le visage rougeaud. Il commence à faire chaud ici ou c'est le café qui me réchauffe ?

Elle s'évente le visage avec la main.

Je croise les bras.

— Maintenant que vous les avez vues, qu'est-ce que vous en pensez ?

— J'ai trouvé que les yeux de l'homme donnaient l'impression de me suivre partout, admet Mme Ashbridge.

— J'ai à peine remarqué ses yeux, si vous voyez ce que je veux dire, dit Mme Sommerfeld avec un haussement de sourcils suggestif.

— Pensez-vous qu'elles sont peut-être un peu osées ? je demande.

— Vous ne pouvez pas les influencer, proteste Oliver. Ce que Marlowe vous demande, c'est ce que vous pensez des photos.

Non, ce que Marlowe demande, c'est pourquoi des images aussi manifestement sexy devraient être utilisées pour inciter les gens à dépenser leur argent durement gagné dans des cafés compliqués et hors de prix alors qu'il y a un café parfaitement charmant de l'autre côté de la rue avec de jolies photos de jolies choses qui n'impliquent pas de mannequins presque nus. Alors va te faire voir, Oliver Langdon.

— Est-ce qu'ils vont se couvrir pour l'hiver ? Il peut faire froid ici, vous savez, dit Mme Jacobson.

Je pourrais l'embrasser pour ça.

— Je pense qu'elles me détournent un peu de ma concentration. Je suis venue pour une tasse de café, pas pour qu'un homme nu me regarde comme il le fait, dit Mme Ashbridge.

Une autre personne sur ma nouvelle liste de gens préférés.

Je plisse le nez.

— C'est rebutant, n'est-ce pas ?

— Allons. Là, c'est clairement de l'influence, proteste Oliver.

Je hausse les épaules.

— Vous les avez entendues. Elles sont dérangeantes et ne sont pas appropriées pour un café.

Oliver regarde tour à tour les femmes et moi.

— Profitez bien de votre café. Si vous revenez demain, dites à Naomi ou à Tina que je vous offre un deuxième café de spécialité, au cas où je ne serais pas là.

Je hausse les sourcils en le regardant. Vraiment ? C'est comme ça qu'il compte s'y prendre ?

Les femmes lui adressent un sourire radieux, le remerciant et oubliant de toute évidence qu'elles m'avaient déjà dit qu'elles reviendraient demain au Second Chance.

Comme les habitants de Hunter's Creek se laissent facilement influencer !

Je prends ça comme le signal qu'il est temps pour moi de partir. J'ai vu ce que j'avais à voir ici, et je me sens aussi dégonflée qu'un soufflé au fromage raté.

Je dis au revoir aux femmes et j'adresse un sourire hypocrite à Oliver.

— On y va, Ryn, je lâche d'une voix hargneuse avant de battre en retraite précipitamment.

— J'arrive tout de suite, répond-elle.

À ma grande surprise, Oliver me suit jusqu'à la porte.

— Vous avez vu tout ce que vous deviez voir ? demande-t-il.

— J'en ai bien assez vu pour aujourd'hui, je réponds d'un ton sec.

— Vous ne m'avez jamais dit pourquoi vous étiez partie si soudainement hier soir.

— J'avais un… un truc.

Super… il ne se doutera jamais que je viens d'inventer ça.

— Un truc ?

— Un truc, je confirme en relevant le menton.

— Je vois.

Son sourire taquin se transforme en un vrai sourire.

— C'est super que vous soyez venue constater par vous-même la supériorité de notre café, me taquine-t-il, les yeux pétillants de malice. Des yeux que je trouvais si attirants hier matin encore. Aujourd'hui, ils ont l'air positivement traîtres. Ou alors vous êtes ici pour voler quelques secrets de fabrication ?

— Vous n'avez rien qui m'intéresse, je ricane. Comme je l'ai dit, je voulais voir ce qui justifiait tout ce bruit, et je vois bien que ce n'est que ça. Du bruit.

— Je vous invite à rester pour une tasse de café offerte par la maison. Tout ce que vous voudrez.

*Comme si j'allais boire *son* café !*

— C'est gentil, mais non merci.

— Du moment que vous êtes sûre que je ne peux pas vous tenter…

Je commets l'erreur de lever les yeux vers les siens et mon estomac fait un bond, bien qu'il soit passé de bel inconnu dragueur à mon ennemi.

De toute évidence, mon corps n'a pas encore saisi le message.

Alors, je fais la seule chose que je puisse faire. Je relève la tête et secoue mes cheveux, le foudroyant du regard.

— Oh, vous pouvez être sûr d'une chose, Oliver *Langdon*.

Il marque une courte pause avant de répondre :

— Ah oui ? Laquelle ?

— Il n'y a absolument rien que vous puissiez m'offrir qui m'intéresse.

Il hausse un sourcil.

— Rien ? me demande-t-il d'un ton résolument charmeur.

— Rien, je confirme.

J'ignore la façon dont son regard sur moi fait frémir mon corps.

— Bonne journée.

Je tourne les talons et sors du café d'un pas rageur pour me heurter de plein fouet à quelqu'un qui entrait.

Ouf !

— Excusez-moi. Je n'ai pas fait attention… Marlowe ?

Je me stabilise pour voir qui je viens de percuter et me retrouve face à un visage très familier.

— Papa ?

Je jette un coup d'œil à son acolyte.

— Maman ?

— Salut, ma puce. Quelle bonne surprise, dit mon père.

— Qu'est-ce que tu fais ici, ma chérie ? demande ma mère en me faisant un rapide câlin.

Je lui lance un regard lourd de sens.

— Je pourrais te poser la même question.

Je ne regarde pas Oliver.

— On voulait voir ce qui justifiait toute cette agitation. Tout le monde ne parle que de cet endroit aujourd'hui. Ne t'inquiète pas. On adore toujours le Second Chance. Mais l'idée de prendre un de ces grands cafés à la vanille avec de la crème Chantilly me tente bien.

Elle se lèche les lèvres. Oui, elle se lèche bel et bien les lèvres.

— Moi, je vais me prendre un de ceux au chocolat à la menthe poivrée, dit mon père.

Voilà où on en est arrivé. Trahie par mes propres parents.

— Puis-je vous suggérer un cappuccino à la vanille avec un supplément de crème pour vous, Madame Cole, et le moka à la menthe poivrée pour vous, Monsieur Cole ? dit Oliver.

— Ça a l'air délicieux, ronronne ma mère.

Je lui lance un regard noir.

— Je suis Oliver Langdon, le propriétaire. Soyez les bienvenus.

Mes parents le saluent et je me tourne vers Oliver.

— Merci de m'avoir raccompagnée jusqu'à la porte. On se reverra peut-être un jour.

Je suis à peu près aussi subtile que ses photos aguicheuses, mais je m'en fiche.

— Peut-être nous croiserons-nous à l'étang un de ces jours, dit-il.

Dans tes rêves.

— Au revoir, dis-je d'un ton sec.

Heureusement, il comprend l'allusion et retourne au comptoir.

— Tous mes clients sont ici, dis-je d'une petite voix.

— Pas tous. J'en suis sûr, dit mon père.

— La plupart.

— Ma chérie, c'est le nouvel endroit à la mode en ville. C'est tout. Tes clients sont juste là pour jeter un œil et ils reviendront chez toi en un rien de temps. Tu verras.

— Ta mère a raison. Rien ne vaut une tarte aux pommes du Second Chance.

J'esquisse un faible sourire.

— J'espère que vous avez raison.

— On a raison. Qu'est-ce que Sheila a dit à propos de cette nouveauté ?

Tante Sheila. Mon cœur se serre. Je vais devoir lui en parler.

— Je ne lui en ai pas encore parlé. J'essaie encore de l'accepter moi-même.

— Je te suggère de l'appeler pour en discuter. Ça fait de très, très nombreuses années qu'elle tient ce café. Elle aura bien quelques idées, me dit maman.

Mon moral remonte.

— J'espère que tu as raison.

Chapitre 9

Marlowe

Je fais un rapide câlin à mes parents, ces traîtres, avant de retourner en douce au Second Chance. Je relève tante Lisa de son service temporaire au comptoir pour qu'elle puisse retourner en cuisine — non pas qu'elle ait servi beaucoup de clients pendant mon absence, bien sûr.

J'envoie rapidement un message à tante Sheila pour lui dire que je dois lui parler de quelque chose. Je ne veux pas l'effrayer, mais en même temps, il faut qu'elle sache que son commerce est menacé. Je sais que ce n'est que le premier jour et que le Steamy Coffee est la nouvelle attraction en ville, mais une recherche rapide sur Google m'apprend que les chances qu'un petit café indépendant mette la clé sous la porte quand une grande chaîne s'installe sont assez élevées.

Je ne donne pas cher de nos chances.

Je lève les yeux alors que quelqu'un franchit la porte d'un pas léger. Un client, j'espère. C'est Ryn, le sourire aux lèvres et… et c'est quoi, ce délire ? C'est un gobelet du Steamy Coffee qu'elle a à la main ?

Indignée, je mets les mains sur mes hanches et la foudroie du regard.

— Je n'arrive pas à croire que non seulement tu as acheté un de leurs cafés, mais qu'en plus tu l'as ramené ici !

— Du calme, sœurette. D'abord, ce café glacé était gratuit. C'est ton copain qui me l'a offert.

— Qui ça ? Oliver ? Ce n'est pas mon copain.

— Alors pourquoi tu rougis ?

Je serre la mâchoire, consciente que la chaleur me monte effectivement aux joues.

Mince, Oliver ! Pourquoi faut-il que tu sois si séduisant ? Il devrait y avoir une règle : si tu envahis le territoire de quelqu'un, menaçant de ruiner son affaire, tu devrais au moins avoir la décence d'être moche.

Un Oliver moche serait tellement plus facile à gérer. Pas de réactions à ses sourires, à ses flirts ou à ses taquineries. Je pourrais continuer à le détester sans complication.

— Ryn, tu penses sérieusement que ça donne une bonne image qu'une employée entre dans notre café en tenant un gobelet de la concurrence ?

Elle aspire avec sa paille, produisant un gargouillis sonore en arrivant au fond de son café glacé.

— C'était bon. Tous leurs cafés sont bons. On doit sérieusement se bouger.

— On ne va pas essayer de rivaliser avec eux en faisant des tas de cafés sophistiqués. D'ailleurs, tout le monde adore notre café.

— Marlowe, on propose du café filtre avec de la crème, du lait et du sucre. C'est à peine meilleur que celui de chez Mary's, notre seule autre concurrente en ville, et c'est uniquement parce qu'ils ne sont pas sur Main Street et que leur nourriture est nulle.

Je ne vais pas contester son évaluation de Mary's. C'est un minuscule café dans la partie la moins pittoresque de la ville, qui a tendance à servir les gens qui veulent prendre un café et un sandwich sur le pouce.

— Nous sommes au XXIe siècle, pas en 1952.

Ryn lève son gobelet maintenant vide.

— Voilà ce que les gens attendent. Je ne dis pas qu'on doit mettre le paquet, mais peut-être juste un peu ?

Je jette un coup d'œil à la cafetière. Elle est sur la plaque chauffante depuis que le dernier client a commandé une tasse.

L'anxiété gonfle dans ma poitrine comme une mont-golfière.

— On fait du café glacé, je proteste.

— Pas comme ça, non.

— Tu as raison, je pousse un soupir résigné. On doit se bouger.

— Tu m'étonnes.

Avant de faire quoi que ce soit, je dois parler à tante Sheila.

Je prends mon téléphone sur le comptoir et vérifie mes messages. Aucune nouvelle. Je me mords la lèvre.

— On pourrait faire marcher ce truc ? demande Ryn.

Elle a la main posée sur la vieille machine à café que je n'ai jamais vue fonctionner.

— Je pense que c'est une antiquité. Elle est là plus pour la déco qu'autre chose.

— Tu as la moindre idée de comment elle fonctionne ?

Ryn contourne la machine par l'avant et commence à tourner des molettes et à appuyer sur des boutons.

— Aucune idée.

Elle appuie sur un bouton et la machine émet un étrange vrombissement.

On se regarde, surprises.

— C'est bon signe, non ? demande-t-elle.

La machine produit un bruit sourd avant que de la vapeur ne jaillisse de la buse, puis tout s'arrête dans une détonation qui nous fait toutes les deux reculer d'un bond.

Notre unique client lève les yeux de son livre, surpris.

— Tout va bien, monsieur Duarte. On essaie juste de faire fonctionner cette vieille machine à café, je lui explique.

— Vous aurez bien du mal à faire fonctionner cet engin. La dernière fois qu'il m'a servi un café, votre tante était une toute jeune mariée.

Je fais un rapide calcul mental. La machine doit avoir au moins trente-cinq ans, voire plus.

— Cette machine est *vieille*, dit Ryn. Ne vaudrait-il pas mieux en acheter une neuve pour battre ce stupide café ?

— Stupide Café ?

— C'est le nouveau nom que je leur ai donné. Accrocheur, non ?

Je secoue la tête.

— Les machines à café doivent coûter des milliers de dollars. Je ne suis pas sûre que tante Sheila ait ce genre de somme de côté. Surtout en ce moment avec oncle Johnny.

— Depuis quand le manque de fonds nous a-t-il empê-chées d'atteindre nos objectifs ? Les Cole arrivent toujours à leurs fins. Regarde-moi, je poursuis mon rêve de devenir esthéticienne. Quand j'ai commencé, je n'avais presque pas d'argent et j'ai dû économiser tout ce que je gagnais ici pour payer les frais. Maintenant, je suis à un mois d'obtenir mon diplôme et j'ai déjà signé le bail pour l'ancien local des Greenwood.

— Ton rêve n'était pas de devenir souffleuse de verre ?

Elle balaie ma remarque d'un revers de la main.

— C'est de la sémantique. Ce que je veux dire, c'est que j'ai décidé de devenir esthéticienne et c'est ce que je fais. Tu peux décider de t'attaquer à M. Beau Gosse du café d'en face, et le faire aussi. D'autant plus que tu es l'aînée travailleuse et pleine de succès, et que je ne suis que la petite dernière de la famille.

Elle m'adresse son sourire victorieux.

Ryn a longtemps eu un problème avec le fait d'être traitée comme la petite dernière, se plaignant que personne ne la prenait au sérieux. Je soupçonne que voir sa grande sœur rentrer à la maison après l'implosion de sa vie l'a aidée à se sentir mieux dans sa peau.

Sur moi, cela a eu l'effet inverse.

— On met l'idée de la nouvelle machine à café de côté en attendant que j'aie parlé à tante Sheila. Tu as d'autres idées ? je demande.

— Peut-être une nouvelle enseigne à l'extérieur ? L'ancienne est un peu déformée et délavée. Je pourrais demander à Gabe de m'aider à peindre quelque chose ? Je ferai le design et te le soumettrai d'abord, bien sûr.

— Une nouvelle enseigne serait une bonne chose, mais nous devons voir plus grand.

— C'est toi l'experte en marketing de la famille.

Je me tapote le menton.

— Je pourrais commencer à poster des trucs sur les réseaux sociaux, essayer de faire le buzz. On pourrait faire des *reels* et des TikToks ? Quelque chose de mignon et d'accrocheur.

La présence de tante Sheila sur les réseaux sociaux se résume à une page Facebook avec environ 35 abonnés, qui sont tous de la famille ou des membres du Comité des Dames.

Ryn sourit.

— Tant qu'on peut danser, je suis partante.

Je laisse échapper un rire malgré notre situation critique.

— Peut-être pas de danse, mais on trouvera bien quelque chose.

— Oh, allez, sœurette ! Ça va être marrant. Je peux t'apprendre quelques pas.

Elle commence à enchaîner quelques mouvements de danse.

Je lance un regard à ma sœur.

— J'y réfléchirai.

— Je prends ça pour un oui ferme, juste pour que tu le saches.

Je secoue la tête.

— D'autres idées ?

— Le dîner ! s'exclame Ryn, les yeux brillants.

Je fronce les sourcils.

— On ne sert pas le dîner. On ferme à 16 h.

— Exactement. Le Steamy Coffee est ouvert jusqu'à 22 h. Ils ne proposent pas de dîner, juste des en-cas industriels.

— Des en-cas industriels ?

Un petit sourire fleurit sur mon visage.

— Oliver m'a donné un muffin. Il était caoutchouteux et trop sucré. Ça n'avait vraiment pas le goût de nos muffins.

— Donc, pour ce qui est de la nourriture, on a déjà une longueur d'avance sur lui. Ça me plaît. On pourrait continuer sur cette lancée en proposant un menu pour le dîner afin d'attirer plus de clients le soir.

— Super.

Je commence à réfléchir aux aspects pratiques d'une ouverture pour le dîner.

— Des horaires étendus signifieront qu'on aura besoin de plus de personnel, ce qui veut dire plus de salaires. Je ne suis pas sûre que ça en vaille la peine.

— Pense-y. À l'heure actuelle, si tu veux aller dîner à

Hunter's Creek, c'est soit dans l'un des bars, soit chez quelqu'un, ou alors il faut aller jusqu'à Cotown. On aura le monopole du marché.

— Et tous les gens d'Hollywood reviennent bientôt en ville pour l'avant-première.

— Et le Festival d'été a lieu le même week-end que l'avant-première, en plus.

— Exact !

Je sens une montée d'enthousiasme.

— C'est le moment idéal pour lancer un menu pour le dîner.

Nous nous taisons un instant.

— Ooh ! Des concerts le week-end !

Ryn sautille presque sur sa chaise.

— Des groupes locaux ou des artistes acoustiques attireraient la foule.

— Tu connais des groupes locaux ou des artistes acoustiques ? Je me moque. Soyons réalistes.

— Ivy.

— Ta coloc ?

Mon téléphone sonne et, en le prenant, je vois que c'est notre tante, Sheila.

— Tante Sheila. Comment vas-tu ?

— Oh, je vais très bien, répond-elle. Je m'habitue à être à Seattle, mais la maison me manque.

— Toi aussi, tu nous manques. Comment va oncle Johnny ?

— Il va bien, ma chérie. Tu connais ton oncle Johnny : il ne se plaint jamais. Il est à l'hôpital en ce moment pour le traitement aux cellules souches pour lequel nous sommes venus. Le pauvre a perdu tous ses cheveux, mais les médecins nous assurent qu'ils repousseront, et de toute façon, il n'en avait déjà pas des masses avant.

Je pense à ma tante, cette femme forte, et à son mari, Johnny. Il sourit tout le temps, a toujours une blague à raconter, et ils sont mariés et heureux depuis des décennies. Le couple idéal par excellence.

— Alors, qu'est-ce que j'apprends à propos d'un jeune homme plutôt beau gosse qui ouvre une franchise de café juste en face ?

— Tu as entendu parler de ça ?

— Ma chérie, je suis peut-être loin de la maison, mais je peux quand même me tenir au courant de tout ce qui se passe. Tanya Jacobson a appelé.

La nouvelle présidente du Comité des Dames. J'aurais dû m'en douter.

— C'est justement de ça qu'on doit te parler. Je te mets sur haut-parleur. J'ai aussi Ryn avec moi.

J'appuie sur un bouton du téléphone et la voix de tante Sheila résonne dans le café vide :

— Comment tu vas, Ryn ? Comment ça se passe avec ton copain ? Toujours amoureuse, j'espère.

Le visage de Ryn s'illumine d'un sourire béat.

— Il va bien.

— Par « bien », je suppose que tu veux dire que oui, tu es follement heureuse, toujours amoureuse, que vous allez bientôt vous marier et me donner de magnifiques petits-neveux et petites-nièces ?

Je regarde Ryn se tortiller sur sa chaise.

— Chaque chose en son temps, tante Sheila.

— On doit te parler de Steamy Coffee et de la façon dont on va gérer ça, dis-je.

Ma sœur me lance un sourire reconnaissant. Personne n'aime se faire cuisiner sur la date de son mariage et l'arrivée des enfants.

— C'est certainement un rebondissement inattendu, dit tante Sheila. Personne ne savait qu'ils ouvraient une succursale en ville, pas même mes amies.

— Les reines du commérage, le Comité des Dames de Hunter's Creek, me souffle Ryn à voix basse.

Notre tante était autrefois la présidente du Comité des Dames, tirant les ficelles et organisant des plans de mariage. Tout ça a dû être mis de côté pendant qu'elle se concentre sur son mari, mais il est clair qu'elle n'est pas complètement déconnectée. Elle adore tellement les commérages et jouer les entremetteuses.

— Puis-je te poser une question sur la vieille machine à café sur le comptoir ? Est-ce qu'elle fonctionne ? je demande.

— C'est une machine à café vintage de Rome. C'est un héritage familial, que ton arrière-grand-mère m'a transmis quand j'ai repris le café.

Je contemple la machine à café, avec sa sophistication et son élégance intemporelles. Malgré son âge, l'acier inoxydable et les accents de laiton ouvragés brillent sous les lumières du plafond, et je peux presque l'imaginer s'animer dans un vrombissement à l'époque, maniée avec expertise par mon arrière-grand-mère.

— Comment se fait-il que tu l'aies laissée se détériorer ? demande Ryn avec son manque de subtilité habituel.

— Ma chérie, ce que tu ne comprends pas, c'est que personne ne voulait de ce genre de café quand j'ai repris le commerce. Ils voulaient du café filtre, comme celui qu'on sert maintenant. Sans chichis, sans fioritures. Juste du café, un point c'est tout.

— Pourquoi l'as-tu gardée ? demande Ryn.

— Parce qu'elle est jolie.

— Eh bien, on se demandait si on ne devait pas acheter une nouvelle machine pour rivaliser avec tous les différents types de cafés sophistiqués que propose l'établissement d'en face. Si je te mettais en visio maintenant, tu verrais à quel point le café est vide. Il n'y a littéralement personne ici, à part M. Duarte, dis-je.

— Ils sont tous chez Steamy Coffee, en train de boire des cafés sophistiqués, ajoute Ryn inutilement.

Tante Sheila envisage la dépense pour une nouvelle

machine à café et je promets de faire des recherches sur son coût. Ryn et moi lui assurons que nous pensons que ça en vaudra la peine.

— On va aussi repeindre l'enseigne et je vais faire plein de publications sur les réseaux sociaux. On s'est dit qu'on pourrait aussi ouvrir pour le dîner, si on arrive à trouver le personnel. Le Steamy Coffee ne sert pas le dîner, en fait, ils ne servent que des en-cas merdiques.

— Personne ne peut égaler nos tourtes. Ce sont les meilleures du comté, annonce tante Sheila avec fierté.

Je souris au téléphone.

— C'est bien vrai, et c'est un avantage qu'on a clairement sur la concurrence.

— Vous savez quoi ? Je vous donne le feu vert pour tout. L'ouverture pour le dîner, la peinture de l'enseigne, la totale.

Ryn jette un coup d'œil dans ma direction.

— Ça inclut une nouvelle machine à café ?

— Je dois faire des recherches là-dessus, dis-je.

Mais tante Sheila m'interrompt :

— Je vais discuter avec un ou deux de mes contacts. Je vous trouverai une machine à café, ne vous en faites pas.

L'optimisme monte en moi tel un éclat de rire, éclaircissant mes perspectives pour la première fois depuis que j'ai franchi les portes du Steamy Coffee hier soir.

— Le Second Chance a traversé bien des tempêtes et on s'en sortira cette fois aussi, dit tante Sheila.

— J'espère que tu as raison, je réponds en regardant un flot de clients entrer dans le Steamy Coffee.

— N'oubliez surtout pas que l'ingrédient secret, c'est l'amour, continue tante Sheila.

Ryn et moi échangeons un regard.

— Je ne suis pas sûre que l'amour suffise face au mastodonte qu'est la chaîne Steamy Coffee, tante Sheila, répond Ryn.

— Géré par le fils du propriétaire, qui plus est, j'ajoute.

— Si, ça suffira. Ne vous en faites pas, répond-elle avec une telle certitude que je sens mes épaules s'abaisser un peu pour la première fois depuis le début de toute cette histoire. Donnez tout ce que vous avez et n'oubliez pas de sourire. La vie est une aventure et ce n'est qu'un obstacle sur la route.

— Tante Sheila est clairement d'humeur poétique today, murmure Ryn à voix basse.

Elle promet de nous recontacter d'ici un jour ou deux au sujet de la machine, et nous lui souhaitons, ainsi qu'à notre oncle, le meilleur avant de raccrocher.

— Au moins, maintenant, on a un plan, dis-je.

— Laisse-moi te parler d'Ivy, commence Ryn. Elle chante dans un groupe à Cotown.

— Quel genre de groupe ?

— Ils font de la country et des ballades. Ce genre de choses. Ils sont plutôt bons. Gabe et moi sommes allés la voir sur scène il y a quelques mois. Elle sait vraiment chanter. C'est bizarre de connaître quelqu'un toute sa vie sans savoir qu'il a un talent caché.

— Nous devrions aller la voir jouer avant de prendre une décision.

— Marché conclu. Hé, je sais ce qu'on pourrait faire. Un double rendez-vous : moi et Gabe, et toi et Oliver.

J'éclate de rire.

— Dans ses rêves.

Elle hausse les sourcils.

— Dans *ses* rêves ?

— Si tu insinues que je trouve attirant l'homme qui essaie à lui seul de détruire notre commerce, alors tu as tort. C'est l'ennemi, rien de plus.

— Je ne pense pas qu'il essaie de le faire à lui seul. Il a aussi quelques baristas de son côté.

Nous échangeons un sourire.

— Tu vois ? Tu vas y arriver, sœurette, dit Ryn.

Je regarde la porte d'entrée se refermer derrière M. Duarte, nous laissant seules dans le café.

— J'espère que tu as raison, Ryn. J'espère vraiment que tu as raison, je réponds en lui rendant son sourire.

Au fond de moi, je sais que cette bataille ne fait que commencer. Oliver ne se laissera pas faire sans se battre — mais moi non plus.

Chapitre 10

Oliver

Je suis dans mon bureau à l'arrière du café, en train d'éplucher les chiffres de la première semaine de la franchise, quand mon téléphone s'allume pour m'annoncer que ma sœur veut me parler.

— Tu m'appelles en pleine matinée ? Tu ne sais pas à quel point je suis occupé et important ?

Je plaisante en répondant à l'appel.

— Comment pourrais-je l'oublier ? Tu me le répètes littéralement chaque fois que je te parle, réplique Olena en riant.

Comment ça va, Ollie ? Tu as déjà conquis le monde du café de cette petite ville de l'État de Washington ?

— Ça fait seulement six jours que tu as quitté la ville.

— Et alors, encore quelques jours et tu seras le grand manitou, à satisfaire les besoins en café de tout le monde en ville. Surtout ces commères qui m'ont bombardée d'un million de questions le soir de l'inauguration. Sérieusement, on aurait dit un interrogatoire de police, entièrement consacré à savoir qui est Oliver Langdon, s'il est célibataire, quel genre de femmes il fréquente, et à me répéter encore et encore à quel point tu es beau et un bon parti. J'en aurais vomi mon mini-muffin.

— Tu sais ce que c'est, un interrogatoire de police ?

— Uniquement grâce à la télé. Et belle tentative pour retourner la situation, au fait.

Je glousse.

— Je ne suis en ville que depuis peu, mais je sais déjà que le Collectif des Impératrices aime fourrer son nez dans les affaires de tout le monde. On m'a dit qu'elles essaient de caser toute personne célibataire dans un rayon de quatre-vingts kilomètres. Je ne suis pas sûr qu'elles aient grand-chose d'autre à faire.

— Elles ont un nom, et c'est *le Collectif des Impératrices* ?

— C'est juste le nom que je leur donne. Elles sont toujours ensemble et toujours en train de cancaner. Elles ont l'air d'être du genre impératrice.

— Parce qu'elles font preuve de leadership, ont une allure royale et de solides stratégies militaires ?

— Crois-moi quand je te dis que ces femmes pourraient facilement commander n'importe quelle armée, d'après ce que j'ai vu. Heureusement que Hunter's Creek n'en a pas.

— Alors, avec qui penses-tu qu'elles veulent te caser ?

Mon esprit se tourne instantanément vers Marlowe Cole. Être casé avec elle serait sympa. Compliqué, mais sympa. Non pas que j'aie besoin de complications sympathiques dans ma vie, surtout pas sur le plan sentimental.

— Tu peux passer à autre chose, tu sais, Ollie, répond-elle d'une voix tendre. Laisser le passé derrière toi ? Ça fait long-temps. Ça te ferait du bien de rencontrer quelqu'un de nouveau.

Ma poitrine se serre.

— Peut-être, je réponds évasivement.

Bien sûr, je sais exactement à quoi elle fait référence. Au fait que je ne sois sorti sérieusement avec personne depuis l'échec cuisant de ma dernière relation. Certes, j'ai fréquenté quelques femmes ces deux dernières années, de manière très décontractée, mais ça n'a jamais été plus loin. C'est mieux comme ça. Si vous ne vous exposez pas, vous ne retrouverez pas votre petite amie de deux ans dans une position compro-mettante avec votre propre frère.

— J'ai compris le message. Je passe à autre chose, répond Olena quand je ne dis rien de plus.

Je lui suis reconnaissant.

— Et le nouveau local ? Ça marche ?

Je tapote mon stylo sur les papiers posés sur mon bureau. À vrai dire, après l'effervescence initiale de notre grande ouverture et des quelques jours qui ont suivi, les affaires n'ont pas été exactement florissantes. C'est plutôt comme si on roulait sur l'autoroute à un rythme assez régulier, mais en se faisant inévitablement doubler par les voitures plus rapides et plus sportives.

— On a démarré en fanfare.

— Et maintenant ?

— Maintenant, on avance plutôt en miaulant.

Olena retient son souffle.

— Ça n'a pas l'air génial, Ollie.

— Ça va aller, j'essaie de nous convaincre, ma sœur et moi. On est nouveaux en ville. Les gens doivent nous décou-vrir. On n'a pas fait de bruit pour notre ouverture parce qu'on voulait rester discrets, donc ce genre de choses peut prendre du temps. On a tout calculé pour être ouverts pour le grand festival d'été qui a lieu ici chaque année, qui se tient seulement quelques jours avant l'avant-première du dernier film de Leo. C'est là qu'on se fera vraiment connaître.

— Tu penses que le fait que ça n'ait pas si bien marché a un rapport avec le café d'en face ? Comment s'appelait-il, déjà ?

Mes pensées se tournent à nouveau vers Marlowe et le moment où je l'ai surprise en train de jeter un œil furtif dans notre café, avec son déguisement médiocre qui ne trompait personne. Surtout pas quelqu'un qui avait fait attention à la forme de sa bouche, au dessin de sa mâchoire, à la nuance de ses cheveux, à sa façon de bouger.

Je m'éclaircis la gorge.

— Probablement, mais cette ville est assez animée pour faire vivre nos deux commerces. Je ne vois pas pourquoi on ne pourrait pas coexister.

— Ça me plaît. C'est une approche beaucoup plus... *bienveillante* que celle que Maman adopte d'habitude dans ce genre de situations. Tu te souviens de ce petit café indépendant à Springfield, l'été dernier ? Il a mis la clé sous la porte en moins d'un mois.

Je sens un pincement au cœur. On a fait ce qu'on fait toujours quand on s'installe dans une nouvelle région : on a écrasé la concurrence, forçant un petit café appelé Full of Beans à fermer ses portes aussi vite qu'on peut dire *les grandes chaînes de café sont là pour rester*. Je me souviens du propriétaire, un homme corpulent d'âge mûr du nom de Santos, qui m'a dit qu'on avait réussi à aspirer l'âme même de sa ville, juste avant qu'il ne baisse le rideau et ne déménage.

Dans des moments comme ceux-là, j'aimerais ne pas avoir de conscience. J'aimerais être plus comme ma mère : impitoyable, déterminée, inarrêtable.

Si je l'étais, elle me regarderait de la même façon qu'elle regardait Robert.

— Le Second Chance propose des choses comme des tartes et des muffins faits maison, et de vrais déjeuners. C'est différent de ce que nous offrons, avec notre café et nos en-cas. Je ne vois pas pourquoi on ne pourrait pas coexister.

Au moment où ces mots quittent ma bouche, même moi je sais que leurs chances de survie avec nous en ville sont faibles, surtout que nous sommes littéralement de l'autre côté de la rue.

— Eh bien, je dirais que la propriétaire fait de son mieux pour s'assurer qu'ils soient le seul café de Main Street, à Hunter's Creek.

Je fronce les sourcils, confus.

— Je croyais que tu étais rentrée ?

— Je le suis, mais il existe un petit truc qui s'appelle Internet. Tu en as peut-être entendu parler.

— Tu es hilarante. Qu'est-ce que tu as vu ?

— Ouvre ton Instagram.

Je fais ce qu'elle me dit. Une recherche rapide pour le Second Chance Café fait apparaître leur page. Mes yeux s'écarquillent à chaque nouvelle publication, en commençant par le lendemain de notre inauguration la semaine dernière.

— Tu as trouvé ? demande-t-elle.

— Et comment !

— Je dirais que ta jolie voisine est passée à l'offensive.

Il y a eu au moins une douzaine de publications la semaine dernière, en commençant par une image de Marlowe, si belle dans l'un de ces chemisiers féminins qu'elle porte, les cheveux en queue de cheval haute, tenant une ardoise avec les mots *Second Chance Café, votre café local préféré.* Les suivantes la montrent tenant des tartes avec un large sourire, lisant un livre devant leur grande bibliothèque tout en tenant une tasse de café, et sur celle sur laquelle je m'attarde le plus, une photo de son visage souriant, un café dans une main et une part de tarte dans l'autre.

Puis je passe à la dernière image. Celle-ci la montre tenant une ardoise sur laquelle il est écrit *À bas les chaînes de café industrielles ! Venez soutenir votre commerce local ! (Le Second Chance Café, au cas où vous vous poseriez la question.)*

Eh bien, c'est un peu agressif. Mignon aussi, avec les parenthèses et la façon dont elle sourit à l'appareil photo, mais agressif tout de même.

— Elle est séduisante, commente Olena. Même si je ne suis pas sûre de certains messages ou de la danse.

Cela reflète exactement mes pensées.

— De la danse ? Il n'y a pas de danse.

— Va voir. Elles sont sur TikTok.

J'ouvre l'application et je lance une nouvelle recherche. Je trouve une vidéo de Marlowe et de sa sœur, Ryn, qui font une danse sur la chanson de Bruno Mars, *Count on Me*, devant un panneau sur lequel on peut lire : « *Second Chance Café, le préféré de Hunter's Creek depuis 1989. Vous pouvez compter sur nous !* » La vidéo dure environ neuf ou dix secondes avant que les deux femmes ne s'écroulent de rire.

Une partie de moi trouve ça mignon et attachant, et ça me fait vraiment un drôle d'effet dans le ventre quand le visage de Marlowe s'illumine lorsqu'elle rit.

L'autre partie de moi — la partie sensée, celle qui a le sens des affaires, sans parler de ma partie blessée qui ne veut rien avoir à faire avec une femme comme Marlowe — fronce les sourcils simplement parce que c'est attachant. Je sais que si ça me plaît, ça plaira à d'autres aussi, ce qui risque de se traduire par plus de clients pour le Second Chance Café — et moins pour nous.

Je balaie ça d'un revers de main.

— Alors, elles se mettent sur les réseaux sociaux. C'est bien. Ce ne sont que deux femmes avec leurs vidéos et leurs publications d'amatrices. Nous, on a la puissance d'une grande entreprise derrière nous. Une entreprise qui a du succès. Je vais parler aux gars du marketing pour qu'ils fassent plus d'efforts pour promouvoir notre succursale.

— Elles se débrouillent plutôt bien pour de simples amatrices. Regarde le nombre de « j'aime » qu'elles ont.

Je lis le nombre : 12 300.

— Pas mal, je concède. Ça a dû tomber sur un algorithme ou quelque chose comme ça.

— Toutes leurs publications et leurs vidéos sont populaires.

Un clic sur plusieurs autres vidéos me montre que ma sœur a raison. Leur portée a largement dépassé la population de Hunter's Creek, c'est certain.

— Est-ce que ça a un impact ? demande-t-elle.

— Tu veux dire, est-ce qu'on a moins de clients ici parce qu'ils sont tous tombés sous le charme de deux jolies filles qui dansent sur des chansons pop ?

Je me tortille sur mon siège.

— Nos chiffres ne sont pas géniaux, j'admets.

— Que veut dire « pas géniaux » ?

— Ils sont assez solides, mais ils ne sont pas aussi bons que ce à quoi on s'attend d'habitude.

— Oh.

Le mot reste en suspens entre nous. Olena sait aussi bien que moi que je dois faire de cet endroit un succès.

— Tu sais quoi ? Tu devrais y aller. Voir comment elles s'en sortent.

— Tu es folle ? La femme qui gère cet endroit me déteste.

Je pense à la façon dont Marlowe m'a dit que je n'avais rien à lui offrir juste avant de tourner les talons et de s'éloigner de moi la semaine dernière. C'est la dernière fois que je l'ai vue. Enfin, c'est la dernière fois qu'on s'est parlé. J'avoue que, comme par hasard, je me suis trouvé près des fenêtres ou de la porte quand elle est passée, et une fois je l'ai vue marcher vers moi dans la rue et j'étais tout à fait prêt pour une autre conversation conflictuelle — dont l'idée m'a obligé à réprimer un sourire d'anticipation — quand elle est entrée dans un magasin, totalement inconsciente de ma présence.

Et j'avoue aussi qu'il m'est venu à l'esprit, quand je suis allé nager dans l'étang il y a quelques jours, que je pourrais tomber sur elle là-bas, comme la première fois où on s'est rencontrés. Non pas que j'y sois allé exprès à la même heure, bien sûr. C'était une pure coïncidence. Vraiment.

Finalement, tout ça n'a servi à rien de toute façon, car elle n'est pas venue. J'ai particulièrement bien nagé cet après-midi-là.

— Je ne suis pas sûr que Marlowe ait envie de me voir. On n'est pas vraiment en très bons termes ces derniers temps.

— Ça ne serait pas parce que tu as ouvert un café en concurrence directe avec le sien, juste en face ?

— Tu devrais être psychologue, dis-je d'un ton neutre.

— Ne t'inquiète pas pour elle. Si elle est là, elle est là. Tu pourras être agréable avec elle pendant que tu inspectes les lieux. Tu pourrais même la draguer, même si j'ai l'impression que tu l'as déjà fait.

— Je n'ai pas flirté avec elle, je proteste. Je suis content que nous ne soyons pas en appel vidéo, sinon elle verrait que je mens. Ce n'est pas parce qu'une fille est super jolie que je flirte automatiquement avec elle. Elle est aussi extrêmement agaçante et... et... elle fait des TikToks.

Je peux presque sentir son sourcil se hausser tandis qu'elle répond :

— Bien sûr que je crois chaque mot que tu dis, Ollie. Chaque. Fichu. Mot.

— À t'entendre, on dirait que je passe ma vie à flirter avec les femmes.

— Pas avec toutes les femmes. Mais probablement avec elle.

Comment ma sœur peut-elle me connaître si bien ? Ah oui, c'est ma sœur.

J'entends Zander pleurer en arrière-plan.

— Dis, Ollie ? Il faut que je te laisse.

— Il va bien ?

— Calme-toi, mon bébé, roucoule Olena. Tu as une bosse sur la tête. Laisse maman faire un bisou pour guérir le bobo.

Elle me répond ensuite :

— Blessure légère. Rien de mortel, probablement. On se parle demain ?

— Bien sûr.

— Et Ollie ? Va jeter un œil à la concurrence. Tu me remercieras plus tard.

— Je le ferai.

Je raccroche le téléphone et ce n'est qu'à ce moment-là que je me demande si elle veut que j'aille au Second Chance pour des raisons professionnelles ou personnelles.

Chapitre 11

Marlowe

— Encore un petit effort et tu y es, dis-je depuis ma position sur le trottoir, devant le Second Chance.

Je maintiens l'échelle tout en levant les yeux vers la nouvelle enseigne.

Christopher, perché en haut de l'échelle, réussit à accrocher l'enseigne sur les crochets où pendait l'ancienne. Quand il a retiré la précédente, elle lui était pratiquement tombée en morceaux dans les mains, tant la rouille était omniprésente. D'une certaine manière, on a rendu service à la ville en remplaçant l'enseigne. Elle aurait pu tomber sur la tête de quelqu'un.

Christopher la maintient en place avant de lâcher prudemment sa prise, les mains prêtes à la rattraper si elle venait à tomber. Une fois qu'elle est bien fixée, il m'adresse un grand sourire d'en haut.

— C'est fait.

— Génial !

— Je descends, annonce-t-il.

— Tu sais que j'aurais pu le faire, lui dis-je tandis qu'il descend de l'échelle pour me rejoindre sur le trottoir.

— Il faut bien que nous, les hommes, on serve à quelque chose, sinon vous, les femmes, vous allez réaliser que vous pouvez tout faire sans nous et on deviendra obsolètes.

— Oh, mais on le sait déjà, je réponds en riant.

— Ah oui ? Il va falloir que j'aille prévenir les autres, alors.

— Fais donc. Et merci encore. Elle est superbe, non ?

Nous levons tous les deux les yeux vers l'enseigne. Accrochée au bras en fer forgé, elle se balance doucement dans la brise, captant le soleil du matin. Comme la précédente, elle est en bois et d'aspect traditionnel, avec les mots *Second Chance Café* en une police cursive conviviale mais lisible, et le sous-titre *les meilleures tourtes du comté* sous le dessin d'une tourte fumante. Je voulais mettre nos tourtes en avant pour nous démarquer de notre nouveau voisin, et tante Sheila était d'accord.

Elle est neuve et accrocheuse, et je suis si fière de Ryn, qui l'a à la fois conçue et peinte.

— J'espère que ça aidera.

Christopher fait un signe de tête en direction de notre nouveau voisin de l'autre côté de la rue, en pinçant les lèvres.

— Moi aussi, je réponds dans un soupir.

— Comment vont les affaires ? Ça reprend ? Harper a dit que c'était un peu plus calme depuis l'ouverture de l'endroit-dont-on-ne-doit-pas-prononcer-le-nom, si tu me permets la citation approximative de *Harry Potter*.

— Ne te gêne pas pour appeler cet endroit Voldemort. On sait très bien qu'on est les gentils dans cette histoire. Et puis, c'est mieux que le nom que Ryn a pris l'habitude de lui donner.

— Ah oui, lequel ?

— Stupid Coffee.

Il laisse échapper un rire.

— Ce n'est pas très sophistiqué.

— Non, mais c'est tout Ryn.

Je croise les bras en foudroyant le Steamy Coffee du regard.

— Pendant quelques jours, ils nous ont piqué presque tous nos clients, ce qui était super inquiétant. Mais on s'est rendu compte que beaucoup de nos habitués voulaient juste voir à quoi ressemblait l'endroit. Rien de plus. Ils l'ont fait, et maintenant ils sont revenus. Enfin, certains d'entre eux, en tout cas.

Je regarde un groupe d'ouvriers de la scierie sortir par la porte d'entrée du Steamy Coffee. L'un d'eux, un gars nommé Grant avec qui j'étais au lycée, nous remarque et nous fait un signe de la main, l'air embarrassé, en filant le long de Main Street.

— Avec l'augmentation du tourisme en ville ces derniers temps, il y a probablement de la place pour vous deux, observe Christopher.

Il a raison de dire qu'on a beaucoup plus de visiteurs en ville qu'auparavant. On peut remercier le tournage du grand film pour ça. Avec le Festival d'été et la première mondiale du film qui approchent à grands pas, il y a de fortes chances que le Second Chance et le Stupid Coffee s'en sortent bien, au moins pour un temps. Les gens aiment le café et ils aiment la nourriture, un fait sur lequel nous comptons.

— Quels autres changements prépares-tu ? Ryn a mentionné quelques trucs dimanche, au déjeuner chez tes parents.

— On a mis le paquet sur les réseaux sociaux. Ryn a même réussi à me faire danser.

Je lève les yeux au ciel.

— On a aussi acheté une vraie machine à café. D'occasion, mais ce n'est pas grave. Ryn est à l'intérieur, elle essaie de la faire marcher, là, maintenant.

Il hausse les sourcils.

— Et ça donne quoi ?

Je pense aux désastres que nous avons connus depuis la première fois que nous avons allumé la machine. Ryn et moi avons suivi un cours du soir de barista avec Valentina, une de mes employées à temps partiel, où l'on nous a appris les règles de base pour faire fonctionner la machine et préparer un café. Mais l'erreur humaine semble jouer un rôle beaucoup trop important dans le processus.

Je fais la grimace.

— Pas très bien.

Il rit.

— Je suis sûr que c'est juste un coup à prendre, mais que ça en vaudra la peine au final. Pour l'instant, je ferais mieux de rapporter cette échelle à la quincaillerie de Jim. Il a eu la gentillesse de me la prêter, mais je suis sûr qu'il préférerait que je l'achète.

— Merci encore, Christopher. Oh, et tu peux dire à tes hommes qu'on aura encore besoin d'eux de temps en temps.

Il me sourit en repliant l'échelle dans un grincement.

— Ça leur fera plaisir de l'apprendre.

À l'intérieur du Second Chance, Ryn s'entraîne à faire mousser du lait… et en met partout par la même occasion.

Je passe en coup de vent devant le Comité des Dames, qui est de retour après son incursion en territoire ennemi la semaine dernière.

— Ça fera 20 dollars, merci, Dana, dit Mme Ashbridge, la paume tendue. Allez, paie. Ne sois pas timide.

Mme Jacobson ouvre son sac à main et lui tend à contre-cœur deux billets de 10 dollars tout neufs.

— Je ne pensais pas qu'elle ferait encore un tel gâchis, bougonne-t-elle.

— Du lait partout ! s'exclame Mme Sommerfeld, ravie.

Je ralentis. Est-ce que je viens de bien entendre ce que je crois avoir entendu ? Parient-elles vraiment sur le fait que ma sœur va se planter avec la machine à café ?

Mme Sommerfeld se penche et dit :

— Je parie qu'elle va s'arroser d'eau la prochaine fois.

— Je prends le pari, dit Mme Jacobson avec empressement.

— Ça, c'était Marlowe, répond Mme Sommerfeld.

Je me souviens de la fois où la machine m'a aspergée d'eau alors que j'essayais désespérément de trouver un interrupteur, déclenchant à la place le moulin à café. J'étais trempée et j'ai dû rentrer chez moi pour changer de chemisier.

Ce n'était pas mon heure de gloire.

— Je suis sûre que sa petite sœur est aussi capable de s'arroser d'eau, continue Mme Sommerfeld.

— Nous faisons de notre mieux, leur dis-je de ma voix la plus douce.

À l'intérieur, je bous.

— Oh, Marlowe. Je ne vous avais pas vue, marmonne Mme Jacobson, baissant les yeux comme si la table était soudainement devenue extrêmement intéressante.

Non, j'en suis sûre.

— On s'amuse juste un peu, explique Mme Sommerfeld. Mais nous sommes ici et non au nouvel endroit, ajoute-t-elle comme si sa présence au café pouvait compenser leur nouvelle habitude de parier.

— Vous pourriez faire une de vos vidéos. L'appeler « Catastrophes de la machine à café ». Les gens adoreraient, suggère Mme Ashbridge.

— Je ne suis pas sûre que nous ayons envie de nous

présenter comme des incompétentes, je réponds, même si nous le sommes en ce moment. Nous travaillons à y remédier.

— Vous n'êtes pas incompétente, ma chérie. Vous êtes juste en train d'apprendre les ficelles du métier. Pourquoi ne demandez-vous pas à ma nièce de vous aider ? suggère Mme Jacobson.

— Qui est votre nièce ? je demande.

— Mais enfin, la colocataire de votre sœur, Ivy. Elle était barista à l'université dans une de ces grandes chaînes, répond-elle. Non pas qu'on veuille mentionner *celles-là*.

— Elle chante aussi bien qu'elle fait le café ? je demande. Il faut qu'on fasse venir Ivy ici tout de suite.

— En effet, acquiesce-t-elle. Même si elle a un travail à temps plein à la scierie, vous savez.

Mon esprit est déjà en ébullition.

— Merci pour le tuyau.

Je passe derrière le comptoir où Ryn me regarde, l'air désespéré.

— Pourquoi ça ne marche pas ? J'ai fait tout ce qu'on nous a dit de faire en cours et pourtant, le café est comme ça.

Elle pousse une tasse de café vers moi, renversant du marc et du lait sur le comptoir.

— Qu'est-il arrivé à la mousse de lait ? je demande en attrapant un chiffon humide pour commencer à essuyer les éclaboussures de lait.

Elle essuie quelques taches de lait sur son visage.

— Il y a un problème avec notre lait. Il ne veut pas mousser.

Je jette un coup d'œil à la file de clients, qui ont l'air de plus en plus inquiets à l'idée de ne pas avoir leur dose de caféine, du moins pas sous une forme buvable. C'est une chose de faire notre pub sur les réseaux sociaux pour attirer d'anciens et de nouveaux clients. Mais c'en est une autre de réussir à préparer des cafés avec notre nouvelle machine dernier cri.

— Nous avons quelques soucis techniques en ce moment,

mais si vous patientez un peu, je vous promets que ça en vaudra la peine, je lance à la file avec un sourire enjoué.

— On veut notre café, et tout de suite ! exige Mrs. Chisholm, une femme âgée vêtue d'une chemise en flanelle élimée, le visage parcheminé couvert d'un millier de rides.

— Il arrive, Mrs. Chisholm, la rassure-je.

— Il a intérêt, répond-elle en fronçant les sourcils, ce qui plisse son visage presque entièrement sur lui-même.

Étant une habitante de Hunter's Creek, je connais Mrs. Chisholm depuis toujours, et d'aussi loin que je me souvienne, elle a toujours été vieille, grincheuse et désagréable. En fait, je crois que je ne l'ai vue sourire qu'une seule fois, et c'était peut-être bien une grimace.

— Quand est-ce que tu vas te mettre à danser ? demande-t-elle.

— Pardon ?

— À danser, répète-t-elle comme si je n'avais pas la lumière à tous les étages. Ma petite-fille m'a dit que les filles du Second Chance se sont mises à la danse. Normalement, j'aurais classé ça comme une absurdité totale parce qu'elle est en Floride en ce moment et je me suis dit que la chaleur lui était montée à la tête. Mais Chester Dunlop m'a montré une vidéo sur son téléphone-télé, et maintenant je veux voir ça.

Un murmure parcourt la file.

— C'est juste pour TikTok qu'on danse, en fait, pas ici, j'explique.

— On veut voir ça, répète-t-elle. Pas vrai ?

Un grondement d'approbation s'élève parmi les clients et j'adresse un sourire nerveux à Ryn.

Elle hausse les épaules.

— Moi, je suis partante si tu l'es.

— Mais on est nulles, dis-je à voix basse.

Tante Lisa apparaît à la porte de la cuisine, un air interrogateur sur le visage.

— Je dis qu'il faut donner aux gens ce qu'ils veulent, et s'ils veulent voir la propriétaire et son employée la plus importante danser, alors il faut le faire, annonce Ryn en retirant son tablier.

Les gens éclatent en applaudissements spontanés et quelqu'un crie : « Allez les Pépites du Second Chance ! », ce qui déclenche d'autres acclamations et applaudissements.

Les Pépites du Second Chance ? Oh, mon Dieu. À la base, je ne voulais pas faire ces danses. Je l'ai fait uniquement parce que Ryn a insisté sur le fait que ça avait de bonnes chances de marcher en ligne. Ce qui a été le cas. Mais la dernière chose à laquelle je m'attendais, c'était de devoir le faire devant un public sur mon lieu de travail.

— On va le faire, annonce Ryn comme si elle était notre porte-parole et qu'elle prenait ce genre de décisions.

Est-ce que j'ai mon mot à dire, au moins ?

Les clients semblent tous ravis de cette idée et, malgré mes protestations et mes menaces de violence proférées à voix basse à l'encontre de ma sœur, elle me traîne de l'autre côté du comptoir, dans un espace sans table ni chaise.

— Ma tante, lance la chanson, ordonne Ryn.

À ma grande surprise, tante Lisa s'exécute, et les rythmes familiers de la chanson de Bruno Mars remplissent l'air.

Ryn se met à hocher la tête en rythme, son regard croisant le mien.

— Et 5, 6, 7, 8.

Elle se lance dans les pas de danse que nous avions répétés pour nos vidéos. Avec tous les regards braqués sur nous, je n'ai pas d'autre choix que de la suivre.

Nous plaçons nos mains devant notre poitrine, les coudes écartés de chaque côté, avant de les pousser vers la gauche en pliant le genou, puis vers la droite en pliant l'autre genou, et nous nous accroupissons en levant les bras au-dessus de la tête. Dans ma tête, je me rappelle de faire du « pop, lock, and drop it », comme Ryn me l'a appris, et après avoir répété ce mouvement plusieurs fois, j'oublie d'y penser et me contente de suivre le reste de la chorégraphie.

Je me surprends à sourire radieusement à ma sœur et je commence vraiment à m'amuser, malgré les défis posés par la nouvelle machine à café et la longue file de clients qui attendent leur boisson.

Attends… Une longue file de clients qui attendent leur café ? La semaine dernière, ç'aurait été un rêve éveillé ! Bien sûr, la machine à café est peut-être une montagne à gravir, mais au moins, nous avons des clients dans le café.

Nous terminons la danse en beauté sur les dernières notes de Bruno Mars, faisant une révérence improvisée alors que la salle éclate en acclamations et en applaudissements.

— Vous ne savez pas faire de café, mais vous savez danser, ça, c'est sûr ! annonce Mme Chisholm.

— Nous savons faire du café.

Je la rassure, ainsi que le reste de la salle.

— Ah oui ? demande Ryn.

Je la fusille du regard pour qu'elle se taise.

— Nous allons vous servir notre café habituel, et pour nous excuser de nos difficultés actuelles avec la machine, nous aimerions offrir à tout le monde une part de tarte gratuite de votre choix pendant que nous préparons votre café.

Une vague de « merci » et de « vous êtes les meilleures » parcourt la salle alors que je me glisse derrière le comptoir et commence à couper des parts de tarte pour les distribuer aux clients.

Je remarque que Ryn est sur son téléphone.

— Ce n'est pas le moment, Ryn. Il faut qu'on fasse marcher cette machine à café. Je ne peux pas les faire patienter éternellement.

— Ne t'emballe pas, sœurette. J'appelle des renforts.

— Des renforts ?

— Tu verras. Pour l'instant, je vais nettoyer cette machine, pour qu'elle soit prête à être utilisée par une experte.

Je m'apprête à répondre quand une femme que je n'ai jamais vue de ma vie s'approche du comptoir. Je peux dire qu'elle n'est pas d'ici. Vêtue de ce qui semble être une authentique veste et une jupe Chanel, elle porte un gros collier en or et du rouge à lèvres ; ses cheveux coupés au carré sont lisses et coiffés par un professionnel.

Je lui offre un sourire.

— Quel parfum de tarte puis-je vous servir, madame ? Nous avons bien sûr la bonne vieille tarte aux pommes. C'est un classique ici. Mais nous avons aussi myrtille, mûre de Logan et rhubarbe-fraise, qui s'est avérée exceptionnellement populaire aujourd'hui.

— La tarte ne m'intéresse pas, merci, répond-elle sans un sourire.

Son ton est plus qu'un peu hautain.

Définitivement pas d'ici.

— C'est votre choix. Souhaitez-vous autre chose en attendant que la machine à café fonctionne ?

Son visage est resté totalement impassible jusqu'à ce que ses lèvres peintes se soulèvent en un soupçon de sourire.

— Votre machine à café ne fonctionne pas ? Ah, c'est vrai. C'est pour ça que vous avez dansé. Pour distraire tout le monde.

Un peu prompte à juger, non ? Qui est cette femme ?

Je lui offre mon sourire le plus charmeur et je réponds :

— Est-ce que ça a marché ?

— Pour moi, oui, répond Mme Chisholm depuis son siège près du comptoir, la bouche pleine de tarte. Cette tarte est délicieuse. Dites merci à votre tante.

— Oh, c'est moi qui fais les tartes depuis un certain temps maintenant.

— Ah oui ? dit-elle.

Elle prend une autre bouchée et mâche pensivement un instant avant de dire :

— Je ne l'aurais jamais deviné.

C'est à peu près le plus grand compliment que je pouvais espérer de la part de Mme Chisholm.

La femme au tailleur que je soupçonne d'être un Chanel s'éclaircit la gorge.

— Qui est la propriétaire ici ?

— Eh bien, la propriétaire, c'est ma tante, mais elle n'est pas là pour le moment.

— Quand sera-t-elle de retour ?

— Pas avant un moment, j'imagine. Je gère l'établissement pour elle.

Je crois que ses sourcils se haussent vers la racine de ses cheveux, mais ce n'est pas tout à fait clair, car son front ne semble pas pouvoir bouger. Je soupçonne que cette femme n'est pas étrangère aux injections de Botox.

— Et vous êtes ?

Je tends la main par-dessus le comptoir.

— Je suis Marlowe Cole. Bienvenue au Second Chance Café.

Elle jette un coup d'œil à ma main avant de pincer les lèvres et de la prendre à contrecœur dans la sienne, comme si je pouvais lui transmettre la lèpre ou la maladie des petites villes.

— Je vois.

C'est sa réponse alors qu'elle lâche ma main. Pas de « je m'appelle Madame Machin et merci de m'accueillir dans votre établissement ». Pas même un « merci ». Juste : « Je vois. »

La machine à café émet un grognement bizarre et je fais de mon mieux pour l'ignorer.

— Souhaitiez-vous me parler de quelque chose en particulier ? je demande, comme elle n'ajoute rien.

— Non, non. J'étais simplement curieuse de rencontrer la propriétaire de ce café et je suis vraiment très surprise de voir jusqu'où vous êtes prête à aller pour attirer des clients.

— Oh, vous voulez parler de la danse ? Parce que ma sœur et moi, nous avons fait ça uniquement parce que la petite-fille de Mme Chisholm... avait vu...

Ma voix s'éteint alors que je déchiffre l'expression de son visage. C'est une expression de supériorité hautaine, comme si nous étions vraiment ridicules.

— Je crois que j'ai vu tout ce que j'avais besoin de voir ici, dit-elle.

— D'accoooord, je réponds, incertaine de la signification de toute cette scène.

C'est à ce moment-là que je remarque Oliver, mon ennemi juré, l'homme le plus susceptible de me détruire, qui entre d'un pas léger comme s'il avait parfaitement le droit d'être ici. Ce qui n'est pas le cas, bien sûr. Aucun droit, quel qu'il soit.

Pourquoi est-il ici ? Ne sait-il pas que nous sommes en pleine bataille ?

Et surtout, pourquoi faut-il qu'il soit si terriblement séduisant ? Vraiment, il devrait y avoir une loi contre ça. Comment peut-on détester quelqu'un quand notre cœur nous monte à la gorge chaque fois qu'on pose les yeux sur lui ?

Je ne peux m'empêcher de le détailler du regard. Il porte le même genre de tenue que les dernières fois où je l'ai vu : un pantalon chino, des mocassins qui semblent à la fois classiques et chers, et un polo blanc qui sied à merveille à ses yeux sombres.

Il a l'audace de m'offrir un sourire désinvolte avant que son regard ne parcoure la pièce, comme s'il cherchait quelque chose.

Ses clients.

Je manque de m'esclaffer à cette pensée. On ne peut peut-être pas leur fournir de café en ce moment, mais au moins, ils sont ici.

Il se dirige vers le comptoir. Non, ce n'est pas ça. Il *parade* jusqu'au comptoir, comme si le café lui appartenait, avec ses longs membres, ses larges épaules et sa grande et imposante masculinité. Un sourire taquin flotte au coin de sa bouche, ses yeux sombres fixés sur moi.

Une image de nous deux ensemble défile devant mes yeux. Je suis dans ses bras et il me regarde de haut, me disant que je suis la seule femme pour lui avant de m'embrasser comme s'il le pensait vraiment, vraiment. Mon souffle se coupe.

Pas très utile, Marlowe.

Ce type est l'ennemi. Il veut détruire le Second Chance. Je ne peux pas me mettre à rêvasser de l'embrasser.

Alors qu'il arrive au comptoir, je me surprends à me redresser, prête à faire face à tout ce qu'il va me lancer.

— Comment vas-tu aujourd'hui, Marlowe ? demande-t-il de sa voix veloutée et profonde.

— Je vais très bien, merci, Oliver.

Je suis profondément déçue de moi-même lorsque ma voix sort, toute haletante.

— Je suis content de l'entendre.

Ses lèvres à croquer s'étirent en un sourire, rendant son visage encore plus ridiculement beau.

— Oui, c'est vrai. Bien, je veux dire, réponds-je, comme tu peux le voir, nous sommes plutôt occupés aujourd'hui.

Quelqu'un se racle la gorge.

Je suis si absorbée par Oliver qu'il me faut un instant pour me souvenir de la femme snob, étrange et tout à fait supérieure qui se tient devant moi.

— Pardon, vous disiez quelque chose, madame ? lui demandé-je en détachant mes yeux de ceux d'Oliver.

Ces lèvres peintes esquissent un autre petit sourire.

— Je vous souhaite bonne chance dans toutes vos entreprises, dit-elle d'une manière profondément énigmatique.

— Euh, merci ?

Elle lève le menton, se retourne, et si je ne l'avais pas vu de mes propres yeux, je ne l'aurais pas cru. Le regard d'Oliver se pose sur elle et il s'arrête net, son visage passant de celui d'un crétin arrogant à celui d'un enfant stupéfait en un clin d'œil.

— Oliver, dit-elle les lèvres pincées.

Il cligne plusieurs fois des yeux avant d'ouvrir la bouche pour parler.

— Bonjour, Maman.

Chapitre 12

Oliver

Je referme la porte de mon bureau et me retourne pour faire face à ma mère.

— Je ne savais pas que vous veniez.

Elle balaie mon bureau du regard avant de retirer sa veste, de la poser sur le dossier de ma chaise et de s'asseoir.

— Je vois ça.

Me sentir jugé par cette femme n'a rien de nouveau pour moi. Pas plus que de la voir s'asseoir à ma place. Tout chez ma mère crie qu'elle est la patronne et que personne ne doit l'oublier. Pas même son fils.

Imperturbable, je demande :

— Qu'est-ce qui vous amène dans l'État de Washington ?

— Une mère ne peut-elle pas passer voir son fils sans raison ?

— Bien sûr.

J'esquisse un sourire en m'asseyant sur la chaise de visiteur.

Nous savons tous les deux que nous n'avons pas le genre de relation où l'un de nous « passe à l'improviste » pour voir l'autre.

— Comment vont les affaires ici ? demande-t-elle.

— Il est encore tôt, mais nous avons pris un bon départ. Le lancement a été un franc succès. La plupart des habitants de la ville sont venus à l'inauguration, ainsi que des gens des plus grandes villes voisines.

— Les gens adorent vraiment tout ce qui est gratuit. Comment se sont passées les affaires depuis le lancement ?

Je marque une courte pause avant d'admettre :

— Ça n'a pas été aussi spectaculaire que nous l'espérions.

— Oliver, nous ne nous attendions pas à ce que ce soit spectaculaire. Nous nous attendions à ce que ce soit difficile.

— Le petit village gaulois qui résistait aux Romains.

Elle ignore ma référence à la bande dessinée. Elle ne l'a pas appréciée la première fois qu'on en a parlé, et elle ne l'apprécie certainement pas plus cette fois-ci.

— Votre concurrence a-t-elle continué à faire des bénéfices, malgré notre nouvelle présence ici ?

— Vous voulez dire le Second Chance Café ? demandé-je.

Je regrette aussitôt d'avoir posé une question aussi stupide. Bien sûr qu'elle parle du Second Chance. Le seul autre café de la ville est un petit endroit appelé Mary's, un peu à l'écart, qui n'a presque pas de clients, d'après ce que j'ai pu voir.

— Avec toutes ces danses et ces manières là-bas, ça ressemble plus à une revue de Las Vegas qu'à un café.

— De la danse ? Oh, vous voulez parler des vidéos sur les réseaux sociaux.

— Non, mon cher, je parle de la danse à laquelle je viens d'assister de l'autre côté de la rue, chez votre concurrent. Cette Marlowe Cole et cette barista qui ne semble pas savoir faire de café.

Pour tout l'or du monde, je n'aurais pas pu retenir le sourire qui s'est dessiné sur mon visage. Ou pour tout le café d'Amérique. Marlowe et Ryn ont fait une danse devant les clients du café... et j'ai manqué ça ?

— Vous semblez trouver ça amusant, remarque ma mère.

— Je réfléchissais simplement au fait qu'elles doivent recourir à des stratagèmes pour garder leurs clients.

— Tout ce que je dirai, c'est que c'est une bonne chose que la jeune femme qui tient l'endroit soit jolie, sinon elles n'auraient probablement aucun client. Leur machine à café est en panne.

— Elles servent du café filtre. C'est là que nous avons l'avantage sur elles. Nos mocaccinos et cappuccinos avec leur tourbillon de vanille et leur crème ont été particulièrement populaires lors du lancement.

— Elles servaient peut-être du café filtre par le passé, mais elles sont clairement passées à la vitesse supérieure récemment. J'ai vu la machine à expresso. De toute évidence, elles n'ont pas bénéficié d'un programme de formation de barista. Qu'est-ce que je raconte ? Ce n'est qu'un petit café indépendant sans notre force de frappe. Je soupçonne qu'elles essaient de vous battre à votre propre jeu.

— La plupart des cafés ont des machines à expresso, Maman. Le fait qu'elles n'en aient pas eu était assez inhabituel.

— Heureusement, elles n'ont aucune idée de comment s'en servir, mais ça ne va pas tarder.

Il y a un ton d'avertissement dans sa voix.

— Nous continuerons à proposer notre grande variété de

cafés, préparés ici avec expertise par nos baristas qualifiés, l'assuré-je.

— Vous sembliez assez séduit par Marlowe Cole, si je ne me trompe pas. Elle est jolie, je vous l'accorde, mais ne la laissez pas se mettre en travers de nos projets.

— Je vous assure que cela n'arrivera pas.

Malgré l'attrait de Marlowe et le fait que je sois attiré par elle, elle ne fait pas partie de mes plans d'avenir à Hunter's Creek.

— Bien. Nous ne voulons pas que vous soyez distrait de votre objectif.

— Je suis impliqué à cent pour cent.

Elle joint le bout de ses doigts et appuie ses coudes sur mon bureau.

— Alors, dites-moi une chose, Oliver. Pourquoi pensez-vous qu'elles aient eu tellement plus de clients dans leur café que vous dans le vôtre ? J'ai compté trois personnes en passant tout à l'heure. Trois, Oliver. Et ce n'est que la première semaine.

— À proprement parler, c'est notre deuxième semaine d'ouverture.

Elle me lance un regard furieux.

Je m'éclaircis la gorge et me repositionne sur ma chaise.

— Elles gagnent peut-être la bataille d'aujourd'hui, grâce à leurs efforts sur les réseaux sociaux et, de toute évidence, au personnel qui danse. Mais Steamy Coffee gagnera la guerre. Vous pouvez compter sur moi.

— Vraiment ?

— Absolument, réponds-je, résolu. Nous pouvons lancer des promotions pour attirer plus de clients. Nous pouvons proposer l'offre « un acheté, un offert » que nous avons faite le mois dernier à Phoenix. Cela a parfaitement fonctionné, si vous vous en souvenez.

J'avais passé du temps sous la chaleur torride de Phoenix, en Arizona, pour aider la gérante à redresser ses chiffres après une baisse des bénéfices au printemps. Nous avions essayé plusieurs approches différentes, mais l'offre « un acheté, un offert » avait été la solution miracle, et j'étais parti en sachant que nous avions gagné une foule de nouveaux clients pour le magasin.

Bien sûr, nous avons notre programme de fidélité, mais je suggère que nous proposions aussi des offres happy hour, en particulier lorsque le Second Chance est ouvert, nos offres combo muffin et café qui ont un grand succès, et j'ai commencé à mettre en place des offres sur l'application depuis hier.

— Vous sortez l'artillerie lourde.

— J'essaie de me montrer sous mon meilleur jour, rectifié-je.

Je ne veux pas qu'elle pense que je joue mon va-tout comme un soldat désespéré qui livre son dernier combat. Je veux paraître calme et en contrôle, avec un éventail d'options à portée de main qui feront de cet établissement un succès.

— Pourquoi pensez-vous que les gens sont réticents ?

— Je pense qu'ils sont habitués à ce qu'ils ont toujours eu. Ils ont leurs habitudes. Il y a ce groupe de femmes, que j'appelle le Collectif des Impératrices...

Ma mère écarquille les yeux.

— ... que j'ai réussi à faire venir pour leur café quotidien ici quelques fois la semaine dernière, plutôt qu'au Second Chance. J'ai l'impression que si je peux les conquérir, je peux conquérir les autres.

— Alors, ciblez-les. Donnez-leur ce qu'elles veulent.

Ce qu'elles veulent, c'est que je tombe amoureux de la reine de la danse de l'autre côté de la rue.

Non pas que je sois sur le point de mentionner *ça* à ma mère.

— Le problème, c'est que les tourtes du Second Chance sont bonnes et que les gens s'y pressent juste pour ça. Notre offre de nourriture est moins... excitante.

— Les gens d'ici trouvent les tourtes excitantes ? Je ne comprendrai jamais les gens des petites villes, peu importe le temps que je doive passer dans un endroit comme celui-ci.

Que je doive passer dans un endroit comme celui-ci ?

— Mais Hunter's Creek est charmante, Maman. Les vieux bâtiments, les jolies boutiques, les gens, la façon dont elle est entourée de cette forêt incroyable. Il y a ce joli petit étang juste à la sortie de la ville avec une plateforme qu'on peut atteindre à la nage...

Ma voix s'éteint alors que je remarque l'expression sur son visage. Ma mère a perfectionné un regard capable de vous foudroyer à vingt pas, fruit de nombreuses années en tant que patronne sévère, et j'en suis la cible actuelle.

— Vous semblez un peu trop séduit par cet endroit, Oliver.

Selon ma mère, être « trop séduit », autrement dit s'investir émotionnellement, est une grave erreur. Si on s'investit émotionnellement, on commence à s'attacher, et c'est la dernière chose à faire. Les gens qui s'attachent à une ville et à ses habitants ne font pas ce qu'il faut. Leur jugement est altéré.

Ils échouent.

Et je ne peux pas échouer. J'ai besoin de réussir.

Je baisse la tête.

— C'est juste joli, c'est tout.

La vérité, c'est que je me suis attaché à cet endroit en si peu de temps. Les rues de la ville sont si jolies avec leurs façades de bâtiments à l'ancienne et les arbres qui les bordent. Beaucoup de maisons ont le drapeau américain accroché au-dessus de la porte, et certaines sont peintes dans différentes nuances de bleu, de vert et de jaune, créant une palette attrayante. Le temps est doux, sans être trop chaud, bien qu'on m'ait dit qu'il pouvait beaucoup pleuvoir. Les gens sont sympathiques et décontractés. Bien sûr, certains sont un peu fouineurs, mais ce sont de bonnes personnes.

— Gardez ça à l'esprit. Et ce café de l'autre côté de la rue avec les femmes qui dansent ne survivra pas si vous faites votre travail correctement. Vous le savez, n'est-ce pas ?

Écraser la concurrence est le modus operandi de Steamy Coffee. Je le sais et ma mère le sait. Mais plus je passe de temps ici, moins j'ai envie d'écraser quoi que ce soit, et surtout pas le Second Chance Café de Marlowe.

— Comme je l'ai dit, leur offre est différente de la nôtre. Nous pouvons coexister.

— Oliver, j'espère sincèrement que vous ne laisserez aucun *sentiment*, dit-elle en retroussant la lèvre, entraver votre objectif ici. Vous avez pris ce projet en charge et j'attends de vous que vous le meniez à bien. Sans compromis.

Je baisse la tête.

— Bien sûr. Je sais ce que je dois faire.

— Je suis heureuse de l'entendre. J'ai pensé que je pourrais peut-être appeler Thomas Moriah.

Mon attention se reporte brusquement sur elle. Thomas Moriah est l'avocat de l'entreprise. Si ma mère songe à l'appeler, c'est probablement en réponse aux publications les plus négatives de Marlowe sur les réseaux sociaux.

— Ne faites pas ça, dis-je. Je vais lui en parler.

— Bien. Maintenant, présentez-moi les chiffres actuels et vos plans pour les mois à venir. Je dois être de retour à Seattle pour un dîner ce soir, et ensuite je pars pour le Minnesota.

Alors que je me penche sur mon bureau et que je pointe les chiffres à ce jour en parlant de toutes les façons dont nous prévoyons d'attirer et de fidéliser de nouveaux clients, je ne peux m'empêcher de laisser mon esprit dériver vers Marlowe, la belle propriétaire dansante du Second Chance Café, dont je suis censé réduire l'entreprise en poussière par tous les moyens.

Chapitre 13

Marlowe

Je glisse la clé dans la serrure de la porte d'entrée du Second Chance et jette un œil de l'autre côté de la rue. C'est peut-être l'heure de la fermeture pour mon café, mais le Steamy Coffee, lui, carbure encore à plein régime, si vous me passez le jeu de mots.

Plus pour longtemps, j'espère, tout en vérifiant que la porte est bien fermée à clé avant de m'engager dans la rue. Notre nouvelle stratégie marketing sera bientôt lancée avec notre menu du soir. Nous fermerons à notre heure habituelle et rouvrirons à 17 h. Nous avons déjà une pile de réservations, et les habitants du coin sont impatients d'essayer nos recettes pour le dîner, ainsi que celles du petit-déjeuner et du déjeuner. Et avec Ivy et son groupe qui doivent jouer, je pense que nous nous préparons à un lancement spectaculaire, bien meilleur que le café industriel gratuit et les en-cas sous plastique d'Oliver Langdon. Du moins, c'est mon avis.

Ça fait quelques jours qu'Oliver s'est pointé dans ce café et s'est fait surprendre par sa mère. Je dis surprendre, mais c'était plutôt comme s'il s'était fait prendre au dépourvu. L'expression sur son visage quand il a réalisé qu'elle était là ne m'a pas quittée depuis. Il semblait passer de décontracté, insouciant – et je crois, un tantinet dragueur – à un état proche du choc. Si vous avez déjà vu ce célèbre tableau, *Le Cri*, vous voyez de quoi je parle.

Je comprends. C'est une femme effrayante. Elle m'a clairement donné l'impression d'être jugée et de ne pas être à la hauteur. Mais c'est sa *mère*. Elle ne le traite sûrement pas comme ça, n'est-ce pas ?

Malgré moi, je ressens une pointe de pitié pour lui. Mais juste une pointe.

Il reste l'ennemi.

Je prends mon téléphone et mes clés et, au moment de partir, je décide de jeter un coup d'œil rapide au compte Instagram de Mike. Ça fait des jours que je ne l'ai pas consulté, et je suis surprise de réaliser que je n'y avais même pas pensé, ni à lui.

Je suppose que la guerre avec Oliver Langdon a occupé la majeure partie de mes pensées.

Un rapide coup d'œil me montre qu'il n'y a que quelques nouvelles publications : une photo du paysage lors d'une randonnée ce week-end et une autre de son dessert dans un restaurant que je ne connais pas à Seattle.

Je ne sais pas ce que je cherche. La preuve qu'il est toujours heureux avec sa femme ? Qu'il regrette ce qu'il m'a fait ? Étant donné qu'il n'a jamais rien publié de substantiel − ni sur moi ni sur sa femme −, je ne peux pas être surprise que son fil d'actualité ne me dise rien.

Et une grande partie de moi s'en fiche complètement.

Tiens. Intéressant.

Souriant pour moi-même, je glisse mon téléphone dans mon sac à main.

Je monte dans ma voiture et fais le court trajet jusqu'à la maison. Je vis chez mes parents depuis mon retour à Hunter's Creek, même si j'ai bien l'intention de trouver bientôt mon propre logement.

Je pousse la porte d'entrée et entre dans la maison vide. Papa et Maman sont tous deux au travail, donc j'ai la maison pour moi toute seule pour me détendre de ma journée avant qu'ils ne rentrent. Je parle toute la journée, tous les jours ; parfois, on a besoin de déconnecter et d'oublier tout le monde pendant un moment, peut-être de se perdre dans un livre, d'écouter de la musique ou d'aller nager dans l'étang.

L'idée est si tentante. La sensation de l'eau fraîche sur ma peau tandis que je glisse sur l'étang, flottant sur le dos et levant les yeux pour regarder les nuages voguer doucement au gré de la légère brise, les oiseaux qui pépient et le vent qui fait bruire les arbres.

Le bonheur.

Sauf si, bien sûr, mon moment à moi est interrompu par des hommes en maillot de bain qui n'ont rien à faire là.

Mais pas d'étang pour moi aujourd'hui. Pas le temps. Aujourd'hui, c'est la journée de corvée collective, pour embellir la ville et la faire briller pour l'avant-première du film. Autant j'aimerais flotter dans l'eau de l'étang, le nez au ciel, autant il n'y a pas de repos pour les braves.

Je me débarrasse de mes talons, mes pieds me remercient, et j'enfile un short et un t-shirt blanc à col en V, puis une paire de vieilles baskets. J'attache mes cheveux en un chignon désordonné sur le dessus de ma tête et je m'enduis de crème solaire.

Le soleil tape fort et ceux d'entre nous qui ont une peau claire ont vraiment besoin de cette protection pour éviter de ressembler à un ballon de plage rouge et brillant le lendemain matin.

En arrivant sur la place de la ville quelques minutes plus tard, je vois que certaines personnes s'affairent, plantant des arbustes et des fleurs, nettoyant les trottoirs au jet à haute pression et balayant, tandis que d'autres sont là à discuter, des mugs Steamy Coffee à la main.

Je pince les lèvres et j'essaie de ne pas me laisser contrarier. Si le Second Chance était ouvert, ils prendraient leur café chez nous.

Du moins, je l'espère.

J'aperçois Mme Jacobson parmi le groupe qui boit son café et je file droit sur elle.

Elle lève les yeux à mon arrivée, plaçant ses mains autour de sa tasse pour que je ne puisse pas lire l'étiquette.

Trop tard, ma belle. Grillée.

— C'est merveilleux que vous soyez venue, Marlowe. Je sais à quel point vous êtes occupée avec votre café, surtout maintenant que vous avez annoncé que vous alliez ouvrir pour le dîner, avec des concerts en plus, roucoule-t-elle. Vous êtes une superstar !

— Je ne sais pas si j'irais jusque-là, mais nous sommes très enthousiastes quant à nos nouvelles propositions, Mme Jacobson. Bonjour à tous. Vous faites du super travail. La place de la ville est déjà magnifique, dis-je.

— Il faut bien se montrer sous notre meilleur jour, dit Bernie le boucher.

— Ce n'est pas tous les jours que le monde entier vient à Hunter's Creek, ajoute Alfred Whitlow, l'avocat à la retraite, sous des murmures d'approbation.

— Nous avons vraiment de la chance, dit Mme Jacobson. Bon, Marlowe. Je vous ai assignée à la peinture du kiosque à musique. Lewis Bernhardt a déjà fait le toit et le plafond parce qu'il a la grande échelle, donc je veux que vous peigniez le reste. On vous a assigné un partenaire, qui a déjà préparé tout le matériel.

— Pas de problème, je réponds avec un sourire. Qui est mon partenaire ?

— C'est moi, dit une voix grave derrière moi.

Je me retourne et vois Oliver, vêtu d'un short à carreaux bleus et d'un t-shirt blanc, un sourire malicieux sur son visage exaspérément beau, comme si c'était la chose la plus drôle qui soit arrivée de toute la journée. Bon, c'est peut-être le cas pour lui, mais certainement pas pour moi.

— Toi ? je bafouille, incrédule.

— Moi.

— Mais tu n'es pas… tu viens de… pourquoi ?

Oliver est la dernière personne que j'aurais imaginée donner de son temps pour aider à embellir Hunter's Creek. J'aurais pensé qu'il serait trop occupé à essayer de conquérir le monde du café pour participer à quelque chose d'aussi insignifiant.

— On dirait que tu as du mal à finir tes phrases, Marlowe. Peut-être que tu as besoin d'une tasse de café du Steamy Coffee ? Je peux aller t'en chercher une si tu veux. Nous, on est toujours ouverts, contrairement à certains endroits en ville.

Je le foudroie du regard. Quel culot, cet homme ! Et il continue de me sourire comme s'il disait des gentillesses, alors que nous savons tous les deux qu'il lance des piques non seulement à mon encontre, mais aussi au café de ma tante.

Quelle impolitesse. Et quelle méchanceté gratuite.

— Non, merci, dis-je, les lèvres pincées. Je me retourne vers Mme Jacobson. Il doit y avoir une sorte d'erreur. Je suis sûrement en binôme avec une de mes sœurs ou Gabe, ou vraiment n'importe qui d'autre.

N'importe qui sauf lui.

— Harper et Christopher travaillent déjà plus loin dans la rue, Ryn est à son cours d'esthétique, et Gabe est à l'atelier de soufflage de verre. Donc, vous voyez bien ? Il n'y a aucune erreur, répond-elle d'un air suffisant.

Je cligne des yeux plusieurs fois en la regardant. C'est comme si elle avait une connaissance encyclopédique des allées et venues de tout le monde. Si je ne savais pas qu'elle était l'une des reines des potins de la ville, je serais complètement effrayée.

Puis l'idée me vient. Bien sûr que ce n'est pas une erreur. Tout cela est totalement planifié, ça fait partie du complot du comité des dames pour nous caser ensemble, Oliver et moi.

Ne savent-elles donc pas que ça n'arrivera jamais ? Jamais.

— Madame Jacobson, n'y a-t-il vraiment personne d'autre ? je demande à voix basse. Je ne suis pas trop fière pour supplier.

— Vous étiez les deux derniers à vous porter volontaires, ma chère. Il est donc logique que vous travailliez ensemble. D'ailleurs, tous les autres jeunes sont occupés à d'autres tâches en ce moment, et nous avons vraiment besoin que ce kiosque soit peint.

J'ouvre la bouche pour protester, puis je la referme. La dernière chose que je veux, c'est passer pour une princesse qui ne se porte volontaire que si elle peut travailler avec sa famille ou ses amis. Mais Oliver Langdon ? Sérieusement ? De toutes les personnes de cette ville.

Je serre la mâchoire. Je sais reconnaître quand j'ai perdu d'avance, et il est vraiment inutile de discuter avec Mme Jacobson quand elle a une idée en tête.

— Où sont la peinture et les pinceaux ?

Je demande en serrant les dents.

— Je les ai, répond Oliver en brandissant un grand seau de peinture et ce qui doit être un sac en papier rempli de pinceaux. Les autres couleurs de peinture sont déjà installées près du kiosque, donc on est prêts quand tu le seras.

— Merci, Oliver. Nous sommes si reconnaissants de vous avoir dans notre équipe.

Mme Jacobson roucoule de cette voix bizarre et haletante qu'elle emploie avec lui.

— Je vous suggère de vous mettre au travail sans plus attendre, dit-elle en tapant dans ses mains.

Avec l'enthousiasme d'un escargot devant traverser un désert, je me tourne vers Oliver et je dis :

— Je suppose qu'il vaut mieux qu'on en finisse alors.

— Tu as l'air ravie de faire ça, observe-t-il alors que nous nous dirigeons vers le kiosque au centre de la place.

— Je suis heureuse d'être utile à la ville.

Je laisse le non-dit flotter entre nous.

Un coin de ses lèvres se relève, une chose à laquelle je me suis habituée avec cet homme et son air suffisant. Tout ce que je dis semble l'amuser.

C'est quoi, son problème ?

— Tu es vraiment une sacrée charmeuse, Marlowe. Pas étonnant que tu aies choisi de travailler dans un milieu axé sur le service à la clientèle.

Pff !

— Et comment va *ton* service à la clientèle ?

— Très chargé. Et le tien ?

— *Hyperchargé.*

— C'est une bonne chose.

— Oh, c'est plus qu'une bonne chose. C'est génial.

D'accord, j'exagère peut-être un tout petit peu, mais la dernière chose que je veux, c'est lui donner la satisfaction de savoir que nous avons dû nous démener pour faire revenir nos clients habituels depuis qu'il a ouvert.

— Génial, hein ? C'est grâce à la nouvelle machine à café que vous avez ?

Je ne devrais pas être surprise qu'il le sache. Eh bien, tant pis pour toi, Oliver. On peut te battre à ton propre jeu. Enfin, une fois qu'on aura réussi à faire fonctionner la machine à café, bien sûr.

— Ah, mais attends. Vous ne savez pas comment la faire marcher, c'est ça ? C'est ce que j'ai entendu dire.

— Mais si, je le sais très bien, je rétorque, bien que ce ne soit pas la vérité.

— C'est bizarre. Les clients à qui j'ai parlé m'ont dit que vous aviez offert de la tarte à tout le monde parce que vous n'arriviez pas à faire fonctionner la machine. L'un d'eux m'a dit que ta sœur et toi aviez été trempées, bien que ça puisse être une exagération.

Je fais la moue. Lequel de mes clients infidèles a raconté à Oliver mes malheurs avec la machine à café ?

— Nous rencontrons quelques problèmes techniques mineurs en ce moment, mais je suis sûre que nous la ferons fonctionner bien assez tôt, je renifle.

— Alors, en attendant, vous allez juste continuer à danser ?

— Pardon ? je bafouille.

Pourquoi l'idée qu'il ait vu nos danses m'embarrasse-t-elle tellement plus que si d'autres les avaient vues ?

— J'ai entendu dire que tu faisais des numéros de danse pour tes clients. En fait, il paraît qu'ils sont très populaires auprès de ceux qui attendent leur café.

Je me mords la lèvre.

— Une seule fois, Oliver. C'était une seule fois. Et uniquement parce qu'une cliente voulait voir ça. Une de nos habituées, en fait. Si par « habituée » j'entends quelqu'un qui vient au café une fois tous les six mois environ et passe tout son temps à se plaindre.

— Je suis désolé d'avoir manqué ça.

— Pourquoi ? Pour pouvoir te moquer de moi ?

— Je n'ai pas dit que je voulais me moquer de toi.

Mon regard croise le sien et je vois cette étincelle de flirt qui a alimenté nos premières rencontres, à l'époque où il n'était qu'un inconnu séduisant et mystérieux — et non mon ennemi du café.

Mais la dernière chose que j'ai l'intention de faire, c'est de flirter avec cet homme ou de penser à lui en maillot de bain, avec sa peau luisante et ses muscles nerveux…

Marlowe, arrête.

C'est mon ennemi. Rien de plus.

Je m'éclaircis la gorge.

Tandis qu'Oliver secoue vigoureusement l'un des pots de peinture, je sors les pinceaux du sac en papier et les déballe, les disposant pour qu'ils soient prêts à l'emploi.

— On va devoir mettre ça, sauf si on veut mettre de la peinture sur nos vêtements.

Oliver me tend une combinaison blanche avec une ferme-ture éclair au milieu.

Je la scrute du regard.

— Pour moi, ça ira.

— Allez. Tu seras mignonne. Comme Casper le gentil fantôme, mais avec des cheveux roux.

Je lève un sourcil vers lui.

— Ils sont auburn, en fait. Mais, bien sûr, ne te gêne pas si tu veux toi-même ressembler à un personnage de dessin animé pour enfants.

Je fais un geste de la main devant lui, comme une présen-tatrice de jeu télévisé.

Il laisse tomber la combinaison blanche à côté des pots de peinture.

— Ce sont de vieux vêtements. Ça ne me dérange pas s'il y a de la peinture dessus.

— Tant mieux pour toi.

Mon ton est peut-être un peu sarcastique. En quoi ça me concernerait qu'il mette de la peinture sur son précieux T-shirt et son short ? C'est un Langdon. Il est pété de thunes, mais n'a pas inventé l'eau chaude.

Il ouvre le pot de peinture et en verse un peu dans deux bacs. En m'en tendant un, il dit :

— Par où veux-tu commencer ?

— Que dirais-tu des zones qui ont besoin d'être peintes ?

— Tu sais, tes talents sont gaspillés dans ton travail. Le gouvernement aurait bien besoin d'un esprit comme le tien.

Eh bien, tiens, qui fait du sarcasme maintenant.

— Ah oui ? Et que pourrait faire le gouvernement de ton cerveau ? Le faire revenir avec des oignons ?

Je sais que je suis mesquine. Je me comporte comme si nous étions dans une série télé sur des lycéens qui se chamaillent, mais je m'en fiche. Totalement.

Oliver Langdon mérite toute ma mesquinerie. Absolument toute.

Il inspire brusquement, comme si mes mots l'avaient ébouillanté.

— Marlowe Cole, je ne t'ai jamais connue aussi féroce.

Je lui offre un sourire mielleux, dégoulinant de fausseté.

— Dans ce cas, tu vas pouvoir me regarder te voler tous tes clients.

— Ah oui ? Alors comment se fait-il que nous ayons eu autant de tes anciens clients dans mon café aujourd'hui ? D'ailleurs, certains d'entre eux ont des gobelets à emporter ici.

Il regarde par-dessus mon épaule, plissant les yeux comme pour chercher dans la foule.

— Ah, les voilà. Tu vois ? Il doit y en avoir au moins sept ou huit. Ce sont eux qui tiennent les gobelets où il est écrit « Steamy Coffee », au cas où tu te poserais la question.

Je ne lui donne pas la satisfaction de me retourner pour regarder. Outre le fait que j'aie déjà remarqué qui tenait ces gobelets à mon arrivée, je ne veux pas lui donner l'impression qu'il marque un point. Même si c'est le cas.

À la place, je dis :

— Montre-moi la palette de couleurs.

— Tu ne relèves pas que *toutes* les personnes avec un gobelet à la main l'ont pris dans mon café ?

— C'est uniquement parce que le Second Chance est fermé et que le tien est le seul endroit ouvert sur Main Street en ce moment. Et puis, nous, nous n'avons pas l'audace de placarder notre nom sur nos gobelets à emporter.

— De l'audace ou un bon sens du marketing ?

Nous échangeons un regard. Il est clair que nous ne tomberons jamais d'accord là-dessus, ni sur quoi que ce soit d'autre, d'ailleurs.

Je tends la main vers lui, paume vers le haut.

— Je peux voir la palette de couleurs ? On ferait vraiment bien de commencer avant de perdre la lumière du jour.

— Tu n'as pas dit s'il te plaît.

Sérieusement ? Pour qui il se prend, ce type ? Pour mon père ?

— S'il te plaît, je lâche entre mes dents.

Il me lance un sourire narquois, ce sourire suffisant qu'il semble tant apprécier.

— Puisque tu le demandes si gentiment. Tiens.

Il tire un papier plié de sa poche arrière et le déplie. C'est un dessin du kiosque de la place du village, qui indique quelle couleur va où. On commence par la maçonnerie à la base du kiosque, qui doit être repeinte en rouge brique — pas de points pour l'originalité ici —, puis on passe aux poteaux qui soutiennent la structure, qui doivent être peints en blanc, et en noir et gris pour les marches et le plancher.

— C'est exactement la même palette, dis-je.

— Tanya m'a dit que c'était un rafraîchissement, plutôt qu'un nouveau design. Deux couches sur tout.

Je hausse les sourcils.

— Tanya ?

— Tanya Jacobson. Je crois que tu la connais. C'est elle qui a eu cette idée folle de nous mettre ensemble.

Je sens mes joues s'empourprer à l'idée qu'Oliver soit au courant du plan ridicule du comité des dames.

— Bien sûr que je sais qui est Tanya Jacobson. Elle est la bibliothécaire de la ville depuis toujours. C'est juste que, *moi*, par respect, je l'appelle Madame Jacobson.

— Elle m'a demandé de l'appeler Tanya le jour où je l'ai rencontrée, réplique-t-il, comme si je devais être vexée qu'il puisse appeler la plus grande fouine de la ville par son prénom. Ce qui, entre nous, me vexe un peu. Mais il est hors de question que je le dise à Oliver.

Alors, je fais ce que n'importe quelle adulte ferait et je l'ignore.

— Je vais commencer par les colonnes si tu veux t'attaquer aux briques rouges ?

— Je pensais que *moi*, j'allais commencer par les colonnes et que *toi*, tu pourrais commencer par les briques rouges, rétorque-t-il.

— Je préférerais peindre les colonnes.

— Moi aussi, contre-t-il.

Nous nous foudroyons du regard.

— Très bien. Nous peindrons tous les deux les colonnes, dis-je en serrant les dents.

Cet homme !

— J'adore les femmes qui savent faire des compromis, réplique-t-il, ce sourire narquois solidement accroché à ses lèvres.

Je trempe mon pinceau dans la peinture et commence à le passer de haut en bas sur la première colonne.

— J'imagine que ça t'arrive souvent avec les femmes, Oliver.

Il glousse comme si j'avais dit quelque chose de drôle.

— Vraiment ? Eh bien, il faudra juste que tu apprennes à mieux me connaître pour le savoir.

— Je te connais déjà bien assez, merci.

— Tu crois que tu me connais ?

Je me retourne pour lui faire face. Il a un pinceau trempé dans la peinture à la main et vient de tendre le bras pour en appliquer en haut de la colonne, révélant une bande de ventre fin, ferme et hâlé.

Je me mords la lèvre et détourne le regard. La dernière chose que je veux, c'est de repenser au torse nu d'Oliver.

Pas très utile.

— Je connais ton genre, je renifle en trempant mon pinceau dans mon bac de peinture avant de commencer à l'appliquer.

— Et quel est mon genre, dans le monde selon Marlowe Cole ?

Je m'arrête, comme si je passais en revue les possibilités dans ma tête, ce que, bien sûr, je n'ai pas besoin de faire. Je me suis déjà fait mon opinion sur Oliver Langdon.

— Tu es sûr de toi, privilégié, tu as du succès. Ah, et sans aucun doute doué avec les femmes.

Il pouffe de rire.

— Doué avec les femmes ? Qu'est-ce qui te fait dire ça ?

— Tu vois ce que je veux dire. Tu as cet air d'assurance et physiquement...

Je fais un geste de la main dans sa direction.

— ... tu es comme tu es. Les femmes craquent pour ce genre de choses.

— Marlowe Cole, est-ce un compliment ?

Je me remets à peindre.

— Non. C'est un fait.

— Un fait qui se trouve être aussi un compliment.

— Libre à toi de le prendre comme tel, si tu le souhaites, je renifle, sonnant soudain comme un personnage de *La Chronique des Bridgerton*.

— Je le prends comme tel. Et merci.

Pas besoin de le regarder pour savoir qu'il a un sourire suffisant. Je le sens, son regard me transperce à travers le tissu fin de mon t-shirt.

C'est aussi bien plus prudent de ne pas le regarder, au cas où il y aurait une autre apparition inattendue de son ventre ferme. Je pourrais bien m'en passer.

— Autre chose que tu voudrais partager sur mon genre ?

— Pourquoi ? Parce que tu aimes tant parler de toi ? Ça ne m'étonne pas.

— Je suis simplement curieux de savoir ce que tu penses de moi.

— Tu veux vraiment savoir ?, je demande.

— Oh, oui.

— D'accord. Tu as un air, comme si tu savais que la vie te sourirait toujours. Tu mènes une vie de rêve, et je parie que tu ne t'en rends même pas compte.

— Une vie de rêve ? En quoi ?

— Les gens comme toi ont la vie facile. Comme par hasard, ta mère dirige la chaîne de cafés la plus prospère du Nord-Ouest du Pacifique, et je parierais mon dernier dollar que tu es la prunelle de ses yeux. Tu obtiens tout ce que tu veux de ta mère, son précieux fils qu'elle couve totalement.

Son pinceau s'arrête un instant et je me demande si j'ai touché un point sensible.

— Ça fait beaucoup de suppositions pour une seule personne, répond-il, d'un ton égal, maîtrisé.

Oui. J'ai définitivement touché un point sensible.

Son regard s'attarde sur le mien, et je jurerais voir quelque chose dans ses yeux qui me fait regretter instantanément mes paroles.

Je n'arrive pas à savourer mon triomphe. Je n'arrive pas à profiter de ce moment. Je ressens… qu'est-ce que je ressens ? En regardant Oliver, qui affiche un sourire aussi faux que les cils de Ryn le jour où elle a appris à mettre des faux cils, je ressens quelque chose qui s'apparente à de la… *culpabilité*.

— Désolée, je murmure. Je n'ai aucun droit de faire des suppositions sur toi ou ta vie.

Tout ce qu'il fait, c'est m'adresser un bref hochement de

tête avant de tremper son pinceau dans la peinture et de se remettre au travail.

La culpabilité me tiraille. Ce type ne me plaît peut-être pas, et j'aurais préféré que lui et son énorme chaîne de cafés ne débarquent jamais en ville, mais même s'il est tout ce que j'ai dit de lui, je ne veux pas le blesser.

Chapitre 14

Oliver

Je ne vais pas mentir, le fait que Marlowe s'imagine que ma mère me dorlote me fait mal. Si seulement elle savait la vérité, que c'est en fait tout le contraire. Que je suis ici, à Hunter's Creek, dans ma dernière tentative de lui prouver ma valeur. Pour lui montrer que je vaux autant que le fils qu'elle a véritablement chéri. Mon frère.

Bien sûr, je comprends que tout ça faisait partie de la petite joute verbale que Marlowe et moi entretenions — une joute verbale qui ne faisait que la rendre encore plus séduisante à mes yeux, jusqu'à il y a une minute à peine — et je suis certain qu'elle ne sait pas à quel point ses mots m'ont blessé.

Le fait est que je sais que je n'ai pas le genre de relation avec ma mère que je vois chez les autres. Celle que je voudrais. Ce n'est pas que je veuille être dorloté. Pour commencer, je me contenterais d'être vu pour qui je suis, au lieu d'avoir toujours l'impression d'être le second choix.

Quand j'étais enfant, maman n'était pas très présente. C'était une mère célibataire de trois enfants, sans soutien familial, qui tentait de lancer sa propre entreprise. Même si je comprends que c'était difficile pour elle et qu'elle devait bien établir ses priorités, j'aurais aimé que nous soyons sa priorité.

Après que Marlowe est sortie en trombe de mon café ce jour-là, avec son « déguisement », et qu'elle a foncé droit sur son père — littéralement —, j'avoue être resté en retrait pour observer leur interaction. Même s'il était clair qu'au début elle se demandait avec méfiance pourquoi ses parents rendaient visite à la concurrence, il était évident pour quiconque y prêtait attention que non seulement ils s'aimaient, mais qu'ils s'appréciaient aussi sincèrement.

J'ai décidé à ce moment-là qu'une introspection sur l'état de ma propre relation avec ma mère n'était pas une bonne idée.

Qui a envie de se regarder dans un miroir pour y trouver une relation qui laisse à désirer ?

Il vaut bien mieux se concentrer sur la fin de cette peinture et peut-être même reprendre notre flirt belliqueux d'avant que Marlowe ne me transperce accidentellement de ses mots.

Au moins, elle s'est excusée. Ça fait d'elle une personne correcte. Elle a atteint sa cible et a vu l'efficacité de son tir, mais au lieu de décocher le coup de grâce, elle a battu en retraite.

Marlowe Cole a un cœur.

Mais ça, je le savais depuis le début.

Je prends du recul et j'examine notre travail. Le kiosque à musique a commencé à paraître beaucoup plus brillant. Après avoir appliqué une couche de peinture sur toutes les colonnes — moi m'étirant pour atteindre les parties hautes que Marlowe ne peut pas atteindre —, nous nous tournons vers la maçonnerie en briques rouges qui entoure la base de la structure, en ouvrant le pot de peinture rouge et en commençant à travailler sur la brique.

Je brise notre silence mutuel.

— J'ai une question, je commence. J'ai vu plus que tes danses en ligne. Tu as aussi des slogans, non ? Quelque chose sur les grandes chaînes de café et sur le fait qu'elles sont diaboliques ? Dis-moi si je me trompe.

— Je croyais que tu avais une question, Oliver.

— Tu ne le nies pas.

Elle arrête de peindre.

— Qu'y a-t-il à nier ? Vous avez ouvert ce nouveau café tape-à-l'œil en concurrence directe avec celui de ma tante et vous vous attendez à ce qu'on reste les bras croisés à vous regarder faire ?

— Il y a plusieurs façons de parvenir à ses fins.

— Voilà une expression charmante.

— Ce que je veux dire, c'est que vous n'avez pas besoin de nous attaquer pour faire votre propre promotion.

Elle a maintenant le poing sur la hanche.

— Pourquoi pas ? Votre seule existence est une attaque contre nous. Nous devons prendre position. Il faut que les gens de la ville comprennent que s'ils choisissent votre établissement, non seulement ils choisissent une grande entreprise de café, mais ils nuisent au petit café local, bien plus éthique.

— Tu insinues que mon entreprise n'est pas gérée de manière éthique ? C'est une sacrée accusation, Marlowe. À ta place, je ne dirais pas ce genre de choses à la légère.

— Ça ressemble beaucoup à une menace, ça.

Comment en sommes-nous arrivés là ? L'instant d'avant, je prenais à cœur sa pique sur ma relation avec ma mère, et l'instant d'après, nous voilà en train de débattre pour savoir si l'entreprise familiale se livre à des activités douteuses. On peut dire qu'on a déraillé, et *sans* revenir au badinage aguicheur que j'appréciais tant avant.

— Tout ce que je dis, c'est que je comprends pourquoi tu fais ça, mais j'aimerais que tu t'y prennes de manière moins conflictuelle. Mets en avant tes points positifs plutôt que nos points négatifs. Nos prétendus points négatifs, je veux dire.

— Sinon quoi ?

Waouh, cette femme ne lâchera rien. Qu'est-ce que je pensais déjà, sur le fait qu'elle avait un cœur ?

— Je ne veux pas qu'il y ait de répercussions à cause de ce que tu dis en ligne.

— Ça, c'est clairement une menace.

— Non. Ce n'est pas une menace. J'essaie de t'aider. Ce que tu dois comprendre, c'est que Steamy Coffee est une grande entreprise qui a les reins solides. Je ne veux pas que tu aies des ennuis en disant des choses en ligne qui pourraient être sorties de leur contexte.

Elle plisse les yeux en me regardant.

— C'est juste une manière élégante de me menacer.

Je laisse échapper un soupir de frustration.

— Vois-le comme ça si tu veux. Je pars d'une bonne intention.

Elle se reconcentre sur sa peinture en disant :

— Et maintenant, il me dit comment je dois voir les choses.

Je soupire.

— Tu es impossible, tu le savais ? Mais qu'est-ce que je raconte ? Bien sûr que tu le sais.

Nos regards se croisent et s'accrochent, comme deux adversaires sur un champ de bataille qui se jaugent. Ses mains sont crispées en poings sur ses hanches, avec des éclaboussures de peinture sur les mains et les jambes nues, et je ne crois pas l'avoir jamais vue aussi séduisante... et en colère.

C'est moi qui romps le duel de regards.

— Tu as un peu de peinture ici.

Je désigne une tache au-dessus d'un de ses sourcils, là où il y a une traînée de peinture rouge brique.

— Ah oui ?

Elle essaie de l'enlever en frottant.

— C'est mieux ?

Elle n'a fait qu'étaler la peinture davantage et je ne peux m'empêcher de me demander si elle est la seule femme sur qui la peinture étalée peut être jolie.

— Si le look que tu recherches est celui de princesse guerrière apache, alors oui. C'est beaucoup mieux.

Elle me lance un de ces regards qui tuent, auxquels je commence à m'habituer.

— Un peu de peinture sur le front ne va pas me transformer en guerrière apache.

Je hausse les épaules.

— Bien sûr. Si tu le dis.

Elle a un air interrogateur, se demandant visiblement si elle ressemble vraiment à une princesse guerrière apache, ou si je me moque simplement d'elle.

— Tu n'es absolument d'aucune aide, le savais-tu ? me dit-elle.

— C'est une question rhétorique ? Parce qu'après notre « discussion » d'aujourd'hui, ça en a tout l'air pour moi.

Je sais que je suis difficile, mais elle aussi, et provoquer des étincelles avec cette femme est devenu mon nouveau sport favori.

Elle pousse un grognement de frustration avant de m'arracher les pinceaux de la main et de partir d'un pas furieux en me disant qu'elle va les laver.

Je l'avoue. Je la regarde s'éloigner. Peut-on me le reprocher ? C'est une femme magnifique, vêtue d'un short en jean et d'un t-shirt blanc qui révèle ses formes féminines, son irritation envers moi la propulsant alors qu'elle traverse la place de la ville d'un pas rageur.

Je la regarde encore quand elle jette un coup d'œil par-dessus son épaule dans ma direction avec une mine renfrognée. Je lève la main pour la saluer, en lui offrant un sourire. Bien sûr, cela ne fait que l'irriter davantage, et je ris en la voyant me foudroyer du regard.

La taquiner est si facile. Et amusant. Vraiment amusant.

Quelques minutes plus tard, je m'attaque déjà à une autre section quand Marlowe réapparaît, tenant les pinceaux humides mais propres dans une main et deux bouteilles d'eau dans l'autre.

Je me redresse et prends l'une des bouteilles.

— Pour moi ? Marlowe, tu n'aurais pas dû.

— Oh, je sais bien. C'est ta « bonne amie » Tanya qui me les a données.

— Vous voulez dire Mme Jacobson ?

Je la taquine en dévissant le bouchon et en buvant une longue et profonde gorgée, reconnaissant que l'eau étanche ma soif dans la chaleur de cette soirée d'été.

J'abaisse la bouteille et je vois que Marlowe me dévisage.

— Quoi ? je demande.

Elle cille et détourne le regard.

— Rien.

Il y a quelque chose dans sa manière de le dire qui me fait sourire intérieurement. Elle me matait. J'en suis sûr.

Cette pensée me fait un effet agréable dans le ventre.

Je pose ma bouteille d'eau à l'ombre.

— Donne-moi la tienne, je lance.

Elle me passe sa bouteille, que je place à côté de la mienne.

— Regarde. Nos bouteilles d'eau peuvent être côte à côte sans se disputer. Tu penses qu'on pourrait y arriver ?

— Ce n'est pas moi qui me dispute, dit-elle calmement en trempant son pinceau dans la peinture et en commençant à appliquer une couche. C'est toi à cent pour cent.

— Je pense qu'il est techniquement impossible pour une seule personne de se disputer toute seule.

Patrick Chadwick y arrive bien, alors je suis sûre que c'est possible.

— C'est qui, Patrick Chadwick ?

— Le vieux monsieur qui se promène beaucoup en ville.

Je la regarde d'un air vide. Ça décrit la moitié de la population de Hunter's Creek.

— Lequel ?

— Il a les cheveux blancs clairsemés et porte une chemise en flanelle à carreaux.

— Elle est rouge ? je demande d'un ton suggestif.

— Ouais.

— Ça réduit littéralement les options à tous les hommes de cette ville, je réponds en relevant le menton d'un air triomphant.

— Pas du tout.

— Tu ne vas pas me dire que tu n'as pas remarqué l'histoire d'amour que les gens d'ici ont avec les chemises en flanelle à carreaux. Même Christopher Young, l'avocat, en porte une parfois, et il vient de New York. Je devrais peut-être m'en acheter une.

Elle me jauge du regard.

— Je ne suis pas sûre que tu sois du genre Hunter's Creek.

Je sais qu'elle dit ça comme une insulte, mais je lui demande ce qu'elle veut dire de la manière la plus innocente possible.

— Tu n'es tout simplement pas le genre de mec de petite ville de l'État de Washington, c'est tout.

— Ça va encore être parce que je suis un Langdon ? Parce que je t'ai dit qu'on n'avait pas grandi dans l'opulence.

— Peut-être ?

Sûrement.

— Alors, comment ça se fait que tu ne portes pas une chemise à carreaux tous les jours ?

Je demande en trempant mon pinceau dans la peinture et en recommençant à peindre.

— Ce n'est pas comme si c'était un uniforme, tu sais. On ne te file pas une chemise en arrivant en ville ou quoi que ce soit.

— Si c'était un uniforme, tu serais clairement en infraction. Pas de carreaux, pas de jean, pas de bottes de travail. Tu es une rebelle.

Elle a un rire moqueur.

— Une rebelle ?

— Tu as plus l'air d'aller à ton poste de cadre en ville que de gérer un petit café de province.

— Toi aussi.

— Je ne porte pas de costume.

— Mais tu n'as pas l'air d'être à ta place ici non plus.

— Alors, on est un duo d'inadaptés.

Son regard croise le mien en un éclair, mais elle garde la bouche fermée. Ai-je dit quelque chose qu'il ne fallait pas ?

Bien sûr, ce que je veux lui dire, c'est que les tenues qu'elle choisit de porter au travail tous les jours lui vont bien, mais je sais que venant de moi, ça sonnerait faux.

— Et si on se concentrait sur la peinture ? J'ai l'impression d'avoir bien plus avancé que toi, dit-elle.

— Ah oui ?

Je parcours sa section du regard, puis la mienne. Elle a peut-être raison, mais je ne vais pas le lui faire savoir.

— Je dirais que j'en ai fait beaucoup plus que toi, mais il faut dire que je suis rapide.

Je prends un peu plus de peinture sur mon pinceau et l'étale sur la maçonnerie.

— Et pas moi ?

— Tu pourrais vraiment passer à la vitesse supérieure.

Indignée, elle peint rapidement une section, éclaboussant un arbuste dans sa hâte.

Je regarde l'arbuste.

— Oh, on en est là, c'est ça ?

— À quoi donc ? Je suis juste plus rapide que toi pour peindre.

— Ah oui ?

Nos sections respectives se rapprochent de plus en plus, et quand j'étale un peu plus de peinture, une partie éclabousse accidentellement la peau nue de sa jambe.

— Je suis vraiment désolé. Je ne voulais pas faire ça, dis-je immédiatement, parce que c'était vrai. Pas consciemment, en tout cas.

Elle regarde les éclaboussures de peinture sur sa jambe et lève les yeux vers moi. Avec les taches de peinture sur son visage et ce dernier ajout sur sa jambe, elle me fait penser à un tableau de Jackson Pollock. Cette pensée me fait sourire… jusqu'à ce qu'elle éclabousse ma jambe de peinture.

— Oh, Oliver, je suis *tellement* désolée, dit-elle, les yeux écarquillés.

Je ne saurais dire ce qui m'a pris, exactement, mais c'était un peu comme si le petit garçon en moi voulait se libérer et s'amuser un peu. Je dirige mon pinceau vers Marlowe et projette un peu de peinture rouge brique sur elle. Ça éclabousse son t-shirt blanc comme une tache de sang sombre.

— Oups.

Sa mâchoire se décroche alors qu'elle baisse les yeux sur son haut, puis les relève vers moi, les yeux écarquillés.

— Tu n'as pas fait ça.

— Les preuves indiquent que je *viens* de le faire. Un pur accident. Bien sûr.

Elle plisse les yeux comme pour me jauger. Et puis, en un clin d'œil, elle me frappe un côté de la poitrine avec son pinceau, laissant derrière elle une tache de peinture rouge.

Son visage est un livre ouvert. Elle a l'air à la fois satisfaite de son geste et choquée par celui-ci.

— Tu m'as peint un téton, lui dis-je.

Elle presse ses lèvres l'une contre l'autre, ses yeux pétillants.

— Eh bien, je suppose que je devrais égaliser tout ça.

Elle frappe l'autre côté de ma poitrine avec son pinceau, me laissant avec deux taches rouges, une sur chaque pectoral.

— Tout ce que j'ai fait, c'est éclabousser un tout petit peu de peinture sur ton t-shirt. Toi, tu me donnes l'air de porter une espèce de t-shirt bizarre avec des tétons masculins.

Je la vois réprimer un sourire.

— En fait, je trouve que ça ressemble plus à des yeux, alors je vais devoir faire ça.

Elle trempe son pinceau dans le pot et peint un demi-cercle sur mon ventre.

Ça me chatouille, et le fait qu'elle me frôle presque met mon ventre dans tous ses états.

— C'est mieux. Maintenant, tu ressembles à un smiley qui sourit, ce qui te correspond bien, car c'est ce que tu fais tout le temps : sourire.

Seulement avec toi.

Je sens le rire monter en moi. C'est le smiley, c'est la situation, c'est la peinture, c'est le fait que la femme à qui je n'arrête pas de penser est si proche que je pourrais la toucher rien qu'en tendant la main.

Un instant plus tard, je lâche tout, riant de l'absurdité totale de la situation : la femme qui dirige l'entreprise concurrente, celle que ma mère m'a dit d'écraser, celle qui m'attire de plus en plus, vient de me peindre un énorme sourire sur le torse.

Après un instant, Marlowe me rejoint, son rire cristallin flottant dans la brise.

Je replonge mon pinceau dans la peinture et l'éclabousse de nouveau, avec beaucoup plus de peinture cette fois. Elle serre les paupières au moment où la peinture atterrit sur son t-shirt et son visage, traçant une longue ligne en diagonale.

— Oh non, t'as pas osé ! gronde-t-elle.

— Oh que si. Et tu sais quoi ? Je vais le refaire.

Ce que je fais sur-le-champ, en passant cette fois mon pinceau sur son ventre. Sa vengeance est rapide et assurée. Inutile de dire que lorsqu'elle dirige de nouveau son pinceau vers moi, elle me trace un trait sur le front, qui descend jusqu'à ma mâchoire et ne s'arrête qu'à mon épaule.

— Pas les cheveux ! je me plains en portant la main à ma tête. Évidemment, je suis couvert de peinture. Tout, mais pas les cheveux.

Elle trouve ça absolument hilarant, laissant échapper un rire qui s'étrangle presque dans un grognement. Ce qui, bien sûr, me fait rire de plus belle et me pousse à la repeindre, cette fois sur les jambes.

C'est le chaos total. On s'éclabousse de peinture, on s'en barbouille, jusqu'à ce que Marlowe finisse par prendre son bac à peinture et me jeter son contenu dessus. À ce stade, nos t-shirts autrefois blancs donnent l'impression que nous avons été mêlés à un sérieux combat au corps à corps. Nous rions tous les deux à gorge déployée, nous amusant comme des fous, sans trop savoir comment nous sommes passés des piques métaphoriques à cette situation.

Mais je sais laquelle des deux je préfère, malgré le nettoyage qui nous attend.

— Tu vas me le payer, Cole, dis-je en ramassant un peu plus de peinture et en lui saisissant le bras.

Elle se retourne en gloussant, les yeux pétillants, et soudain, je n'ai plus envie de la peindre. J'ai envie de faire tout autre chose avec elle. *Tout autre chose* implique beaucoup moins de peinture et beaucoup plus de nous deux. Seuls. Ensemble.

À cette pensée, l'atmosphère entre nous change et nous nous figeons tous les deux, nos regards s'accrochant l'un à l'autre pendant une seconde ou deux. Mon cœur bat comme un tambour, mes veines parcourues par le désir inexprimé que je ressens pour elle depuis l'instant où je l'ai vue au bord de l'étang.

Sa respiration est courte et rapide, sa poitrine se soulevant et s'abaissant à chaque inspiration. Son regard descend sur ma bouche avant de remonter vers mes yeux, et je sais. Je le sais, c'est tout. Elle ressent la même chose. Elle a autant envie de m'embrasser que j'ai envie de l'embrasser, malgré toute la peinture, tout le bazar et même tous les gens qui s'affairent à proximité.

Je lâche son bras, mais elle ne bouge pas. Je fais un pas vers elle, mon cœur cognant contre ma cage thoracique.

— Marlowe, je murmure, et je suis surpris de constater à quel point ma propre voix est haletante.

— Oui ? souffle-t-elle, et je jurerais qu'elle me regarde avec la réponse que j'attends. La réponse qui fait faire des pirouettes à mon cœur sur ce kiosque à musique maculé de peinture.

Une voix très sévère et forte vient percer notre bulle, qui était si pleine de promesses.

— Mais qu'est-ce que vous croyez faire, bon sang ?!

Marlowe et moi nous figeons.

— Grillés, articule-t-elle sans un son.

Nous échangeons un sourire.

Je me redresse, en résistant à l'envie de cacher la preuve du crime dans mon dos. Mais il faut se rendre à l'évidence, cacher le pinceau n'y changera rien. Les preuves sont sur nous. Au sens propre du terme.

Tanya Jacobson croise les bras sur sa poitrine, les sourcils haussés tandis qu'elle contemple la scène. Marlowe et moi sommes côte à côte, couverts de peinture, l'air aussi coupables que deux enfants barbouillés de chocolat à côté d'un gâteau à moitié entamé.

— Alors ? Qu'avez-vous à dire pour votre défense ? demande-t-elle.

— Nous sommes désolés, dit Marlowe.

— Oui, nous sommes désolés, fais-je en écho. On s'est laissé emporter.

— Nous n'avons pas réfléchi, ajoute-t-elle.

Le regard de Marlowe croise le mien et une décharge électrique me parcourt les veines.

Elle a raison. Nous ne réfléchissions pas. Nous chahutions, perdus dans l'instant, laissant nos âmes d'enfants prendre le dessus. Et c'était exaltant. Si je le pouvais, je ferais une bataille de peinture avec Marlowe Cole n'importe quel jour de la semaine. Comme ça, je pourrais l'entendre rire. Je pourrais voir la joie sur son magnifique visage. Je pourrais être près d'elle, sans penser aux cafés, à la compétition et à tout ce qui a défini notre relation jusqu'à présent.

Je pourrais être avec la femme belle et intéressante que j'ai rencontrée au bord de l'étang, celle que je voulais apprendre à connaître.

— Regardez dans quel état vous êtes ! Vous êtes tous les deux couverts de peinture et vous en avez éclaboussé partout sur les colonnes et le sol. Regardez ! Et regardez les plantes !

Elle désigne la rangée de plantes à fleurs à côté du kiosque à musique.

— Eunice et Barry ont passé tout l'après-midi à les planter.

— Nous remplacerons les plantes, lui dis-je.

D'autres bénévoles s'approchent pour voir ce qui cause toute cette agitation. Leurs yeux s'écarquillent lorsqu'ils constatent l'état des deux propriétaires des cafés de Main Street.

— Et nous repeindrons aussi par-dessus le gâchis, ajoute Marlowe. Nous ferons en sorte que ce soit parfait. Je vous le promets, madame Jacobson.

— Vous avez intérêt. C'est ce que vous allez faire, répond-elle, la mâchoire crispée.

La foule murmure et je remarque que le froncement de

sourcils de Tanya s'estompe lorsqu'elle aperçoit les autres membres du Collectif de l'Impératrice. Elles doivent adorer ça. Nous avons peut-être fait un carnage, mais elles en concluront que leurs efforts de marieuses ont bel et bien porté leurs fruits aujourd'hui.

Elles nous marieront avant la fin de la semaine.

Je jette un coup d'œil à ma complice. Pourquoi est-ce que l'idée d'épouser Marlowe Cole ne me fait pas paniquer ? Je veux dire, ce n'est pas comme si j'entendais les cloches du mariage sonner dans notre avenir proche ou quoi que ce soit, mais je pourrais très bien me voir avec elle. Amoureux d'elle. Marié à elle.

J'inspire brusquement.

Mais à quoi est-ce que je pense ?

Des pensées d'amour et de mariage avec une femme que je connais à peine, qui me voit clairement comme son ennemi, et qui, malgré la bataille de peinture séductrice que nous venons de partager et ce qui m'a semblé être une sérieuse tension sexuelle, a clairement indiqué qu'elle pense que je suis un crétin de privilégié.

Quand je sortais avec des femmes, la simple idée du mariage me faisait enfiler mes chaussures de course et sprinter vers la sortie la plus proche.

Pourquoi pas avec Marlowe ?

Quand Evelyn est partie, je me suis juré de ne plus jamais me remarier. Ça n'en valait pas la peine. Mais, avec Marlowe, cette pensée fait s'épanouir mon cœur.

Ce qui est complètement fou pour de nombreuses raisons.

Nous nous connaissons à peine.

Nous sommes des concurrents.

De toute évidence, elle me déteste.

Ce dernier point me trotte dans la tête. Me déteste-t-elle ? Elle a beaucoup à perdre si Steamy Coffee connaît le succès que ma mère espère. Sa tante pourrait perdre son entreprise et Marlowe se retrouverait au chômage. Ça fait donc de nous des concurrents, mais est-ce que ça veut dire pour autant qu'elle me déteste ? Elle me lance des piques, elle se comporte comme si j'étais une sorte de démon de la finance, mais il y a une attirance indéniable entre nous et, pour ma part, je sais que je ne peux pas l'ignorer.

Et je veux apprendre à connaître Marlowe Cole bien mieux que ça.

Chapitre 15

Marlowe

— Elle est en panne ! s'écrie Ryn, frustrée.

Elle laisse tomber un pot à lait en métal sur le comptoir dans un *clang* sonore. Des clients se retournent pour regarder et je pousse un soupir.

Depuis le jour où nous avons eu notre nouvelle... enfin, d'occasion mais neuve pour nous... machine à café, elle n'a jamais fonctionné correctement. Elle nous a aspergées d'eau, a laissé du marc dans le café et, de manière générale, a été un investissement horrible, ne remplissant absolument pas l'objectif pour lequel tante Sheila l'avait achetée.

Et nous voyons toujours des clients passer devant nos vitrines, en sirotant leur café à emporter de chez Steamy Coffee.

Bien sûr, nous avons d'abord supposé que le dysfonctionnement de la machine à café était dû à une erreur de notre part, parce que nous sommes de vraies novices. Mais après avoir regardé assez de vidéos YouTube et relu encore et encore mes notes du petit stage de barista que nous avons suivi, j'en suis arrivée à la conclusion qu'il y a très certainement quelque chose qui ne va pas avec cette machine.

Une heure plus tard, quand elle passe nous voir pendant sa pause déjeuner, Ivy déclare :

— Elle est clairement en panne. Je le sais. J'ai utilisé plusieurs machines différentes et aucune d'entre elles ne vous asperge d'eau à chaque fois que vous l'utilisez.

— Ça, c'est sûr, dit Ryn en s'épongeant le visage avec une serviette en papier. Il faut qu'on la renvoie.

— On ne peut pas la renvoyer, dis-je. Tante Sheila l'a eue par l'amie d'une amie. Ce n'est pas comme si elle venait d'un magasin. Et le réparateur doit passer dans quelques jours. On va devoir se contenter de servir du café filtre d'ici là.

— Mais tout le monde va aller chez Café Stupide pour avoir sa dose de café ! proteste Ryn.

Est-ce immature de ma part d'aimer ce surnom pour le café d'en face ?

Probablement.

Mais je m'en fiche.

— Je ne leur en veux pas. Le café filtre, c'est *tellement* siècle dernier, renchérit Ivy, faussement compatissante.

Ryn hoche la tête.

— *Tellement* siècle dernier, ma sœur.

Valentina, une de mes baristas qui avait quelques années

de moins que Ryn au lycée de Hunter's Creek, entre par la porte de la cuisine.

— Salut tout le monde. La machine ne marche toujours pas ?

— Elle est en panne, répète Ryn une fois de plus.

— Oui, on sait toutes qu'elle est en panne. Pas la peine de nous le rappeler sans arrêt, je lâche, sèchement.

Ryn lève les mains en l'air.

— Pas la peine de jouer les grandes sœurs avec moi. Je ne fais que constater un fait.

Ivy pince les lèvres.

— Un fait, absolument.

— Toujours pas ? demande Valentina en attachant ses longs cheveux bruns en une queue de cheval. Dommage. Je tuerais pour un expresso triple dose, là, tout de suite.

Je hausse un sourcil.

— Tu veux dire, comme celui de chez Steamy Coffee ?

Elle a la décence de hausser les épaules d'un air désolé.

— Un problème avec la machine ? demande Mme Jacobson, qui vient d'apparaître au comptoir avec Mme Ashbridge.

— Elle est en panne, fait remarquer Ryn pour ce qui doit être la énième fois aujourd'hui.

— Un réparateur doit venir la voir dans quelques jours, je l'informe. Vous désirez votre café habituel aujourd'hui ?

— Pourriez-vous au moins lui donner le goût d'un de ceux de Steamy Coffee ? demande Mme Ashbridge. Ajoutez du sirop et de la crème ou quelque chose du genre.

— Je suis sûre que nous pouvons faire ça pour vous, je réponds, tout en me demandant si nous avons ne serait-ce que du sirop.

— Je sais qui peut vous aider avec cette machine, annonce Mme Jacobson.

Nous nous tournons toutes pour la regarder.

— Oliver Langdon.

Mes yeux s'écarquillent.

— Oliver ?

— Pourquoi le propriétaire super sexy du Steamy Coffee nous aiderait ? C'est la concurrence, fait remarquer Ivy.

— Oh, je ne sais pas, répond Mme Jacobson avec un sourire malicieux. Auriez-vous une petite idée de la raison pour laquelle il pourrait aider, Marlowe ?

Je fais la moue. La subtilité n'est pas le point fort de Mme Jacobson.

— Marlowe, ma chère, vous avez un peu de peinture dans les cheveux, dit-elle. Elle désigne mes cheveux comme s'il n'était pas absolument évident qu'elle faisait référence au moment qu'Oliver et moi avions partagé en peignant le kiosque à musique, un moment qu'elle considère de toute évidence comme entièrement manigancé par elle et son intrigant Comité des Dames.

Depuis l'incident de la peinture, comme j'appelle ma bataille de peinture avec Oliver au kiosque à musique, je l'ai évité comme la peste. Ce n'est pas seulement parce que je suis gênée de nous être comportés comme des gamins de neuf ans, à nous jeter de la peinture dessus alors que nous aurions dû embellir le kiosque. C'était déjà bien assez embarrassant. Ce qui me perturbe vraiment, c'est à quel point j'ai apprécié d'être avec lui. Ça a commencé par des remarques sarcastiques et des taquineries, ça a pris un détour regrettable lors duquel j'ai abordé par inadvertance un sujet délicat, puis nous en sommes venus à vraiment bien nous entendre. Tellement bien, en fait, qu'à un moment donné, après nous être jeté assez de peinture pour repeindre le kiosque entier, nous avons eu un moment. Un moment de « presque-baiser ».

C'était comme si nous avions simultanément décidé que nous en avions assez de flirter par peinture interposée — car, avouons-le, c'est ce que nous faisions, même si nous ne le réalisions pas entièrement sur le coup — et qu'il était temps de passer à la vitesse supérieure.

La vitesse supérieure du baiser.

Rien que cette pensée fait s'emballer mon pouls.

Et j'ai vraiment cru que ça allait arriver. J'en étais convaincue. Imaginez la scène : nos regards s'étaient croisés, le sien m'en disant long tandis que ses lèvres s'entrouvraient. Mon cœur s'était déchaîné dans ma poitrine, me hurlant de l'attraper et de le dévorer de baisers, et j'étais persuadée qu'il voulait exactement la même chose. Nous avions même commencé à nous pencher l'un vers l'autre, réduisant la distance déjà infime entre nous, pendant que j'inspirais son parfum d'Oliver, délicieusement enivrant.

Bien sûr, ma tête me hurlait que cet homme essayait de détruire le café de ma tante. Que cet homme était celui que je devais détester.

Mais je l'avais fait taire, perdue dans l'instant, l'étincelle que j'avais sentie au moment de notre rencontre se transformant en un feu irrépressible, me criant à quel point je voulais ses lèvres sur les miennes.

Si nous n'avions pas été interrompus, ce serait arrivé. Je le sais. Et je ne peux qu'imaginer à quel point cela aurait été incroyable.

Tout ce que je peux dire, c'est Dieu merci pour Mme Jacobson — ce que je n'aurais jamais pensé dire un jour. Si elle n'était pas arrivée à ce moment-là, les choses seraient devenues tellement plus compliquées. Compliquées d'une très, très mauvaise manière.

Oliver Langdon est le type que je suis censée détester. C'est le type qui essaie de détruire le commerce de ma tante. Nous sommes des ennemis, dressés l'un contre l'autre dans cette guerre des cafés. C'est une bataille que je suis déterminée à gagner. C'est une bataille que je dois gagner. Ma tante compte sur moi.

Et s'il y a bien une chose que j'ai apprise de toute cette histoire d'être sortie avec mon patron à Seattle, c'est que mélanger travail et plaisir est la recette d'un désastre total.

— Je ne vais pas demander à Oliver de m'aider avec la machine à café, Mme Jacobson, je lui dis.

— Je pense qu'il serait plus que ravi d'aider. N'est-ce pas, Dana ? répond-elle.

— Oh, oui. *Plus* que ravi, approuve Mme Ashbridge avec un sourire entendu.

Il n'y a qu'une seule chose à faire : offrir aux dames des parts de tarte gratuites et les diriger vers une table de l'autre côté du café. Et c'est exactement ce que je fais.

— Tu es prête pour samedi soir ?

Je demande à Ivy tout en cherchant sous le comptoir du sirop pour préparer les cafés que j'ai promis. Je suis sûre que nous en avions quelque part.

— Et comment ! On s'est entraînées tous les soirs après le travail, répond-elle avec un sourire enthousiaste.

— C'est pour ça qu'Ivy a dû m'acheter des bouchons d'oreille et s'excuser régulièrement auprès des voisins, ajoute Ryn en levant les yeux au ciel.

— Tu sais bien qu'on doit répéter chez nous, ma belle. Seth vit dans un appartement, Joanna chez ses parents, et le garage de Carlos est rempli de pièces de voiture et de tout un tas de trucs, répond Ivy.

— L'important, c'est que vous soyez bien entraînées et prêtes à vous lancer. C'est tout ce qui compte, je lui dis. Samedi, c'est la soirée d'ouverture, notre tout premier service du soir, et il faut absolument que ça se passe bien.

J'essaie de ne pas laisser transparaître ma nervosité dans ma voix.

— Tu peux compter sur nous, répond Ivy.

Elle tape dans ses mains et pousse un petit cri d'excitation.

— J'ai trop hâte. Ça va être tellement amusant de jouer sur scène devant toute la ville.

— Ma belle, on n'a pas assez de tables pour accueillir toute la ville, répond Ryn.

— Tout ce que je veux dire, c'est que tous ceux que je connais en ville viendront dîner, réplique Ivy.

— On est déjà complets.

Je sens une vague d'excitation et de nervosité m'envahir.

— Samedi soir, c'est notre premier service. Tante Lisa a accepté de s'occuper de la cuisine avec l'aide d'un chef qu'elle connaît de Cotown et de leurs commis. Valentina et moi, on sera en salle, et Ryn a demandé à Gabe de préparer le cocktail spécial que nous avons choisi pour marquer l'événement : la toute première fois que le Second Chance Café ouvre ses portes pour le dîner.

C'est un croisement entre un Moscow Mule et un Tom Collins, ce qui semble horrible mais est en fait délicieux.

—Aha !

Je sors une bouteille de sirop de vanille de derrière une réserve de grains de café et l'utilise aussitôt pour préparer le café du Comité des Dames.

Ryn retire son tablier, le met en boule et le fourre sous le comptoir.

Je le sors et commence à le plier.

— Combien de fois, Ryn ?

— Je ne peux pas m'arrêter pour avoir une discussion passionnante sur le pliage avec toi, *maman*, dit Ryn en passant devant moi comme une flèche en direction de la cuisine. Tu viens, Ivy ?

— Je ne vais pas à ton cours d'esthétique, proteste-t-elle, tout en suivant quand même sa colocataire et amie.

— Non, mais tu peux me ramener à la maison pour m'aider à arriver à l'heure à mon cours d'esthétique.

—Je ne suis pas ta servante, tu sais.

— Non, tu es bien mieux que ça. Tu es ma colocataire.

La porte de la cuisine se referme derrière elles.

Je me mords la lèvre en regardant la machine à café hors de prix. Ça m'avait semblé une excellente idée de proposer les mêmes cafés sophistiqués que le Steamy Coffee. C'était simple.

Ça aurait dû fonctionner. Au lieu de ça, tout ce que ça a fait, c'est coûter de l'argent, causer du stress et nous obliger à nous changer fréquemment quand ça nous aspergeait d'eau.

Après avoir ajouté le sirop dans deux tasses de café filtre, je gicle un peu de crème fouettée sur le dessus et fais une petite prière pour que le mélange ressemble au moins vaguement à celui du Steamy Coffee.

— Voilà pour vous, mesdames. Deux cafés à la vanille avec de la crème fouettée.

Mme Jacobson et Mme Ashbridge inspectent les cafés pendant que je les pose sur leur table.

— Ils ont l'air délicieux, dit Mme Jacobson avec un sourire qui ne trompe personne, n'est-ce pas, Dana ?

— Oh, oui. Délicieux, répète Mme Ashbridge.

Elle porte la tasse à ses lèvres et en prend une gorgée. Elle a de la crème sur la lèvre supérieure, qu'elle lèche aussitôt.

— Tellement bon. Merci, ma chère.

— Je vous en prie, je réponds, même s'il est clair comme de l'eau de roche qu'elle est juste gentille. Je pourrai vous préparer les vrais une fois que la machine sera réparée.

— Ce qui pourrait arriver plus tôt que vous ne le pensez, dit Mme Jacobson, les yeux fixés sur la porte derrière moi.

Je me retourne, m'attendant à voir un réparateur, arrivé miraculeusement en avance pour réparer la machine. Mais sérieusement, quelle était la probabilité que ça arrive ? Ce n'est pas un réparateur. C'est Oliver, l'homme que j'ai élu dans ma tête « le plus susceptible de m'embrasser ».

À sa vue, mon pouls s'accélère, et je me surprends à me redresser et à me demander quoi faire de mes mains. Je veux dire, d'habitude, je n'y accorde même pas la moindre pensée, à mes mains, mais là, alors qu'il traverse la pièce vers nous d'un pas décidé, j'ai l'impression que ce sont des appendices gourds et complètement étrangers. Finalement, j'opte pour les fourrer dans la poche de mon tablier.

Bien sûr, au moment où son regard croise le mien, ses

lèvres s'étirent en son sourire habituel — celui qui a un effet certain sur ma tension artérielle — et je prends une grande inspiration pour calmer mes nerfs.

— Bonjour, Marlowe, dit-il, la profondeur de sa voix me faisant des chatouilles à l'intérieur. J'ai pensé que tu aurais besoin d'un coup de main avec ta nouvelle machine.

— N'est-ce pas que tu es l'homme le plus gentil de venir aider cette pauvre Marlowe, roucoule Mme Jacobson.

— Ça me semble la moindre des choses. Après tout, deux cafés peuvent très bien coexister pacifiquement sur Main Street à Hunter's Creek, à mon avis, répond-il avec aisance.

Mme Jacobson me fait un clin d'œil.

— Vous voyez, Marlowe ? Oliver agite le drapeau blanc. Maintenant, nous pouvons tous nous entendre, comme c'est toujours le cas dans cette ville. Et vous deux, vous pouvez apprendre à vous connaître autrement qu'en tant que rivaux commerciaux.

— Vous avez tellement raison, Tanya. J'aimerais beaucoup apprendre à connaître Marlowe autrement qu'en tant que rivale commerciale, répond Oliver, les yeux sur moi, et je sens des papillons dans mon ventre.

Mme Jacobson a l'air sur le point d'exploser de bonheur alors qu'elle joint les mains devant sa poitrine et nous lance un regard rayonnant.

— Je savais que vous mettre ensemble pour peindre le kiosque à musique ferait l'affaire.

Bien sûr que je savais que le Comité des Dames avait orchestré le fait qu'Oliver et moi travaillions ensemble. Pas besoin d'être un génie pour le deviner. Et elles essaient de nous caser depuis qu'il a mis les pieds en ville. Si Oliver a raison et que nos deux cafés peuvent coexister, répondant aux besoins de différents habitants, alors serait-ce vraiment si terrible de laisser le plan du Comité des Dames fonctionner ?

— Ça nous a certainement donné l'occasion de discuter, dit Oliver.

— De discuter et de vous lancer de la peinture comme deux gamins, tu veux dire, gronde Mme Jacobson, mais il y a de la joie dans sa voix et son visage est illuminé d'un sourire.

— Désolé pour ça, dit Oliver.

— Oui, désolée pour ça, dis-je, et une chaleur m'envahit les joues, ce qui n'échappe ni à Mme Jacobson, ni à Mme Ashbridge... ni à Oliver.

Maudit sois-tu, teint de pêche.

Je ne sais pas combien de temps Oliver et moi nous sourions, mais je suppose que c'est assez longtemps pour que Mme Jacobson tape des mains de joie. Le son brise l'instant, et je m'éclaircis la gorge en rajustant mon tablier.

— Tu veux que je jette un œil à ta machine ? demande Oliver.

— Tu sais réparer les machines ? Je pensais que tu étais plutôt du côté patron de l'équation.

— C'est peut-être le cas maintenant, mais ça n'a pas toujours été le cas. Ma mère a veillé à ce que nous connaissions tous les aspects de l'entreprise avant de passer à la direction. J'ai dû en réparer quelques-unes comme ça de mon temps.

J'ai envie de lui demander à qui il fait référence en disant « nous », mais ce n'est pas le moment.

— C'est très gentil de ta part, mais on a déjà quelqu'un qui doit venir la réparer lundi.

Il balaie mon argument d'un geste de la main.

— C'est dans plusieurs jours et on a le festival et l'avant-première qui arrivent très bientôt. Laisse-moi jeter un œil tout de suite.

— Allez, Marlowe, laissez ce bel homme vous aider avec votre machine, m'encourage Mme Jacobson avec un petit rire.

Un vrai petit rire. Cette femme a la soixantaine !

— C'est votre chevalier servant, ajoute Mme Ashbridge.

Je suis sur le point de protester que je suis une femme tout à fait capable quand je me ravise. Le fait est que j'ai bien besoin d'un coup de main, et si Oliver est la personne qui peut me l'apporter, alors je serais idiote de le refuser.

Surtout maintenant qu'on a ce *truc* entre nous. Un truc que mon cœur me dit d'observer pour voir comment il évolue.

— Si tu penses que tu peux aider, ce serait super, je concède.

Nos regards se croisent une fois de plus et je vois une douceur dans ses yeux qui me fait un drôle d'effet, me disant de lui faire confiance... du moins en ce qui concerne son aide pour la machine à café.

Ensemble, nous contournons le comptoir pour nous diriger vers la machine à café. Je le regarde remonter ses manches, dévoilant ses avant-bras musclés et bronzés, et il commence à l'examiner. Il appuie sur des boutons, tire sur des leviers, vérifie les niveaux d'eau et de grains de café, refaisant tout ce que Ryn et moi avions déjà fait nous-mêmes.

Debout à côté de lui, il est impossible de ne pas humer son parfum, un mélange tentant de sous-bois moussu après la pluie avec une touche d'aventure et de masculinité.

Oui, mon esprit s'emballe un peu pour ce magnifique homme à côté de moi, et pour une fois, je suis heureuse de le laisser faire tandis que je le regarde travailler, ses muscles se contractant, les sourcils froncés.

Je ne vais pas me pâmer ou faire une bêtise du genre, mais, oh là là, Oliver est vraiment quelqu'un.

Je l'avais mal jugé. J'ai laissé le fait que nous dirigions des entreprises concurrentes obscurcir mon opinion sur lui. Oliver est un homme bon, et il est en train de me le prouver.

Peut-être qu'il pourrait vraiment y avoir un avenir avec lui, au-delà de la simple rivalité commerciale ?

Mme Jacobson nous a suivis jusqu'au comptoir et nous observe attentivement, son visage rayonnant de la joie d'une entremetteuse. Elle fronce les sourcils en me regardant, et je détourne les yeux, essayant de calmer mes joues en feu avec des pensées rafraîchissantes.

Oliver lève les yeux vers moi.

— Tu as un tournevis ?

Je me retourne pour voir tante Lisa debout sur le seuil, les mains sur les hanches, le regardant avec méfiance.

— Oui, nous en avons un, dit-elle. Comment savoir si vous n'allez pas la casser pour de bon ?

— Parce que je ne suis pas le méchant dans un roman policier ? suggère-t-il.

Je pince les lèvres pour retenir un sourire.

Tante Lisa croise les bras, pas amusée du tout. Elle n'a clairement pas eu la même révélation que moi, voyant toujours Oliver comme l'ennemi.

— Écoutez, je comprends. Pourquoi votre concurrent voudrait-il vous aider avec la machine qui va améliorer votre offre ? dit-il.

— Exactement, pourquoi ? répond-elle.

— Le truc, c'est que Marlowe et moi avons appris à mieux nous connaître il y a quelques jours et je la considère comme une amie. N'est-ce pas, Marlowe ?

Son regard croise le mien et une chaleur se répand dans ma poitrine.

— C'est vrai. Nous allons faire de notre mieux pour coexister, je dis à tante Lisa.

— Tu as fait la paix avec l'ennemi ? se moque tante Lisa.

— Nous n'avons jamais été ennemis, répond Oliver.

Je hausse les sourcils.

— D'accord, peut-être un peu.

— Ou beaucoup, je murmure.

— Je ne sais pas pour toi, mais j'aime aider mes amis, et je pense que je peux t'aider avec ta machine. Pour ça, je dois l'ouvrir pour y jeter un œil. Nous avons ces machines dans certains de nos magasins, donc je les connais assez bien, dit Oliver.

Je suis absolument convaincue qu'il n'a aucun plan malveillant, mais je veux que ma tante donne son feu vert.

— Qu'en penses-tu, tante Lisa ? je demande.

— Allez, Lisa. Ce beau jeune homme essaie d'aider notre Marlowe en tant que son nouvel *ami*, encourage Mme Jacobson.

Est-ce qu'elle pourrait en rajouter davantage ?

Tante Lisa nous évalue, Mme Jacobson, Oliver et moi, avant de décroiser les bras et de déclarer sobrement :

— Je vais chercher le tournevis. Mais je vous aurai à l'œil, Oliver Langdon.

Oliver sourit.

— Je n'en attendais pas moins.

Un instant plus tard, Oliver a dévissé un panneau et a commencé à bricoler, les sourcils froncés par la concentration.

Mme Jacobson s'appuie sur le comptoir, un air suffisant sur le visage.

— J'aime bien voir un homme au travail. Pas toi, ma chère Marlowe ? C'est mieux que d'aller au cinéma.

Je lève les yeux au ciel. En plus d'essayer de nous caser, Mme Jacobson a clairement le béguin pour Oliver.

Mais je ne peux pas lui en vouloir. J'ai aussi un gros béguin pour Oliver. Et je n'ai pas peur de me l'admettre.

— Une machine neuve devrait fonctionner perfectly. Avez-vous une garantie du fabricant ? demande Oliver.

— On ne l'a pas achetée neuve, je lui dis.

— Pourquoi pas ? demande-t-il, avant de se raviser. Oublie ma question. Quel âge a-t-elle ?

— Cinq ans. Elle vient d'un café dans l'Oregon.

Il plonge la main dans la machine et quelque chose clique.

— J'ai entendu dire que tu avais eu quelques mésaventures avec ton émulsionneur à lait. Du lait ?

— Bien sûr.

Je prends une bouteille de lait dans le réfrigérateur et il en verse un peu dans un pichet avant de tourner le bouton de la vapeur. Instantanément, l'appareil produit ce sifflement familier, et il fait mousser le lait avec des gestes experts, sans se mettre une seule goutte d'eau ou de lait dessus.

Il pose le pichet sur le comptoir.

— Je pense que tu verras qu'elle fonctionne maintenant.

Je regarde le lait parfaitement mousseux, puis je reporte mon attention sur lui. Il me sourit et je me souviens avoir pensé, il n'y a pas si longtemps, que son sourire était suffisant et arrogant, le produit de sa position privilégiée et de sa richesse. Maintenant, je sais que c'est simplement son sourire, et ça le rend encore plus séduisant. Ce que je n'aurais pas cru possible.

— Merci ! je m'exclame.

Mme Jacobson éclate en applaudissements.

— Bravo, Oliver, s'enthousiasme-t-elle. Tu vois, Lisa ? Oliver n'est pas le méchant d'un horrible roman policier.

Tante Lisa trempe son doigt dans le lait.

— C'est mousseux, je lui accorde ça.

— Et il est encore parfaitement sec ! s'exclame Mme Jacobson.

— Comment as-tu fait ? je demande, émerveillée.

— Un magicien ne révèle jamais ses secrets, répond-il.

— Je vois ça.

E*eeet* nous revoilà à flirter.

— Il faut que j'y aille. J'ai une entreprise à faire tourner, et je viens de me compliquer la tâche en aidant ma concurrence, dit-il.

— Hmmm, répond tante Lisa.

— Vous êtes un homme si charmant, dit Mme Jacobson, et si doué de vos mains.

Je m'interdis de penser à quoi d'autre les mains d'Oliver peuvent bien être douées.

Ça ne m'aide pas du tout.

— Je te raccompagne à la porte.

J'évite le regard de Mme Jacobson. Elle doit être aux anges en ce moment.

— Que tu me raccompagnes à la porte, ça donne un peu l'impression d'être à un rencard dans les années 50, mais à l'envers, dit-il une fois que nous sommes hors de portée de voix.

—Je voulais juste te remercier sans public.

Il jette un regard autour de nous, vers les tables remplies de clients.

— Tu es consciente que tous les regards dans la pièce sont braqués sur nous ?

Je hausse les épaules.

— Je m'en doutais. Nous sommes le sujet de conversation numéro un en ville depuis l'Incident de la Peinture.

Il laisse échapper un rire grave et profond.

— L'Incident de la Peinture. C'est comme ça que tu appelles ça ?

— Eh bien, c'était un incident et il y avait de la peinture. Donc, ouais.

— Dans ce cas, n'hésite pas à m'appeler la prochaine fois que tu auras besoin de quelqu'un avec qui peindre.

Même pour tout le lait parfaitement moussé du monde, je n'aurais pas pu retenir le sourire qui s'est dessiné sur mon visage.

—Je n'y manquerai pas.

Il se penche un peu plus près de moi et mon pouls répond par une accélération soudaine.

— J'espère que la machine fonctionnera bien pour toi, murmure-t-il. Et ce que j'ai dit, je le pensais : nous pouvons coexister.

Je me suis redressée et j'ai dégluti.

— Merci encore. Tu n'étais pas obligé.

— Mais j'en avais envie.

Notre regard s'est attardé bien trop longtemps pour le public présent, mais une grande partie de moi s'en fichait. J'avais complètement mal jugé Oliver Langdon.

—Je vais y aller, alors. Meilleurs vœux, dit-il.

— Cordiales salutations, ai-je répliqué du tac au tac.

— Tu aimes… ?

— J'adore, ai-je répondu, le souffle court.

Nous avons échangé un autre sourire. Tous les deux fans de *Schitt's Creek*. Qui l'eût cru ?

— Je parie que tu as pensé que Hunter's Creek serait comme *Schitt's Creek* avant d'arriver.

— Peut-être un peu ?

— J'en étais sûr.

Nous avons partagé un autre regard insistant avant qu'il ne détourne son attention de moi et ne fasse un signe de la main à notre public.

— Passez une excellente journée ! a-t-il lancé à tout le monde, et ils ont marmonné leur réponse, certains faisant même semblant de ne pas nous avoir eus rivés à leurs yeux.

— À bientôt, Marlowe, m'a-t-il dit.

Mon esprit s'est rempli de possibilités dont je n'aurais même pas osé rêver il y a quelques jours à peine. Des possibilités avec l'homme que je croyais détester.

Chapitre 16

Oliver

Je me retourne pour partir, la tête pleine de Marlowe, quand un homme grand, dans un costume qui semble totalement déplacé à Hunter's Creek, entre dans le café en se frayant un chemin. Ses yeux croisent les miens un instant et il me fait un signe de tête en guise de remerciement.

— De rien, je réponds.

À cet instant précis, quelqu'un pourrait m'écraser le pied avec une paire de ces bottes de travail que les gens de cette ville aiment tant, et ça n'entamerait même pas ma bonne humeur.

Flirter avec Marlowe, ça fait cet effet-là à un homme, j'ai découvert, et j'en sais quelque chose, car c'est moi qui ai eu la chance de flirter avec elle.

Je dois admettre que je me sens aussi drôlement bien d'avoir réparé sa machine. La façon dont elle m'a regardé quand je lui ai dit au revoir me fait chaud au cœur. J'ai su à l'instant où j'ai posé les yeux sur elle qu'elle était magnifique. Dans sa robe d'été, enfilée à la hâte par-dessus son bikini, ses longs cheveux auburn rassemblés sur le dessus de sa tête, sa peau d'albâtre parsemée de délicates taches de rousseur, personne ne pouvait nier que c'était une femme très séduisante. Mais il y a bien plus chez Marlowe Cole que son simple physique, même si, si j'en avais l'occasion, je pourrais la regarder toute la journée. Elle a une étincelle, une énergie, et un sacré caractère, c'est certain. C'est enivrant et je me surprends à penser à elle bien plus que je ne le devrais probablement.

Je m'autorise un dernier regard dans sa direction avant de retourner à mon propre café de l'autre côté de la rue.

Je sursaute. Elle a l'air différente. Bouleversée. Son large sourire et ses yeux brillants d'il y a quelques instants ont disparu. À la place, elle fixe, choquée, l'homme pour qui je me suis effacé. Le grand type en costume.

Quelque chose me dit de ne pas partir.

Je rentre à nouveau.

— Q-qu'est-ce que tu fais ici ? demande Marlowe d'un ton bas et monocorde, comme si non seulement elle ne s'attendait pas à voir cet homme, mais qu'en plus elle ne voulait pas de sa présence.

Mon instinct protecteur me dit de voler à son secours, de l'aider avec cet homme, qui qu'il soit pour elle — ou qui qu'il ait été, me surprends-je à penser.

Mais Marlowe n'est pas à moi. Nous ne sortons pas

ensemble. Bien sûr, je sais que je veux être bien plus pour elle que son concurrent et le type qui a réparé sa machine à café. Mais je ne peux pas intervenir.

Je vais rester dans le coin et voir comment ça se déroule. Je serai là si elle a besoin de moi.

— Il fallait que je te voie, dit l'homme.

Marlowe lève le menton et le foudroie du regard.

— Je n'ai rien à te dire, Mike.

Alors, le type s'appelle Mike.

Je regarde l'homme se passer une main sur la mâchoire.

— Y a-t-il un endroit où nous pourrions aller pour parler ?

— Toi et moi savons très bien qu'il n'y a rien que tu puisses me dire qui change quoi que ce soit.

— Marlowe, ma chérie.

Ma chérie ? Oh, *maintenant*, ma curiosité est sérieusement piquée.

Est-ce que Marlowe a un petit ami dont j'ignorais l'existence ? Un petit ami avec qui elle est clairement en froid ?

Cette pensée me serre la poitrine.

— Ne me sors pas ton « ma chérie », grogne-t-elle.

Je souris pour moi-même. *Bien joué, ma grande.* J'aurais dû savoir que Marlowe pouvait se défendre toute seule. J'en ai moi-même fait l'expérience plus d'une fois.

— Cinq minutes de ton temps. C'est tout ce que je demande, dit-il.

Va voir ailleurs, Mike. Tu as entendu la dame. Elle n'est pas intéressée. Elle est...

— Tu peux dire ce que tu as à dire. Mais ça ne changera rien, dit-elle, me prenant par surprise. Tu as cinq minutes.

Elle me jette un bref regard et je formule les mots : « Tu vas bien ? »

Elle me fait un bref signe de tête et je me détends d'un cran. Mais je ne vais nulle part. Au risque de passer pour une sorte de harceleur, il vaut mieux que je sois ici plutôt que de l'autre côté de la rue, au cas où elle aurait besoin de moi.

Elle croise les bras sur sa poitrine et dit :

— Le temps presse, Mike.

— Ici ?

Il regarde autour de lui et j'en profite pour le reluquer. Il a des cheveux bruns épais, coiffés en arrière, et le genre de costume d'entreprise chic que je vois si souvent en salle de réunion. Même en tant que mec, je peux voir qu'il est soigné et beau gosse.

Et il compte pour Marlowe.

Le démon de la jalousie me tape dans le dos en souriant.

— Ici, confirme Marlowe avec ce regard d'acier que je connais si bien. Je dirais qu'il te reste quatre minutes et trente secondes.

— D'accord. Voilà le truc.

Il prend une profonde inspiration.

— J'ai merdé.

— Tu crois ?

— Ne sois pas comme ça.

— Tu n'as pas à me dire ce que je dois dire ou ressentir, lâche-t-elle sèchement.

Je crois que je tombe un peu plus amoureux d'elle.

— Je sais que je ne peux pas, mais j'ai besoin que tu comprennes que je t'aime. Malgré tout ce bordel. Je t'ai toujours aimée et je t'aimerai toujours.

Tout semble s'arrêter pendant que j'attends d'entendre la réponse de Marlowe.

Elle marque une pause, puis décroise les bras et jette un regard autour d'elle. Ses yeux croisent brièvement les miens. Je sais que je ne devrais pas être là à écouter ça, mais je veux faire tout mon possible pour la protéger du mal que ce type lui a causé — et à en juger par son expression, il l'a beaucoup blessée.

Je hais ce Mike pour ça.

— Trop tard. Je ne t'aime plus. En fait, j'ai tourné la page, lui dit-elle.

J'ai envie de lever le poing en signe de victoire.

— Non, ce n'est pas vrai, répond-il d'un ton confiant, presque suffisant.

Il a une sacrée haute opinion de lui-même, il faut lui reconnaître ça.

— Ah oui ? Et comment pourrais-tu savoir une chose pareille ?

Il pose un coude nonchalamment sur le comptoir, comme si elle ne venait pas de lui dire qu'elle ne l'aimait plus.

— Parce que c'est une petite ville et que les gens parlent, Marlowe. Je saurais si tu étais avec quelqu'un d'autre. Crois-moi.

— Tu as des espions ? demande-t-elle, la voix incrédule.

Il hausse les épaules.

— Je suis venu quelques fois quand on était ensemble et je garde contact avec des gens. Ils me racontent des choses.

Non mais... pour qui il se prend, ce type, à espionner Marlowe ?

D'accord, je vois bien que c'est un peu ironique de penser ça alors que j'écoute sa conversation privée, mais je ne vais pas m'attarder là-dessus. Je sais que je veux son bien. Ce type ? Je ne pense pas pouvoir en dire autant.

— Eh bien, tes espions se trompent.

— Ma chérie, on sait tous les deux que tu es seule et que tu souffres, et c'est entièrement de ma faute. Je suis là pour te demander de revenir, de me pardonner ce que j'ai fait quand j'ai été si, si stupide de mettre en péril ce que l'on avait.

— Je ne suis ni seule ni en train de souffrir, répond-elle d'une petite voix.

Il tend la main vers la sienne.

— Tu en es sûre ?

Elle baisse les yeux sur sa main.

— Marlowe. Ma chérie. On était bien ensemble, toi et moi. Tu sais qu'on l'était.

Ses traits se durcissent.

— Qu'est-ce que tu fais ici ? grince-t-elle à voix basse.

— J'ai quelques clients à voir du côté de Cotown. Je suis là pour quelques jours, je loge au Pine Motel. Je me suis dit que l'on pourrait aller au Festival d'Été ensemble. Ce serait comme au bon vieux temps.

— On y est allés une fois, Mike. Une seule fois.

— Et j'espère que l'on y retournera encore de très nombreuses fois ensemble. Toi, moi et ces enfants qui chantent du *La Mélodie du bonheur*.

Il en fait des tonnes, c'est le moins que l'on puisse dire.

Elle retire sa main.

— Tu es ici pour le travail, ce qui veut dire que c'était une étape pratique lors d'un voyage d'affaires.

— Ce n'est pas ça. Je ne pouvais pas venir avant.

— Pourquoi pas ?

— Tu sais pourquoi.

Ça devient de plus en plus intrigant. Franchement, qui est-ce que j'essaie de tromper ? Je suis complètement happé par ce drame qui se déroule sous mes yeux, et je sais très bien comment je veux que ça se termine. Attention, spoiler : ça ne finit pas avec Marlowe partant vivre le parfait amour avec ce type.

— Pourquoi maintenant ? demande-t-elle.

— Parce que je t'aime. J'ai merdé, mais je t'aime toujours. S'il te plaît, Marlowe. Reviens-moi.

Si c'était quelqu'un d'autre, ce serait un discours touchant. Mais il y a quelque chose chez ce Mike qui me rend méfiant, et ce n'est pas seulement le fait qu'il compte de toute évidence pour Marlowe. Qui plus est, il l'a aussi fait souffrir.

— Qu'en dis-tu ? Veux-tu bien nous donner une autre chance ?

Je retiens mon souffle en attendant la réponse de Marlowe. Veut-elle se remettre avec ce type ?

Ses yeux parcourent la pièce, comme si elle cherchait une

issue. C'est un animal piégé, acculé dans un coin, cherchant une échappatoire.

Et à cet instant, je sais ce que je dois faire.

En deux courtes enjambées, je suis derrière le comptoir, à côté d'elle.

— Ma chérie, je suis vraiment désolé d'être en retard, dis-je en me penchant pour déposer un baiser sur sa joue.

Elle sent la cannelle et le miel.

— La voiture est garée devant, prête pour notre pique-nique, du moment que tu m'as gardé une part de cette tarte aux pommes que tu sais que j'aime tant.

Elle lève brièvement des yeux interrogateurs vers moi, avant qu'un petit sourire soulagé n'apparaisse sur son visage en comprenant la situation.

— J'arrive tout de suite, Oliver… mon chéri, dit-elle maladroitement.

Je me tourne vers Mike et fais comme si je venais de le remarquer, et non comme si j'avais suivi chacun de ses mouvements depuis l'instant où il est entré ici d'un pas assuré.

— Oh, bonjour. Je ne vous avais pas vu, je mens, car un homme aussi grand est difficile à manquer — sans parler de mes écoutes clandestines, mais je ne vais pas aborder ce sujet. Je suis Oliver Langdon.

Je lui tends la main et il la prend, surpris.

— Mike Warner, répond-il lentement, comme s'il essayait de comprendre qui je suis pour Marlowe.

— Oh, Mike. D'accord. Je vois.

Je fais semblant que Marlowe m'a tout raconté sur lui et que je sais tout ce qu'il a bien pu faire pour qu'elle réagisse ainsi.

— Qu'est-ce qui vous amène dans notre ville, Mike ?

— Je suis venu parler à Marlowe, répond-il d'un ton neutre.

— Ce que tu as fait, alors tu es libre de partir, dit

Marlowe, et je dois lutter pour ne pas laisser un large sourire menacer d'exploser sur mon visage.

Prends ça !

— Mais…, commence-t-il.

D'instinct, j'enlace les épaules de Marlowe de mon bras. Je lui offre un sourire impassible, dont le sous-entendu est : *Dégage.*

Son regard passe de mon bras autour de ses épaules à son visage. Je la vois relever le menton une fois de plus alors qu'elle arbore un sourire de façade.

— Je te l'ai dit. J'ai tourné la page et, en ce qui nous concerne, toi et moi, c'est de l'histoire ancienne.

— Mais ce que nous avions ensemble était…

— Une erreur, finit-elle à sa place. Et si tu ne pars pas dans les trois prochaines secondes, je pourrais regretter autre chose aussi.

— Quoi ?

— Ça.

Elle prend une brique de lait et, sans une seconde d'hésitation, lui jette le contenu au visage.

Je souris. Cette femme a du cran, je dois le lui accorder.

Mike postillonne en s'essuyant les yeux.

— Pourquoi as-tu fait ça ?

— Tu en veux encore ? demande-t-elle, le regard d'acier.

Bon sang, qu'est-ce qu'elle est sexy.

Il lève les mains en signe de reddition.

— Ce n'est pas comme ça que j'imaginais les choses.

— Eh bien, parfois la vie ne se passe pas comme on s'y attendait, lui dit-elle. Va-t'en.

— On dirait qu'il va pleuvoir. J'espère que tu as une veste, mon pote, j'ajoute pour en rajouter une couche, parce que la situation devient vraiment amusante.

Il me toise, me considérant comme son nouveau rival pour l'affection de Marlowe, la mâchoire crispée, le lait que cette dernière lui a jeté à la figure il y a quelques instants dégoulinant encore de son visage et de ses cheveux. Il ouvre la bouche pour dire quelque chose, mais s'arrête lorsque Marlowe lève les yeux vers moi avec un sourire et dit :

— Je suis tellement désolée que tu aies dû voir ça.

Crois-moi, je ne le suis pas.

Je baisse les yeux vers elle et une partie de moi — pour être honnête, une grande partie de moi — voudrait que nous ayons un vrai rendez-vous, avec cette femme forte et pleine d'assurance, au lieu de jouer la comédie pour ce type qui l'a fait souffrir. Mon rythme cardiaque s'accélère et je sens une tension monter dans mon ventre. Je me sens bien avec Marlowe dans mes bras. Trop bien. Comme il serait facile de me pencher et de déposer un baiser sur ses lèvres pulpeuses et magnifiques, là, tout de suite. De sentir son corps pressé contre le mien. De respirer son doux parfum.

— Je reviendrai, lance Mike comme s'il était le Terminator à la recherche de sa proie.

Mais ce type n'est pas Arnold Schwarzenegger. Il ne m'intimide pas.

— On préparera la brique de lait pour l'occasion, lui dis-je d'un ton enjoué en serrant Marlowe contre moi.

Elle glousse et son rire se termine par un reniflement.

Il lui lance un dernier regard avant de tourner les talons et de sortir du café en tapant des pieds.

Marlowe se recule, laissant échapper un soupir, le visage rayonnant.

— C'était incroyable.

— C'est *toi* qui as été incroyable, lui dis-je, regrettant déjà de ne plus la sentir dans mes bras. Lui jeter du lait au visage, c'était du génie !

— Il le méritait.

— J'ai bien l'impression que oui.

— Merci beaucoup pour ça, Oliver. Je te revaudrai ça. Comment as-tu su ?

— Tu avais l'air d'avoir besoin d'aide, alors je suis resté

dans le coin, réponds-je. Je ne savais tout de même pas que tu étais une sorte de ninja maniant la brique de lait.

Elle hausse les épaules.

— Je suis une femme aux multiples talents.

— Ça, c'est sûr.

Nous nous sourions et je dois résister à l'envie de la prendre dans mes bras et de l'embrasser, là, maintenant, tout de suite.

— Tu es vraiment l'homme de la situation aujourd'hui.

J'ai envie de lui dire que pour elle, je veux être cet homme pour toujours.

Bien sûr, je ne le fais pas. Même si c'était amusant de jouer la comédie pendant qu'elle *atomisait* ce type, je sais que je n'étais qu'un pion dans une mascarade. Un pion consentant, mais un pion tout de même.

J'ai beau avoir des sentiments pour cette femme, je n'ai aucune idée de ce qu'elle ressent pour moi.

Une voix dit :

— Regardez-moi ces deux-là. On savait bien que ça pouvait arriver.

Nous nous tournons tous les deux pour voir les trois membres du Collectif de l'Impératrice, les mains jointes.

— Oh, ce n'est pas…, je commence, avant d'être interrompu par Marlowe qui passe son bras sous le mien.

— C'est tout nouveau, alors s'il vous plaît, n'allez pas trop vite en besogne, répond Marlowe.

Attends. Elle veut que le Collectif de l'Impératrice pense que nous sortons ensemble ?

Je ne comprends pas. C'est une chose de faire semblant devant Mike, mais c'en est une autre de le faire pour ce qui, en fait, reviendra à le faire devant toute la ville d'ici peu.

— Aller trop vite en besogne ? questionne Mme Jacobson. Oh, ma chère enfant, je pensais qu'Oliver t'aidant avec ta machine n'était qu'une étape pour que vous vous mettiez ensemble. Je ne savais pas que vous étiez déjà en couple !

— C'est le kiosque à musique qui a fait son effet, affirme Suzie Ashbridge.

— On a encore frappé, mesdames, déclare Tanya.

— Oh, oui ! Et le coup du lait jeté au visage de Mike ? Génial !

— Oh, oui, une idée de génie, approuve l'autre. Prenez soin de vous, vous deux.

— Ne faites rien que nous ne ferions pas, ajoute Tanya.

— Promis.

Je leur fais cette promesse tandis que les dames sortent du café pour annoncer la nouvelle à leur amie.

— Tu veux que tout le monde pense qu'on sort ensemble ? je demande quand la voie est libre.

Marlowe me tire par le bras et m'entraîne dans la cuisine :

— Viens avec moi.

Elle regarde autour d'elle pour voir si quelqu'un s'y trouve. L'endroit est désert.

— Le truc, c'est que si Mike loge au motel ici, il saura si on ne sort pas vraiment ensemble. En disant aux gens qu'on est un couple, la nouvelle se répandra assez vite pour que quiconque à qui il posera la question dise qu'on est ensemble.

Je hausse un sourcil.

— Tu veux que je mente à tout le monde ?

— C'est juste un tout petit, petit mensonge. Rien de grave. Et ce ne sera que pour une courte période. Beaucoup de gens le font, tu sais.

— Beaucoup de gens font semblant de sortir ensemble ? Sérieusement ?

— D'accord. Pas beaucoup de gens, mais certains si. J'en connais, en fait, et ça a très bien marché pour eux deux.

— Ce n'est pas une comédie romantique comme celle qui va passer ici dans quelques jours.

— L'idée de sortir avec moi est si terrible que ça ?

Je veux lui dire que l'idée de sortir avec elle est tout le contraire de terrible. Je ne peux pas faire ça. Pas alors qu'elle a cet autre type qui traîne et que je commence à peine à gagner sa confiance.

— Comment ça marcherait ?

— On doit juste se montrer un peu ensemble dans le coin, c'est tout. Jusqu'à ce qu'il parte.

— Alors, on ne va pas vraiment pique-niquer ? je lui demande avec un sourire.

Même si je sais qu'elle se retient, elle me sourit en retour.

— Pas de pique-nique.

— Et pour ce qui est de s'embrasser ?

Elle laisse échapper un rire surpris.

— Pas de ça.

— Pas de baisers. Pigé, je lui souris. Dommage.

J'observe sa réaction tandis que le souvenir de ce que j'ai ressenti en la tenant dans mes bras m'envahit. Je voulais l'embrasser à ce moment-là, et je veux l'embrasser maintenant.

— Alors, c'est décidé, dit-elle d'un ton sec. On pourra aussi aller ensemble au Festival d'Été. Juste au cas où il serait là.

— Marché conclu. Dis, tu veux me dire qui est Mike ? Je veux dire, en tant que ton faux petit ami, je devrais probablement le savoir.

Ce nuage sombre passe de nouveau sur son visage.

— C'est quelqu'un de mon passé.

C'est tout ce qu'elle m'offre.

— Ça, j'avais compris.

Elle se mordille la lèvre et je me demande si elle envisage de me le dire. Mais nous savons tous les deux que nous n'avons pas ce niveau d'intimité entre nous, le genre où l'on raconte à l'autre ses peines de cœur.

Je la sors de ce mauvais pas.

— Peut-être une autre fois.

Elle étire ses lèvres en un sourire, chassant les souvenirs.

— Une autre fois.

Chapitre 17

Marlowe

Je contemple mon reflet dans le miroir de la salle de bain. C'est le reflet d'une femme qui s'interroge sur sa propre santé mentale. Au moins, je porte un joli ensemble composé d'un chemisier sans manches à carreaux rose pâle et mauve et d'une jupe qui m'effleure les genoux, dévoilant mes jambes légèrement hâlées — un hâle d'autobronzant appliqué à la va-vite hier soir, bien sûr. Sérieusement, qui a le temps de prendre des bains de soleil quand on est empêtrée dans une bataille avec le beau mec qui gère le café concurrent d'en face, pour qui on se rend compte qu'on a des sentiments, mais avec qui on fait aussi semblant de sortir pour envoyer un message à son ex ?

Pas moi, ça, c'est sûr.

J'applique du rouge à lèvres et je fais claquer mes lèvres l'une contre l'autre. Je force le mec d'en face à faire semblant de sortir avec moi. Le mec que je croyais déterminé à détruire le café de ma tante, mais qui, de manière assez déroutante, est également intervenu pour me sauver non pas une, mais deux fois hier.

Ouais, je me demande vraiment si je suis saine d'esprit en ce moment.

C'est le genre de chose qu'une benjamine comme Ryn ferait. Bon sang, c'est le genre de chose que Harper *a* faite avec Christopher, en le forçant à se faire passer pour son petit ami pour empêcher toutes les vieilles dames fouineuses de lui arranger des rencards.

Mais pas moi, Marlowe, l'aînée ultra performante qui a toujours tout eu sous contrôle, qui a toujours su ce qu'elle voulait et comment l'obtenir. L'ambition, la détermination, une conscience aiguë de qui je suis.

En ce moment, je ne me reconnais même plus.

Mais bon... il y a Oliver. *Oliver*. Le mec qui a réparé notre machine à café. Le mec qui est intervenu et m'a sauvée de Mike. Le mec avec qui j'ai fini par faire une bataille de peinture plus qu'un peu séductrice. Le mec pour qui je ressens plus qu'une simple attirance.

Bien sûr, même moi, je vois bien qu'Oliver n'est probablement pas le meilleur choix comme faux petit ami — non pas que j'aie jamais pensé en avoir un. Mais le mot-clé ici est « faux ». Ce que je ressens pour lui, ce qu'il est pour moi, n'a aucune importance, parce que cette histoire n'est pas réelle. C'est du chiqué.

Et Mike qui débarque comme ça, à l'improviste, pour me demander de nous remettre ensemble ?

Ça m'a complètement retourné le cerveau.

Quand j'ai laissé derrière moi ma vie qui avait volé en éclats à Seattle, je n'ai pas regardé en arrière. Pas une seule fois. Ce que Mike m'a fait était impardonnable. Si on tient à quelqu'un, on ne lui fait pas croire qu'il est le seul dans notre vie.

Trompe-moi une fois, honte à toi. Trompe-moi deux fois ? Ça n'arrivera pas. *Jamais.*

Les chances que je me remette un jour avec Mike sont à peu près aussi élevées que de gagner au loto sans avoir acheté de ticket. Et croyez-moi, en ce qui concerne Mike, je ne vais certainement pas acheter de ticket.

Mais sérieusement, je n'ai pas le temps pour tout ça. Aujourd'hui, c'est le festival d'été de Hunter's Creek et je suis debout de bon matin, prête à servir le flot ininterrompu de clients qui visiteront notre stand pour un café et la tarte aux pommes primée de ma tante Sheila. Enfin, du moins, elle a remporté le prix de la meilleure du comté l'année dernière. Cette année, sans tante Sheila pour opérer sa magie en matière de tartes, qui sait à quelle place nous finirons, si tant est que nous soyons classées.

J'éteins la lumière de la salle de bain, je monte dans ma voiture et je me gare dans la ruelle derrière le Second Chance. Je retrouve le personnel de service dans la cuisine pour leur présenter le plan de la journée. Valentina, Ryn, tante Lisa et quelques saisonnières, Tia et Sammy, sont prêtes à démarrer. Nous avons un stand installé sur Main Street, devant le café, avec un panneau qui vante nos tartes primées. Papa et un de mes oncles ont installé la vitrine sur le trottoir devant le café, à l'intérieur de laquelle nous plaçons des parts de tarte, des tartes entières et les muffins toujours aussi populaires, prêts à être dévorés par les festivaliers. Cette année, nous avons une table supplémentaire pour servir le café de notre nouvelle machine à expresso, dont Ryn et Valentina m'ont assuré qu'elles s'en sortiraient très bien maintenant qu'elle fonctionne correctement.

— Ça fait bizarre sans tante Sheila, dit Ryn en observant la rue.

Les autres propriétaires de stands sont tous en train de s'installer, et je me surprends à regarder le Steamy Coffee de l'autre côté de la rue. Les portes sont déjà ouvertes et l'arôme de café fraîchement moulu s'en échappe. Contrairement à nous, ils n'ont pas de stand, mais je suis presque sûre qu'ils auront un succès fou aujourd'hui auprès des festivaliers.

Le festival d'été de Hunter's Creek est le plus grand de l'année, dans une ville complètement folle de festivals en tout genre, et des gens de tout le comté viennent pour la nourriture délicieuse, les manèges, les jeux, les animaux de la ferme et l'ambiance. C'est une super journée pour les familles, les amis ou les couples qui ont un rendez-vous.

D'ailleurs, en parlant de ça, je vais bientôt faire ma toute première apparition publique officielle avec mon faux petit ami, Oliver, spécialement orchestrée pour un public d'une seule personne : Mike. Nous n'avons pas fixé d'heure précise ou quoi que ce soit. La journée sera trop chargée pour ça et, qui sait quand Son Altesse Infidèle daignera nous honorer de sa présence ? Tout ce que je sais, c'est que nous serons prêts quand il le fera, et j'espère que ça suffira à le faire repartir d'où il vient, sous la pierre d'où il a rampé.

Le petit filet de clients se transforme en une longue file et nous sommes débordées, à servir des parts de tarte à n'en plus finir avec de la crème fouettée, la machine à café rentabilisant chaque centime que nous avons dépensé pour elle en enchaînant les cafés les uns après les autres. Je me demande si je vais même pouvoir souffler un instant aujourd'hui quand un visage familier apparaît devant le stand.

— Tante Sheila ! m'exclame-je en me précipitant pour l'accueillir.

— Marlowe, ma chérie. Ne fais-tu pas un travail incroyable ?

Elle me serre dans ses bras et je respire son familier parfum de muguet.

— On essaie juste d'être à ta hauteur, tu sais, lui dis-je honnêtement. Les tartes se vendent bien, et je dois en déposer une pour le concours quand il ouvrira dans une demi-heure environ.

— Ne t'en fais pas pour ça, répond-elle en saluant Ryn de la main derrière la machine à café. J'en ai préparé une moi-même pour le concours hier soir.

— Vraiment ?

Tante Sheila se penche un peu plus près de moi.

— Lisa est une excellente cuisinière, mais même avec mes instructions claires sur la façon de faire les tartes, je ne voulais pas laisser les choses au hasard.

— Bien joué. Comment va oncle Johnny ? Il est là ?

— Il n'est pas assez bien pour être là aujourd'hui, mais il est là en esprit, répond-elle. Je remarque un nuage passer brièvement sur son visage.

Je lui serre le bras.

— On aime tous oncle Johnny et on espère, on prie pour que tout aille pour le mieux pour lui.

— Je sais, ma puce. Et il le sait aussi. Bon, jeune fille. Je crois que tu as été plutôt occupée depuis ton retour.

Ses yeux s'embuent un peu.

— Occupée ?

— Tanya Jacobson m'a contactée.

Oliver. C'est vrai.

— C'est ce que je vois, hein ?

— Elle pense qu'elle va me piquer ma couronne d'entremetteuse, grâce à toi et à cet Oliver Langdon qui, entre toi et moi, je crois qu'elle aimerait bien garder pour elle.

Je laisse échapper un petit rire qui se termine en reniflement.

— Je crois que tu as raison, tante Sheila.

— Eh bien, je suis très heureuse que tu aies tourné la page sur toute cette horrible histoire à Seattle. Une fille magnifique avec un bon cœur comme le tien mérite quelqu'un de formidable. Dis-moi, est-ce que cet Oliver est quelqu'un de formidable ?

Je regarde vers le Steamy Coffee. Une fois de plus, Oliver est introuvable, probablement à l'intérieur en train de servir un flot incessant de clients assoiffés. Mais je ne peux m'empêcher de sourire. Bien sûr, cette chose entre nous est un simulacre, mais il y a une part de vérité là-dedans, et je me surprends à avoir hâte de le revoir.

— Ce regard me dit tout ce que j'ai besoin de savoir, déclare tante Sheila en tapant dans ses mains alors que d'autres membres du Comité des Dames se glissent à ses côtés.

— Sheila ! Quelle joie de te voir ! dit Mme Jacobson.

Tandis qu'elle et les autres femmes saluent ma tante avec des accolades enthousiastes et des bavardages, j'en profite pour me faufiler derrière elles, prévenant le personnel que je m'absente pour une vingtaine de minutes avant de traverser la rue en quelques enjambées. J'aperçois Oliver derrière le comptoir du Steamy Coffee, qui travaille aux côtés de ses employés pour servir la foule de clients. Le café est bondé, et je croise son regard au moment même où je me retourne pour partir.

Son visage se fend aussitôt de ce sourire à tomber par terre dont il a le secret, et il lève un doigt pour m'indiquer d'attendre une minute.

Je peux bien attendre une minute.

Je sors au grand soleil et j'aperçois aussitôt mes parents de l'autre côté de la rue. Ils discutent avec des voisins, une tasse de café et une part de tarte à la main.

Je vois Christopher en compagnie de Harper, qui guide sa troupe habituelle de chanteurs dans leurs costumes verts et blancs assortis à travers la foule, en direction du kiosque à musique où ils doivent interpréter une sélection de chansons de *La Mélodie du bonheur*, comme le veut la tradition de ces festivals.

C'est alors que je le vois, se faufilant à travers la foule, à ma recherche.

Mike.

Mon estomac fait un bond en le voyant. Pas un bond d'excitation, du genre « hâte de le voir ». Croyez-moi. Plutôt le contraire.

Je recule d'un pas, espérant disparaître dans l'ombre, mais tout ce que je fais, c'est marcher sur le pied de quelqu'un, qui s'en plaint bruyamment.

— Je suis vraiment désolée. Je ne vous avais pas vu, dis-je au grand homme en jean et chemise à carreaux, qui m'aurait fait beaucoup plus mal s'il m'avait marché sur le pied.

— Regardez où vous allez, me gronde-t-il. J'ai failli faire tomber mon hot-dog.

— Eh bien, je suis contente que ce ne soit pas le cas, je réponds d'un air enjoué.

Il grogne en se glissant devant moi pour continuer son chemin dans la rue.

Une voix demande à côté de moi :

— C'est qui, ton nouvel ami ?

Je me retourne pour voir Oliver.

— Je ne sais pas, mais il était super charmant, je réponds en riant. Je lui ai marché sur le pied et ça ne lui a pas trop plu.

— Ce n'est pas surprenant. Je n'ai jamais vu Hunter's Creek aussi animée.

— Bienvenue au Festival d'été.

— Je suis content d'être là.

Il y a quelque chose dans sa façon de dire ces mots qui fait se dilater mon cœur.

— Moi aussi, je suis contente que tu sois là.

— Comment vont les affaires aujourd'hui ? On dirait que vous êtes aussi débordés que nous.

Il regarde de l'autre côté de la rue, vers le stand de Second Chance.

— C'est de la folie, mais ma tante Sheila est arrivée, ce qui est vraiment super.

— C'est la propriétaire, c'est ça ? demande-t-il.

J'acquiesce.

— Elle doit être vraiment ravie de me rencontrer.

Je sais qu'il est sarcastique, mais le fait que ma tante nous imagine, lui et moi, comme un nouveau couple semble lui faire oublier qu'il est aussi notre concurrent.

— Tu serais surpris.

Nous échangeons un sourire jusqu'à ce qu'un frisson glacial me parcoure l'échine, me rappelant que Mike est dans les parages et qu'Oliver et moi avons une mission à accomplir — et je ne parle pas de gérer nos entreprises respectives.

— Hé, j'ai repéré mon ex, alors il est peut-être temps d'entrer en scène, lui dis-je.

— Qu'est-ce que tu as en tête ?

— Je me dis qu'on pourrait se balader un peu en se tenant la main. Toute la ville pense qu'on est en couple maintenant, grâce au réseau de commérages qui bat son plein par ici, donc ça ne surprendra personne.

— Se tenir la main ? Ça, je peux le faire.

Il prend ma main et je remarque à quel point la mienne paraît petite, blottie dans la sienne. Le contact de sa peau envoie une sensation de chaleur le long de mon bras.

Nous commençons à déambuler dans la rue en direction de la place du village, où se trouvent les manèges, les jeux et les animaux de la ferme, ce qui se trouve être également la direction dans laquelle j'ai aperçu Mike il y a quelques instants.

En marchant, je remarque à quel point il est agréable d'être avec Oliver, sa main dans la mienne, pendant que nous discutons de tout et de rien à propos des événements de la journée. Il me parle des différents clients qu'il a servis aujourd'hui : des touristes avec leurs chemises hawaïennes et leurs appareils photo autour du cou, un vrai cliché, à la grincheuse Mme Chisholm qui a mis une éternité à choisir sa commande alors que la file s'allongeait derrière elle.

— Tu as une carte de cafés compliquée, Oliver. Tu le sais bien.

— Tu dis compliquée, moi je dis qu'elle répond aux besoins de chacun. Comment va ta machine ? Je l'ai vue dehors aujourd'hui.

— Elle fonctionne, grâce à toi.

— C'est le strict minimum que l'on attend de nos machines à café.

Je lui donne un petit coup d'épaule.

— Tu sais que tu nous as tirées d'un mauvais pas. Si tu ne l'avais pas réparée, on n'aurait pas servi de café aujourd'hui.

— Eh bien, je suis content d'avoir pu t'aider. Il semble y avoir largement assez de clients pour nos deux cafés aujourd'hui.

— Et probablement même pour celui de Mary.

— Comment cet endroit survit-il ?

— Parce que tu es là ?

— Parce qu'il est toujours vide.

Je pense à ce petit endroit sur Donahue Street, tenu par une habitante du coin, Mary O'Brien, d'aussi loin que je me souvienne. Son café est insipide, ses muffins sont secs, mais son commerce survit d'une manière ou d'une autre, année après année.

— Je crois qu'elle a jeté une sorte de sortilège sur l'endroit.

— Pour éloigner les clients ? demande Oliver, et nous rions tous les deux.

C'est agréable. C'est bien. M'entendre avec Oliver comme ça est mille fois mieux que de me disputer avec lui, de ressentir du ressentiment et de la colère.

J'apprends à connaître le vrai Oliver, et ce que je vois me plaît.

— Marlowe, dit une voix familière.

Mike.

— Quoi que tu fasses, ne me laisse pas avec lui, dis-je d'un ton pressant à Oliver.

— Jamais.

— Promets-le-moi.

Il me regarde droit dans les yeux.

— Tu as ma parole.

Je hoche la tête, avant de me préparer à me retourner pour faire face à Mike.

Et d'un seul coup, notre petite bulle, à Oliver et à moi, éclate.

Chapitre 18

Oliver

Je sens la main de Marlowe se resserrer sur la mienne. Je prends ça comme un signal, me rapprochant un peu plus pour lui servir de bouclier contre l'homme qui l'a blessée.

Je vais encore plus loin et je change de main pour pouvoir passer un bras autour de ses épaules.

Je joue la comédie du petit ami. C'est la seule raison.

Elle me lance un regard reconnaissant et je ne peux m'empêcher de sourire, une chaleur se propageant en moi.

Elle détache son regard du mien pour le poser sur notre public cible.

— Salut, Mike, dit-elle avec une gaieté forcée.

Je me demande s'il s'en rend compte.

— Tu te souviens d'Oliver, mon petit ami, n'est-ce pas ?

— Bien sûr.

— Salut, mec. Je te serrerais bien la main, mais j'ai les mains prises pour l'instant, dis-je, me prenant au jeu de ce rôle de faux petit ami.

Mettre mal à l'aise le type qui a fait souffrir Marlowe, c'est la cerise sur le gâteau.

Les yeux de Mike se plissent en me regardant et je ne peux qu'imaginer ce qu'il pense. Des choses comme « Touche pas à ma copine » et « J'ai envie de te casser la figure ».

Désolé, mon pote. Ça n'arrivera pas. Cette femme est à moi, du moins dans ce monde imaginaire.

Et j'aimerais que ce soit le cas dans le monde réel, aussi.

— Comment s'est passée ta journée ? Tu as fait des manèges ? demande Marlowe.

Mike jette un coup d'œil à mon bras protecteur autour de ses épaules.

— En fait, je me suis un peu laissé aller à la nostalgie, Marlowe. C'est difficile de ne pas le faire en étant de retour ici, dans ce bon vieux Hunter's Creek. Je me souvenais de la dernière fois que je suis venu au Festival d'Été et à quel point on s'était amusés. Ensemble. Toi et moi. Tu te souviens ?

Les joues de Marlowe rougissent.

— Je me souviens.

— On a fait des manèges, on a mangé de la barbe à papa et une part de la tarte aux pommes de ta tante avant de partager quelques Long Island Iced Teas dans un des bars ici.

— Ouah. Ça fait beaucoup de sucre. Je suis étonné que vous ne soyez pas tombés dans un coma diabétique, dis-je.

Mike m'ignore.

— Tu te souviens comment Gabe s'est fait avoir au cham-boule-tout ?

— Gabe s'est fait avoir ? je demande. Tu ne m'as pas raconté ça, ma pêche.

Les yeux de Marlowe glissent vers les miens alors qu'elle pince les lèvres pour réprimer un sourire.

Je suppose que c'est le « ma pêche » qui a fait son effet.

— C'est vrai. Tu n'étais pas là à l'époque. Pas vrai, Oliver ? demande-t-il avec un faux sourire sur le visage, un sourire que j'effacerais volontiers pour lui.

— J'espère que la qualité compense mon manque d'an-cienneté en tant que résident de cette ville, je réponds doucement.

— Je trouve que ce sont souvent les hommes à la qualité limitée qui disent ce genre de choses, lance-t-il.

Oh, non, il n'a *pas* osé dire ça.

— Te cognes-tu souvent la tête contre les cadres de porte, champion ? Être aussi grand doit être un véritable handicap pour toi, dis-je.

— Je m'en sors très bien, répond-il, pensant clairement qu'il a le dessus avec son commentaire sur la *qualité*.

Marlowe me donne un coup de coude dans les côtes. Je suppose qu'elle ne cherchait pas une surenchère masculine dans cet arrangement aujourd'hui.

— Comme je le disais, dit Mike d'un ton sec, Gabe s'est fait avoir quand il a été enrôlé pour aider à soutenir l'école primaire. C'est un bon gars.

— C'est vrai, répond Marlowe.

— Mais tu es nouvelle dans le coin, n'est-ce pas ? Tu ne dois pas connaître beaucoup de gens d'ici, dit Mike.

Il marque à peine une pause pour reprendre son souffle avant d'ajouter :

— Ça m'a manqué d'être ici. Il y a quelque chose de vrai-ment spécial dans cette ville. Les gens, les festivals, même les chanteurs de *La Mélodie du bonheur*.

Il fait un geste en direction du kiosque à musique.

— C'est spécial, tout comme toi.

Il contemple Marlowe comme si elle était son parfum de glace préféré.

— C'est gentil à toi de dire ça, Mike, mais on vient à peine de se rencontrer, dis-je en plaisantant, ce qui me vaut un regard agacé de sa part. Puisque tu aimes tant cet endroit, tu as peut-être remarqué que le kiosque à musique a été repeint ?

Je mentionne le kiosque à musique délibérément. Je sais exactement quels souvenirs cela va évoquer pour Marlowe. Des souvenirs auxquels j'aime repenser, et qui n'ont rien à voir avec la peinture en elle-même.

— Le kiosque à musique ? demande-t-il, l'air passablement confus. Tu veux dire celui-là, là-bas ?

Nous nous tournons tous pour voir un groupe d'enfants en costumes assortis sur le kiosque fraîchement repeint, chantant une chanson familière sur un chevrier, tandis que leur maîtresse, portant également le même costume, les dirige.

— C'est ça, Mark. C'est Marlowe et moi qui l'avons peint, et ça a été en quelque sorte le début de notre nouvelle relation.

Au cas où vous vous poseriez la question, je ne me suis absolument pas trompé de prénom exprès, vous comprenez bien. Ce serait mesquin de ma part. C'était une erreur de bonne foi.

— C'est Mike, en fait, me corrige-t-il.

— Mike. C'est ça. Tu ressembles à un type que je connais qui s'appelle Mark.

— Bien sûr.

Il me lance un regard qui suggère que l'idée de me tuer vient de se hisser en tête de sa liste de choses à faire, avant de reporter son attention sur Marlowe.

— Je peux te parler quelques minutes en privé ? J'ai vraiment besoin de te dire quelque chose.

— Je te l'ai dit, c'est du passé. J'ai tourné la page, comme tu peux le constater. N'est-ce pas, pookie ?

Elle lève les yeux vers moi avec un sourire niais sur le visage.

— Pookie ? articulé-je sans un bruit.

Elle écarquille les yeux, me signifiant de jouer le jeu malgré ce surnom ridicule, que je suis sûr qu'elle n'utilise que pour me faire rire.

— Je suis un homme chanceux d'avoir cette mignonne à croquer, et j'utilise ce terme parce que son café fait les meilleures tartes aux pommes du comté. C'est un *double entendre*, comme on dit, expliqué-je.

— Ça, c'est sûr, mon beau, roucoule Marlowe.

Mike s'éclaircit la gorge.

— Ça va, Mark ? T'as pas le COVID, j'espère ? je demande avec une fausse inquiétude en éloignant Marlowe d'un pas.

— C'est Mike, et je n'ai pas le COVID, crache-t-il entre ses dents.

Est-ce que c'est horrible que j'apprécie ce moment ? Genre, que j'apprécie vraiment, vraiment ce moment ?

— Tu as fait un test ? je demande. Il devrait vraiment en faire un. Tu ne penses pas, ma poulette ?

Elle réprime un sourire.

— Ce serait la chose responsable à faire, confirme-t-elle.

Mike en a clairement assez.

— Écoutez. J'ai compris. Votre histoire est nouvelle et le fait que je débarque dans ta vie à l'improviste t'a déstabilisée. J'en suis désolé, mais j'ai vraiment besoin de te parler.

Je lui accorderai une chose : il mérite la palme de la persé-vérance.

L'atmosphère autour de Marlowe a changé et je commence à me demander si ses paroles l'atteignent, si elle aimerait vraiment l'entendre. Je sais que mon rôle aujourd'hui est de prétendre être son petit ami – un rôle pour lequel je suis persuadé que je pourrais gagner un Oscar après le petit numéro que je viens de faire – mais si Marlowe a besoin de parler à ce type pour tourner la page ou quoi que ce soit d'autre, ce n'est pas moi qui vais me mettre en travers de son chemin.

— Marlowe ? je demande, sentant qu'elle flanche.

Sa poitrine se soulève et s'abaisse, son regard fermement posé sur Mike. Nous attendons un instant inconfortable avant qu'elle n'ouvre enfin la bouche pour parler.

— J'apprécie que tu sois venu me voir. J'imagine qu'après ce qui s'est passé entre nous, venir ici n'a pas dû être une chose facile à faire.

— Merci de le reconnaître, répond-il. Ce n'est pas facile d'être ici avec tous ces souvenirs.

Sentant que ses défenses s'abaissent, il décide de porter le coup de grâce.

— Marlowe. On vivait une belle histoire, toi et moi, et même si je me suis mal comporté...

Elle ricane.

— D'accord, j'avoue que je me suis comporté de façon horrible. Mais ça ne change rien au fait que je sais que j'ai merdé. Marlowe, tu me manques. Je...

Il me jette un regard, souhaitant sans doute que je n'aie pas mon bras autour de son épaule. Ou que je n'existe pas.

— Je t'aime.

Sérieusement ? Si j'étais vraiment le petit ami de Marlowe, le fait qu'il déclare sa flamme à ma copine alors qu'elle est dans mes bras, ça ne dépasserait pas un peu les bornes ? Ou même *carrément ?*

En la tenant ainsi contre moi, je commence à me sentir mal à l'aise. Je sais qu'elle m'a fait promettre de rester à ses côtés, quoi qu'il arrive, mais une partie de moi a de la peine pour ce type. Il l'aime. Il a reconnu avoir merdé. Quoi qu'il ait fait qui l'ait tant blessée, elle peut bien le laisser s'excuser, non ?

Et que les choses soient bien claires : la seule chose que je veux qu'il fasse avec elle, c'est s'excuser. Et ensuite, qu'il s'en aille de préférence. Pour de bon.

Mais Marlowe ne l'entend pas de cette oreille.

— Je te remercie pour tes excuses, mais comme je te l'ai dit, j'ai tourné la page. Je ne t'aime plus.

Dur, mais nécessaire.

— Mais…, proteste-t-il.

— Mike. S'il te plaît. Il n'y a plus rien à dire sur le sujet.

Il a l'air complètement effondré.

— Je regretterai toujours la façon dont je t'ai traitée.

— C'est... bien.

Alors qu'elle resserre sa prise sur ma taille, elle a un regard d'acier. S'il n'avait pas encore compris le message qu'elle ne voulait plus de lui, il faudrait être aveugle pour ne pas le voir maintenant.

— Profite bien du festival.

La mâchoire de Mike se contracte avant qu'il ne baisse les yeux.

— Pour ce que ça vaut, je suis sincèrement désolé.

— Je sais, répond Marlowe.

Je le regarde s'éclipser, la queue entre les jambes, comme un labrador qu'on vient de gronder.

— Merci mille fois, Oliver. Tu as été parfait, s'enthousiasme Marlowe, alors que la silhouette de Mike disparaît dans la foule.

— J'ai assuré, non, *snookums* ?

Elle me donne un coup de coude.

— Je serai ton faux petit ami quand tu veux, je lui dis. Mais peut-être moins de « pookie » et plus de « mon beau », car dans la bataille entre les deux, « mon beau » gagne à tous les coups.

Elle laisse échapper un petit rire et c'est comme si toute la tension des dernières minutes s'évaporait autour de nous.

— Ça marche. Va pour « mon beau ».

— Merci, snookums.

— Pas question. Pas snookums.

— Tu seras toujours snookums pour moi.

Elle lève les sourcils, mais son visage est fendu d'un magnifique sourire.

— J'ai changé d'avis. On revient à pookie.

Je glousse en secouant la tête.

— Je sais que tu dois probablement retourner à ton stand, mais veux-tu marcher un peu avec moi ? Je peux te donner cinq minutes. Après tout, je te dois bien ça.

— Oh, tu me dois bien plus que ça, dis-je en riant, et nous commençons à déambuler ensemble dans Main Street. Comment te sens-tu maintenant que toute cette histoire avec Mike est terminée ?

— Bien. Mieux, répond-elle.

Nous passons devant le stand de pommes d'amour où quelques habitants se donnent des coups de coude en nous montrant du doigt. Qu'ils y aillent. J'apprécie ce moment.

— Super Faux Petit Ami à la rescousse, hein ?

Elle lève les yeux au ciel.

— Tu ne vas jamais me lâcher avec ça, pas vrai ?

— Jamais.

Nous arrivons aux manèges, la grande roue se dressant au-dessus de nous.

— Hé, veux-tu faire un tour ? Je sais que Mike et toi avez fait les manèges l'année dernière, mais c'est peut-être le moment de créer de nouveaux souvenirs. Même si ce n'est qu'avec moi.

— Il n'y a pas de « seulement » avec toi, dit-elle.

Alors que nos regards se croisent, je sens un papillonnement dans ma poitrine.

— Un tour, et après, je ferai mieux de retourner au stand de Seconde Chance.

— Marché conclu.

Nous nous frayons un chemin à travers la foule, nous arrêtant brièvement pour saluer des gens, qui haussent les sourcils et nous sourient, car la nouvelle s'est clairement répandue que nous sommes le nouveau couple le plus en vogue de la ville — après tout, on est à Hunter's Creek, un endroit où on ne peut pas éternuer sans que les gens en fassent des commérages — et après avoir constaté que les files d'attente pour les montagnes russes, les autos tamponneuses et la maison hantée sont bien trop longues pour nos emplois du temps chargés, nous nous décidons pour la grande roue.

Nous nous asseyons dans la nacelle et l'employé abaisse la barre de sécurité. Peu de temps après, la nacelle oscillante commence son ascension. Marlowe pousse un cri d'excitation en s'agrippant à la barre de sécurité.

— Ça va, championne ? je demande.

— Je m'habitue juste à ne plus être sur la terre ferme.

— Et la grande roue est une expérience assez riche en adrénaline ?

— Je ne suis pas très à l'aise avec la hauteur, admet-elle.

— Alors pourquoi as-tu accepté de faire ça ?

— Je m'amusais bien.

Nous échangeons un sourire.

— Moi aussi, je lui dis.

Car comment ne pas apprécier ? Je suis au Festival d'Été avec la plus jolie fille de la ville, assis côte à côte dans une grande roue, sous la douce brise estivale.

Je regarde les gens en contrebas, semblables à des fourmis, qui vaquent à leurs occupations. J'aperçois Tanya Jacobson et sa clique d'impératrices, en train de parler avec animation de quelque chose ou de quelqu'un. Probablement de Marlowe et moi, si je connais un peu la bande.

La nacelle a une secousse et Marlowe pousse un cri qui me fait sourire.

— Pourquoi me souris-tu comme ça ?

— Tu es mignonne, voilà pourquoi.

Marlowe se rapproche un peu de moi, sa cuisse pressée

contre la mienne, et je remarque qu'elle s'agrippe à la barre de sécurité sur nos genoux.

— Tu es sûre que ça va ? je lui demande.

— Ça va.

Ce n'est pas convaincant.

— Pourquoi as-tu fait ça avec moi si tu n'es pas à l'aise avec la hauteur ?

— Je me suis laissée emporter par l'instant, je suppose. Et je me suis dit que si Mike revenait, il nous verrait faire des trucs normaux de couple.

La nacelle a une autre secousse et elle pousse un nouveau cri.

— Je peux faire ça ?

Je passe mon bras autour d'elle, la tirant contre moi. Comme lorsqu'on faisait semblant pour Mike, elle s'emboîte parfaitement, son épaule glissant sous mon bras, son corps chaud contre le mien.

— Je crois que tu l'as déjà fait, répond-elle.

— Est-ce que ça aide un peu ?

— Ça marche. Merci.

Ses lèvres s'étirent en un doux sourire et la tension sur son visage se relâche.

— Continue de me regarder, si ça t'aide.

— C'est parce que tu aimes être adulé par les femmes ? demande-t-elle.

Seulement par toi.

Alors que la nacelle se balance de nouveau, je la sens se raidir dans mes bras et je resserre ma prise autour d'elle.

— Je te tiens, je lui dis.

— Merci. J'ai l'impression de beaucoup te remercier en ce moment. L'opérateur et Mike.

— Ça fait partie du service.

Alors que nous continuons notre tour sur la grande roue, je me sens comme un adolescent avec son premier béguin, qui a enfin réussi à l'isoler, blottie contre moi. La sensation de son corps contre le mien, l'arôme de son parfum dans l'air, l'expression de ses yeux, tout cela me ramène à ce moment au kiosque à musique — ce moment où tous les sentiments que j'éprouvais pour elle étaient sur le point d'exploser en quelque chose de bien plus agréable que de me chamailler avec la belle femme d'en face.

Alors que la nacelle oscille, elle attrape ma main et la serre. Au lieu des traits tendus et anxieux d'avant, ses yeux sont sombres et intenses, et j'ose penser que ce n'est peut-être plus un jeu. Peut-être qu'elle le ressent, elle aussi.

Le cœur battant dans ma poitrine, je lève la main vers son visage et la glisse derrière sa tête, emmêlant mes doigts dans ses cheveux. Elle laisse échapper un petit souffle, l'intensité de son regard fixé sur le mien répondant à la dernière question que je pouvais me poser.

Elle a envie de moi.

Et, oh mon Dieu, comme j'ai envie d'elle.

— C'est bon, les amis. Votre tour est terminé, annonce une voix à côté de nous.

Je détache mon attention de Marlowe pour la porter sur l'homme qui est en train de soulever notre barre de sécurité et qui nous sourit comme s'il savait exactement ce que nous nous apprêtions à faire.

Avec la réticence d'un chat sur le point de prendre un bain, je sors de mon siège et tends la main à Marlowe. Elle descend, et nous remercions l'employé avant de retourner lentement dans la foule, toujours main dans la main, toujours dans notre bulle, juste Marlowe et moi.

Nous nous arrêtons et commençons à parler en même temps, nous interrompant mutuellement pour laisser l'autre continuer.

— Oliver, je…

— Est-ce qu'on venait de…

— Vas-y, je lui dis.

— Non, toi.

— On est obligés d'être si polis, bon sang ?

Elle se mordille la lèvre.

— C'est juste que je pense qu'il allait peut-être se passer quelque chose entre nous, comme ce qui a failli arriver le jour où on peignait.

— J'ai aimé où ça nous menait tout à l'heure. Et quand on peignait, je réponds, ne désirant rien de plus que de nous retrouver seuls, juste elle et moi, la serrant dans mes bras et lui disant à quel point je la trouve vraiment incroyable. Enfin ça, et l'embrasser. L'embrasser, sans aucun doute.

— Marlowe !

Ryn se fraie un chemin dans la foule, un air affolé sur le visage.

— Te voilà. Je t'ai cherchée partout.

Marlowe retire sa main de la mienne ; notre moment est passé.

Il va vraiment falloir faire attention à l'endroit où nous avons ces moments à l'avenir, de préférence seuls et sans interruptions potentielles.

— Qu'est-ce qu'il y a ? Qu'est-ce qui ne va pas ? demande-t-elle.

— On n'a plus de tartes, alors j'ai accepté d'aller en chercher d'autres, mais Valentina et les autres sont complètement débordées et tante Sheila est partie au concours de tartes et on a besoin de toi là-bas depuis au moins une demi-heure. Je veux dire, où est-ce que tu étais passée pendant tout ce temps ?

Comme si elle me remarquait pour la première fois, elle fronce les sourcils et ajoute :

— Pourquoi vous avez l'air si coupables tous les deux ?

Nous échangeons un regard avant que Marlowe n'ouvre la bouche pour répondre, quand sa sœur agite la main en l'air.

— Laisse tomber. Ça n'a pas d'importance. Tu me raconteras plus tard.

Elle l'attrape par le bras.

— On y va. Maintenant.

Tandis que Ryn entraîne Marlowe, elle se retourne vers moi et quelque chose dans son regard me laisse entendre que peut-être, juste peut-être, le faux pourrait en effet devenir réel.

Et cet espoir me donne envie de fendre l'air d'un coup de poing.

Chapitre 19

Marlowe

— Qu'est-ce qui se passe avec ton visage ? me demande ma sœur alors que j'empile des tourtes dans le placard le lendemain matin.

Instinctivement, ma main vole vers ma joue.

— Pourquoi ? J'ai quelque chose sur le visage ?

Ryn s'adosse au mur et me dévisage.

— Oh que oui.

— Tu vas me dire ce que c'est ou il faut que je devine ?

— Tu souris.

— Et alors ? Je souris souvent.

— Pas comme ça. Ça a un rapport avec le fait que tu tenais la main d'Oliver hier ? Tu sais que tu dois tout me raconter à ce sujet.

Soudain gênée, je pince les lèvres et tente de reprendre mon expression habituelle, quelle qu'elle soit. Bien sûr, ça ne marche pas, car le large sourire qui s'affiche sur mon visage depuis mon presque-baiser avec Oliver dans la grande roue hier refuse de disparaître.

Le souvenir de ses bras enroulés de manière rassurante autour de moi, de son corps chaud et ferme pressé contre le mien, m'a réchauffée alors que je m'endormais hier soir. Depuis, il n'a pas quitté mes pensées, et j'ai hâte de le revoir.

Ryn hausse les sourcils en me regardant.

— Alors ? Tu vas me raconter ?

— Te raconter quoi ? dit une autre voix, et je tourne mon attention de l'autre côté du comptoir où mon autre sœur, Harper, me regarde, pleine d'attente. C'est quoi, cette tête ? demande-t-elle.

Je regarde mes sœurs avec exaspération.

— Je n'ai pas le droit de sourire ? Je travaille dans le service à la clientèle, tu sais. Le sourire fait un peu partie du métier.

— Mais ça, c'est un méga sourire, commente Harper.

— C'est quoi, un méga sourire ? je demande pour gagner du temps.

— Ne fais pas l'innocente, me gronde Ryn.

— Ma chérie, on sait que tu as passé la moitié du festival d'été avec une certaine personne qui pourrait bien être le gérant du café d'en face, dit Harper sur le ton le plus suggestif possible.

Tout le monde en parle, alors tu ferais mieux de cracher le morceau, dit Ryn. Elle fait un signe de la main et sourit à Mme Jacobson et au reste du Comité des Dames, qui lui sourient en retour.

Harper hoche la tête.

— Ryn a raison. Même Topher m'en a parlé aujourd'hui.

Topher.

Le petit ami de Harper, Christopher, alias « Topher » pour elle, n'est pas vraiment du genre à faire des commérages.

Mes pensées s'égarent vers Oliver et je ne pourrais empêcher le sourire de s'élargir sur mon visage, même pour tout l'expresso d'Italie.

— Oh, ma sœur. Tu es bien *piquée*, déclare Ryn.

— Non, ce n'est pas vrai, je réfute, mais nous savons toutes que je mens. Bon. Je m'avoue vaincue. Il me plaît, j'admets.

— Il te *plaît* vraiment ? demande Harper. Et avant que tu ne dises quoi que ce soit, je sais que ça donne l'impression qu'on est de retour au collège.

— Oh, c'est clair que oui. Regarde-la, dit ma plus jeune sœur en me jaugeant.

Bien sûr, c'est à ce moment précis que mes joues décident de prendre la couleur d'une tomate mûre croisée avec une des chemises en flanelle de Gabe, et tout espoir de minimiser la chose devant mes sœurs s'envole sur les ailes d'un oiseau de passage.

— Qu'est-ce que ça veut dire exactement ? demande Harper.

— Ça veut dire qu'elle veut lui dévorer le visage de baisers. Voilà ce que ça veut dire, répond Ryn à ma place. À moins que ce soit ce que tu faisais sur la grande roue ?

C'est ce que j'avais *voulu* faire sur la grande roue, enfin, une fois mon vertige maîtrisé, ce qui est devenu incroyablement facile quand Oliver a passé son bras autour de mes épaules pour m'attirer contre lui.

Je fonds.

Comment ai-je jamais pu penser que cet homme était autre chose que merveilleux ?

— Ah, tu l'as fait, n'est-ce pas ? Vous vous êtes roulé des

pelles sur la grande roue. Tu as quel âge ? Treize ans ? demande Ryn.

— Tu l'as fait ? demande Harper.

— Non, ai-je répondu à contrecœur, mais je crois que ça a failli arriver.

Harper tape dans ses mains, un grand sourire aux lèvres.

— Ma chérie, tu mérites tellement d'être heureuse, et si Oliver est l'homme qu'il te faut, alors je suis vraiment contente pour toi.

Ce satané sourire qui est le mien s'élargit au point que je me demande si je ne ressemble pas à une marionnette du Muppet Show avec une tête à clapet.

— Marlowe et Oliver, sur un arbre perchés, s'em-bras-saient, commence à chanter Ryn.

Je lui fais signe de se taire.

— En fait, c'était sur une grande roue, pas sur un arbre, la corrige Harper.

— Compris, répond Ryn. Marlowe et Oliver, sur une grande roue perchés, s'em-bras-saient.

Je ferme les yeux et secoue la tête.

— On se croirait vraiment revenues au collège.

Une cliente arrive au comptoir et je dis à Ryn de s'en occuper.

— Quand est-ce que tu le revois ? demande Harper.

— Nous n'avons rien prévu. C'était assez dingue hier au festival. Je pensais peut-être passer au Steamy Coffee après le coup de feu du midi ?

— Fais ça, absolument.

Elle balaie ma tenue du regard. J'ai pris un soin particulier à choisir quoi porter aujourd'hui, sachant que les chances de voir Oliver étaient assez élevées. Au lieu de mon habituel ensemble jupe et chemisier, je porte une robe sans manches bleu marine, boutonnée sur le devant, avec un col blanc et une paire d'escarpins rayés blancs et bleus.

— Tu es super mignonne. C'est vraiment la tenue parfaite

pour une « visite surprise » afin de séduire un homme. Il t'aime bien, c'est évident.

— Comment peux-tu le savoir ?

— La façon dont il te regarde, la façon dont il sourit quand tu es là. Mme Jacobson m'a dit de m'attendre à entendre les cloches du mariage avant la fin de l'année, tu sais.

Je laisse échapper un rire surpris.

— Les cloches du mariage, hein ? Aucune pression, alors.

— Pas la moindre. Comment ça s'est passé avec Mike ?

— C'est fini, dis-je simplement.

— Qu'est-ce qu'il voulait ?

— Moi.

— Bien sûr que oui, mais il ne peut pas t'avoir parce que tu as Oliver.

— Pas encore.

— Ça reste à voir.

Ce que l'on ne peut décrire que comme une cohue de citadins font irruption par la porte, parlant avec enthousiasme entre eux. Parmi eux, je reconnais Amelia Thompson, Joe Olson, Gary Garcia et Ted Hill, tous des habitués du Second Chance que je connais depuis toujours, et tous membres du conseil municipal, conduits par le maire Garcia.

— Mais qu'est-ce qui se passe, au nom des bûcherons qui jouent à la marelle dans la forêt ? s'interroge Mme Jacobson.

C'est une bonne question, bien que formulée de manière alambiquée.

— Merci d'avoir posé la question, Tanya, dit le maire Garcia. Nous sommes ici pour protéger l'intégrité et l'histoire de notre petite ville.

— En faisant tout ce raffut ? demande Mme Jacobson en haussant un sourcil d'un air réprobateur.

— Je suis sûre que monsieur le maire et ses collègues conseillers ne font pas ça, madame Jacobson, j'interviens, sentant qu'une situation délicate pourrait naître. Ce n'est jamais bon pour un café que ses clients se disputent, et encore moins quand la plupart d'entre eux font partie du conseil municipal. Que puis-je vous servir aujourd'hui ?

Le maire Garcia ignore ma question.

— Nous sommes votre phare, Marlowe.

Je ne laisse pas mon sourire s'effacer.

— Vraiment ? C'est très aimable à vous, monsieur le maire.

Et aussi : *de quoi parlez-vous donc ?*

— Alors, ce sera vos commandes habituelles ? je demande, avec plus d'espoir que de réelle conviction qu'ils sont là pour commander quoi que ce soit.

— Nous avons entendu vos inquiétudes et nous sommes là pour aider à protéger ce qui vous revient de droit, car votre établissement fait partie de l'essence même de cette ville, dit le maire Garcia.

Je savais qu'ils n'étaient pas là pour commander quoi que ce soit.

— Eh bien, Gary, techniquement, c'est l'essence de Sheila. Pas celle de Marlowe, dit Mme Thompson, mon ancienne professeure de biologie au lycée, maintenant à la retraite.

— Elle a raison, vous savez. Cet endroit appartient à Sheila Browning depuis des décennies. J'ai dégusté de nombreuses parts de tarte et plus d'une de ses excellentes omelettes au fil des ans, dit M. Olson. Sa tarte a remporté le premier prix au Festival d'été hier. La meilleure du comté.

— Ses tartes sont bonnes, mais j'aime ses sandwichs grillés, surtout le jambon-fromage avec une portion de jojos en accompagnement, dit M. Hill en parlant des frites que nous servons avec de nombreux plats pour le déjeuner.

— Oh, je suis d'accord, ils sont bons, dit Mme Jacobson. Bien que celles que Gabe sert au Black Bear soient aussi plutôt bonnes.

— Pas aussi bonnes que celles de Sheila, renifle M. Hill, campant sur ses positions en faveur du Second Chance.

Le maire Garcia agite la main dans les airs.

— Pourrions-nous revenir au sujet, s'il vous plaît ?

— Eh bien, nous n'avons aucune idée de ce qui a dévié en premier lieu. Qu'est-ce que vous faites tous ici ? demande Mme Jacobson.

Le maire Garcia redresse les épaules comme pour prononcer un discours enflammé au conseil.

— Nous sommes tous d'accord pour dire que le Second Chance Café est une institution à Hunter's Creek. Il est important pour nous et fait partie de l'essence même de notre ville. Nous devons faire tout notre possible pour protéger cette entreprise et son héritage pour le bien de Hunter's Creek.

Le petit groupe de personnes éclate en applaudissements et en cris d'approbation.

Je suis toujours dans le flou.

— Tout ça a l'air super, et je vous remercie pour votre enthousiasme, je commence, mais de quoi s'agit-il en fait ?

— Nous les avons vus. Les gens dans la rue, les serrant dans leurs mains. Nous les avons vus entrer et y rester un bon moment.

Le maire Garcia lance un regard accusateur à Mme Jacobson.

— Je suis sûre de n'avoir aucune idée de ce dont vous parlez, renifle Mme Jacobson.

— Oh, je crois que si, Tanya. Nous parlons de cet endroit horrible de l'autre côté de la rue, dit le maire en pointant théâtralement la fenêtre.

Et là, j'ai compris.

— Vous voulez dire le Steamy Coffee ? je demande.

— Bien sûr qu'on parle du Steamy Coffee ! Nous avons vu le peu de clients que vous avez ces derniers temps et comment vous devez en être réduite à faire des vidéos de danse pour essayer de les faire revenir, dit-il.

Je me déhanche, embarrassée.

— Il n'y a eu que quelques vidéos.

— Et vous avez cette nouvelle machine à café sophistiquée que vous ne semblez pas savoir faire fonctionner…

— Oh, non. Elle est réparée. Elle fonctionne parfaitement maintenant, dis-je.

Il ne m'écoute pas.

— … et maintenant, on vous force à ouvrir pour le dîner ! Des heures de travail plus longues pour votre personnel, et en regardant autour de moi, je dirais que vous ne gagnez pas assez d'argent pour pouvoir les payer.

— Mais si, je *les* paie, ai-je protesté.

— Et savez-vous pourquoi ? Les habitants de Hunter's Creek le savent-ils ?

Je suis presque sûre qu'ils le savent.

— C'est uniquement parce qu'un grand conglomérat de café, avec des photos de jeunes à moitié nus et pas du tout familiales, a décidé de s'installer en ville et de détruire votre commerce.

— J'aime beaucoup les photos des jeunes à moitié nus. Surtout le type bûcheron, me dit Mme Jacobson à voix basse.

Je réprime un sourire.

— Nous avons eu une réunion à ce sujet avant le festival d'été et nous avons décidé que nous allions faire tout notre possible pour vous aider, Marlowe. Nous allons protéger votre commerce et nous allons empêcher ces gens de la grande ville de se mêler de nos affaires.

— Steamy Coffee essaie vraiment de se mêler de nos affaires ? je demande.

— Ça nous arrivera à tous. Aujourd'hui, c'est Steamy Coffee. Demain, qui sait ? Ce n'est qu'une question de temps, ma chère Marlowe. Ce n'est qu'une question de temps, dit le maire Garcia comme s'il récitait une réplique sérieuse dans un film.

— Et alors ? Qu'allez-vous faire à ce sujet, à part vous pavaner en groupe bruyant et faire des discours ? demande Mme Jacobson.

— Nous organisons un rassemblement, dit fièrement Mlle Thompson, pour demain, le jour de la grande première du film.

— Un rassemblement ? je demande.

Je ne suis pas sûre d'apprécier la tournure que prennent les événements. C'est une chose de brasser de l'air, c'en est une autre d'organiser un véritable rassemblement à ce sujet.

— Un rassemblement, confirme le maire. Nous vous avons entendue, Marlowe. Nous vous avons entendue.

— Je n'ai jamais parlé de rassemblement.

— Nous avons été occupés à fabriquer des banderoles, et nous sommes prêts à y aller, dès 9 h tapantes demain matin, juste devant Steamy Coffee, dit M. Hill.

Mlle Thompson demande :

— Est-ce qu'on peut commencer à 9 h 15 ? Mon petit-neveu vient tailler mes haies à 8 h 30 et je dois lui montrer exactement à quelle hauteur je les veux. Il s'est trompé la dernière fois et elles avaient l'air bizarres.

— Est-ce que ça va vraiment prendre quarante-cinq minutes ? demande le maire Garcia.

— Probablement. J'ai beaucoup de haies, Gary, répond-elle.

— C'est vrai. Elle en a beaucoup, confirme M. Hill.

— Très bien. Changement de programme, Marlowe. Nous nous retrouverons à 9 h 15 tapantes devant Steamy Coffee pour faire valoir à quel point le Second Chance Café est important pour Hunter's Creek et que nous n'accepterons pas que le café d'une grande chaîne détruise notre village.

Le petit groupe éclate en applaudissements et le maire Garcia s'incline.

Bien que je sois flattée qu'ils veuillent aider à protéger le café de ma tante, je ne suis pas sûre qu'un rassemblement devant leur porte soit la bonne façon de procéder — et je suis presque sûre que manifester devant le commerce de mon nouveau faux petit ami ne plaira pas non plus à Oliver.

Surtout maintenant que les choses s'améliorent entre nous. Il faut que je dise quelque chose.

— Excusez-moi, Monsieur le Maire ? Vous savez, vous n'êtes pas obligés de faire ça pour moi. Nous sommes complets pour notre nouveau service du dîner ce soir, Ivy et son groupe viennent jouer, et les affaires vont mieux depuis une semaine ou deux. Tout va bien.

— Vous voyez, c'est là que vous vous trompez, Marlowe. Vous avez besoin de nous. Votre tante a besoin de nous. La ville a besoin de nous, déclare le maire d'un ton digne du président des États-Unis. Et vous devriez être fière de vous. Vos publications sur Instagram et sur cet autre site dont le nom m'échappe... Comment ça s'appelle, déjà ? Tic ? Toc ?

— C'est TikTok, propose Mlle Thompson.

— Merci, Amelia. Ces vidéos sont la source d'inspiration de notre rassemblement.

— Vous allez danser ? je demande, abasourdie. C'est une chose que Ryn et moi massacrions des pas de danse hip-hop, c'en est une tout autre qu'un groupe de septuagénaires aille se déhancher dans les rues de Hunter's Creek. Au moins deux d'entre eux ont des prothèses de hanche.

Le maire et les membres de son conseil éclatent de rire.

— Quel spectacle ce serait ! s'exclame-t-il.

Oh que oui.

— Nous reprenons vos slogans.

Ils étaient géniaux ! Les yeux du maire brillent d'enthousiasme.

— Et en plus, nous en avons trouvé d'autres nous-mêmes.

— Soutenez votre communauté, pas les multinationales du café ! dit M. Hill.

— Moi, j'aime bien « Petits grains, grand impact », dit Mlle Thompson.

— Un café pour la justice, un commerce local à la fois ! Laissez tomber les grands cafés, adoptez le café du coin ! Et mon préféré : Plus de géants du kawa à Hunter's Creek !

— Moi, j'aime bien « Refusez le buzz de la cupidité des multinationales », intervient Mlle Thompson.

— C'est vrai que ça sonne bien, approuve M. Hill.

— On devrait faire d'autres banderoles.

Je lève les mains au ciel.

— Vous n'avez pas besoin de faire ça. On s'en sort très bien.

— Nous agissons par principe et, en tant que maire de cette ville, il est de mon devoir civique de faire ce qui est juste, déclare le maire Garcia.

J'ouvre la bouche pour protester, mais il continue :

— Peut-être nous verrons-nous demain matin à 9 h 15 précises, une fois qu'Amelia se sera occupée de ses haies. Je peux vous assurer que nous serons là et que nous ferons ce qu'il faut pour les habitants de cette ville. Et sur ce, nous vous disons au revoir.

Toutes les personnes présentes dans le café applaudissent, serrant la main du maire et des membres de son conseil pendant qu'ils circulent dans le café avant de ressortir dans la rue.

Bien que je sois touchée par le fait qu'ils veuillent m'aider, ce rassemblement est une très mauvaise idée, et une prise de position bien trop forte. Je dois prévenir Oliver et m'assurer qu'il sache que je n'y suis pour rien.

Chapitre 20

Oliver

Alors que je suis derrière le comptoir, en train de me préparer un café, Naomi commente :

— Tu as l'air heureux, patron.

— Ah bon ? je demande en appuyant sur le bouton pour moudre des grains frais.

— Tu souris comme si tu avais un secret, et je crois bien t'avoir entendu fredonner. Je veux dire, vraiment fredonner.

— Fredonner ? Tiens, je n'en avais aucune idée.

Je tasse le café moulu, j'insère le porte-filtre dans la machine et j'appuie sur le bouton.

— Qu'est-ce qui te vaut ça ?

— Je peux bien être heureux sans raison particulière.

— Pas au point de fredonner. Fredonner, c'est un tout autre niveau de bonheur.

— Vraiment ? je demande d'un air distrait.

Bien sûr, je sais exactement pourquoi je fredonne de bonheur, comme dit Naomi, et c'est entièrement lié à une certaine propriétaire de café. Même si je ne faisais que prétendre être son petit ami hier, l'idée qu'elle pourrait être à moi — que je pourrais être à elle — me donne envie de me mettre à danser comme dans les vieux films de Gene Kelly.

Évidemment, je ne l'ai pas fait. Je suis un Américain du XXIe siècle. Mais le cœur y est.

Alors que le liquide sombre coule dans ma tasse, je verse du lait dans un pichet et commence à le faire mousser avant de le verser dans ma tasse, créant ainsi mon café préféré : un latte.

— Tu ne vas pas me dire pourquoi, hein ?

— Non, je réponds avec un grand sourire.

— Je comprends. Tiens, des choses sont arrivées pour toi à l'arrière. J'ai dû signer pour les réceptionner, ce que j'ai trouvé bizarre, car d'habitude, ils livrent tout à la porte de derrière, sans plus.

— Où est-ce que tu les as mises ?

— Dans ton bureau.

Je me retourne pour partir quand un homme en bleu de travail demande d'une voix bourrue :

— Qui est le responsable ici ?

— C'est moi. Oliver Langdon.

Nous nous serrons la main.

— En quoi puis-je vous aider ?

— Nous sommes là pour accrocher la banderole sur la façade. C'est juste pour vous prévenir.

Une nouvelle banderole sur la façade ?

— C'est super, mais de quelle banderole s'agit-il ? je demande.

— J'en sais rien, est sa réponse laconique.

— Eh bien, je suggère que nous allions voir ça tous les deux.

Je retraverse le café et sors sur Main Street. Une camionnette est garée devant, et deux hommes déchargent deux échelles et les installent.

— Bonjour, je suis Oliver Langdon. Je m'occupe de cet endroit.

— Salut, répond le plus grand des deux.

— On dirait bien qu'une banderole dont j'ignore tout va être accrochée, réponds-je.

Mais les hommes me dévisagent, l'air de ne rien comprendre.

— Vous n'avez pas besoin d'être là pour ça. Je viens juste vous prévenir par politesse qu'on est là pour le travail, dit le premier homme.

— Puis-je voir la banderole ? je demande.

— Vous le pourrez quand on l'aura déroulée, répond-il.

Pas très coopératif.

— Qui vous envoie ?

Il fouille dans une pile de papiers sur le siège passager et en sort une facture, qu'il me tend. Je parcours le contenu des yeux jusqu'à trouver le nom de la personne qui l'a envoyée. Lupica Williams. Je n'ai aucune idée de qui c'est, mais apparemment, elle travaille au siège, dans le département marketing.

Ce genre de chose est inhabituel, mais ça arrive. Je dois empêcher qu'on accroche la banderole au-dessus de l'entrée du café avant que ça ne devienne un plus gros problème : devoir la décrocher à nouveau.

— Vous pouvez attendre une minute ou deux ? Allez

prendre un café gratuit à l'intérieur. Naomi va s'occuper de vous.

Les hommes s'arrêtent et entrent à la file indienne.

Je compose le numéro sur le formulaire et une voix de femme répond au bout de quelques sonneries.

— Bonjour, Steamy Coffee, Lupica Williams à l'appareil.

— Bonjour, Lupica. Je m'appelle Oliver Langdon et je suis le gérant de la nouvelle succursale de Hunter's Creek.

— Monsieur Langdon. C'est un honneur de vous parler, répond-elle, le souffle court.

Les joies de porter le même nom que le patron.

— Appelez-moi Oliver. J'ai deux hommes ici qui sont venus accrocher une banderole que vous auriez commandée pour moi.

— Je suis si contente qu'elle soit arrivée, monsieur Lang-don. Est-ce que le véhicule est déjà là ?

Je fronce les sourcils.

— Le véhicule ?

— Le pick-up, pour être plus précise. Il a été convenu qu'un pick-up serait plus pratique pour les bûcherons de la ville.

— Un pick-up pour des bûcherons, je répète.

Je ne comprends absolument pas de quoi elle parle.

— C'est exact, monsieur Langdon.

— Oliver, je réponds d'un air distrait.

— Pardon. C'est exact, *Oliver.*

De toute évidence, je dois poser des questions plus directes.

— Lupica, pourquoi m'enverriez-vous un pick-up pour des bûcherons ?

— Parce qu'une voiture normale, c'est super en ville, mais il a été convenu qu'il serait plus approprié que le prix soit quelque chose que les bûcherons puissent utiliser. J'ai assisté à la réunion, donc j'ai eu un aperçu de la décision. C'était assez excitant.

Je fronce tellement les sourcils qu'ils risquent de se souder en un monosourcil permanent.

— Si je comprends bien, non seulement je reçois une banderole que je n'ai pas commandée pour la mettre au-dessus de la porte d'entrée de mon café, mais en plus vous m'envoyez un pick-up en guise de prix ?

— C'est exact, monsieur Langdon. Je veux dire, Oliver. C'est un pick-up d'une demi-tonne de couleur rouge, couleur qui, d'un commun accord, est la préférée des habitants de Hunter's Creek, car une étude a montré que beaucoup d'entre eux portent des chemises à carreaux rouges en flanelle. Le personnel supplémentaire sera avec vous d'ici 16 h.

Là, je suis vraiment perdu.

— Quel personnel supplémentaire ? Pour le pick-up ?

Elle rit.

— Pour la promo hollywoodienne, c'est de ça qu'il s'agit. On vous en a parlé, j'en suis sûre.

Je prends une profonde inspiration pour me calmer. C'est comme si j'avais basculé dans une réalité alternative dans laquelle je suis le présentateur d'un jeu télévisé sur le point d'offrir un pick-up rouge vif à un bûcheron.

— Je suis sûr que ce n'est pas de votre faute, Lupica, mais je crois qu'il y a eu une confusion quelque part. Je n'ai pas commandé de banderole, ni de véhicule utilitaire pour un bûcheron, ou pour qui que ce soit d'autre d'ailleurs, et je n'ai pas non plus demandé de personnel supplémentaire pour ce truc hollywoodien, quel qu'il soit.

— Vraiment ?

— Vraiment.

— Eh bien, dans ce cas, permettez-moi de vous informer que vous…

— Laissez-moi deviner : je vais recevoir une bannière, un camion et du personnel supplémentaire pour un truc d'Hollywood.

— C'est tout à fait ça !

— D'accord, dis-je dans un soupir résigné.

Il faut que je trouve une autre approche.

— Merci, Lupica.

— Je vous en prie, *Oliver*, répond-elle.

Je raccroche au moment où un gros camion descend Main Street dans un grondement, s'arrêtant derrière la camionnette dans un sifflement et un bruit métallique.

Le chauffeur sort de sa cabine, un porte-bloc à la main.

— Savez-vous où je peux trouver Oliver Langdon ? demande-t-il.

— C'est moi, Oliver Langdon. Laissez-moi deviner : vous m'apportez un camion ?

— Vous êtes voyant ou quoi ? demande-t-il sans humour. Signez ici.

Je griffonne ma signature en fronçant les sourcils devant le camion.

— Regardez-moi cette merveille.

Je me dirige vers l'arrière du camion où je vois un pick-up dernier modèle, d'un rouge si éclatant qu'il est impossible de le regarder sans sourire.

Les gens s'attroupent autour, se donnant des coups de coude et le montrant du doigt.

— On a aussi le support, alors dites-moi juste où vous voulez que je l'installe et je le ferai.

— C'est votre nouveau camion, Oliver ? demande M. Whitlow, l'ancien avocat de la ville. Il est drôlement brillant. Presque aveuglant, vraiment.

— Il n'est pas pour moi, ai-je expliqué.

— Il est pour un heureux gagnant de cette ville, lui dit le chauffeur du camion. Ça ne me dérangerait pas de le gagner moi-même. Je parie que c'est un petit bijou à conduire.

Les sourcils de M. Whitlow se haussent vers sa ligne de cheveux inexistante.

— Ah oui ? C'est un sacré prix à faire gagner pour votre

café. Vous devez avoir de solides soutiens financiers et une forte envie d'écraser toute concurrence.

Je jette un coup d'œil au café Second Chance. Que doit penser Marlowe ? Elle vient d'acheter une machine à café pour nous concurrencer et nous, on se ramène avec une camionnette pick-up rouge flambant neuve pour la concurrencer à son tour ?

Notre terrain de jeu est devenu pour elle une falaise à escalader.

— Écoutez, je crois qu'il y a une sorte d'erreur. Je n'ai rien commandé de tout ça,

dis-je alors que le chauffeur du camion commence à déverrouiller les roues du pick-up pour le faire descendre de la rampe et le poser dans la rue.

— On m'a dit que vous étiez Oliver Langdon ? dit quelqu'un derrière moi,

et je me retourne pour voir une autre livreuse, tenant un autre porte-bloc.

— C'est bien moi, réponds-je avec appréhension en signant un autre bon de livraison. Et ça, c'est pour quoi ?

— Le tapis rouge, les cordons VIP et tout un tas de nouveaux uniformes, d'après cette liste, répond-elle. Où est-ce que vous les voulez ?

— Dans votre camionnette, idéalement, je réponds.

Elle laisse échapper un rire profond et chaleureux.

—J'aime votre style, Oliver Langdon. Vous avez une porte de service ? Je pourrais vous amener tout ça par-derrière.

J'acquiesce stupidement.— Bien sûr. C'est par là.

Je désigne une ruelle à deux bâtiments de là.

— Compris. Passez une excellente journée.

— Euh… vous aussi, je marmonne.

— Comptez sur moi.

Elle remonte dans sa camionnette et contourne lentement le camion et la camionnette des types qui accrochent la bannière, puis s'engage dans la ruelle.

Alors que la camionnette s'éloigne, j'aperçois Marlowe de l'autre côté de la rue, le visage empreint de stupéfaction. Je contourne le pick-up et j'attends que le flot de voitures au ralenti passe, tous les conducteurs se tordant le cou pour voir ce qui se trame au Steamy Coffee.

Que doit-elle bien penser ?

— Marlowe ! je crie en lui faisant signe de la main.

Elle ne me regarde plus. Les bras croisés, elle fixe la bannière à moitié accrochée au-dessus de l'entrée. On peut y lire : *Sirotez et gagnez ! Dégustez le meilleur café de la ville et tentez votre chance de remporter un pick-up neuf !*

Un frisson glacial me parcourt l'échine.

— Marlowe ! je crie à nouveau. Laisse-moi t'expliquer.

— T'expliquer quoi au juste, Oliver ? crie-t-elle en retour.

Frustré par le flot incessant de voitures au ralenti, je m'avance devant l'une d'elles, les mains levées, et je traverse la rue en courant pour la rejoindre. Un klaxon retentit.

Je l'atteins et lui dis précipitamment :

— Je n'ai rien commandé de tout ça. Il faut que tu me croies.

— Alors, tu es en train de me dire qu'un nouveau pick-up tape-à-l'œil est tombé du ciel et a atterri sur Main Street, juste devant ta porte ?

— Ce n'est pas ça.

— Vraiment ? Parce que de mon point de vue, c'est exactement ce à quoi ça ressemble. À part la partie où il tombe du ciel, bien sûr.

— Marlowe.

Elle lève la main.

— Tu peux blâmer qui tu veux, parce que je suis quasi certaine que tu ne vas pas assumer ça toi-même, pas après que… les choses ont… évolué entre nous. Mais j'ai besoin que tu saches une chose, alors écoute-moi bien. Tu as déclaré la guerre.

— La guerre ? Allons. Ce n'est pas obligé d'être la guerre.

C'est juste un stupide pick-up que quelqu'un du siège m'a envoyé.

— Bizarre, parce que c'est exactement l'impression que ça me donne, sauf que moi, je n'ai pas de siège social qui peut m'envoyer un pick-up, ou dérouler un tapis rouge, ou quoi que ce soit de ce genre.

Je me retourne et je vois un tapis rouge que l'on déroule littéralement à l'entrée, agrémenté de cordons avec des crochets dorés suspendus à des statuettes dorées qui ressemblent beaucoup à des Oscars surdimensionnés. Naomi se tient au bout du tapis rouge, le visage contracté par la confusion, et quand elle croise mon regard, elle articule silencieusement les mots : « C'est quoi ce bordel ? »

Je n'ai pas le temps de répondre à Naomi pour l'instant. Je dois apaiser Marlowe.

Mais quand je me retourne vers elle, elle a disparu.

Chapitre 21

Marlowe

Je n'arrive pas à y croire. Ça dépasse tout ce que j'ai pu voir de toute ma vie. Le culot de cet homme ! Son arrogance pure et manipulatrice ! Malgré tous ses beaux discours sur la coexistence harmonieuse de nos deux commerces, toute cette drague avec ses yeux et son sourire exaspérément sexy — ce sourire dont je sais maintenant qu'il est catégoriquement suffisant, arrogant et plein de supériorité —, puis son intervention pour jouer les héros protecteurs quand Mike était là, en se faisant passer pour mon petit ami, alors que depuis le début, il préparait cette grande promotion qui allait complètement anéantir le Second Chance. Et pas n'importe quelle promotion. Oh, non. Une promotion tape-à-l'œil, digne d'Hollywood, où quelqu'un peut gagner un pick-up flambant neuf. Un pick-up !

Stupid Coffee, tu parles.

Si ça, ce n'est pas une belle claque en pleine figure, je ne sais pas ce que c'est. Et c'est moi qui suis la dinde de la farce, à avoir cru qu'Oliver me voyait comme autre chose que sa rivale commerciale, la femme désespérée qui avait besoin de lui pour qu'il fasse semblant de sortir avec elle afin que son ex la laisse tranquille.

Mon corps tout entier s'empourpre de mortification.

Dire que je pensais qu'il voulait plus entre nous, que je croyais qu'il ressentait pour moi la même chose que moi pour lui. Ou plutôt, ce que je ressentais. Ces sentiments de collégienne malavisés disparaissent vite dans le rétroviseur, ça, c'est sûr.

Je traverse le Second Chance d'un pas furieux, des étincelles électriques jaillissant de moi, faisant se retourner les têtes. J'ai probablement de la fumée qui me sort par les oreilles comme un personnage de dessin animé en colère, et pour l'instant, je me fiche bien de qui peut me voir. Je suis d'une colère noire.

Je pousse la porte de la cuisine et commence à faire les cent pas, ma rage gonflant en moi comme un ballon dans une pièce remplie de cactus. Sérieusement, je n'attends plus que l'inévitable « pop » et le « pschitt » comique de l'air qui s'échappe. Bien que ce que je ressens en ce moment n'ait rien de comique.

Tante Lisa lève les yeux de la cuisinière où elle fait frire du bacon.

— Tu as l'air sur le point d'exploser, ma chérie. Que se passe-t-il ?

— Je savais que je ne pouvais pas lui faire confiance. Je

savais que ce n'était que du vent. C'est un homme d'affaires qui sait quoi dire pour obtenir ce qu'il veut, mais il n'y a aucune honnêteté. Zéro intégrité. Zéro quoi que ce soit !

— Je pourrais te demander de qui tu parles, mais je suis presque sûre de déjà le savoir.

— Tu ne vas jamais croire ce qu'il a encore fait, je fulmine en continuant de faire les cent pas. Il a lancé une promotion où quelqu'un peut gagner un nouveau pick-up. Un *pick-up*, tante Lisa.

Je mets les mains sur mes hanches.

— Comment pourra-t-on jamais rivaliser avec ça ?

Elle transfère le bacon grésillant dans une assiette et se tourne vers moi.

— On ne peut pas. Point final.

— Tu l'as dit. On ne peut pas offrir un pick-up. On ne peut même pas offrir un pick-up miniature, et encore moins la version neuve et rutilante qu'il expose dans la rue. Et dire que je pensais que c'était un type bien, qu'il était venu réparer notre machine à café. C'était juste sa façon de brouiller les pistes, et je vais te dire une chose, il pue.

— Tu es sûre qu'il a vraiment réparé la machine et qu'il n'y a pas fait quelque chose pour qu'elle tombe en rade ?

Nous échangeons un regard et sortons ensemble de la cuisine d'un pas rapide.

Valentina nous regarde avec un sourire aux lèvres, un pichet de lait à la main.

— Tout va bien ?

— Est-ce que la machine fonctionne ? demande tante Lisa.

Valentina verse du lait parfaitement mousseux dans deux tasses à café.

— Parfaitement. Et le café est plutôt bon, en plus. Tu veux que je t'en fasse un ?

— Je ne suis pas sûre que Marlowe ait besoin de caféine tout de suite, répond tante Lisa à ma place.

Je lui adresse un sourire tendu.

— Tante Lisa a raison. Mais merci, Val. Continue ton bon travail.

J'étais paranoïaque et stupide. Oliver a réparé la machine. Point final.

— Il l'a probablement réparée par culpabilité, sachant ce qu'il tramait dans notre dos, a sifflé tante Lisa à voix basse.

J'ouvre la bouche pour répondre quand Valentina fait un petit salut militaire.

— Pas de problème. C'est pour tes parents.

Elle prend les tasses de café, prête à les leur apporter.

— Mes parents sont là ?

Je balaie le café du regard jusqu'à ce que mes yeux se posent sur maman et papa. Mon cœur se serre en les voyant, là, juste au moment où j'ai le plus besoin d'eux.

— Je vais les leur apporter.

Valentina me tend les tasses.

— Ça tombe vraiment bien que cette machine fonctionne à nouveau, avec l'avant-première. Oliver est un type vraiment génial.

Tante Lisa fronce les sourcils.

— Ça reste à voir, je marmonne en réponse.

Même si je sais que le jury l'a déjà déclaré coupable de tous les chefs d'accusation et condamné à la perpétuité.

J'apporte les cafés à mes parents.

— Marlowe !

Papa se lève et me serre dans ses bras.

— Attention, papa. Je tiens des cafés chauds, là, je réponds en posant les tasses sur leur table.

— Ils ont l'air superbes. Je suis si contente que tu aies réussi à faire réparer ta machine, dit maman.

Oui, mais à quel prix ?

— Tu peux t'asseoir avec nous un petit moment ? demande-t-elle.

— Oui, ma puce. Pose-toi un peu, dit papa.

Je remarque que mes parents échangent un regard inquiet.

Je m'affale sur une chaise vide, soudain alourdie, comme si j'avais du plomb dans les poches, alias le dernier coup d'Oliver.

— Mmmm. Il est délicieux, ce cappuccino, ma puce, dit papa en me souriant, une moustache de lait sur la lèvre.

— Chéri, tu as un peu de lait ici.

Maman désigne sa lèvre supérieure.

— Je pensais que ça détendrait l'atmosphère, répond-il. Tu sais, avec tout ce qui se passe.

Il fait un geste en direction de l'autre côté de la rue, de la manière la moins subtile qui soit.

— Vous avez vu le pick-up, alors ? dis-je, défaite.

Maman pose sa main sur la mienne.

— Difficile de le rater, ma chérie, dit-elle de ce ton apaisant que j'aime tant.

Je le connais par cœur : c'est celui des disputes avec les copines, des ruptures avec les petits amis et des genoux écorchés. C'est la voix qu'elle a utilisée avec moi pendant deux semaines entières quand je suis revenue en ville après que ma vie a implosé à Seattle.

— Je ne sais pas quoi faire.

— Les gens du coin ne se laisseront pas avoir par quelque chose d'aussi tape-à-l'œil, dit maman. Les habitants de Hunter's Creek sont des gens simples. Nous sommes des gens de la campagne. De bonnes personnes. Nous aimons tous la Seconde Chance. Ils ne tomberont pas dans le panneau du dernier stratagème de Steamy Coffee pour que les gens mangent leur nourriture infecte pendant que ces jeunes gens à moitié nus se sourient d'un air aguicheur.

— Quels jeunes gens à moitié nus ? demande papa.

— Ceux sur les photos. Ceux dont ton frère adore parler comme s'il s'agissait d'œuvres d'art ou de quelque chose du genre. Ce n'est pas le cas. Ce sont juste des jeunes avec trop peu de vêtements.

— Oh, c'est vrai. La jolie dame et le type à moitié nu en chemise à carreaux. Tu as raison, il aime beaucoup ces photos, dit papa.

— C'est super que l'oncle Brian passe tellement de temps au Steamy Coffee qu'il remarque leurs photos, je ronchonne.

— Tu sais bien que le fait qu'ils en soient réduits à faire gagner un pick-up pour attirer les gens en dit long, dit papa.

— Exactement. Tu es douée pour ce qui compte : de la bonne nourriture et maintenant du bon café. Du café de qualité. Les gens n'ont pas besoin de gadgets et de gros lots. Ils veulent un repas ou un en-cas décent dans une atmosphère agréable et accueillante avec des gens qu'ils connaissent et qu'ils aiment. N'est-ce pas, chérie ?

— Ta mère a raison, dit papa fermement.

Je me mords la lèvre en tournant mon regard vers la rue. Ils ont peut-être raison, mais maintenant que les camions de livraison sont partis, je peux littéralement voir des hordes de gens entrer et sortir du café d'Oliver.

Je reconnais quelques habitants du coin, mais beaucoup sont des touristes, venus pour l'avant-première du film. Ce sont des clients qui devraient être ici, en train de manger notre nourriture et de nous aider à rembourser le coût de la nouvelle machine à café.

— C'est un traître, cet Oliver Langdon, dit tante Lisa en arrivant à la table. Il vous fait croire que c'est un type bien et puis il se retourne et sort un coup pareil.

— Tu es sûre que c'est Oliver ? Il gère le café ici, mais est-ce vraiment lui qui prend toutes les décisions ? demanda maman.

— Bien sûr que c'est lui qui prend toutes les décisions, je lance, sèchement. Ne vas pas croire le contraire. Sa mère dirige toute la chaîne. Il était sûrement à la réunion quand ils ont décidé comment s'assurer de sortir grands gagnants ici, à Hunter's Creek.

— Ce n'est qu'un feu de paille. Les gens vont être emballés

à l'idée de gagner un pick-up jusqu'à ce qu'ils réalisent que la nourriture ici est bien meilleure. Et maintenant que tu as du café tout comme le leur, plus rien ne peut vraiment t'arrêter.

Maman m'adresse un sourire plein d'espoir, mais je ne me sens pas du tout optimiste.

— Quoi qu'il en soit, ce soir, tu ouvres pour le dîner pour la première fois. C'est formidable.

Je grogne. Le dîner.

— J'espère juste que personne ne va annuler maintenant, dit tante Lisa. La folie du pick-up. Voilà à quoi nous faisons face. Ça va tous les rendre dingues.

— Ils n'annuleront pas, dit maman. Pourquoi le feraient-ils ? Tu sers le dîner et tu as un groupe de musique. Qu'est-ce qu'ils ont, eux ?

— Un pick-up flambant neuf, maman.

Mon ton est aussi amer que la plus sombre des torréfactions de café.

La porte du café s'ouvre brusquement et le maire Garcia fait irruption pour la deuxième fois aujourd'hui, accompagné de Mlle Thompson.

— Marlowe Cole ? Où est Marlowe Cole ? aboie-t-il.

J'ai presque peur de répondre. Je lève timidement la main.

— Je suis là, monsieur le maire.

— Au sein de sa famille, dit-il, les bras grands ouverts en s'approchant de notre table.

Ce type devrait monter sur les planches.

— Vous aurez besoin de tout le soutien possible pour la bataille qui s'annonce, surtout maintenant qu'ils ont considérablement fait monter les enchères.

— De quoi tu parles, Gary ? demande papa.

Mon père est allé à l'école avec Gary Garcia, il y a bien longtemps. Il ne l'appelle jamais monsieur le maire.

— Des imposteurs, bien sûr, répond-il avec enthousiasme. La grande chaîne sans visage de la grande ville qui détruit le tissu même de notre communauté.

Mes parents ont l'air perplexes.

— Steamy Coffee, précise Mlle Thompson.

— Tu as vu qu'ils offrent un pick-up maintenant ? demande tante Lisa.

— Qui offre un pick-up ? demande Fleur McFarland, une des clientes à la table d'à côté.

— Cet endroit horrible de l'autre côté de la rue, répond tante Lisa.

Je remarque que Fleur et d'autres clients se tournent pour regarder par la fenêtre.

— C'est méprisable, sournois, ce sont des tactiques de Big Brother, continue tante Lisa.

— Je ne suis pas sûr que ce soit exactement des tactiques de Big Brother, Lisa, le corrige papa.

— C'est affreux. Voilà ce que c'est, répond-elle en lui lançant un regard noir. Et l'entreprise de ta sœur, celle que ta fille gère pour elle en ce moment, est sérieusement menacée. Sérieusement !

Fleur et son amie, Emily, se lèvent et commencent à partir. Elles me jettent des regards penauds alors que je croise leur regard.

— On… on doit y aller. On a besoin de moi au poste de police et Emily doit retourner au bureau, dit Fleur tandis qu'elles se précipitent devant moi et sortent.

Je les regarde, ainsi que d'autres clients, se ruer vers Steamy Coffee pour voir le pick-up de plus près.

Merci, Oliver.

— Vous devriez vous joindre à notre rassemblement, dit le maire à ma tante. Demain, juste avant l'avant-première du film. Nous manifesterons devant leurs locaux à 9 h 15 précises. Nous avons un journaliste de Cotown qui viendra.

— Nous avons des pancartes de protestation et tout, et mon neveu, Lucas, a promis de nous passer dans son podcast, ajoute fièrement Mlle Thompson.

— J'y serai, répond tante Lisa, le menton levé en signe de défi.

— Mais, tante Lisa, c'est notre heure de pointe, protesté-je. J'ai besoin que tu sois là pour cuisiner pour les quelques clients qu'il nous reste.

J'avais la poitrine étreinte par l'angoisse.

— Des clients ? Regarde autour de toi, Marlowe, dit Tante Lisa.

Je remarque qu'il ne reste qu'une seule cliente dans l'établissement.

— Nous n'avons pas de clients. Enfin, à part Iris Henshaw, et c'est uniquement parce qu'elle est pratiquement sourde et qu'elle n'a pas réalisé ce qu'elle rate de l'autre côté de la rue. Tu ferais bien mieux de fermer boutique pendant quelques heures pour marquer le coup.

— Votre tante a raison, dit le maire. Vous devez vous joindre à nous pour ce rassemblement. Après tout, nous faisons ça pour vous.

Oui, je suis en colère contre Oliver. En colère et déboussolée. L'instant d'avant, il est merveilleux et je me mets à fantasmer sur un avenir avec lui, et l'instant d'après, il organise un concours si somptueux qu'il nous a piqué tous nos clients, sauf un.

Même s'il n'était pas au courant de la promotion, comme il le prétend, il n'a rien fait pour y remédier.

— Réveillez-vous, Marlowe, lance le maire Garcia en me tirant de mes pensées. La Seconde Chance sera la première à tomber et ensuite, nous verrons toutes les grandes chaînes américaines débarquer en ville, aspirant toute l'âme de Hunter's Creek. Nous deviendrons N'importe-où-ville, dans le Washington, et plus personne ne voudra nous rendre visite, plus personne ne voudra tourner de films ici.

Tante Lisa, Mlle Thompson et même mes parents éclatent en applaudissements spontanés.

— Bien dit, Gary, lance maman.

— Tu as fait beaucoup de chemin depuis le concours d'éloquence de sixième, observe papa.

Je pousse un soupir résigné en regardant de l'autre côté de la rue, vers le Steamy Coffee. Oliver est dehors, le dos tourné, en train de parler à quelqu'un sur une échelle.

Quelque chose se durcit dans ma poitrine.

Il est hors de question que je le laisse gagner. Je l'ai laissé me duper une fois avec ses mots doux et ses regards enflammés. Je refuse de le laisser gagner cette bataille… ou cette guerre.

Je regarde à nouveau les visages pleins d'expectative et trouve celui du maire dans le groupe.

— J'en suis.

Chapitre 22

Oliver

Le mot « chaos » serait bien trop faible pour décrire ces deux dernières heures. Entre la livraison du camion, l'énorme enseigne, le tapis rouge, le nouveau personnel et le flot de clients qui a déferlé, ç'a été un enchaînement ininterrompu de choses à faire. S'il n'y avait pas mon bureau à l'arrière du café, ce refuge où je viens de réussir à m'isoler quelques minutes, j'aurais sans doute craqué.

Je serre mon téléphone dans ma main alors qu'il se met à sonner. Je tapote des doigts sur mon bureau en bois, suivant un rythme répétitif, tandis que la sonnerie retentit une deuxième, puis une troisième, une quatrième, une cinquième fois. Enfin, après la sixième sonnerie, elle décroche.

— Oliver, est-ce que ça peut attendre ? Je suis en plein milieu de quelque chose, là, me lance ma tendre mère en guise de réponse.

Je serre la mâchoire.

— En fait, maman, non, ça ne peut pas attendre.

— Vraiment, Oliver, je suis occupée par quelque chose d'important.

— Maman, il faut que je te parle, réponds-je avec une voix d'acier.

Elle pousse un soupir résigné.

— Qu'est-ce qu'il y a ? Tu peux faire vite ?

— Ça dépend. Tu peux venir récupérer un camion rouge vif et toute une nouvelle équipe, et vite ?

— Tout est arrivé ? Bien.

— Non, pas *bien*. Je n'ai rien commandé de tout ça. Je n'étais même pas au courant de ce concours extravagant.

— Ce n'est pas extravagant. On en a les moyens.

— Je pense que la plupart des gens trouveraient extravagant qu'un café fasse gagner un pick-up flambant neuf et haut de gamme, maman.

Elle laisse échapper un petit rire, comme si j'avais dit quelque chose d'amusant et non un simple fait.

— Tu es resté trop longtemps dans cette petite ville, Oliver. Tu as perdu le sens des réalités. Ce n'est qu'un pick-up moche.

Je resserre ma prise sur le téléphone, en essayant de ne pas grogner. Grogner ne servirait à rien, pas avec Melody Langdon. Je le sais. J'ai une longue expérience personnelle de ce qu'elle considère comme des « crises émotionnelles inappropriées », surtout quand j'étais enfant, bien sûr, mais aussi à l'âge adulte lorsque nous n'étions pas sur la même longueur d'onde.

— Écoute. Je suis dans une position délicate avec les habitants ici, et je ne veux rien faire qui puisse compromettre ça. Le fait que tu organises toute cette promotion sans que je le sache ne va pas être bien perçu.

— Une position délicate ? Quelle position, exactement ? Et si tu me dis que ça a quelque chose à voir avec cette jolie petite chose qui tient le café d'en face, je te le dis tout de suite : je n'écouterai pas un mot de ce que tu diras. On ne laisse pas nos émotions interférer avec les affaires. C'est une règle très simple, Oliver, et j'aurais pensé que tu l'avais comprise à présent.

— Ça a tout à voir avec le café de Marlowe. Nous avons fait la paix. Je lui ai dit que nous pouvions coexister. Nous avons deux offres différentes, et aucun de nous n'a besoin de pousser l'autre à la faillite.

— Pourquoi dirais-tu une chose pareille ?

— Parce que c'est la vérité.

Elle rit de nouveau, mais cette fois, son rire est plus acéré.

— Mon cher garçon, nous n'aimons pas partager. Tu le sais.

— Mais d'autres cafés indépendants ont survécu à notre arrivée. Pas beaucoup, je l'admets, mais certains avec une base de clients solide. Pourquoi pas le café de Hunter's Creek ?

— Parce qu'il est juste en face de toi, bien sûr. Nous ne voulons pas que les gens pensent qu'ils ont le choix. Nous voulons qu'ils voient l'enseigne Steamy Coffee et qu'ils se disent : « Je connais cette marque, je fais confiance à cette marque, et comme il n'y a pas d'autre choix ici, je vais y acheter mon café. » C'est simple.

— Nous savons que nous avons toute la reconnaissance de marque dont nous pourrions rêver. Il s'agit de faire ce qui est juste, Maman. On s'en sort plutôt bien ici. On peut coexister avec le Second Chance.

— Tu as des sentiments pour elle, déclare-t-elle d'un ton neutre.

Ça me prend par surprise.

— C'est une bonne personne.

Une personne avec qui je fais semblant de sortir, mais avec qui je veux sortir pour de vrai. Je n'ajoute pas cette partie-là. Ma mère pense déjà que je suis un raté et, soyons honnêtes, l'image que renvoie cette nouvelle histoire entre Marlowe et moi ne crie pas vraiment « chef d'entreprise qui a sa vie en main ».

— Elle est belle, dit ma mère.

— Là n'est pas la question.

— Je sais. Il s'agit de faire ce qui est juste, apparemment, même si je ne t'ai pas vu faire tout un plat quand on a ouvert à Springfield en mai dernier.

Je pince les lèvres. L'ouverture d'une succursale à Springfield a entraîné la faillite de l'un des petits cafés indépendants. Je me sens toujours mal quand ça arrive, mais ma mère ? Parfois, je me demande si la victoire ne lui procure pas une sorte de plaisir malsain.

— Oliver, mon conseil est d'oublier cette femme et son petit commerce. Il y a plein d'autres jolies petites choses avec qui t'amuser, mon cher garçon.

Sérieusement ?

— Marlowe Cole n'est pas une « jolie petite chose », comme tu le dis si délicieusement, Maman, et je ne « joue » pas avec elle. C'est une femme intelligente qui essaie de gérer son entreprise dans une petite ville.

— En es-tu sûr ? D'où je suis, on dirait que tu es assez séduit par cette Marlowe Cole.

— Ce n'est pas ça, Maman, dis-je d'une voix tendue.

Mais si, c'est exactement ça. Je suis « séduit » par Marlowe, et je n'aime pas lui faire de mal. J'ai vu l'expression sur son visage quand elle a aperçu le camion, le tapis et tout ce qui se passait. On avait trouvé une sorte de terrain d'entente, on s'était mis d'accord sur une façon de coexister dans cette ville. Je pense même que j'avais réussi à gagner sa confiance.

Je sais que je lui plaisais.

Et maintenant ? Maintenant, elle va penser que tout ça faisait partie d'un grand plan pour gagner sa confiance et ensuite lui couper l'herbe sous le pied.

Je ferme les yeux très fort alors qu'un sentiment désagréable s'insinue en moi.

— Tiens-toi au plan, Oliver, et nous nous en sortirons tous très bien.

Le ton cassant de sa voix est maintenant sans équivoque.

— Pas nous tous.

— Je ne suis pas arrivée là où j'en suis aujourd'hui en flattant les gens simplement parce qu'ils sont séduisants. Pour réussir dans la vie, il faut se faire passer en premier. Robert a compris ça. Robert obtenait des résultats. Jusqu'à ce qu'il laisse une femme obscurcir son jugement.

Robert Langdon, le Saint Patron de Steamy Coffee. On devrait aller à Rome pour le faire canoniser.

— Bien. Je n'écouterai plus tes chamailleries. Tu as l'occasion de faire de cet emplacement un vrai succès en capitalisant sur le fait qu'il y a une avant-première de film demain. Les regards seront braqués sur cette petite ville que tu sembles tant aimer. Ne me déçois pas.

Il n'y a aucun moyen de raisonner ma mère. C'est comme si on lui avait retiré chirurgicalement toute l'empathie qu'elle avait pu avoir un jour pour la remplacer par du cran et de l'acier.

Pire encore, bien pire, c'est le sentiment rampant qu'elle pense que l'histoire se répétera. Que je suivrai les traces de Robert, laissant mes sentiments pour quelqu'un m'empêcher de faire mon travail.

Je ne peux pas lui faire ça. C'est peut-être une patronne dure et intransigeante, mais c'est ma mère, et elle souffre.

— Je vais faire la promo, dis-je dans un soupir de défaite.

— Rends-moi fière.

Je baisse la tête. Elle aurait tout aussi bien pu dire : *fais en*

sorte que je t'aime autant que j'aime ton frère. Parce que c'est exactement ce que je ressens. Elle me met à l'épreuve pour voir si je
peux être à la hauteur, prendre la place que mon frère occu-
pait, à la fois dans l'entreprise et dans son cœur.

Elle raccroche avant que j'aie le temps de répondre, mais
elle sait déjà ce que je vais dire. Je n'ai pas d'autre choix que
de maintenir la promotion. Je dois laisser les choses suivre leur
cours.

Mais je dois au moins m'excuser auprès de Marlowe.

Je jette un œil à l'heure sur mon téléphone. Il est plus de
seize heures, donc son café doit être fermé. Je sais qu'ils
lancent leur service du soir aujourd'hui, car j'avais réservé une
table pour une personne. Maintenant, je ne suis plus si sûr de
devoir y aller.

Comment le prendrait-elle ? Le verrait-elle pour ce que
c'est : ma tentative de la soutenir dans son nouveau projet ?

Je pousse un soupir. Je serais idiot de penser ça, après ce
qui s'est passé aujourd'hui.

Mais je dois la voir. Je dois lui expliquer que, même si je
n'ai pas orchestré cette promotion, je suis obligé de la laisser
suivre son cours.

J'espère seulement qu'elle trouvera la force de me
pardonner.

Chapitre 23

Marlowe

Je fais de mon mieux pour ne pas regarder le Steamy Coffee pendant que je fais une dernière vérification avant que nous ouvrions pour notre tout premier service du soir. Sérieusement, il est quasiment impossible de manquer l'énorme enseigne lumineuse et le camion rouge rutilant, encore plus énorme, garé juste en face, comme une provocation.

Personne en ville ne l'a manqué, et nos clients de l'après-midi ont eu du mal à parler d'autre chose. En comparaison, notre machine à café d'occasion fait tellement amateur, ce qui est le cas, bien sûr. Une machine qui nécessitait des réparations à son arrivée ne pourrait jamais rivaliser avec une offre aussi alléchante que ce camion. Jamais de la vie.

— Quand veux-tu qu'on commence notre premier set ? demande Ivy.

Elle porte une robe de cocktail noire à paillettes qui met en valeur sa belle peau, et ses cheveux blonds tombent en douces ondulations sur ses épaules.

— Ivy, tu es magnifique, lui dis-je.

— Je ne me sens pas magnifique. Je suis un vrai désastre en ce moment. J'ai un trac de malade.

— Tu vas être géniale.

Je la rassure.

— Tu oublies que je t'ai déjà vue sur scène. Tu assures.

Et aussi, *ne va pas paniquer maintenant.*

Ses traits tendus se détendent en un sourire.

— Tu crois ?

— J'en suis sûre.

— Merci. Tu sais, Ryn se plaint toujours que tu es une grande sœur autoritaire, toujours à lui dire ce qu'elle doit faire, mais moi, je te trouve géniale.

Ça, c'est tout Ryn.

— Euh, merci ? réponds-je.

— Jolie robe, au fait.

Je baisse les yeux sur ma robe vert émeraude à la jupe trapèze qui m'arrive aux genoux, avec un profond décolleté en V et des mancherons. Je l'avais achetée pour un dîner avec Mike, ravie de l'avoir trouvée en solde chez Nordstrom. Je ne l'ai pas remise depuis, mais j'ai pensé qu'il était temps de chasser les fantômes de mon passé et de me créer de nouveaux souvenirs dans une robe comme celle-ci. De nouveaux souvenirs positifs et merveilleux.

— Si tu es prête, on se retrouve ici à 19 h 30 ? dis-je.

— Oh, je reste. J'ai un rendez-vous.

Je hausse les sourcils. Ryn m'avait dit qu'Ivy avait eu un

faible pour son petit ami, Gabe, ce qui avait été un peu gênant quand Ryn avait réalisé qu'elle était elle-même amoureuse de lui. Je suis contente d'apprendre qu'elle passe à autre chose.

— Qui est l'heureux élu ?

Je demande en balayant la salle du regard pour m'assurer que chaque table est correctement dressée, avec des bougies chauffe-plat et des petits vases de fleurs sauvages que Harper et Christopher ont cueillies pour nous cet après-midi.

— Adam Wilson.

— Le Adam Wilson avec qui tu étais au lycée et qui travaille à la scierie ?

— Oui. Il m'invite à sortir presque tous les mois depuis la seconde et j'ai décidé de dire oui cette fois. Je veux dire, ce n'est pas comme si j'avais une file de prétendants devant ma porte.

Était-ce vraiment une bonne raison de lui dire oui ?

Je me force à sourire.

— Adam a de la chance.

Ou alors, c'est un rendez-vous par pitié.

Un groupe de personnes arrive à la porte et je jette un œil à l'horloge au-dessus des étagères. C'est l'heure d'ouvrir.

— Tout le monde est prêt ? Nos premiers clients sont là, dis-je avec une pointe de nervosité.

Beaucoup de choses se jouent ce soir.

— Janelle et moi attendons les toutes premières commandes, dit tante Lisa depuis l'entrée de la cuisine. On va gérer, Marlowe.

— Je suis née pour ça, ma belle, tout comme mon homme.

Ryn passe son bras autour des larges épaules de Gabe. Il est beaucoup plus grand qu'elle, ce qui leur donne un air un peu décalé et cocasse. Mais il lui sourit de toute sa hauteur, comme si elle était la meilleure chose qui soit arrivée depuis l'invention de la crème glacée.

— Je suis tellement contente que tu sois là, Gabe. Je ne saurais pas par où commencer avec les cocktails, lui dis-je.

— Il te fallait le meilleur de la ville et Gabe est le meilleur. N'est-ce pas, chéri ? roucoule Ryn.

— Je ne peux pas dire à tout le monde que je suis le meilleur, proteste-t-il. Ça me ferait passer pour un vrai crétin.

— Eh bien, tu *es* le meilleur, réplique-t-elle. Toutes ces années à servir au bar du Black Bear n'étaient qu'un entraînement pour ce grand moment.

Ses yeux sont pleins d'amour.

—Je pensais que tu faisais allusion à autre chose, répond-il en jouant des sourcils.

Je frissonne. Je n'ai vraiment pas besoin d'entendre ça. Et puis, qui a envie qu'on lui mette l'amour sous le nez quand on fait face à un célibat permanent et que le seul homme qui ait suscité le moindre intérêt en soi s'est révélé être un beau parleur et un traître, déterminé à faire couler le café de ma tante ?

Pas moi, c'est certain.

— Et je suis prête, moi aussi, confirme Valentina avec un large sourire en prenant sa place avec moi au pupitre de fortune près de la porte d'entrée.

C'est une chose que son père a bricolée avec des chutes de bois de la scierie. Ça fait l'affaire et ça a vraiment l'air rustique, ce qui est une ambiance plus subie que choisie.

Je redresse les épaules pour tenter de me donner du courage. Je ne vais pas mentir, la journée a été difficile. Mais ce soir, ce sera différent. Il le faut.

— Bon, dis-je de la voix la plus enjouée possible. Ouvrons ces portes et laissons entrer nos clients affamés. Bonne chance à tous.

— On n'a pas besoin de chance, ma chérie. Tout va très bien se passer, dit tante Lisa en hochant fermement la tête.

Oh, comme j'espère qu'elle a raison.

J'accueille nos premiers clients qui sont, sans surprise, ma famille. Maman, papa, Harper et Christopher, venus avec enthousiasme pour soutenir ma nouvelle entreprise. Ils sont pleins d'entrain et d'excitation, et je les installe à une table près de la fenêtre, que nous avons garnie de guirlandes lumineuses après la fermeture cet après-midi. Une fois la nuit tombée, toute la pièce scintillera de petites lumières. C'est si joli.

Les clients commencent à affluer et, bientôt, nous sommes complets, à l'exception d'une seule table.

— Qui a réservé la dernière table ? je demande à Valentina.

Elle fait glisser son doigt sur la page du jour du nouveau calendrier que j'ai acheté spécialement pour la soirée d'ouverture, s'arrêtant sur la dernière réservation de la soirée pour un certain M. Blaine.

— Je ne connais personne avec ce nom de famille.

— Il doit venir de l'extérieur, dit-elle. Ohhh, peut-être que c'est une star de cinéma et qu'il est en avance pour la première, mais il utilise un pseudonyme pour que personne ne le reconnaisse.

— Eh bien, qui que ce soit, il a trois minutes de retard.

Au moment où les mots quittent ma bouche, la porte s'ouvre dans un souffle et notre invité mystère entre sous une averse de pluie. Nous le regardons secouer son parapluie près de la porte d'entrée et le ranger avec les autres dans le bac prévu à cet effet.

Il se tourne vers nous et ma mâchoire tombe sur le pupitre rustique.

— Bonsoir, Marlowe. Valentina, dit-il d'un ton suave, comme s'il n'avait pas passé l'après-midi à mettre en place une promotion qui pourrait bien signer l'arrêt de mort du Seconde Chance.

Je suis trop stupéfaite pour parler. Quel culot !

— Oh, salut, Oliver, répond Valentina d'un ton léger, car elle n'a aucune idée à quel point cet homme est manipulateur et déplorable.

Je sais. Je le sais bien. Et c'est bien la dernière personne que je veux voir ici ce soir.

— Qu'est-ce que tu fais ici ? je demande d'une voix acérée.

— Je suis là pour dîner, répond-il avec la plus grande désinvolture, comme s'il ne venait pas de me mettre échec et mat dans notre petite partie d'échecs.

Mais j'imagine qu'avec son travail au Steamy Coffee, il fait ça à longueur de journée. Nous ne sommes que ses dernières malheureuses victimes.

— J'ai une réservation au nom de M. Blaine. Je pensais que tu aurais deviné que c'était moi.

— Et comment diable aurais-je pu le deviner ? je siffle en détaillant sa tenue du regard.

Il a remplacé son jean habituel par un pantalon habillé, son t-shirt par une chemise bleu pâle qui lui va scandaleuse-ment bien. Son bomber a été abandonné au profit d'un blazer bleu marine, et l'ensemble respire l'élégance citadine... et l'argent.

— Rick Blaine, dit-il simplement.

Et soudain, tout s'éclaire, avec un cliquetis nauséeux sur le parquet.

Rick Blaine, le personnage de Humphrey Bogart dans *Casablanca*.

Je le regarde, bouche bée.

— Tu t'es servi du fait que j'adore ce film pour faire une réservation ?

Il fronce les sourcils.

— Est-ce que ça te dérange ?

Je mets les mains sur mes hanches.

— Tu ne peux pas être sérieux, là.

Sentant que je suis sur le point d'exploser, Valentina intervient :

— Salut, Oliver. C'était super gentil de réparer notre machine à café. Elle fonctionne à merveille maintenant. Marlowe te l'a dit ?

— De rien, Valentina. C'est la moindre des choses.

— Ça, tu peux le dire, je réplique d'un ton sec.

Valentina écarquille les yeux en me regardant. Se tournant vers Oliver, elle demande :

— Tu as un rendez-vous galant ?

Ce serait la cerise sur le gâteau. Ça ne m'étonnerait pas de lui.

— Non. C'est-à-dire que je... euh... je suis seul ce soir, répond-il maladroitement. Une table pour une personne.

Ha ! *Je parie que tu te sens mal à l'aise, mon pote. Aussi mal à l'aise qu'un chat qui essaierait de se faufiler dans la niche d'un chien.*

— C'est pour qui, ça ? demande Valentina en faisant un geste vers quelque chose dans la main d'Oliver.

Je baisse les yeux pour voir ce que c'est.

— Ou tu as l'habitude de te promener avec une fleur ?

Il s'est pointé à l'endroit même qu'il essaie de détruire, tenant une... une unique rose rouge à longue tige ?

Quel genre de monstre est-il ? Un monstre manipulateur, déroutant, impardonnable et exaspérément séduisant. Voilà ce qu'il est.

J'ouvre la bouche pour poser cette question précise quand il fait la dernière chose à laquelle je me serais attendue de sa part.

Il me tend la rose.

— Pour toi, Marlowe.

Je promène mon regard de la fleur au visage d'Oliver, puis à celui de Valentina. Elle me fait signe de la prendre, et au moment où je le fais, une petite épine me pique la peau.

Pourquoi cela ne me surprend-il pas ?

Valentina me donne un coup de coude.

— Tu dois le remercier, siffle-t-elle à voix basse.

— Bien sûr. Merci, Oliver, murmurai-je, sans le penser le moins du monde.

— J'espérais que tu t'assiérais avec moi si tu en avais l'occasion, dit-il. Bien que je comprenne pourquoi tu ne voudrais pas le faire maintenant avec... tu sais.

Je serre la mâchoire. Bien sûr que je sais. Toute la ville est au courant. Mais l'endroit est plein de gens de la ville en ce moment et la dernière chose que je veux, c'est de gâcher notre soirée d'ouverture en faisant ce que j'ai vraiment envie de faire avec sa rose, c'est-à-dire la lui enfoncer dans la gorge.

Je sais. Pas très chaleureux. Mais il faut dire qu'en ce moment, je ne suis pas d'humeur à être aimable.

— Je vais t'accompagner à ta table si tu veux, Oliver, propose Valentina.

— Bien sûr, merci. J'espère qu'on pourra parler tout à l'heure ? me dit-il.

Je grommelle. Je n'ai pas la moindre intention de lui parler.

Valentina commence à lui montrer le chemin, mais Oliver ne bouge pas.

— En fait, j'ai quelque chose qui me trotte dans la tête et j'aimerais vraiment t'en parler maintenant, dit-il en sortant son téléphone de sa poche.

Je baisse les yeux sur son téléphone.

— Tu as préparé un discours ?

— J'ai pensé que c'était mieux.

Je secoue la tête.

— Non, sans façon.

— Tu ne veux pas écouter ce que j'ai à te dire ?

Je croise les bras sur ma poitrine.

— Non.

— Tu pourrais le lire, à la place ?

Il me tend son téléphone, que je prends et que je pose sur le pupitre.

— Tu ne vois pas que je suis occupée ?

— Ça ne te prendra que quelques minutes. S'il te plaît, Marlowe.

— Pas ici. Cette soirée est trop importante pour nous.

— Si ce n'est pas ici, alors tu viendrais dehors avec moi ?

Je plisse les yeux en le regardant.

— Pourquoi ?

— Je veux t'expliquer.

Je laisse échapper un rire sec.

— Ça, j'imagine bien.

— S'il te plaît ?

Je jette un regard par la fenêtre. Il fait encore jour et la pluie tombe plus fort qu'avant.

— Il pleut dehors, dis-je d'un ton plat.

— On pourrait parler de l'autre côté de la rue. J'ai fermé plus tôt et j'ai renvoyé tout le monde chez soi.

— Pourquoi, alors que tu as ta nouvelle promotion super chic en cours ?

Ma voix est imprégnée d'un sarcasme dégoulinant. Imprégnée, enrobée, submergée, cuite avec.

— Je pourrais te faire un café ?

La lueur de sincérité dans ses yeux me touche en plein cœur, me rappelant l'homme que je pensais qu'il était. L'homme que j'avais eu envie d'embrasser.

Ma détermination faiblit d'un cran. Peut-être qu'il a de bonnes intentions ? Peut-être qu'il a vraiment besoin de me parler ? De s'expliquer.

C'est mon cœur qui parle, c'est certain. Ma tête, elle, sait ce qu'il en est, et elle me hurle de ne pas accorder une seconde de plus à Oliver Langdon. J'ai un travail à faire ce soir. Des responsabilités. Je ne peux pas m'esquiver avec lui pour aller dans son café, qu'il a prétendument fermé — et un rapide coup d'œil de l'autre côté de la rue, au Steamy Coffee plongé dans le noir, me montre qu'au moins sur ce point, il ne ment pas.

Mais le problème, c'est que quand on a eu un aperçu d'une personne qu'on aime vraiment, une personne enveloppée dans un écrin à la Oliver Langdon, et qu'on a vu le genre d'homme avec qui on a toujours rêvé d'être, c'est toujours le cœur qui gagne.

Chapitre 24

Oliver

Pour être honnête, je suis surpris que Marlowe ait choisi de traverser la rue avec moi. Surpris et content. Elle était si furieuse tout à l'heure, je m'attendais à moitié à ce qu'elle m'envoie balader, en proclamant que j'étais mort à ses yeux. Ou quelque chose d'aussi théâtral.

Je ne lui en veux pas. Bien sûr que non. Comment le pourrais-je ? Elle n'a pas tous les éléments en main. Pour elle, je suis un sale traître, qui lui dit une chose et fait exactement le contraire.

Je suis juste reconnaissant d'avoir l'occasion de mettre les choses au clair.

Je déverrouille la porte d'entrée et nous entrons. Je tâtonne dans le noir jusqu'à ce que je trouve l'un des interrupteurs et, immédiatement, les photographies du jeune couple sexy s'allument, nimbant la pièce d'une lueur crue.

— On est obligés de les avoir qui nous regardent ?

La voix de Marlowe est chargée d'irritation.

— Je peux les éteindre. Laisse-moi une seconde.

Je tripote les interrupteurs jusqu'à trouver l'option de faible luminosité que nous utilisons le soir. Les appliques murales s'allument, les rubans lumineux sous le comptoir et au-dessus des œuvres d'art brillent, la lumière est douce. Romantique, même. Pas qu'il y ait de la romance ce soir. Pas entre Marlowe et moi, en tout cas, même si j'en meurs d'envie. C'est douloureusement clair.

— Alors ? De quoi veux-tu parler ?

Marlowe a les bras croisés sur sa poitrine et me foudroie du regard. Mais en vérité, malgré sa colère, j'ai du mal à détacher mes yeux d'elle. Même dans sa fureur évidente, elle est d'une beauté à couper le souffle. Elle porte une robe qui la rend féminine et jolie, le vert contrastant perfectly avec ses cheveux de jais, coiffés en longues ondulations.

Mais aussi magnifique soit-elle en ce moment, je dois me faire pardonner de graves erreurs.

— Je dois t'expliquer ce qui s'est passé…, commencé-je, mais elle me coupe la parole.

— Tu veux parler du moment où tu as mis l'énorme panneau pas subtil du tout de ton concours au-dessus de la porte de ton café ? Ou quand le tapis rouge a été déroulé ? Ou quand le camion géant est arrivé et a bloqué Main Street ?

— Il n'a pas bloqué Main Street.

Pourquoi je relève ça ?

— Peu importe, Oliver, crache-t-elle en réponse.

— Je comprends. Tu es en colère.

Elle pose les mains sur ses hanches.

— Ben dis donc, qui c'est qui gagne des points pour son sens de l'observation ? Bien joué, Oliver. Mais tu as oublié d'ajouter que tu es un type déroutant. Un jour, tu es le mec super sympa qui répare notre machine et qui intervient comme un héros devant Mike, en prétendant être mon petit ami pour m'aider ; et le lendemain, tu nous sors ce nouveau coup du camion à gagner sans me le dire.

— Ces derniers jours ont été mouvementés.

— Mouvementés ?

— Si seulement tu me laissais t'expliquer…

— C'est normal chez toi ce comportement ? Tu passes ton temps à mener tes concurrents en bateau, à leur faire miroiter des choses pour ensuite leur couper l'herbe sous le pied ?

— Mener en bateau ?

— Comment appellerais-tu ça, sinon ?

J'ouvre la bouche pour répondre quand un bruit sourd et métallique retentit, comme un pêne dormant qu'on actionne sur une porte de prison. Je lève les yeux avec appréhension.

— C'était quoi, ça ? demande Marlowe, ses yeux parcourant la boutique.

— Je ne sais pas. On aurait dit que ça venait de la porte d'entrée, mais il n'y a personne.

Je marche jusqu'à la porte et je regarde dehors. Les lampadaires sont allumés, des voitures garées bordent la rue, et j'entends de la musique et des rires venant du Second Chance. Mais pas âme qui vive.

Je vérifie la porte. Elle est verrouillée.

Bizarre. Je n'ai pas le souvenir de l'avoir verrouillée en entrant.

Et puis, soudain, je comprends.

— Le nouveau système d'alarme. Il s'est activé parce qu'on est entrés après la fermeture.

— L'alarme ne sonne pas, Oliver.

— Ça ne fonctionne pas comme ça. Il n'y a pas d'alarme

sonore. Ça verrouille juste tout et ça envoie un message pour dire que quelqu'un est là.

Elle hausse un sourcil.

— Pour attraper les méchants ?

— Exactement.

— Tu ne peux pas taper un code sur un clavier ou un truc du genre pour le désactiver ?

— Non, je ne peux pas.

— Pourquoi pas ?

Je fais la grimace. Marlowe a un air plein d'attente sur le visage, s'attendant à ce que je résolve cette nouvelle énigme. Mais le problème, c'est que celle-ci, je ne peux pas la résoudre. Je n'ai pas ce qu'il faut.

— Je, euh, ne connais pas le code.

Elle laisse échapper un rire sec et amer.

— Tu es en train de me dire que le patron de cet endroit ne sait pas comment faire fonctionner le système de sécurité ?

— C'est exactement ce que je suis en train de te dire.

— À d'autres, Oliver, dit-elle d'un air moqueur.

Elle me fusille du regard comme si j'avais tout orchestré, comme si cela faisait partie d'un plan diabolique pour l'avoir pour moi tout seul.

Même si je veux être seul avec elle, pour d'autres raisons que de simplement lui expliquer ce qui s'est passé aujourd'hui, je n'aurais pas la moindre idée de comment organiser un coup pareil.

— Je ne sais pas faire fonctionner le système de sécurité, tu te souviens ?

Une idée me vient.

— Naomi sait comment l'utiliser. Elle était là quand il a été installé.

— Tu parles de la Naomi qui est actuellement au Second Chance en train de savourer un délicieux repas avec ses amis ?

— Ah.

— Tu ne peux pas appeler quelqu'un d'autre ? Il y a sûrement plus d'une personne dans ton équipe qui sait utiliser le système de sécurité, même si le patron a l'air d'être à la ramasse.

— Mais pourquoi n'y ai-je pas pensé ? je réponds.

— Dis-moi, Sherlock.

— Le problème, c'est que je ne peux pas. Je n'ai pas mon téléphone. Tu me l'as pris au Second Chance. Tu te souviens ?

— C'est ma faute, maintenant ? Tu me l'as passé pour que je lise un discours, si on veut être précis.

— Oui, mais tu l'as posé sur ton pupitre bizarre au lieu de me le rendre quand tu n'as pas voulu lire ce que j'avais à dire.

— Je suis vraiment désolée, Oliver. Je n'avais pas réalisé qu'on aurait besoin de ton téléphone parce que ton stupide nouveau système de sécurité nous enfermerait ensemble dans cette boutique. Idiote que je suis, je sais.

Ses mots s'ancrent dans mon esprit. Nous sommes enfermés ensemble dans cette boutique. Seuls.

Tout un cocktail d'émotions explose dans ma poitrine.

— Et ton téléphone ? je demande.

Elle passe ses mains sur ses cuisses et mes yeux suivent leur progression. C'est sacrément sexy, et pendant une minute, je me demande ce qu'elle fait, mais je suis plus que ravi qu'elle le fasse.

Elle atteint le bas de ses cuisses et s'arrête.

— Pas de poches, dit-elle.

— Les poches. Exact. Je m'éclaircis la gorge.

— La prochaine fois que je ferai un truc énorme avec le café de ma tante, comme lancer un service du soir et faire venir un groupe, je m'assurerai de porter quelque chose avec des poches pour garder mon téléphone sur moi en permanence. Surtout si tu es dans les parages.

— Pas la peine d'être sarcastique.

— C'est comme ça, Oliver Langdon.

— Est-ce que quelqu'un t'a déjà dit que tu étais un peu hargneuse ?

— Eh bien, est-ce que quelqu'un t'a déjà dit que tu étais un…

Elle cherche une insulte.

— Un… *homme* ?

Je ne peux réprimer un tressaillement de mes lèvres, mais il me faut un effort herculéen pour ne pas sourire. Quelque chose me dit que sourire à cet instant précis pourrait signer mon arrêt de mort.

— Et un téléphone fixe ? demande-t-elle.

— On n'est plus dans les années 90.

— Nous, on en a un.

— Tant mieux pour toi.

— Ce n'est pas la peine d'être désagréable.

— Je ne suis pas désagréable, je me défends, même si je le suis un peu.

— Comment est-ce qu'on sort d'ici ?

Elle se dirige d'un pas furieux vers la porte d'entrée et la secoue. Elle ne bouge pas. Cette porte est verrouillée comme une cellule de prison.

— Il y a une porte de derrière, non ?

— Oui, mais elle sera aussi verrouillée.

Elle passe devant moi dans un accès de fureur, et je lui lance :

— Où vas-tu ?

— Mon expérience récente me dit que je serais folle de me fier à ce que tu dis, Oliver, alors je vais vérifier par moi-même.

Je ne peux pas la contredire. Les apparences ne sont pas en ma faveur en ce moment, même si je sais que les problèmes ne sont pas de ma faute.

Elle disparaît de la pièce et je l'entends secouer la porte de derrière. Bien sûr, elle ne s'ouvre pas. Je ne connais peut-être pas le code du nouveau système, mais je sais au moins à quoi il sert, et nous sommes coincés ici comme deux fauves en cage.

— Je te l'avais dit, on est enfermés, je lui crie.

Elle réapparaît, les traits tirés.

— Il faut que je sorte d'ici.

— Je m'en occupe.

— Vraiment ? Parce que pour l'instant, on dirait que la seule personne qui peut nous aider, c'est Naomi, et elle est à notre dîner-concert, qui ne devrait pas se terminer avant au moins une heure et demie, ce qui n'a aucune importance puisque de toute façon, tu n'as aucun moyen de la contacter.

Je hausse les épaules.

— C'est un bon résumé de la situation.

En tant que patron, je devrais connaître le code de sécurité et savoir comment faire fonctionner le système. Mais avec tout ce qui s'est passé ces derniers jours, ça m'est complètement sorti de la tête et j'ai fait confiance à Naomi pour tout gérer.

Marlowe se met à faire les cent pas comme l'une de ces fauves en cage — ce qui est probablement exactement ce qu'elle ressent en ce moment.

— Je n'arrive pas à y croire, Oliver. C'est notre grande soirée d'ouverture, la première fois que le Second Chance ouvre pour le dîner. On a mis les petits plats dans les grands. On a un super nouveau menu, un groupe et tout le reste. On a tous travaillé si dur pour ça.

Elle s'affale contre le mur, toute sa combativité envolée.

— Ça allait être tellement bien et je voulais être là pour le voir.

Mon cœur se serre en la voyant, appuyée contre le mur, un air abattu sur le visage.

Et tout est de ma faute.

— Pour ce que ça vaut, je suis désolé.

Ça sonne creux même à mes propres oreilles, bien que ce soit sincère.

Elle lève le regard vers le mien.

— Je ne suis pas sûre que tu sois désolé.

— Tu penses que c'était un grand plan pour me retrouver seul avec toi ?

Elle pousse un long soupir en se laissant glisser un peu plus le long du mur, s'asseyant par terre, les jambes tendues devant elle.

— Je ne sais pas quoi penser. À un moment, tu me dis qu'on peut coexister parce que nos entreprises ont des marchés différents, tu es tout gentil et tout le reste, et la minute d'après, tu offres un camion flambant neuf à un heureux gagnant en ville.

— Je suis d'accord. Ça me donne une sale image.

— Excuse-moi si j'ai du mal à croire ce que tu dis.

Prudemment, je m'assois par terre à côté d'elle et j'appuie ma tête contre le mur.

— C'est juste.

— Tu as raison, c'est juste. C'est à peu près la seule chose de juste dans toute cette situation.

— Je suis *vraiment* désolé, répété-je, cette fois d'un ton plus doux, un ton que j'espère qu'elle percevra comme sincère. J'ai détesté ces dernières heures à me demander ce que tu devais penser de moi.

— J'imagine que tu as deviné ce que je pense de toi maintenant.

Je la regarde. Toute sa combativité s'est envolée alors qu'elle est avachie contre le mur, la tête en arrière, son profil à côté de moi.

— Je voulais te parler et t'expliquer ce qui s'est passé aujourd'hui. C'est pour ça que j'ai préparé un discours sur mon téléphone. C'est pour ça que je t'ai amenée ici.

Elle incline la tête pour me faire face.

— Qu'y a-t-il à expliquer ? Tu as dit une chose et tu en as fait une autre. Ça me paraît assez simple.

— Non. J'ai dit une chose et ma *mère* en a fait une autre.

Ses sourcils se haussent.

— Tu rejettes la faute sur ta maman ?

J'ignore la dérision dans sa voix.

— J'ai dit « mère » et tu le sais très bien.

Elle hausse une épaule.

— Ce n'est que de la sémantique.

— Plus important encore, en ce moment, c'est ma *patronne*. C'est elle qui a approuvé cette promotion extravagante dont je ne savais rien jusqu'à ce que tout arrive sur mon pas de porte cet après-midi.

— Rien ?

— Rien.

Elle marque une pause, étudiant le mur d'en face, digérant cette nouvelle information. Finalement, elle se retourne vers moi.

— Oliver Langdon, tu es un sacré fils à maman.

L'amertume a disparu de sa voix, qui est maintenant plus douce, taquine, peut-être même un peu enjôleuse ?

Enjôleuse est peut-être un peu prématuré pour l'instant.

— Un fils à maman ? demandé-je en riant. C'est la dernière chose que je suis, et la dernière chose que ma mère voit en moi, d'ailleurs. Pas exactement, mais je veux que tu saches que je pensais ce que j'ai dit à propos de la coexistence. C'est tout à fait possible avec nos offres différentes, surtout maintenant que tu sers des dîners en plus des déjeuners et des petits-déjeuners. Nous, on est plutôt un lieu de café et d'en-cas.

— Des en-cas en plastique, tu veux dire.

J'esquisse un petit sourire alors que nos regards se croisent.

— Des en-cas en plastique.

— Alors, tu l'admets, dit-elle en me rendant mon sourire, les yeux doux.

— Ça ne sortira pas de cette pièce.

Je lui tends la main. Elle la prend et nous nous la serrons. C'est agréable d'avoir sa main dans la mienne, de sentir sa peau douce. Mais c'est de courte durée, car elle la retire trop vite.

Elle pince les lèvres et reporte son attention sur ses pieds.

— Tu ne savais vraiment rien pour le camion et le concours ?

— Je ne savais vraiment rien.

Elle scrute mon visage.

— D'accord.

— Merci.

— Pour quoi ?

— De m'avoir cru, dis-je simplement.

— Que veux-tu que je te dise ? J'ai un faible pour les mecs qui ne savent pas faire fonctionner leur propre système de sécurité.

Je laisse échapper un rire, me sentant plus léger que je ne l'ai été depuis que tout ça a commencé.

— J'aurais commencé par là, si j'avais su.

Ses traits sont détendus et ses lèvres pleines esquissent l'ombre d'un sourire.

— Je dois te dire que le concours est toujours d'actualité. Légalement, il doit l'être, maintenant qu'il a été annoncé. Je veux être transparente avec toi. Je veux que tu me fasses confiance et que tu saches qu'il n'y aura plus de surprises, même si je sais que cette histoire de pick-up ne t'aide pas du tout.

— En fait, si. Ça m'aide.

Je sais qu'elle ne fait plus référence au concours. Elle parle de moi, et du fait que je ne l'ai pas intentionnellement induite en erreur avec ce que je lui ai dit.

— Plus de surprises ? demande-t-elle.

— Plus de surprises.

Elle pince les lèvres.

— Nos deux commerces peuvent coexister. Je m'en assure-rai, dis-je.

— Tu dois savoir que les gens vont affluer ici pour avoir une chance de gagner ce pick-up. La personne qui s'occupe de ton marketing sait à quel point les gens d'ici aiment un bon pick-up, même si la couleur est un peu trop tape-à-l'œil pour la plupart d'entre eux.

— Tu n'aimes pas le rouge ?

— Il ne s'agit pas de ce que j'aime, mais de ce que tous les mecs du coin aiment.

— Je pense que la couleur a été choisie en se basant sur le fait que la moitié de la population ici porte des chemises en flanelle à carreaux rouges la plupart du temps.

— Ils aiment peut-être le rouge sur leurs chemises, mais pas sur leurs véhicules. Ils sont plutôt du genre véhicule noir ou gris. Pratique et facile à entretenir. Pas besoin de le laver si souvent.

— Dommage. Je crois que je vais devoir conduire le pick-up rouge moi-même, maintenant.

Elle laisse échapper un rire qui se termine par un grognement.

— Je ne t'imagine pas du tout conduire un pick-up.

— Pourquoi pas ?

— Tu fais trop citadin.

— Hé ! C'est ta façon de dire que je ne suis pas assez costaud ? Parce que je veux que tu saches que je suis largement assez costaud pour conduire ce pick-up.

— Ah, vraiment ?

— Vraiment.

Son beau visage est illuminé par un sourire et cela me touche en plein cœur. Très fort. Il serait si facile de tendre la main, de prendre son visage entre mes mains, de l'attirer près de moi et de poser doucement mes lèvres sur les siennes.

Facile, mais probablement hors de question.

Chapitre 25

Marlowe

Le fait d'être assis si près l'un de l'autre que nos jambes pourraient se toucher, et la façon dont Oliver me regarde — comme s'il pensait moins à notre guerre qu'à nous — met tout mon corps en état d'alerte. Mon cœur bat la chamade et ces fichus petits oiseaux dans mon ventre battent des ailes comme s'ils étaient à un concert de Taylor Swift.

Alors que je plonge mon regard dans ses yeux bruns et doux, son visage arborant ce sourire qui me fait flancher, une part de moi a envie de tomber dans ses bras. De reprendre là où nous nous étions arrêtés au festival d'été.

Mais les mots d'Oliver résonnent dans ma tête. *Je dois te dire que le concours est toujours en cours.* Ce concours qui va attirer tous nos clients chez Steamy Coffee. Ce concours contre lequel nous ne pouvons tout simplement pas lutter.

Voilà la triste vérité.

Au final, peu importe que ce soit Oliver qui ait orchestré ça ou quelqu'un d'autre. C'est le pot de terre contre le pot de fer, et notre gros investissement dans une machine à café d'occasion est comme une goutte de crème dans la tonne de café d'Oliver. Il n'y a tout simplement aucun moyen pour nous de rivaliser, et avec la ville qui se remplit de visiteurs pour l'avant-première du film demain, je sais exactement où ils iront. Attention, spoiler : ce ne sera pas au Second Chance.

— Marlowe ?

Oliver le demande d'une voix douce qui ne fait rien pour calmer ces oiseaux danseurs de Taylor Swift. Lentement, il tend la main et prend la mienne. Ce n'est pas comme avant, quand nous nous sommes serré la main. Cette fois, c'est différent. Personnel.

Intime.

— On peut redevenir amis, maintenant ? Je détesterais penser que tu es là-bas, au Second Chance, en colère contre moi.

—Je ne suis pas en colère contre toi. Je suis…

Mon esprit passe en revue les événements de demain. Le concours d'Oliver. L'avant-première du film.

Le rassemblement.

Je retire ma main de la sienne comme si elle était brûlante.

— Qu'est-ce qui vient de se passer ? demande-t-il, confus.

Je me repositionne de façon à m'appuyer d'une épaule contre le mur et à lui faire face. Il faut que ce soit fait correctement.

—Je dois te dire quelque chose et ça ne va pas te plaire.

— Je suis sûr que ce n'est pas si terrible.

— Ce n'est pas génial, mais je veux que tu saches que ce n'était pas du tout mon idée. Je n'ai rien à voir là-dedans. Mais dans un souci de transparence, il faut que tu sois au courant.

Il sourit.

— D'accord.

— Le truc, c'est qu'il y a un rassemblement prévu pour demain.

— Un rassemblement ? À quel sujet ?

— Toi. Enfin, pas toi personnellement, plutôt Steamy Coffee.

— Attends un peu. Tu es en train de me dire que tu participes à une manifestation contre mon café ?

— Ce n'est pas moi qui l'ai organisé. On me l'a suggéré.

— Mais tu as accepté ?

— Au moment où j'ai dit oui, je pensais que tu avais planifié tout ce concours pour nous écraser. J'étais en colère, blessée et perdue. C'est pour ça que j'ai dit oui au maire.

— Attends. *Le maire* ?

— Le maire Garcia est responsable de la manifestation qui aura lieu devant le Steamy Coffee demain matin à 9 h 15.

Ses sourcils sont froncés comme s'il n'arrivait pas à bien comprendre ce que je lui disais. Je ne peux pas le blâmer. Ce n'est pas tous les jours que le maire d'une petite ville manifeste contre une chaîne de cafés. Pas à Hunter's Creek, en tout cas.

— Je sais que ça a l'air dingue, mais le fait est qu'il fait partie de la Société historique et ils tiennent absolument à préserver les aspects traditionnels de la ville, ce qui inclut bien sûr le Second Chance Café, car non seulement il se trouve dans un bâtiment historique…

— Le Steamy Coffee est dans un bâtiment historique.

— Oui, mais il est nouveau en ville et il représente tout ce que la Société historique déteste. La nouveauté, les grandes chaînes, le manque d'ancrage local.

Il laisse sa tête retomber contre le mur dans un *bruit sourd*.

— Je me sens vraiment mal à cause de ça. C'est pour ça que je te préviens.

Son attention se reporte brusquement sur moi.

— Ça n'est pas obligé d'être un avertissement. Tu peux tout annuler. Tu peux dire au maire que tu ne soutiens pas ça, parce que si tu ne le soutiens pas, alors ça ne sert à rien d'organiser la manifestation. C'est toi qui es concernée. Pas vrai ?

— Bien sûr.

Je triture mes mains sur mes genoux.

— Au début, je lui ai dit non, que je ne voulais pas m'en mêler.

— Et ensuite ?

Comme je ne réponds pas immédiatement, il dit :

— Laisse-moi deviner. Le camion est apparu et tu as vu rouge.

— Bien trouvé.

Je lui donne une petite tape sur le bras en esquissant un sourire.

Mon sourire retombe.

— Bon, pour être tout à fait honnête, je leur ai déjà donné le feu vert. Ils ont des pancartes et tout. Ils sont super enthousiastes à cette idée.

Ses traits sont tendus.

— Je vois.

— Je suis désolée. Comme tu l'as dit, j'ai vu rouge.

Je joins mes mains et les regarde, en proie au regret et à la honte.

— J'aurais aimé que tu me fasses confiance, dit-il.

— Moi aussi, j'aurais aimé.

Nous restons assis en silence, le cœur serré. Si j'avais su avant qu'Oliver n'avait pas choisi lui-même d'organiser le concours, je n'aurais jamais dit oui au maire. Il y a ce truc entre nous qui ne cesse de me ramener à lui, malgré le fait que je devrais probablement le détester.

Mais je n'ai plus la force de le nier.

Je veux être avec Oliver. Je veux qu'il soit à moi.

Je relève la tête et le regarde, résolue.

— Je vais essayer d'arrêter ça. Je ferai de mon mieux. Tu as ma parole.

— Mais c'est le maire, répond-il avec un rire incrédule.

— Je suis sûre que je peux lui faire entendre raison. J'irai lui parler dès que nous sortirons d'ici.

— Merci.

Il attrape à nouveau ma main, et cette fois, je n'ai aucune intention de la retirer.

— Je suis désolée, je murmure.

— Je ne suis plus si sûr de vouloir sortir d'ici, maintenant. Et toi ? demande-t-il, la voix haletante.

Il y a dans ses yeux un air d'espoir qui me serre le cœur.

Je suis peut-être venue ici ce soir pour dire ses quatre vérités à Oliver, mais maintenant, je veux lui donner bien plus.

Je veux lui donner *moi*.

Cette prise de conscience me coupe le souffle et, en déglutissant, je remarque que ma bouche est soudainement sèche.

— Je ne veux pas partir non plus, lui dis-je.

Je le contemple, remarquant la façon dont le brun de ses yeux est pailleté d'éclats d'or et de bronze. Ils s'adoucissent mais conservent une intensité croissante qui me laisse sans voix.

Est-ce le moment ? Est-ce le moment où cette chose entre nous, qui n'a cessé de monter en puissance depuis notre rencontre, devient enfin… quelque chose ?

— Je veux qu'on soit plus que des amis, murmure-t-il.

J'avale ma salive une fois de plus, le cœur battant la chamade.

— Moi aussi.

Il tend la main et la pose sur ma nuque, enroulant ses doigts dans mes cheveux. Le frôlement soudain de ses doigts contre mon cou m'envoie des frissons dans tout le corps, me coupant le souffle.

— Marlowe, murmure-t-il, sa voix grave et pleine de désir.

Je respire son odeur, sens sa cuisse ferme se presser contre la mienne tandis que son autre main vient délicatement me prendre le menton, inclinant mon visage vers le sien.

Un gémissement doux et longtemps retenu s'échappe de mes lèvres, ce qui ne fait que l'inciter à me rapprocher doucement de lui. Et puis il presse ses lèvres contre les miennes dans ce qui doit être le baiser le plus attendu de ma vie.

Mais nous avons déjà frôlé ce moment, et je suis impatiente d'aller plus loin.

Je réponds en passant mes doigts dans ses cheveux courts et en l'embrassant en retour, timidement d'abord, comme si aucun de nous ne pouvait tout à fait croire ce que nous sommes en train de faire. Alors que j'approfondis le baiser, il me serre encore plus fort contre lui, nous emportant dans ce moment de bonheur tant attendu.

Et, mon Dieu, cet homme m'embrasse comme s'il y mettait tout son cœur.

Toute la colère et la peine que j'ai ressenties ces derniers jours se dissipent, remplacées par un besoin brûlant de rester ainsi, enlacés, notre désir si longtemps contenu trouvant enfin à s'exprimer.

Et *quelle voie.*

Son baiser est à la fois doux et exigeant, expert et passionné. Je m'y perds complètement. Cette tension montait entre nous, et c'est tout, *tout* ce que j'avais rêvé que ce serait.

Ses doigts chatouillent ma nuque et je parcours son dos tendu de mes mains, sentant les tendons de ses muscles, adorant cette sensation sous mes doigts. Son contact, son odeur, ses murmures me disant à quel point je suis belle, à quel point il me désire, ne servent qu'à rendre ce moment encore plus incroyable.

J'ai déjà embrassé des hommes. Souvent. À commencer par Jamie Camden au collège, jusqu'à l'âge adulte avec Mike. Mais embrasser Oliver est quelque chose de complètement nouveau. Nouveau, merveilleux, et tout en haut de ma liste de nouvelles choses préférées à faire.

Quand nous nous écartons enfin l'un de l'autre, nous nous regardons profondément dans les yeux, reprenant tous les deux notre souffle. Mon corps tout entier est en alerte et je comprends enfin comment un seul baiser peut changer toute une vie.

Un seul baiser avec Oliver Langdon.

— C'était…, je murmure, ne voulant pas vraiment exprimer à quel point notre baiser était extraordinaire.

— Ça l'était, confirme-t-il, un sourire qui fait fondre mon cœur illuminant ses traits. Je préfère nettement faire ça que de nous disputer.

— Mais on est si doués pour se disputer, je réponds en lui rendant son sourire.

— Je pense qu'avec de l'entraînement, on sera encore meilleurs pour s'embrasser.

— De l'entraînement, hein ?

— Oh oui. Beaucoup d'entraînement.

Il prend mon visage entre ses mains et passe un pouce sur ma joue.

— Je n'ai pas vu ça venir, dis-je, la voix tremblante.

— Toute cette colère accumulée entre nous allait forcément faire des étincelles.

— Tu crois ?

Il dépose un baiser délicat sur mes lèvres et l'intensité de l'émotion me laisse tremblante.

— J'en suis sûr.

— Je pensais qu'on se détestait.

— Je ne t'ai jamais détestée.

— Pas même un tout petit peu ?

Je le taquine.

Il fait glisser ses doigts sur la peau nue de mon bras, ce qui me cause des picotements partout.

— Laisse-moi réfléchir. J'ai repéré cette déesse en bikini au bord de l'étang et j'ai foncé vers elle parce que je savais que je devais faire sa connaissance.

— C'est vrai, ça ?

Je demande en riant, toute guillerette. Parce que c'est exactement ce que je ressens. Guillerette, légère et heureuse, et toutes ces bonnes choses. Je me suis enfin laissée emporter par le magnétisme d'Oliver, un magnétisme que j'avais tant essayé de combattre. Mais je n'ai plus envie de le combattre.

— Tu dois bien admettre que tu as flirté avec moi ce jour-là, dit-il.

— Pas du tout.

— Mais si.

— Joker.

Il laisse échapper un rire grave qui me parcourt et me chatouille le ventre.

— Dis joker autant que tu veux, mais je sais reconnaître un flirt quand j'en vois un et, toi, Marlowe Cole, tu as flirté avec moi ce jour-là au bord de l'étang. Et quand je suis venu te voir à ton café, aussi.

— C'était avant que je sache qui tu étais. Les mâchoires ciselées ne sont pas ma kryptonite, tu sais.

Il passe ses doigts sur sa mâchoire mal rasée, ce qui me fait sourire.

— Tu en es sûre ?

Je tends la main et dépose des baisers le long de sa mâchoire, ne m'arrêtant que lorsque j'atteins ses lèvres. Il attend que je l'embrasse, et comme je ne le fais pas, il me tire plus près de lui et m'embrasse lui-même.

Franchement, je pourrais vraiment m'habituer à ça.

— Je pense que cette mâchoire ciselée en particulier *est* ta kryptonite, et personnellement, j'en suis plus qu'heureux.

— Le faux devient réel, dis-je en riant.

— Ton ex ne sera pas ravi, mais je sais qui le sera.

— Qui ?

— Le Collectif des Impératrices.

— Le quoi ?

— C'est comme ça que je les appelle, le Collectif des Impératrices. Ces commères de la ville qui aiment se mêler de la vie des gens, de la tienne et de la mienne en particulier.

— Oh, tu veux dire le Comité des Dames de Hunter's Creek. Mme Jacobson et ses acolytes.

— Comme nous l'avons déjà établi, j'ai le droit de l'appeler Tanya parce que je suis très spécial à ses yeux.

Je lui donne un petit coup de coude.

— C'est ce que tu me dis à chaque fois que je te vois.

— Bien sûr. Qu'est-ce que tu veux que je te dise ? J'ai le public des dames d'un certain âge dans ma poche dans cette ville.

Je laisse échapper un petit rire.

— Elles pensent déjà qu'on est en couple. À cause de notre faux rendez-vous au Festival d'Été, tu te souviens ?

— Comment pourrais-je l'oublier ? Tu savais que j'ai envie de t'embrasser depuis que je t'ai rencontrée ? murmure-t-il.

Mon rythme cardiaque s'accélère en réponse.

— Je suis contente qu'on en soit arrivés là.

— Moi aussi.

Nous partageons un sourire niais.

— Et maintenant, qu'est-ce qui se passe ? je demande. On est à la tête de deux cafés concurrents. Tu as lancé cette compétition qui pourrait bien signifier la fin du commerce de ma tante, et si je n'arrive pas à l'arrêter, la manifestation aura lieu juste devant ton établissement demain matin.

— Pour moi, ça ressemble à une histoire d'amour classique. Deux personnes qui s'affrontent mais qui ne peuvent nier leurs sentiments mutuels. C'est comme dans ce vieux film, *Vous avez un message.*

— J'espère bien que non.

— Pourquoi ? Tu ferais une adorable Meg Ryan.

Je me redresse.

— Dans ce film, la grande chaîne de librairies de Tom

Hanks met en faillite la petite librairie indépendante de Meg Ryan, celle qui était pleine de caractère, de fantaisie et de toutes ces choses merveilleuses. Elle a dû fermer boutique.

— Et si on réécrivait la fin ? Nos deux commerces survivent et on finit ensemble. Bien plus hollywoodien qu'Hollywood lui-même.

Je lui souris.

— Je crois que j'aime bien cette idée.

— Parfait. C'est donc réglé.

Nous échangeons un sourire.

— Si seulement la vie pouvait être aussi simple. L'expérience m'a appris que non.

Son sourire s'efface.

— Ton expérience passée avec Mike ?

Je lève les yeux vers lui.

— Les choses ne se passent pas comme dans les films.

— Ce qui est une bonne chose dans ce cas, on est d'accord ?

— On est d'accord.

— Tu veux m'en parler ?

Je me mords la lèvre. Je me suis fait un devoir de ne pas parler de Mike depuis mon retour à Hunter's Creek. Ça me rappelle la vie que j'ai laissée derrière moi, à Seattle, avec un travail que j'adorais. Mais ça me rappelle aussi la farce qu'était ma vie, la façon dont Mike m'avait traitée, avec un manque de respect et une profonde malhonnêteté.

Mais cette semaine, mon passé a débarqué en ville et il n'y a eu aucun moyen de l'éviter.

— Je sortais avec Mike à Seattle avant de revenir ici. C'était mon patron.

Il inspire brusquement.

— Jamais une bonne idée.

— Oh, c'est pire que ça.

— Il te trompait ?

Des sentiments désagréables me parcourent l'échine.

— D'une certaine manière, oui.

Oliver m'attire contre lui et je me blottis à ses côtés, le réconfort de son contact me donnant un sentiment de sécurité.

Comme les choses peuvent changer rapidement entre deux personnes.

— Écoute, tu n'es pas obligée de parler de ce qui s'est passé si tu n'en as pas envie. Je sais à quel point ça peut être difficile quand une relation ne marche pas.

— On dirait que tu parles d'expérience.

— C'est le cas. J'ai eu une relation sérieuse avec une femme.

L'anxiété commence à rebondir en moi comme une balle de ping-pong. Est-ce que ça veut dire que notre relation est un pansement ? Une aventure ?

— D'accooord.

— On a rompu il y a un moment maintenant.

— Depuis combien de temps ?

— Deux ans.

Le soulagement chasse mon anxiété.

— Je me suis remis d'elle et de ce qu'elle a fait, mais ça a été dur sur le moment. Vraiment dur.

— Ça n'a pas l'air d'être une belle histoire.

— Les ruptures le sont rarement. Mais quand ta copine depuis trois ans te trompe avec ton frère, tu ne restes pas vraiment dans les parages pour voir la suite.

— Avec ton *frère* ?

Je m'exclame, le souffle coupé.

— Oliver, c'est horrible ! Je suis tellement désolée que tu aies dû traverser ça.

Mon cœur se serre pour lui et je lui presse la main avant de la porter à mes lèvres pour l'embrasser.

Il hausse les épaules, même si je sens bien que la douleur persiste pour lui.

— C'est du passé, maintenant.

— Mais c'était avec ton frère. Ça laisse des traces.

— Oui et non.

Je lui lance un regard en coin.

— Qu'est-ce que ça veut dire ?

Ses épaules s'affaissent.

— Robert et moi, on travaillait sur l'ouverture d'un nouveau magasin à Jacksonville, en Floride, là où mon ex a grandi. J'ai été appelé sur un autre projet et elle a décidé de rester pour passer du temps avec sa famille. Ça s'est avéré être un euphémisme pour « coucher avec mon frère ».

— Je parie que tu as eu deux ou trois choses à leur dire à tous les deux.

— Je n'ai pas pu. Pas à mon frère, en tout cas.

— Pourquoi pas ? Les liens du sang sont peut-être plus forts que tout, mais ce qu'il t'a fait est tout aussi horrible que ce qu'elle a fait. Ils sont tous les deux coupables.

Il baisse la tête.

— Il... il est mort dans un accident de voiture avant que j'en aie l'occasion. Elle n'était pas dans le véhicule.

Je reste bouche bée sous le choc. Ça dépasse de loin ma propre triste histoire. De très loin. C'est une tragédie pour toutes les personnes impliquées.

— Oliver, je suis tellement désolée.

— Moi aussi. Ma mère était... enfin, elle était anéantie.

— J'imagine qu'elle a été dévastée.

— Oui. Son fils aîné, disparu. Ça l'a changée, et pas en mieux.

Je pense à la femme acariâtre que j'ai servie au café.

— Je parie qu'elle est reconnaissante de vous avoir encore. Un tel traumatisme a dû vous rapprocher.

— Robert était son Fils Préféré, le fils qui ne pouvait rien faire de mal. Athlète vedette, étudiant brillant, une réussite totale dans son travail. Il était plus grand que moi, plus beau que moi, tout ça. Elle s'assurait que je le sache.

Je le regarde, incrédule, le cœur endolori.

— Oliver. Je... je ne sais pas quoi dire.

— Bien sûr que non. Tu viens d'une famille aimante. Je vous ai vus ensemble, toi avec tes sœurs et tes parents. Vous prenez soin les uns des autres. Vous vous aimez. C'est évident. Pour moi, c'est différent. J'aime ma famille, mais nous n'avons jamais été proches. J'étais le rival de Robert, le gamin qu'il utilisait pour montrer à tout le monde qu'il était le meilleur. Ce qu'il était. Le meilleur en tout, y compris pour me piquer ma copine, apparemment.

— Tu penses qu'il se sentait menacé par toi ?

— Non. Il était Robert Langdon. Je n'étais que son petit frère.

Je sens la blessure dans ses mots et je sais que cette plaie est profonde pour lui. Se sentir inadéquat, particulièrement aux yeux de sa propre mère ? C'est beaucoup à gérer.

— Est-ce que Robert te manque ?

— D'une certaine manière. Même s'il a été un abruti avec moi pendant la plus grande partie de ma vie, il y a eu des moments où il était un frère correct.

— Partir avec sa copine n'a pas vraiment dû aider les relations fraternelles.

— Tu l'as dit.

— Peut-être que ta mère a juste besoin d'un peu plus de temps pour accepter sa perte ?

— Ma mère ne se remettra jamais de sa mort, et je ferai toujours pâle figure en comparaison, m'efforçant de lui prouver ma valeur.

Il y a une telle amertume dans ses paroles que ça me coupe le souffle.

— C'est ce que tu essaies de faire ici ? Prouver ta valeur à ta mère ?

Les muscles de sa mâchoire se contractent.

— C'est complètement nul de ma part ?

— Bien sûr que non, je le rassure. Mais tu sais quoi ? Je ne pense pas que tu aies besoin de prouver quoi que ce soit à qui que ce soit. Tu es assez bien, plus qu'assez bien, tel que tu es.

Il lève la tête et étudie mon visage un instant avant que ses lèvres ne s'étirent en un sourire.

— Je crois que c'est la chose la plus gentille qu'on ne m'ait jamais dite. Qu'est-ce qu'il y a chez toi qui me pousse à me confier comme ça ?

Je hausse les épaules.

— Tu ne parles pas de ta vie aux gens, d'habitude ?

— De certaines choses, si, mais pas de ça. Je garde beaucoup de choses pour moi, mais toi… avec toi, c'est différent.

Je mets des mots sur ce qu'il me fait ressentir, justement.

— Tu te sens en sécurité.

Son regard croise le mien.

— En sécurité. Oui. Comment as-tu su ?

— Parce que je ressens la même chose avec toi.

Nous partageons un autre sourire.

— Mince, on est vraiment mal barrés, dit-il en laissant échapper un rire.

— Tu pourrais bien avoir raison.

— Bon, Psy Cole, tu as entendu mon histoire larmoyante. Parle-moi de toi et de Mike.

Il est clair qu'il ne veut plus parler de lui, et je ne peux pas lui en vouloir. Il a traversé beaucoup de choses : son ex qui l'a trompé, la perte de son frère, la façon dont il pense que sa mère le voit.

— Si tu le veux, ajoute-t-il.

Je me mords la lèvre, des souvenirs emplissant mon esprit.

— Mike et moi, nous sommes sortis ensemble pendant des mois. Même s'il était mon patron, ça n'a jamais été un problème pour moi. On gardait notre relation discrète au travail, bien sûr, mais sinon, ça semblait tout à fait normal. Il avait été marié et était séparé. Tout le monde au bureau le savait. Le problème, c'est qu'il ne m'a jamais dit que lui et sa femme s'étaient réconciliés *pendant* notre relation.

Je lève les yeux pour guetter sa réaction, m'attendant à un jugement.

À la place, je reçois de la compréhension et de la gentillesse.

— Quel sale type, dit-il avec véhémence. Enfin, je pourrais utiliser un langage bien plus fort pour décrire quelqu'un comme lui, mais je ne veux pas te choquer.

— Crois-moi, j'ai utilisé tous les jurons connus de l'humanité pour décrire cette erreur.

— Ton erreur. J'aime bien ça. C'est tout ce qu'il a été et tout ce qu'il sera toujours pour toi.

— Absolument.

— Alors, tu penses qu'il l'a quittée et que c'est pour ça qu'il est venu te voir ?

La prise de conscience me frappe.

— Je parie que tu as raison. Mais tu sais quoi ? Je ne le reprendrais pas, pas après ce qu'il m'a fait.

— Il a fait de toi sa maîtresse.

Il a compris.

— C'est exactement ça.

— Tu es tellement mieux avec moi.

Ses lèvres se retroussent en un sourire et je me surprends à le lui rendre, malgré ma désagréable promenade dans les souvenirs liés à Mike.

— Si j'avais un verre, je trinquerais à ça.

Il se met debout d'un bond, ce qui me surprend.

— Ça, je peux m'en occuper. Je peux te faire un café ? Un chocolat chaud ? Un milk-shake au chocolat ?

— Oh, un milk-shake au chocolat, ça me dit bien. Tant qu'il y a plein de glace. Tu vois, quelqu'un nous a enfermés ici et je meurs de faim.

Il me sourit et me tend la main pour m'aider à me relever.

— Un milk-shake au chocolat avec un supplément de glace, ça arrive tout de suite. Et si tu t'installais confortablement sur le canapé ? Il est beaucoup plus moelleux que le sol.

Cinq minutes plus tard, nous sommes assis côte à côte sur

le canapé, il faut l'admettre très confortable, un délicieux milk-shake au chocolat à la main.

— Je sais que c'est une période de folie en ce moment, mais je veux t'emmener quelque part demain matin avant que tout commence, dis-je.

— Avant 7 h du matin ?

— Je pensais demander à Ryn de faire l'ouverture pour moi pour qu'on ait jusqu'à 8 h. Ensuite, je pourrai passer au café avant d'aller voir le maire.

Un sourire se dessine sur son visage.

— Je vais demander à Naomi de faire l'ouverture pour moi.

— Alors, c'est un rendez-vous ?

— C'est un rendez-vous.

— Parfait. Oh, et prends ton maillot de bain.

— L'étang, hein ? Là où tout a commencé.

Je me contente de lui sourire.

Nous trinquons et Oliver dit d'une voix amusante :

— À tes beaux yeux, gamine.

Je glousse.

— C'est ton imitation d'Humphrey Bogart ?

— Je la trouvais plutôt bonne, répond-il avec un grand sourire.

— Si j'étais toi, je ne quitterais pas mon travail.

— Montre-moi la tienne.

— La mienne de quoi ?

— Ton imitation de Bogey.

Je m'éclaircis la gorge.

— Louis, je crois que ceci est le début d'une belle amitié.

Un rire gronde en lui et c'est comme s'il m'atteignait de l'intérieur et emportait toute la douleur. Mike, le camion, la rivalité, l'incertitude. Disparus.

— Tu sais, je pense que *ceci* est le début d'une belle amitié, mais avec de jolis avantages en plus, si l'on en croit nos activités de tout à l'heure, dit-il.

En plongeant mon regard dans le sien, je suis submergée par le sentiment que malgré tout, il a raison.

— Moi aussi, je le pense, je réponds avec un sourire jusqu'aux oreilles.

Oliver se penche et presse ses lèvres douces contre les miennes.

— Bien, murmure-t-il, et la sincérité dans ses yeux me serre le cœur. Maintenant, finis avant que ça ne fonde.

Je porte à ma bouche le milk-shake au chocolat le plus épais que j'aie jamais goûté avec une longue cuillère à l'ancienne et je pousse un soupir de contentement.

Nous restons assis là, blottis l'un contre l'autre, savourant chacun notre délicieuse boisson, partageant des histoires et apprenant à nous connaître dans la faible lueur des lampadaires.

C'est romantique et intime, et ça ressemble vraiment au commencement de quelque chose entre nous. Quelque chose d'absolument merveilleux.

Chapitre 26

Marlowe

Je me suis réveillée avant mon réveil le lendemain matin, la tête pleine d'Oliver, mais contrairement aux autres matins depuis qu'il a emménagé en ville, mes pensées sont limpides. Finie la confusion que je ressentais, attirée par lui et voulant passer du temps avec lui tout en souhaitant qu'il fasse ses bagages et quitte la ville pour que je puisse sauver le Second Chance. Finie ma colère. Finie ma peur. Tout cela a été remplacé par des pensées positives, uniquement. Des pensées sur l'intensité de mes sentiments pour lui, sur le bien qu'il me fait, sur le fait que s'ouvrir l'un à l'autre a semblé si naturel et si juste.

Ce que ça fait de le toucher, de l'embrasser, de savoir qu'il me désire autant que je le désire.

Mais plus que ça, je sais sans l'ombre d'un doute que c'est un homme bien. Honnête. Gentil. En peu de temps, il m'a montré son vrai visage, et j'ai honte de l'avoir jugé si facilement.

Il m'a aidée avec la machine à café, puis quand Mike a débarqué à l'improviste. En fait, il est resté dans les parages après qu'on s'est dit au revoir parce qu'il pensait que je pourrais avoir besoin de lui. Et j'ai bien eu besoin de lui, mais de bien plus de manières que nous ne l'avions imaginé tous les deux.

Bien sûr, j'ai eu un moment où j'ai cru que c'était un traître avec toute cette promotion pour « gagner un pick-up ». Mais qu'a dit Elizabeth Bennet ? Quelque chose du genre : « Une bonne mémoire est impardonnable dans ces situations ? » Oui. *Ça*. Je ne vais pas me concentrer sur notre rivalité ou notre passé.

Aujourd'hui, je me concentre sur les bonnes choses. Les *vraies* choses.

Je rejette les couvertures et je m'affaire à me préparer. Il est tôt et le reste de la maison dort encore, alors pendant que les oiseaux gazouillent leurs histoires matinales, je rassemble tout ce dont j'ai besoin. Je me rends en voiture au café d'Oliver après un bref arrêt au Second Chance, où il m'attend déjà devant la porte d'entrée.

— Bonjour, dis-je alors qu'il grimpe sur le siège passager.

Bien que nous ayons passé la soirée d'hier enfermés ensemble, je me sens instantanément timide tandis que sa carrure virile remplit l'espace.

— Bonjour, répond-il.

Sa voix grave et douce produit un effet délicieux dans mon ventre.

— Ça fait une éternité.

— Ça doit faire au moins six ou sept heures. Je me suis dit que tu commençais peut-être à te manquer.

Il éclate de rire.

— On va à l'étang ?

— Il va falloir que tu attendes pour le savoir, lui dis-je en passant la première et en quittant le trottoir.

— Une femme pleine de mystères. J'aime ça.

Je nous conduis hors de la ville en direction de la forêt et nous discutons de notre soirée et de la manière dont Naomi nous a trouvés sur le canapé.

— Je n'arrive pas à croire qu'on avait de la glace au chocolat étalée sur le visage, dis-je en revivant la gêne que j'ai ressentie quand Naomi a déboulé au Steamy Coffee en panique, son visage se transformant en un sourire quand elle a réalisé que non seulement nous n'étions pas des voleurs, mais qu'il s'agissait de son patron et de moi, confortablement installés sur le canapé et visiblement couverts de glace au chocolat.

— Moi, si, répond-il, et mon corps vibre instantanément au souvenir de nos baisers. J'espère qu'on pourra recommencer bientôt.

— Si tu te comportes bien…

Je jette un coup d'œil dans sa direction et vois son regard intense posé sur moi, ses yeux sombres. Mon rythme cardiaque s'accélère et je lui lance un sourire radieux.

Le début de quelque chose de nouveau est le meilleur sentiment au monde. Tous ces regards échangés, les papillons dans le ventre, ce sentiment que tout est possible.

Cent pour cent. Le. Meilleur. De. Tous. Les. Temps. *Jamais*.

Et cette nouvelle histoire avec Oliver semble particulièrement douce en raison de tout ce qui s'est passé entre nous auparavant. D'une manière étrange, toutes les chamailleries, la surenchère et la compétition n'ont servi que de catalyseur pour nous mener à ce moment.

Et quel moment doux et attendu.

Une fois que nous nous sommes enfoncés de quelques kilomètres dans la forêt, je me gare sur le bord de la route.

Oliver regarde les arbres de chaque côté de nous, la seule chose que l'on peut voir à des kilomètres à la ronde.

— Ce n'est pas l'étang.

— Tu as tout compris.

— Sois franche avec moi, d'accord ? Tu m'as emmenée ici pour me tuer ?

— D'habitude, je commets mes meurtres après le déjeuner, alors tu ne risques rien à une heure si matinale.

— Bon à savoir.

J'ouvre le coffre et sors le panier de pique-nique qui est dans ma famille depuis avant ma naissance.

— Un pique-nique ? Mike va être jaloux, dit-il en tendant la main pour me prendre le panier.

— Laisse-le faire. C'est de l'histoire ancienne.

Oliver laisse échapper un rire.

— Ça, ça me plaît de l'entendre. Bon, où est-ce que tu as prévu de *ne pas* me tuer ?

— Par ici.

Je l'entraîne loin de la route, le long d'un sentier étroit à peine visible sous la végétation estivale. Nous marchons en file indienne jusqu'à atteindre la destination de notre rendez-vous matinal. Je l'entends avant de le voir, le murmure de l'eau qui dévale les rochers pour se jeter dans la profonde vasque bleue en contrebas.

— Une cascade ! s'exclame Oliver en regardant autour de lui, les yeux écarquillés.

— Dix points pour le sens de l'observation, monsieur Langdon.

— C'est magnifique ! Comment ai-je pu ignorer l'existence de cet endroit ?

— Parce que tu étais trop occupé à te battre avec la jolie fille d'à côté, je lui dis avec un sourire effronté.

Il prend ma main dans la sienne.

— En fait, elle habite de l'autre côté de la rue, et je la qualifierais de magnifique, plutôt que de jolie.

Et voilà que mon cœur s'emballe à nouveau, faisant des siennes dans ma poitrine. Ces choses bizarres qui me disent à quel point je tiens à cet homme qui était autrefois si déroutant et qui est maintenant si… quand je plonge mon regard dans le sien, le seul mot qui me vient à l'esprit est *merveilleux*.

— Je venais ici avec ma famille quand j'étais petite. C'est exactement comme dans mes souvenirs, je lui dis.

Il serre ma main.

— C'est parfait. Où veux-tu que je pose le panier de pique-nique ?

Je désigne une clairière près du bord de l'eau.

— Là-bas.

Main dans la main, nous nous dirigeons vers l'endroit et, ensemble, nous étendons la couverture et disposons la nourriture que j'ai prise au Second Chance. Nous avons des croissants fourrés au jambon et au fromage, des fruits et des parts de tarte de deux parfums différents, ainsi qu'un thermos de café fait à la hâte.

Nous nous asseyons sur la couverture de pique-nique dans la lumière du petit matin, avec vue sur la cascade, l'air autour de nous empli du murmure de l'eau et du chant lointain des oiseaux.

C'est absolument pittoresque, et exactement comme je l'avais imaginé.

— C'est ta fameuse tarte aux pommes primée ? demande-t-il.

— En fait, on n'avait plus de tarte aux pommes, justement parce qu'elle est primée et donc super populaire, je le taquine. Celle-ci est aux myrtilles et celle-là aux noix de pécan. Tu en veux ?

— Aux myrtilles pour moi, merci.

Je dépose une part de tarte aux myrtilles et un croissant fourré sur chacune de nos assiettes en plastique et en tends une à Oliver pendant qu'il verse le café dans des tasses.

Il lève sa tasse et me sourit.

— À un nouveau départ.

— À un nouveau départ, dis-je en écho.

Il avale une gorgée de café.

— Es-tu venue ici avec Mike ?

Je secoue la tête.

— Jamais.

Ses traits tendus se détendent.

— C'est bien, et je vais essayer d'arrêter de parler de lui maintenant.

— Deux fois en quelques minutes, ça fait beaucoup quand on est en rendez-vous avec un nouveau mec, je réponds en riant.

— Je trouve que c'est toujours important de mentionner son ex au moins cinq fois lors d'un rendez-vous, surtout dans des phrases du genre « Je parie que Mike n'en serait pas capable », juste avant de faire un truc héroïque comme sauver un chaton dans un arbre ou réparer ta machine à café.

Je ris.

— Mike n'a jamais sauvé de chaton coincé dans un arbre et il n'a jamais réparé ma machine à café.

— Tu vois ? J'ai déjà une longueur d'avance sur lui.

Il attrape ma main et nous entrelaçons nos doigts.

— Tant que tu n'as pas une femme qui traîne dans les parages, tu as *dix* longueurs d'avance.

— Aucune femme, ni passée ni présente. Je suis tel que tu me vois.

— J'aime bien ce que je vois.

— Moi aussi, répond-il.

Nos regards se croisent, ses yeux sont sombres. Comme je me suis trompée sur cet homme ! Il n'a rien à voir avec l'idée que je m'en faisais et j'en suis tellement, tellement reconnaissante.

— Mange, lui dis-je. Une grosse journée nous attend et il faut prendre des forces.

— À vos ordres, M'dame.

Nous commençons à manger et à discuter des événements de la journée tandis que l'eau tombe doucement à nos côtés et que le soleil matinal grimpe dans le ciel.

— Tu sais, je t'ai trouvé plutôt mignon la fois où on s'est vus à l'étang, dis-je.

— Tu l'avoues maintenant, hein ?

— Tu étais plutôt pas mal dans ton short de bain, comme si tu ne le savais pas déjà.

Je lui donne un petit coup de coude.

— Et tu étais plutôt pas mal dans ton bikini.

J'écarquille les yeux.

— Tu ne m'as même pas vue en bikini. J'ai enfilé ma robe avant qu'on ne se rencontre.

— Tu oublies que je t'ai vue de l'autre côté de l'étang, debout au bord de l'eau, en train de rassembler ton courage pour plonger dans l'eau fraîche.

— Je pourrais te traiter de voyeur, à me mater comme ça.

Il glousse.

— Comme si tu ne m'avais pas du tout reluqué, c'est ça ?

Je souris.

— On dit qu'on est quits ?

— Quits. Maintenant, parle-moi de ta vie à Seattle avant de revenir ici, en omettant tout ce qui concerne Mike, bien sûr.

— Avec grand plaisir. Eh bien, j'étais responsable marketing pour une entreprise de technologie là-bas. J'ai un diplôme en marketing et c'était mon premier emploi, qui est devenu mon deuxième, puis mon troisième, quand j'ai été promue.

— Une femme de carrière.

— C'était tout moi. En train de gravir cette bonne vieille échelle sociale.

— Ça te plaisait, là-bas ? Je veux dire, c'est ma ville natale, alors je suis probablement un peu partial.

— Allez les Seahawks ?

— Et comment !

— Oui, ça me plaisait.

— On dirait qu'il y a un « mais » qui arrive.

— Mais, dis-je, et il lève les yeux au ciel. J'ai toujours pensé que je devais être dans une grande ville pour poursuivre ma carrière, pour gravir cette échelle dont je parlais. Même si j'aimais vivre à Seattle, ma ville me manquait.

— Il y a beaucoup plus d'opportunités dans les grandes villes. On dirait que tu es ambitieuse.

— J'imagine qu'en tant que fille aînée, j'ai toujours pensé que je devais montrer l'exemple, tu sais ? Montrer à mes sœurs ce qui était possible. Montrer à mes parents de quoi j'étais capable.

— Ça ressemble tout à fait au comportement classique de l'aîné de la fratrie.

— Comme Robert ?

— On ne parle pas de moi, répond-il.

Je souris en songeant à quel point il est rare d'avoir un rendez-vous avec quelqu'un qui ne passe pas son temps à parler de lui.

— Bref, je suppose que je me suis laissée prendre au jeu de la réussite à tout prix, de toujours vouloir franchir la prochaine étape, gravir la prochaine montagne. Ça devient une fin en soi. On finit par s'oublier là-dedans, à toujours vouloir la nouveauté suivante. D'une certaine manière, je pense que ce que Mike a fait a agi comme un électrochoc qui m'a forcée à prendre du recul et à réfléchir à ce que je voulais vraiment faire de ma vie.

— Et ce n'était pas de travailler dans le marketing pour une boîte de tech à Seattle ?

Je secoue la tête.

— Je crois que je suis une fille de petite ville, tout simplement. C'est ici que je suis le plus heureuse.

— J'aime bien ça chez toi.

— C'est drôle. Il m'a fallu attendre mes vingt-huit ans pour décider ce que je voulais faire de ma vie, alors que la réponse était là, à Hunter's Creek, depuis le début.

— Gérer le Second Chance, c'est ce que tu veux faire de ta vie ?

— J'adore ça, vraiment. Mais à un moment donné, ma tante va vouloir récupérer son café et je devrai trouver une autre montagne à gravir. J'ai toujours su que mon poste actuel avait une date de péremption. Ce qui est une bonne chose, en réalité, car ça voudra dire que mon oncle Johnny va assez bien pour que ma tante puisse revenir.

— Mais si tu adores ça ? lance-t-il.

Je me mords la lèvre. J'ai été tellement occupée à faire du Second Chance un succès pour tante Sheila que j'ai à peine eu le temps de réfléchir à ce que je ferai ensuite, une fois qu'elle sera de retour. Est-ce que je voudrai rester, travailler pour ma tante ? Ou y a-t-il autre chose dans mon avenir, quelque chose qui ne m'apparaît pas encore clairement ?

— Je suppose que je dois rester ouverte aux possibilités.

— Je pense que c'est sage. Personne ne sait ce que l'avenir nous réserve. Peut-être que ta tante sera si impressionnée par toi qu'elle te cédera l'endroit ?

— Le problème, c'est que les choses n'ont pas vraiment été de tout repos depuis que j'ai repris, à cause d'une certaine grande chaîne de cafés.

— Assez parlé de ça, répond-il en riant.

Je suis bien d'accord.

— Dis-moi, c'était comment de grandir dans une ville comme Hunter's Creek ? me demande-t-il en mettant un grain de raisin dans sa bouche.

— La vie était facile. Bonne. Simple. C'est un super

endroit pour les enfants. Tellement d'aventures. C'est assez petit pour que tu puisses connaître tout le monde, ce qui, je suppose, peut être une arme à double tranchant, bien sûr, mais j'ai toujours aimé cet aspect de la ville.

— Tu aimes que tout le monde se mêle de tes affaires ? L'Empress Collective doit t'adorer.

— Je suppose que c'est la familiarité. Je me sens chez moi ici.

— Je comprends ça.

— Ça te plaît de vivre dans une petite ville, à toi aussi ?

— Mon travail m'a conduit dans un tas de villes, grandes et petites. Chaque endroit où j'ai vécu a quelque chose d'unique, quelque chose à apprécier. Hunter's Creek n'est pas différent. Bien sûr, c'est joli et plein de caractère, mais j'ai découvert que ce sont les gens qui comptent le plus. C'est ce qui fait un lieu.

— Je suis d'accord.

Je me mords la lèvre, nerveuse à l'idée de poser la question qui me trotte dans la tête.

— Combien de temps resteras-tu à Hunter's Creek ?

— Jusqu'à ce que l'agence tourne à plein régime, j'imagine.

Ce n'est pas une installation permanente. J'aurais dû m'en douter.

— Oui. Bien sûr.

J'affiche un sourire forcé, prétendant que ça ne me dérange pas que ce truc entre nous, quoi que ce soit, ne soit que de courte durée. Qu'Oliver et moi, nous ne pouvons être rien de plus qu'une amourette, une brève rencontre avant qu'il ne passe au défi suivant. Et moi ? Eh bien, l'avenir est incertain sur ce front aussi.

Cette pensée me tord l'estomac en un nœud douloureux.

Mais nous sommes tous les deux des adultes. Nous pouvons passer du temps ensemble, profiter l'un de l'autre, en sachant à quoi nous en tenir.

Alors pourquoi ai-je soudain envie de pleurer ?

— Je sais qu'on n'est pas censé se baigner juste après avoir mangé, mais cette cascade est tout simplement trop tentante et tu m'as bien dit d'apporter mon maillot de bain. Tu veux venir avec moi ? demande Oliver.

— On a probablement le temps pour une petite baignade.

— Absolument.

Il se met debout et me tend la main pour m'aider à me lever.

On se met en maillot de bain et je m'attache les cheveux en un chignon haut.

— On ne me mouille pas les cheveux, d'accord ? dis-je.

— Bien sûr, répond-il avec un sourire malicieux avant de me tapoter le bras et de lancer :

— Le dernier à l'eau est une poule mouillée !

Puis il fonce vers l'eau.

— Oliver Langdon, quel âge as-tu ? je demande en me précipitant à sa suite.

On plonge tous les deux dans l'eau fraîche dans un grand plouf, et tout espoir de garder mes cheveux au sec s'envole aussitôt. Littéralement.

— J'ai trente et un ans, me dit-il tout en me souriant alors qu'il repousse ses cheveux de son visage en flottant dans l'eau. Pourquoi demandes-tu ?

— Parce que tu agis comme si tu en avais sept, je rétorque dans un petit rire.

— C'est toi le chat. Attrape-moi si tu peux.

Il nage vers la cascade, et je le poursuis.

On plonge dessous et on ressort de l'autre côté, l'eau éclaboussant nos visages en s'écrasant dans le bassin.

— Merci pour ça. Pour tout, dit-il par-dessus le bruit de la chute d'eau.

— C'est moi qui devrais te remercier.

— Tu te rends compte qu'on se dispute pour savoir qui devrait être le plus reconnaissant ?

— Je ne suis pas sûre de me rendre compte de quoi que ce soit.

Il me tire contre lui, et instinctivement, j'enroule mes bras autour de lui, sentant son corps ferme pressé contre le mien alors qu'il m'agrippe. Mon cœur bat si fort que je m'attends presque à ce qu'il le sente à travers ma cage thoracique.

— Moi non plus, dit-il contre mes lèvres. Mais j'en suis incroyablement heureux.

Il m'embrasse, et ma tête se met à tourner.

Tandis que je lui rends son baiser, je ne peux imaginer un rendez-vous plus parfait. Un décor magnifique, un homme incroyable, et la meilleure séance de baisers aquatiques que j'aurais pu imaginer.

Notre avenir est peut-être incertain, beaucoup de choses sont peut-être en suspens, mais je sais une chose avec certitude. Quelle que soit la nature de ce qui se passe avec Oliver, je ne veux pas que ça se termine.

Chapitre 27

Oliver

— Vous souriez en pensant à votre nouvelle petite amie, n'est-ce pas, patron ? me lance Naomi, adossée au chambranle de la porte de mon bureau.

Je lève les yeux de mon écran d'ordinateur et lui adresse un sourire impassible.

— Je ne vois pas de quoi vous voulez parler.

Je suis un menteur éhonté. Je n'ai cessé de penser à Marlowe depuis mon arrivée en ville, et notre rendez-vous magique de ce matin à la cascade n'a fait qu'amplifier ces pensées.

Je suis complètement mordu de cette femme, et j'en suis totalement ravi.

— Mais si, bien sûr. Hier soir, quand je vous ai surpris tous les deux sur le canapé, vous aviez l'air complètement amoureux, comme si ça ne vous dérangeait pas d'être enfermés.

— Ça ne nous a pas dérangés. Au final.

Même dans mes rêves les plus fous, je n'aurais jamais imaginé que Marlowe et moi serions enfermés ici ensemble et que nous aurions l'occasion non seulement de mettre nos différends de côté, mais aussi de finalement donner libre cours à ce que nous ressentions l'un pour l'autre.

Je sais que ce que je ressens pour elle va bien au-delà de l'attirance pour une belle femme. Ce que je ressens pour elle est immense. Plus fort que tout ce que je n'ai jamais ressenti pour quelqu'un... eh bien, sans doute de toute ma vie.

C'est ce qui me donne des papillons dans le ventre quand je la vois. C'est ce qui fait naître un sourire sur mes lèvres quand je pense à elle. C'est ce qui me pousse à faire en sorte que nos commerces puissent coexister, parce que je ne veux pas quitter Hunter's Creek, et je ne veux certainement pas quitter Marlowe.

Et l'embrasser ? Disons simplement que je ne veux plus jamais passer un jour sans avoir embrassé Marlowe Cole.

Je sais. C'est beaucoup. Bien plus que ce à quoi je m'attendais en m'attaquant à ce village gaulois qui résiste à l'envahisseur romain.

Éprouver des sentiments aussi forts pour quelqu'un était la dernière chose que j'avais en tête.

J'étais ici pour faire un travail, pour prouver à ma mère que j'avais ce qu'il fallait pour percer ce marché. Pour lui montrer que je pouvais prendre la relève de Robert.

Que j'*étais* à la hauteur, pour elle et pour cette entreprise.

Et jusqu'à présent, il semble que non seulement je suis en

bonne voie pour obtenir tout ça, mais que j'ai aussi conquis la fille.

La vie me sourit vraiment.

— Vous savez que toute la ville parle de vous deux, dit Naomi.

J'empile quelques documents sur mon bureau et me lève.

— Vous n'avez parlé du chocolat étalé à personne, n'est-ce pas ? Parce que c'est un peu embarrassant.

— Votre secret est bien gardé, patron.

— Merci. Comment ça se présente dehors ?

— C'est stable. Surtout des gens de l'extérieur, mais je sais que ça va devenir plus fou avant la fin de la journée.

— Une première mondiale au bout de la rue, ça a cet effet-là. Est-ce qu'il a commencé à pleuvoir ?

Bien que notre rendez-vous de ce matin à la cascade ait été baigné de soleil, les prévisions annonçaient vingt pour cent de chances de pluie.

— Ça se dégage. Un temps parfait pour une première de Leonardo Finch et Charlene Kemp.

— Il ne faudrait pas que les stars d'Hollywood se fassent mouiller les cheveux sur le tapis rouge, n'est-ce pas ? Ça me rappelle quelque chose.

— Quoi donc ?

—J'avais appelé Leo avant d'ouvrir le magasin ici et je lui avais demandé s'il ferait une apparition.

Naomi lève les sourcils vers moi.

— Leo ?

— On était colocataires à la fac. Il m'a dit qu'il viendrait, mais je n'ai pas eu de ses nouvelles depuis et, pour être honnête, j'avais complètement oublié. Je sais que c'est très peu probable, mais il se pourrait qu'il se pointe.

— Vraiment ? demanda-t-elle, les yeux brillants. C'est vraiment génial.

— N'y comptez pas trop.

— Je garderai l'œil ouvert et je vous préviendrai. Oh, salut Olena. Salut Zander.

Ma sœur nous adresse un grand sourire en entrant dans la petite pièce avec Zander. Je la salue d'une accolade et je prends Zander dans mes bras, le faisant tournoyer au son de ses éclats de rire.

— Je ferais attention à ta place, tonton Ollie. Il a mangé des flocons d'avoine au petit-déjeuner et je détesterais qu'il en mette partout sur ta chemise, dit Olena.

Je repose mon neveu et lui chatouille le ventre.

— Zander. Tu as tellement grandi ! Comment est-ce possible ? On vient à peine de se voir.

— J'ai mangé mes carottes, me dit-il d'un ton solennel.

— Ah oui ?

— Faut manger tes carottes, tonton Orrie.

Je souris toujours quand il m'appelle « tonton Orrie ».

— C'est ça, mon chéri. Les légumes, c'est bon pour devenir grand, fort et en bonne santé, dit Olena.

— Je vais vous laisser avec tonton Orrie et aller servir quelques clients, nous dit Naomi avant de quitter la pièce.

— Merci d'être là, ma sœur, lui dis-je.

— Bien sûr. Je peux passer du temps avec toi dans cette ville super mignonne et ce haut lieu des célébrités. Ils ont déjà déroulé le tapis rouge devant le cinéma, et la ville est en pleine effervescence.

— C'est un grand jour pour un petit endroit comme celui-ci.

— Tu sais que Maman assiste à la première ? Elle va défiler sur le tapis rouge et tout.

— La chanceuse. Elle est déjà là ?

— Elle est occupée à donner des ordres au personnel. Tu sais comment elle est.

Je lève les yeux au ciel.

— J'en sais quelque chose.

— Ça, c'est une chose qui ne me manque pas du tout dans

le fait de travailler pour cette entreprise. Bon, je vais aller manger un morceau et emmener celui-ci au terrain de jeu.

— Terrain de jeu ? demande Zander avec espoir.

— C'est ça, mon chéri. C'est l'heure du terrain de jeu dès que Maman aura eu sa dose de café.

— Je veux une dose de café, répond-il.

— Dans seize ans environ, lui dit-elle.

— Je vais vous raccompagner.

Je trouve Maman derrière le comptoir, donnant des instructions à Naomi et aux autres employés pour réorganiser le plan de travail afin d'améliorer la fluidité. Lorsque je croise son regard, elle lève les sourcils en guise de salut. Je dis au revoir à ma sœur et à mon neveu, et nous retournons tous les deux dans mon bureau.

— J'ai regardé les chiffres et les affaires semblent reprendre, dit-elle sans préambule.

C'est ce qui se rapproche le plus d'un compliment que je pense pouvoir recevoir de ma mère.

— Nous avons travaillé dur.

— Est-ce que Leonardo Finch va passer aujourd'hui, comme vous l'avez promis ?

— C'est dans la poche, je réponds, bien qu'il n'y ait rien de garanti.

Le visage de maman s'illumine d'un sourire, une vision si rare que j'ai l'impression que je devrais la photographier pour en conserver le souvenir.

— J'aimerais beaucoup le rencontrer.

— Vous le rencontrerez peut-être sur le tapis rouge.

— J'en doute fort, alors je compte sur vous.

— Je verrai ce que je peux faire.

— Vous savez, Oliver, je crois que vous êtes en bonne voie pour me donner tort, pour la première fois de votre vie.

Je fronce les sourcils et cligne des yeux en la regardant.

— C'est une bonne chose, je crois.

— Oh, n'ayez pas l'air si inquiet. Si les chiffres continuent de grimper comme ils l'ont fait dans cette agence, je ne vois aucune raison pour que vous ne puissiez pas participer à l'expansion internationale l'année prochaine.

Une vague de bonheur m'envahit. Du bonheur et autre chose. Si je devais lui donner un nom, je l'appellerais du *soulagement*. Le soulagement que ma mère reconnaisse enfin ma valeur, qu'elle voie que je peux faire un aussi bon travail que Robert.

Peut-être que je vais finir par tout avoir.

— Je vous remercie de votre confiance.

— Ne me décevez pas, m'avertit-elle.

— Je ne vous décevrai pas.

Une vague d'effervescence parcourt le café et nous sortons pour voir nul autre que mon ancien colocataire, aujourd'hui la coqueluche d'Hollywood, Leonardo Finch, s'avancer vers moi. La foule s'écarte sur son passage comme la mer Rouge, en admiration devant chacun de ses pas.

— Ça alors, dit maman.

— Langdon. Ça fait un bail, dit-il en me serrant la main avec enthousiasme.

Je suis sous le choc.

— Leo. Tu es là.

— Bien sûr que je suis là. J'avais dit que je viendrais. Tu n'as pas changé. Toujours le même Langdon suave que j'ai connu à l'époque.

Je le parcours du regard. Probablement parce qu'il est attendu sur le tapis rouge sous peu, il est en smoking, ce qui lui donne une allure royale, la blancheur immaculée de sa chemise faisant ressortir sa peau bronzée et sa mâchoire carrée.

— Toi, par contre, tu as bien changé, lui dis-je.

— Bien sûr que oui, dit-il d'un ton neutre. Je suis une célébrité maintenant. À l'époque, j'étais juste un gamin qui avait un rêve.

Il me donne une claque dans le dos.

—Je me souviens que tu allais travailler pour ta mère.

— Et toi, tu allais conquérir le monde, une pub télé à la fois.

Il rit.

— C'est bien ce que j'ai fait, mon ami.

Ma mère se racle la gorge à côté de moi.

— Excusez-moi... Leonardo Finch, je vous présente ma mère, Melody Langdon. C'est une grande admiratrice.

— Monsieur Finch, c'est un tel plaisir, roucoule maman d'un ton que je lui entends rarement prendre, en lui tendant la main.

— Madame Langdon. Le plaisir est pour moi, répond-il en soulevant la main de ma mère pour y déposer un baiser.

Je lève les yeux au ciel. Elle va adorer ça.

Certains clients se regroupent autour de Leo et lui demandent des selfies. Il en prend quelques-uns avec eux avant de demander :

— On peut aller parler en privé quelque part, Langdon ?

— Bien sûr. Mon bureau est par là, dis-je en faisant un geste vers l'arrière du café.

—J'espère vous revoir, madame Langdon, dit Leo.

Et elle rougit. Elle rougit vraiment. Si je ne l'avais pas vu de mes propres yeux, je ne l'aurais pas cru.

—Je l'espère aussi, répond-elle.

Il pose une main sur mon épaule alors que nous passons par la porte de derrière pour aller à mon bureau.

—J'ai une faveur à te demander.

— C'est la moindre des choses. Après tout, tu me rends service en étant ici.

—Je suis content que tu le voies comme ça, mon ami.

Chapitre 28

Marlowe

— Pourquoi ce revirement soudain ? demande le maire Garcia, assis derrière son imposant bureau en chêne dans son cabinet.

— Je ne veux pas gérer l'entreprise de ma tante de cette façon, réponds-je, en espérant qu'il annulera le rassemblement qui doit bientôt commencer.

— Mais, mademoiselle Cole, il ne s'agit pas seulement du Second Chance Café ou des autres commerces de Main

Street. Il s'agit de préservation. De notre intégrité en tant que ville. De notre identité.

Il frappe des deux mains sur le bureau comme s'il prononçait un discours enflammé devant un public plus large que… eh bien, que moi.

Ça a dû faire mal, car il lève aussitôt une main pour se la frotter.

— Monsieur le Maire, c'est vous qui dirigez cette ville. La personne que nous admirons tous. Ne pourriez-vous pas user de votre influence d'une autre manière qui n'implique pas de rassemblement ?

— J'ai essayé. J'ai envoyé des lettres aux dirigeants de la chaîne Steamy Coffee, pour leur dire que nous ne voulions pas d'eux dans notre ville. Ont-ils répondu ?

Bien sûr, je n'ai aucune idée s'ils ont répondu. Comment le pourrais-je ? Je regarde autour de moi, au cas où il adresserait sa question à quelqu'un d'autre. Il n'y a que nous deux.

— Je ne sais pas. Ont-ils répondu ?

— Pas du tout, dit-il en abattant de nouveau la main sur son bureau, bien qu'avec moins de fougue cette fois-ci, par souci de préserver sa main. J'ai même demandé à Christopher Young d'envoyer une lettre en tant que seul avocat de la ville.

Je n'imagine pas Christopher faire une chose pareille.

— Il a dit qu'il pouvait en écrire une en tant que citoyen, mais pas en tant qu'avocat, ce qui était plutôt contrariant, car je voulais qu'il l'envoie en tant qu'avocat et non en tant que citoyen. Ça a plus de poids, vous voyez.

— Oui. Bien sûr. Ce que je veux dire, monsieur le Maire, c'est que je ne pense vraiment pas que nous devrions manifester aujourd'hui.

— C'est le jour parfait pour le faire. La ville grouille de médias, l'avant-première commence dans à peine deux heures et la ville est noire de monde.

— Mais…

Je suis interrompue par des coups frappés à la porte et M. Garcia qui lance :

— Entrez !

La porte s'ouvre à la volée, laissant entrer un groupe d'habitants qui discutent bruyamment entre eux. Ils tiennent des bannières, le regard brillant d'excitation, prêts pour le grand rassemblement.

— Marlowe ! Je suis si contente que tu sois là, dit mademoiselle Thompson. Bien que je sois surprise. Tu ne sors pas avec le propriétaire de cette grande chaîne de cafés que nous détestons tant ?

— C'est vrai ?

Les sourcils broussailleux du maire remontent jusqu'à la naissance de ses cheveux, ce qui est un exploit, considérant qu'ils ont reculé jusqu'au milieu de son crâne.

— Ce n'est pas pour ça que je suis ici, je commence, mais il n'écoute pas.

— C'est donc pour ça que vous essayez de nous arrêter. Tout s'explique maintenant. Vous avez laissé vos sentiments prendre le dessus, jeune fille. Ce n'est jamais une bonne idée.

Il agite son doigt vers moi comme si j'étais une enfant indisciplinée.

Je ne trouve rien à dire pour ma défense. Hier, quand je pensais qu'Oliver m'avait trahie, j'étais totalement pour le rassemblement. Aujourd'hui, maintenant que nous nous sommes rapprochés et que nous avons dissipé notre malentendu, je vois les choses différemment. Je ne suis plus animée par la colère et le sentiment qu'Oliver m'avait dupée.

— On dirait que nous sommes prêts à y aller en avance, dit le maire. Bel enthousiasme, les troupes ! J'adore !

— Nous sommes prêts quand vous l'êtes, dit M. Hill. Prêts, impatients et complètement remontés pour débarrasser cette ville des grandes chaînes.

— Marlowe, ma chérie, voici une pancarte, me dit mademoiselle Thompson en me tendant une de ses affiches. J'en ai fait plein d'autres la nuit dernière. J'ai trouvé que j'avais été assez maligne pour certaines. J'ai même utilisé Internet, dit-elle fièrement.

Je ne suis pas sûre que ce soit une aussi bonne chose qu'elle le pense.

Je prends la pancarte et lis les mots, écrits à la peinture noire : *Assez de vendus comme Steamy : soutenez le café local du Second Chance !*

Waouh. Traiter Oliver de vendu n'est pas très amical.

Je jette un coup d'œil aux autres pancartes. Certaines sont plus poétiques que d'autres.

Laissez Steamy de glace — *Recevez un accueil chaleureux au Second Chance* avec les mots entre parenthèses *(c'est le café sur Main Street, ou vous pouvez aussi aller chez Mary au coin de la rue, si vous préférez)* au cas où les gens ne sauraient pas de quoi il s'agit, j'imagine. La personne qui a écrit ça a besoin d'une leçon de concision.

Ensuite, il y a les slogans plus directs, comme *Assez de la vapeur de Steamy !!!* et *Steamy Coffee, c'est une honte !,* avec des photos du bûcheron à moitié nu et de sa copine, barrées d'un grand X rouge.

— Écoutez bien, mes troupes, dit le maire.

Le silence se fait dans le groupe.

— De nombreuses personnes dans cette ville soutiendront notre cause aujourd'hui. Et c'est ce que nous voulons. C'est ce à quoi nous nous attendons.

Mon téléphone sonne dans mon sac à main, mais qui que ce soit, il devra attendre.

Des applaudissements parcourent la pièce. Il lève les mains pour faire à nouveau taire tout le monde.

— Mais nous pourrions recevoir des réactions négatives de la part de ceux qui ont subi un lavage de cerveau avec cette nouvelle promotion que les gens de Steamy Coffee organisent. Aucun d'entre nous ne veut de ce camion. Aucun d'entre nous ne veut marcher sur leur tapis rouge. Nous voulons les bonnes valeurs familiales, honnêtes et saines, représentées par Marlowe ici présente et le café de sa tante, le Second Chance.

Mon téléphone sonne une fois de plus dans mon sac à main.

— Le camion n'a pas l'air mal, quand même, dit quelqu'un.

— Je ne dirais pas non au camion neuf, même si je ne suis pas fan de la couleur, ajoute quelqu'un d'autre.

— Tu pourrais le faire repeindre en un clin d'œil. Mon fils pourrait te le faire à Cotown.

— Ah oui ? Ce serait super.

— Rappelez-vous pourquoi nous sommes là, les amis. Nous sommes ici pour ce qui est juste. Nous sommes ici pour préserver notre ville. Nous sommes ici pour Hunter's Creek, déclare le maire.

Tout le monde applaudit et pousse des acclamations.

— On y va !

Il fait tourner son doigt en cercle et le pointe vers le ciel comme s'il était dans un film des forces spéciales et qu'il devait combattre les méchants pour sauver la Terre.

J'agite la main en l'air pour attirer l'attention de tout le monde.

— Excusez-moi, je lance. Est-ce que tout le monde peut attendre une seconde ?

Ma voix semble faible et fluette au milieu de l'excitation des gens dans la pièce.

— Qu'est-ce qu'il y a, ma chérie ? demande Miss Thompson.

— J'ai quelque chose à dire.

— Ça ne peut pas attendre, ma chérie ? On a quelque chose à faire, et on dirait que tout le monde est déjà en train de partir, répond-elle alors que les gens passent devant nous et sortent par la porte.

Je trépigne d'agitation, essayant d'attirer l'attention de tout le monde.

— Vous pouvez vous arrêter ? J'ai quelque chose à dire, dis-je d'une voix forte.

Personne ne m'écoute. Ils sont tous survoltés et prêts à y aller.

Un sifflement strident retentit dans mes oreilles et je me retourne, choquée, pour voir Miss Thompson, qui a deux doigts dans la bouche et vient de siffler comme un fermier.

Ça marche. Tout le monde s'arrête et la dévisage.

— Marlowe a quelque chose à vous dire, annonce Miss Thompson. Vas-y, dis-le, Marlowe. Tout le monde écoute maintenant.

Tous les visages dans la pièce et dans le couloir me regardent. Je m'éclaircis la gorge.

— Je veux juste dire que je sais que vous faites ça pour la cohésion de la ville et tout ça, ce qui est super, mais vous n'avez pas besoin de le faire pour le Second Chance Café. On a le menu du soir maintenant et les recettes d'hier soir étaient vraiment géniales, donc je ne m'inquiète plus de la présence de Steamy Coffee.

Mon annonce est accueillie par un silence.

— Mais tu n'aimes pas Steamy Coffee ni son propriétaire. Tu nous l'as dit toi-même pas plus tard qu'hier, dit Miss Thompson avec une expression perplexe sur le visage.

— Gertie a raison. Tu as dit qu'il était un... C'était quoi le mot ? demande M. Hill.

— Il y avait « petit malin de la ville » dedans, ça, j'en suis sûr.

— Mais peut-être que tout ça a changé, maintenant ? Après tout, ils sont en couple.

— Pour moi, c'est un conflit d'intérêts.

Tous les regards dans la pièce sont braqués sur moi.

— Écoutez. Je sais que j'ai dit certaines choses sur Oliver hier, mais s'il vous plaît, croyez-moi quand je vous dis que j'étais mal informée, leur dis-je.

— Sur quoi étais-tu mal informée ? demande Miss Thompson, les sourcils haussés.

— Qu'Oliver Langdon est un de ces m'as-tu-vu qui pense que c'est normal d'offrir une camionnette pendant qu'il se pavane en ville dans son costume italien chic, renifle M. Hill.

Je n'ai jamais vu Oliver en costume.

— J'ai entendu dire qu'il vivait dans un appartement-terrasse avec un majordome à New York, comme les parrains de la mafia, lance quelqu'un d'autre.

C'est faux à tellement de niveaux.

— J'ai entendu dire qu'il...

— Mesdames et messieurs ! dit le maire Garcia de sa voix de stentor, mettant fin aux ragots complètement infondés sur Oliver, nous nous sommes réunis aujourd'hui avec un objectif commun : protéger l'héritage culturel de notre ville. Quels que soient les sentiments personnels de Marlowe ou de quiconque à l'égard du propriétaire du Steamy Coffee, cela n'a aucune importance. Nous devons faire tout notre possible pour atteindre notre objectif de repousser les grandes chaînes commerciales de notre ville.

Les gens applaudissent et je sais que c'est peine perdue quand quelqu'un se met à scander : « À bas le Steamy Coffee ! À bas le Steamy Coffee ! » Bientôt, d'autres se joignent à eux et ils commencent à sortir de la pièce en file indienne et à descendre le couloir.

Bon sang ! C'est comme parler à un mur.

Je dois aller voir Oliver pour le prévenir.

Il y a un bon côté chez les manifestants. La plus jeune d'entre eux est Miss Thompson, qui doit avoir au moins soixante-dix ans. Les dépasser et me précipiter dans la rue jusqu'au Steamy Coffee est un jeu d'enfant.

Je tourne au coin de Main Street et je suis choquée de voir une énorme agitation devant le Steamy Coffee. Des gens s'attroupent devant l'entrée, des camionnettes sont garées n'importe comment le long de la rue, et je suis presque sûre d'avoir vu quelqu'un avec une caméra de télévision sur l'épaule.

Le rassemblement n'est même pas encore arrivé. Mais qu'est-ce qui se passe ?

— Pardon. Pardon. Je peux passer ?

Je me fraie un chemin du coude aussi doucement que possible à travers la foule, me faufilant entre les gens, mon sourire dissimulant l'anxiété grandissante que je ressens à l'intérieur.

Pourquoi tout le monde est-il ici ? Ça n'a aucun sens. Leur café n'est pas *si* bon que ça et leur nourriture laisse vraiment à désirer.

J'entends une voix suave parler alors que j'atteins le devant de la foule. Il y a un silence recueilli, tout le monde est suspendu aux lèvres de cet homme.

Est-ce que c'est... ? Ce n'est pas possible. Pourquoi serait-il ici ?

Je cligne des yeux en regardant l'homme qui parle.

J'avais espéré que Leonardo Finch visiterait mon café pour revivre ses souvenirs de café glacé du tournage. S'est-il perdu pour se retrouver ici, à la place ? Et pourquoi est-il devant une rangée de photographes, éclairé comme la star de cinéma qu'il est, en train de dire à tout le monde qu'il est... il a dit qu'il venait de se fiancer ? Avec sa covedette ?

— Et je voulais profiter de cette journée, au Steamy Coffee de mon bon ami Oliver Langdon ici à Hunter's Creek, où tout a commencé pour moi et ma magnifique fiancée, pour vous faire cette annonce à tous.

Attends. Oliver est *ami* avec Leonardo Finch ?

Pourquoi ne me l'a-t-il pas dit ? On avait dit plus de surprises. On se l'était promis.

Ça, c'est une grosse, horrible surprise.

Des applaudissements éclatent tandis que les gens crient leurs félicitations, que les journalistes posent des questions et que les photographes prennent leurs clichés. Leonardo fait signe à Charlene Kemp de le rejoindre, ce qu'elle fait avec un sourire empressé, enlaçant son fiancé et rayonnant vers tout le monde.

Mais ce ne sont ni Charlene Kemp ni Leonardo Finch que je regarde. Je regarde l'homme qui se tient derrière eux.

Oliver.

Il sourit, impassible, à la foule tandis que les flashs crépitent. Quand son regard croise le mien, son sourire s'efface.

Mon cœur bat à tout rompre dans ma poitrine, et soudain, j'ai l'impression que je vais vomir.

Il faut que je sorte d'ici. Et vite.

Après ce qui me semble être un véritable parcours du combattant, j'atteins Main Street, où je m'arrête pour prendre quelques profondes inspirations, l'estomac noué.

Mais à quoi diable joue Oliver ?

Une fois de plus, il me dit une chose et en fait une autre.

Je ne peux pas m'en empêcher. Mon esprit s'emballe aussitôt, et je me dis que *c'est la même histoire qu'avec Mike*.

Après tout ce que j'ai traversé, après toutes les promesses que je me suis faites, j'ai encore fait la même bêtise. Je suis tombée amoureuse du mauvais type.

Je suis *tellement* bête.

Je sens une main sur mon bras et je lève les yeux pour voir Oliver.

— Marlowe, commence-t-il.

— Fini les surprises, hein ? Qu'est-ce que *c'était* que ça ?

— J'avais oublié que Leo venait aujourd'hui. Vraiment.

— Tu avais oublié que la célébrité la plus en vue du moment tenait une conférence de presse dans ton café ?

— Eh bien, je ne savais pas qu'il allait *annoncer* quoi que ce soit.

Sa réponse est aussi faible que de la lavasse.

Je le fusille du regard, incrédule.

— Alors, tu es en train de me dire que tu savais qu'il venait à ton café aujourd'hui ?

— J'avais oublié. Marlowe, c'est une erreur sincère.

— Je sais que nous ne venons pas des mêmes mondes, Oliver, mais les simples mortels comme moi n'*oublient* pas comme ça qu'une grande star d'Hollywood passe pour annoncer au monde entier qu'il va épouser sa covedette.

Il se balance d'un pied sur l'autre.

— Écoute, Leo était mon colocataire à l'université. Il ne m'a pas dit qu'il comptait faire une annonce importante et, de toute façon, j'ai organisé ça avec lui avant même de déménager à Hunter's Creek.

Je me mordille la lèvre, mon cœur hurlant de croire ce qu'il dit tandis que ma tête me crie *n'ose même pas !*

Mais même si c'est vrai et qu'il a oublié, quelles autres armes a-t-il dans son arsenal ? Quelles autres relations a-t-il ? Les cadeaux du jour de l'ouverture ont été suivis par des promotions, puis par la compétition folle avec le camion, et maintenant la royauté d'Hollywood.

Je ne peux rivaliser avec rien de tout ça.

Soudain, c'est aussi clair qu'une fraîche journée d'hiver dans l'État de Washington. J'ai déjà vécu ça, avoir affaire à un homme avec qui je suis mêlée à la fois dans ma vie professionnelle et personnelle. Un homme avec plus de pouvoir que moi. Au final, la seule personne qui se brûle les ailes, la seule personne qui doit s'éloigner en boitant pour panser ses plaies, c'est moi.

Est-ce que je veux revivre tout ça ?

Mon cœur se débat dans ma poitrine comme un poisson hors de l'eau.

— Il faut que j'y aille, je marmonne.

— Marlowe, attends, dit Oliver, sa main sur mon bras.

C'est à ce moment-là que le maire et sa horde de manifestants décident de se pointer, nous encerclant en scandant :

« Dehors les grandes chaînes de café, soutenez votre café local maintenant ! »

Oliver regarde, stupéfait, la foule qui approche en brandissant ses bannières, avant de se tourner vers moi. Ses traits se durcissent et il baisse la main.

— Fini les surprises, hein ?

— Je t'ai parlé du rassemblement et j'ai essayé de l'annuler. Ils n'ont rien voulu savoir.

— Et moi, je t'ai parlé de Leonardo Finch.

— Non, ce n'est pas vrai.

Je dois élever la voix pour couvrir le bruit.

Il dit quelque chose que je n'entends pas.

— Quoi ?

— J'ai dit : regarde ton téléphone, crie-t-il.

— Pourquoi ? je demande, incrédule.

Il est clair qu'il ne m'entend pas, car il me prend par le coude et m'entraîne loin du vacarme.

— On peut en parler plus tard ? demande-t-il. Je dois essayer de stopper ce rassemblement avant de pouvoir m'occuper de quoi que ce soit d'autre.

— Tu veux dire de moi ?

— Non. Je veux dire... écoute, ma mère est là, et cette ville est le petit village gaulois dans la bande dessinée *Astérix*. Je ne peux pas laisser la situation dégénérer, ce qui est clairement déjà en train de se produire.

— La quoi ?

Mais de quoi diable parle-t-il ? Un village qui a un rapport avec de la grammaire ?

— Peu importe. Ce que je veux dire, c'est que je dois régler ça.

Je le foudroie du regard.

— Tu as dit qu'on allait essayer de coexister, mais j'ai l'impression que tu nous marches dessus.

— Je n'essaie pas de faire ça.

— Tu en es sûr ?

— Si j'avais voulu détruire ton commerce, j'aurais pu le faire.

Je pose mon poing fermé sur ma hanche.

Le chiffon rouge et le taureau, bonjour.

— Ah oui ? je lance, narquoise.

— Bien sûr. Marlowe, j'ai toute cette entreprise derrière moi et toi, tu as... des tartes aux pommes.

J'écarquille les yeux en le fixant.

— Des tartes aux pommes ?

— Tu sais ce que je veux dire. Tu es le repaire des locaux, tu fais de la bonne cuisine, mais tu n'as pas la capacité de tenir tête à une enseigne comme Steamy Coffee.

— Je crois que les habitants de Hunter's Creek pensent le contraire.

Je désigne la foule qui marche maintenant en cercle devant le Steamy Coffee, brandissant ses bannières et scandant : « Qu'est-ce qu'on veut ? » « Du café ! » « Où est-ce qu'on le veut ? » « Au Second Chance Café ! »

— Il faut que j'y aille, je lui dis en tournant les talons.

— Marlowe, m'appelle-t-il, mais je n'écoute plus.

J'ai des sentiments pour lui, des sentiments qui grandissent de jour en jour. Même si je ne me l'admets pas encore complètement, je sais que je suis en train de tomber amoureuse de lui, et la dernière fois que c'est arrivé... eh bien, ça s'est terminé avec moi, une boule Zorb et un futur ex.

Peut-être qu'il est temps d'écouter les forces qui nous séparent. Peut-être qu'il est temps de tout laisser au destin.

Chapitre 29

Oliver

Bien que je doive lutter contre l'instinct presque irrésistible de courir après Marlowe pour arranger les choses, je sais que je ne peux pas le faire. Surtout pas avec ce cirque de folie devant ma boutique. Un cirque qui implique non seulement une horde de médias et quelques célébrités hollywoodiennes, mais aussi un foutu rassemblement anti-Steamy Coffee qui défile sur le trottoir, mené par nul autre que le maire de Hunter's Creek.

C'est de la folie.

Pour ma défense, comment aurais-je pu savoir que Leo allait vraiment tenir parole et débarquer dans mon café aujourd'hui, et encore moins qu'il annoncerait son mariage avec sa covedette ? Tout ce qu'il était censé faire, c'était de passer pour une séance photo, s'il venait vraiment, comme nous en étions convenus avant que je déménage ici. Point final. Pas de grandes annonces impliquant des covedettes, et seulement quelques photographes, pas tout le circuit médiatique de l'État de Washington.

À ma décharge, j'ai essayé de dire à Marlowe que j'avais une visite imprévue. Dès qu'il est arrivé, je lui ai envoyé plusieurs messages. *Plusieurs.* Nous nous étions promis de ne plus avoir de surprises et je faisais de mon mieux pour tenir cette promesse.

Bien sûr, je comprends que Leonardo Finch soit une sacrée surprise, surtout quand il m'a pris à part pour me demander un service. Évidemment, j'ai dit oui, sans savoir que ce service inclurait une conférence de presse en bonne et due forme et l'annonce des noces imminentes de Leo avec sa covedette du film que tout le monde est justement venu voir en ville aujourd'hui.

Sérieusement, comment aurais-je pu voir venir ça ?

Et en plus, j'étais tout à fait honnête avec Marlowe quand je lui ai dit que j'avais oublié qu'il venait aujourd'hui. Il s'est passé tellement de choses que je m'étonne même de me souvenir de mon propre nom la moitié du temps en ce moment. Nous avons été en pleine guerre, nous avons fait semblant de sortir ensemble pour le bien de son ex, nous nous sommes retrouvés littéralement enfermés ensemble, et c'est là que nous avons finalement avoué nos sentiments l'un pour l'autre.

Ça fait beaucoup pour n'importe qui.

Elle pourrait sûrement trouver en elle la force d'être raisonnable, non ?

Et en parlant d'être raisonnable, Marlowe n'est pas non

plus un ange dans toute cette histoire. Elle n'a pas fait ce qu'elle avait dit qu'elle ferait, comme le prouve cette foule d'habitants en colère qui tourne en rond, attirant l'attention d'autres habitants, de visiteurs et des médias.

Donc, de mon point de vue, nous avons tous les deux merdé. Même si je sais que j'avais les meilleures intentions du monde.

Elle comprendra bien ça, non ?

Je pousse un soupir. Les manifestants ont changé de slogan, et maintenant ils crient tous : « Prenez position et dites NON au Steamy Coffee ! »

Parfait.

Je dois arranger ça avant que les choses ne dégénèrent encore plus.

Rapidement, j'échafaude un plan. Si je peux faire en sorte que Leo et sa nouvelle fiancée quittent la boutique, les médias les suivront probablement. D'une pierre deux coups. Ce qui me laissera m'occuper du rassemblement.

Olena croise mon regard.

— C'est un sacré bazar.

Elle tient Zander sur sa hanche, qui regarde les manifestants avec de grands yeux.

Je ne te le fais pas dire, gamin.

— Heureusement que maman est à l'intérieur.

— Maman.

Je ferme les yeux en grimaçant. Bien sûr, il fallait qu'elle soit là pour assister à ça.

— Où est-elle ?

— Elle est dans ton bureau. Elle parlait avec ton copain, Leo, et sa nouvelle fiancée. Tu savais qu'ils allaient faire cette annonce ?

— Bien sûr que non. Il y a une chance que Maman n'ait pas vu ça ? je demande en désignant le rassemblement d'un coup de menton.

Olena fait une grimace tandis que Zander lui tire les cheveux.

— À ton avis ?

Mon cœur se serre.

Je retourne dans le café, toujours bondé de clients, de fans et de journalistes, et je passe devant Leo et Charlene, qui posent pour des photos.

— Naomi ! je crie pour couvrir le vacarme des gens qui hurlent les noms de Leo et Charlene et l'effervescence générale qui règne dans le café, tu as vu ma mère ?

— Elle est partie à l'arrière. Tu peux nous donner un coup de main, patron ? On est débordés.

— Bien sûr. Il faut juste que je gère ça d'abord.

Elle me lance un sourire complice.

— Compris.

Olena avait raison, ma mère est dans mon bureau, en train de vérifier calmement son maquillage parfait dans un poudrier, comme si elle était complètement inconsciente du chaos ambiant.

— Vous êtes superbe, Maman. Prête pour le tapis rouge.

Elle referme le poudrier d'un coup sec et se tourne vers moi.

— Ce qu'on ne peut pas dire de vous.

J'esquisse un sourire.

— La règle n'est-elle pas d'un seul Langdon à la fois sur le tapis rouge ?

— Ne soyez pas stupide. Je parle du bazar qu'il y a dehors.

— Je m'en occupe. Je vais parler à Leo et lui demander de s'en aller, ce qui fera partir les médias, et ensuite je parlerai au maire.

— Qu'est-ce que le maire a à voir là-dedans ?

— Il… euh… il dirige le rassemblement.

Elle cligne des yeux, mais ses traits ne changent pas. Elle ne dit pas un mot. À la place, elle glisse son poudrier dans son sac à main, passe la bandoulière en chaîne dorée sur son épaule et me lance un regard noir.

C'est moi qui romps le silence.

— Je sais ce que vous pensez. Que j'ai réussi, d'une manière ou d'une autre, à monter la ville contre nous et que maintenant, tout me retombe dessus.

— Devant les médias.

— Ça aussi. Le truc, c'est que Marlowe a essayé de…

— Marlowe ? Qu'est-ce qu'elle a à voir avec tout ça ?

— Elle essayait d'arrêter le rassemblement, mais elle m'a dit qu'elle ne pouvait pas.

Elle arque un sourcil.

— Ne pouvait pas ou ne voulait pas ?

— Ne pouvait pas, je confirme.

— Je vois. Vous avez une liaison avec elle.

— On… voit juste où ça nous mène.

Je minimise mes sentiments, mais je connais ma mère. Elle n'appréciera pas.

— Laissez-moi voir si j'ai bien compris, Oliver. Vous avez une relation amoureuse avec une femme qui essaie activement de détruire notre entreprise ?

— Comme je l'ai dit, elle essayait d'arrêter le rassemblement.

— Comme c'est gentil de sa part.

Je fais un pas vers elle.

— Maman. J'ai toujours dit que nos deux cafés pouvaient coexister. Nous n'avons pas besoin de lui voler tous ses clients pour gagner. Nous nous en sortons assez bien sans détruire personne.

— Vous savez, Oliver, vous avez été envoyé ici pour faire un travail, un travail pour lequel vous vous êtes vous-même porté volontaire. Cette femme n'a été qu'une distraction pour vous.

Je ne peux pas contester cet argument. Marlowe a été une

distraction, mais de la meilleure des manières, et certainement pas de la façon dont ma mère le voit.

— Je fais toujours mon travail. Je travaille toujours dur pour faire de ce lieu un succès. Le fait que je sois en train de tomber amoureux de Marlowe n'a aucun impact là-dessus. Je vous le promets.

Elle reste bouche bée.

— Tu es en train de tomber amoureux de cette femme ?

C'était un lapsus des plus inopportuns.

— Je…

Je me redresse. Je dois assumer mes sentiments. Depuis si longtemps, ma mère me considère comme un simple exécutant, son enfant le moins aimé, celui qui a été assez stupide pour vouloir travailler pour elle. Je me suis plié à ses quatre volontés. J'ai fait tout ce que je pouvais pour qu'elle me voie comme le fils que je sais être. Je ne suis pas une pâle copie de mon frère. Je suis une personne à part entière et je suis bon dans ce que je fais.

— Alors ?

Je relève le menton.

— Oui. Je suis en train de tomber amoureux d'elle.

Elle me foudroie du regard.

— Tu n'as donc rien appris de l'erreur de ton frère ? Il a laissé une femme se mettre en travers de son chemin et regarde comment ça a fini pour lui, crache-t-elle, la colère qui bouillonnait sous la surface explosant maintenant avec venin. Il a tout gâché pour elle. Tout !

— Ce n'était pas n'importe quelle femme. C'était ma petite amie.

Elle balaie mes paroles d'un revers de main.

— Elle a détourné Robert de sa véritable vocation, et il… il…

— Il est mort, je termine pour elle.

Les mots pèsent lourdement dans l'air.

— Maman, Robert n'a été détourné nulle part. Il a eu une

liaison avec ma petite amie et il est mort dans un stupide accident de voiture.

Ses lèvres sont pincées, sa posture tendue, comme si elle pouvait s'enflammer à la moindre étincelle.

Je tends la main et la pose sur son bras raide. Elle tressaille.

— Ce qui est arrivé à Robert est tragique. Mais ce n'était pas la faute d'Evelyn. C'était un accident.

— Ne vois-tu donc pas que si Robert était resté concentré sur son travail, il serait encore en vie ?

— Vous n'en savez rien.

— Si, j'en suis certaine, articule-t-elle difficilement. Et j'aurais dû savoir que tu allais gâcher cette opportunité.

— Je n'ai rien gâché du tout.

— Comment appelles-tu ce rassemblement ridicule dehors ? Si ce n'est pas tout gâcher, Oliver, alors je ne sais pas ce que c'est. Robert n'aurait pas laissé faire ça, renifle-t-elle. Il était une valeur sûre. Je savais que je pouvais compter sur lui. Il n'aurait jamais laissé une chose pareille se produire.

Je marque une pause, aspirant une bouffée d'air pour me calmer.

— Je sais que le rassemblement n'est pas idéal, mais la couverture médiatique que nous avons eue ici aujourd'hui avec Leo doit être une bonne chose pour nous. De plus, les affaires ont été solides, surtout pour un marché que d'autres n'ont pas réussi à percer.

— Mon cher petit, sur qui penses-tu que les caméras sont braquées maintenant qu'elles ont eu leur scoop sur M. Finch et sa fiancée ?

Je sais évidemment que c'est sur le rassemblement. Il faudrait être idiot pour ne pas le savoir.

— Maintenant, j'ai une première de film à préparer. Je vais prendre la sortie de service pour éviter ton désastre.

— Maman...

— Arrange-moi ce bazar. Je te parlerai demain.

Je pousse un soupir tandis qu'elle passe à côté de moi sans un regard.

Et voilà. J'ai encore échoué à ses yeux. Je me suis attelé à une tâche, à faire de cet endroit un succès, et elle me voit toujours comme un incapable fini.

Les mots de Marlowe résonnent à mes oreilles. *Tu es assez bien tel que tu es.*

C'est comme si la buée avait été essuyée du miroir et que je pouvais enfin voir mon reflet dans la pleine lumière du jour.

Marlowe a raison. Je n'ai pas besoin de faire mes preuves auprès de ma mère, ni de qui que ce soit d'autre, d'ailleurs. Je n'ai peut-être pas le palmarès de mon frère, mais je n'aurais jamais de liaison avec la petite amie de mon frère.

Je suis quelqu'un de bien, qui fait de son mieux dans la vie. Si elle est incapable de le voir ? Eh bien, je ne suis pas sûr que ce soit mon problème.

— Maman, attendez ! dis-je d'une voix rauque.

Tout est clair pour moi, maintenant. Je sais exactement ce que je dois faire pour arranger ça. Et je dois arranger ça, même si c'est la dernière chose que je fais dans cette ville.

Chapitre 30

Marlowe

J'atteins la porte du Second Chance et m'appuie contre la vitre, prenant de grandes inspirations saccadées. J'ai l'estomac noué et la tête qui tourne.

J'attends que ma respiration se calme avant de pousser la porte. L'endroit est presque vide, à l'exception des membres de ma famille. Vraiment, même en cherchant bien, on ne pourrait pas trouver de contraste plus saisissant avec le Steamy Coffee aujourd'hui.

— On dirait que tu t'es battue avec un ours, dit papa alors que je me traîne vers le comptoir.

— Est-ce que tout va bien, ma chérie ? demande maman, les sourcils froncés par l'inquiétude.

— Pas vraiment, réponds-je.

Toutes les raisons pour lesquelles je savais que je ne devais pas m'impliquer, ne pas ressentir ce que je ressens pour lui, me hurlent aux oreilles.

Je te l'avais bien dit.

Je savais que ça arriverait.

Il est comme Mike.

Mais alors même que je pense ces mots, je les remets en question. Oliver est-il vraiment comme Mike ? Les choses n'ont jamais été simples entre nous, mais s'est-il comporté comme Mike l'a fait ? M'a-t-il menti et humiliée ?

Une voix au fond de ma tête me dit *non*.

Est-ce que ma peur a pris le dessus sur moi ?

Rapidement, je sors mon téléphone de mon sac à main. Trois messages manqués.

« *Tu ne vas pas le croire, mais Leonardo Finch est passé à mon café. J'ai organisé ça il y a des semaines et j'avais complètement oublié. J'espère que tu comprends. Bisous.* »

« *Tu as eu mon message ? Ça va ? Bisous.* »

« *Marlowe, appelle-moi quand tu pourras. Bisous.* »

Je me mords la lèvre.

Il a essayé de me prévenir. Il a été honnête.

— Qui est mort ? demande Ryn en observant mon expression.

— Tu ne peux pas dire ça, Ryn-Ryn, se plaint Gabe, le coude appuyé sur le comptoir, une tasse de café à la main. Et si quelqu'un était vraiment mort ?

— Alors j'aurais eu juste, rétorque-t-elle. Alors ? Pourquoi tu as cette tête… là.

Elle me désigne d'un geste.

— Qu'est-ce qui se passe, ma puce ? demande papa.

Je prends une grande inspiration et regarde les gens autour de moi. Il y a Ryn et Gabe, maman et papa, ainsi que Harper, Christopher et ma tante Lisa.

J'avale ma salive et dis :

— Je ne suis pas sûre que le Second Chance survive à aujourd'hui.

Il y a un hoquet de stupeur collectif.

Ryn ricane.

— Tu n'exagères pas un peu, sœurette ?

— Pourquoi ? Qu'est-ce qui s'est encore passé ? demande tante Lisa.

— À cause du rassemblement ? Ça n'a aucun sens, dit Christopher.

Je hausse les épaules.

— Vous avez vu la folie que c'était en face aujourd'hui ? On s'est battus, encore et encore, et on a fait de notre mieux, mais on ne peut tout simplement pas rivaliser avec d'énormes concours où les gens peuvent gagner des pick-up, et des stars d'Hollywood qui débarquent pour tenir des conférences de presse.

— Des stars d'Hollywood qui débarquent pour tenir des conférences de presse ? demande maman.

— Ça paraît un peu tiré par les cheveux, dit Harper.

— Attends. C'est qui, la star d'Hollywood qui tient une conférence de presse au Steamy Coffee ? demande Ryn.

Je lève les yeux vers elle.

— Est-ce que ça a de l'importance ?

— Si, si c'est Leonardo Finch, répond-elle.

Gabe montre Ryn du doigt.

— Son béguin d'adolescente, tu te souviens ?

Comment pourrais-je l'oublier ? Ryn avait des posters de Leonardo Finch partout sur les murs de sa chambre quand on était jeunes.

— Il a annoncé ses fiançailles avec Charlene Kemp au Steamy Coffee et les médias ont tout retransmis, dis-je.

Les yeux de Ryn s'écarquillent comme des soucoupes.

— Quoi ?!

— Tu peux y aller si tu veux, je réponds avec un soupir résigné. La plupart des habitants y sont déjà.

Ryn répond, et j'esquisse un petit sourire :

— Je ne vais nulle part.

— Personne ne va nulle part, dit Harper. On est là pour toi, Marlowe, et on fera tout ce que l'on peut pour t'aider à maintenir cet endroit à flot.

Papa me tapote dans le dos.

— Ta sœur a raison, ma puce. Nous sommes ta famille. On t'aime et on est là pour toi.

— Et vous et Oliver ? demande maman.

Un sentiment désagréable m'étreint la poitrine.

— Je ne sais pas. Je crois que j'ai dit certaines choses sous le coup de la colère.

— Oh, ma chérie, dit maman d'une voix apaisante.

— Tu as besoin que j'aille dire deux mots à cet Oliver ? propose Gabe en redressant les épaules et en bombant le torse. Christopher viendra avec moi aussi. Pas vrai, Christopher ?

— Je ne suis pas sûr que « dire deux mots » à un type soit vraiment mon genre, répond Christopher. Mais je suis tout à fait prêt à m'acquitter de la tâche pour aider de toute autre manière possible.

— Je suppose que je vais devoir y aller seul, alors, répond Gabe en retroussant ses manches et en commençant à se diriger vers la porte.

— Gabe, je l'appelle, et il se retourne. Merci, mais il n'a rien fait de mal. Pas vraiment.

— Je ne pense pas qu'il aille le tabasser ou quoi que ce soit, dit Ryn. Pas vrai, Gabe ?

Gabe lève les mains.

— Oh, je n'allais rien faire de tel. J'allais juste me tenir au-dessus de lui et prendre un air menaçant. Je le dépasse d'au moins deux centimètres, j'en suis sûr.

— Je pense qu'il faudra plus que la famille Cole et nos partenaires respectifs pour sauver le café de tante Sheila de l'inévitable, dis-je.

Mes parents échangent un regard.

— Pourquoi ce changement d'avis soudain ? demande maman doucement.

— Parce que je sais quand je suis battue. Vous devriez voir ce qui se passe là-bas.

— Eh bien, je vois Oliver qui parle au maire en ce moment, dit Harper depuis la fenêtre. Les gens posent leurs pancartes et on dirait qu'Oliver et le maire sont en train de… Attendez.

— Quoi ? demandent plusieurs personnes.

Harper se tourne vers nous.

— Ils sourient et se serrent la main.

Tout le monde se précipite à la fenêtre pour voir de ses propres yeux. Tout le monde sauf moi, évidemment. J'appuie sur le bouton de la machine à café pour moudre des grains, puis je les tasse, j'insère le porte-filtre dans la machine et je lance l'eau chaude pour qu'elle traverse le café et coule dans une tasse.

— Tu te prépares un café ? demande Ryn.

— Autant profiter d'un des derniers cafés que nous ferons ici.

Je réponds d'un air maussade en faisant mousser du lait dans un pichet.

Je suis tellement concentrée sur l'art de la préparation du café que je sursaute lorsque la porte d'entrée s'ouvre brutalement, laissant le bruit de la rue envahir l'espace.

Dans l'embrasure de la porte, sous le regard abasourdi de toutes les personnes présentes, se tient l'homme en personne.

Oliver.

Mon cœur de traître se serre à sa vue, me disant en termes clairs que c'est l'homme que je veux, l'homme dont je suis en train de tomber amoureuse, tandis que mon cerveau me hurle que c'est l'homme qui détruit le café de ma tante.

Un vrai déchirement intérieur.

Il fait un bref signe de tête à ma famille, qui le dévisage comme s'il était un extraterrestre venu d'une autre planète, avant de traverser rapidement la pièce pour venir vers moi.

Je me raidis en prenant une profonde inspiration. Est-il là pour le second round ? A-t-il d'autres coups à porter ? D'autres amis d'Hollywood qui vont débarquer pour annoncer des événements qui changent la vie ?

Ou est-il ici pour me dire que j'ai surréagi et qu'il ne veut plus rien avoir à faire avec moi ?

Je fais une prière silencieuse. *S'il vous plaît, mon Dieu, faites que ce ne soit pas la dernière option.*

— Qu'est-ce que tu fais ici ? je demande d'une petite voix.

Ses yeux sont si intenses, si pleins de détermination et de feu, que lever mon propre regard vers le sien me serre le cœur.

— Je suis venu te voir, dit-il simplement.

Je lève le menton alors que des larmes de regret, de chagrin, de peur et de tous les sentiments refoulés que je retiens depuis le jour de notre rencontre menacent de se déverser hors de moi, sur le comptoir.

— Qu'est-ce que tu voulais dire ?

— Je veux te dire ce que je ressens pour toi. Pour tout ça. Mais surtout pour toi, répond-il.

Et, oh mon Dieu, comme mon cœur veut cet homme. Tellement, tellement.

J'ouvre la bouche pour parler, mais aucun mot ne sort. À la place, je produis le plus étrange des petits gémissements, comme un chiot.

La voix de papa me parvient de très loin.

— On va y aller, ma puce, dit-il.

— Ayez une bonne longue discussion, tous les deux. Mettez les choses au clair. D'accord, ma chérie ? ajoute maman.

Je détache mon regard d'Oliver pour le tourner vers ma famille. Ils se déplacent de côté vers la porte comme une bande de Minions.

— Ne partez pas, leur dis-je d'un ton pressant, soudainement effrayée d'être seule avec Oliver.

Et s'il ne disait pas ce que j'espère qu'il va dire ? Et si j'avais tout gâché et qu'il était là pour rompre avec moi, et que j'aie perdu le Second Chance *et* lui ?

— Restez. Je suis sûre que ce qu'Oliver a à dire concerne le café, dis-je.

— On… euh… doit aller faire un truc, dit papa, peu convaincant. Hein, chérie ?

— C'est ça, confirme maman. On a un truc. C'est super urgent et on doit tous y aller. Pas toi, par contre. Toi, tu restes où tu es.

— Quel truc ? demande Ryn.

Maman lui lance un regard lourd de sens.

— Le *truc*.

— Eh bien, je ne bougerai pas d'ici, déclare tante Lisa, les mains sur les hanches, en fusillant Oliver du regard.

— Si, tu vas bouger, Lisa.

Maman la prend par le bras et l'entraîne dehors, dans la rue.

La porte se referme derrière elles, et nous nous retrouvons plongés dans le silence du café désormais vide.

— Je suis vraiment désolé pour Leonardo Finch et toute cette histoire de conférence de presse, dit Oliver.

— Non, c'est moi qui suis désolée d'avoir surréagi tout à l'heure. Tu as bien essayé de me prévenir, et je n'ai pas reçu tes messages.

— Et je suis sûr que tu as bien essayé d'arrêter la manifestation.

— C'est vrai ! Je te jure que j'ai essayé.

Nous nous fixons du regard de part et d'autre du comptoir, mon cœur prêt à sortir de ma poitrine.

— Marlowe…, commence-t-il.

Mais je secoue la tête.

— Tu as gagné. Je ne vois pas comment nous allons pouvoir maintenir cet endroit à flot maintenant.

— Mais il ne s'agit pas de gagner. En fait, il ne s'agit pas du tout des cafés.

Il veut dire qu'il est là pour moi. Pour *moi*.

J'inspire une goulée d'air, m'autorisant à peine à espérer.

— J'ai dit à ma mère de fermer la succursale ici, à Hunter's Creek.

Je cligne des yeux plusieurs fois en le regardant.

— Tu as fait *quoi* ?

Suis-je en train d'imaginer les mots dont je rêve depuis l'instant où le Steamy Coffee a ouvert ses portes ?

— Nous fermons la succursale ici en ville. Le Steamy Coffee de Hunter's Creek n'existera plus à la fermeture ce soir.

— Mais…

J'essaie de comprendre ce qu'il me dit. Il ferme le Steamy Coffee ? Les choses vont redevenir comme elles étaient avant son arrivée ?

Le Second Chance Café est sauvé ?

Sauf que je ne veux pas que les choses redeviennent comme avant son arrivée. Je le veux ici, avec moi, pas dans une autre ville à ouvrir une autre succursale.

Je fronce les sourcils.

— Mais ça n'a aucun sens d'abandonner alors que tu as une telle avance.

— Ça a du sens quand on est amoureux de la seule personne qu'on blesse le plus.

C'est comme si tout l'air avait été aspiré de mes poumons.

— Oliver…, je commence.

En vérité, je n'ai aucune idée de ce que je vais dire.

Il m'aime ? Oliver *m'aime* ?

Tant de pensées et de sentiments me percutent que je suis forcée de me stabiliser en m'agrippant au comptoir.

Il passe de mon côté. Il se tient assez près pour que je puisse tendre la main et le toucher, mais je suis trop abasourdie pour bouger.

Bon sang, je suis trop abasourdie pour *penser*.

— Tu connais le dicton « *tout arrive pour une raison* — Tu crois au destin ? demande-t-il. J'ai toujours pensé que c'était des conneries. Mais je peux sincèrement dire que déménager ici et te rencontrer est arrivé pour une raison, et j'ai compris laquelle.

J'acquiesce stupidement.

— Quoi ? demandai-je, la voix tremblante.

— L'amour.

Ma gorge se serre et ma respiration devient courte et saccadée.

— L'amour.

Je plonge mon regard dans les profondeurs sombres de ses yeux.

Il tend la main pour prendre les miennes et son contact soudain envoie une décharge électrique qui me parcourt.

— Marlowe, il faut que tu saches que je t'aime de tout mon cœur. Je remercie ma bonne étoile d'avoir choisi de m'installer ici, car ça m'a permis de te rencontrer.

— Tu m'aimes, dis-je, et tout devient flou sauf lui. *Lui.*

Les lèvres d'Oliver s'étirent en ce sourire à couper le souffle qui provoque une envolée d'oiseaux euphoriques dans mon ventre. J'avale la boule que j'ai dans la gorge alors que les larmes menacent de monter à mes yeux pour la deuxième fois aujourd'hui, mais cette fois-ci, c'est pour la meilleure des raisons possibles.

— Alors ? Qu'est-ce que tu en dis ? demande-t-il.

— Tu m'as choisie au détriment de ton café.

— Je t'ai choisie au détriment des attentes que je m'étais moi-même imposées. Je suis venu ici pour essayer de faire mes preuves auprès de ma mère, pour lui montrer que j'avais de la valeur, que j'étais aussi bien que mon frère. Ce que j'ai découvert, c'est qu'à travers tes yeux, j'ai *vraiment* de la valeur et que je n'ai rien à prouver.

— Oliver, tu n'as rien à prouver, ni à moi ni à personne d'autre. Je te l'ai déjà dit. Tu es un homme bien. Le meilleur.

— Merci, souffle-t-il.

— Et il y a autre chose.

— Oui ?

Je peux voir l'espoir dans ses yeux.

— Moi aussi, je suis folle amoureuse de toi.

Je lâche ça d'un trait et il franchit aussitôt la distance qui nous sépare en une seule enjambée. Il me soulève du sol et me fait tournoyer en éclatant de rire, ce qui me fait sourire jusqu'aux oreilles, le bonheur jaillissant de moi. Je prends son visage entre mes mains et presse mes lèvres contre les siennes avec urgence, nous enveloppant dans le baiser le plus émouvant, le plus tendre et le plus passionné de ma vie.

Cet homme, cet homme frustrant que je n'ai jamais pu me sortir de la tête, quoi qu'il arrive, m'aime. Et je l'aime tout autant.

Nous entendons des acclamations et des cris, et nous levons les yeux ensemble, surpris, vers une marée de visages qui nous observent à travers la vitrine.

— C'est ma famille, dis-je avec un rire mal assuré.

— Ils ont l'air heureux.

Je regarde leurs visages rayonnants.

— Ils le sont.

Il me repose au sol, mais ne me lâche pas. Au contraire, il dépose un autre baiser sur mes lèvres. Il est plus doux, plus tendre, mais tout aussi rempli d'amour.

Je jette un coup d'œil à la marée de visages et je décide que, même si j'aime très fort ma famille, je n'ai pas besoin de public pour ça. Je le prends par la main.

— Viens avec moi.

Je l'entraîne vers la cuisine vide, où je prends ses mains dans les miennes et le regarde dans ses yeux magnifiques.

— Tu n'as pas besoin de fermer le Steamy Coffee. Tu avais raison. Nos deux cafés peuvent coexister, surtout si tu arrêtes de faire des choses comme offrir des camions aux gens et inviter tes amis d'Hollywood à y tenir leurs conférences de presse.

Il sourit.

— Je le sais bien.

— Alors, tu vas rester ouvert ?

— Je prends une décision. Pendant longtemps, j'ai essayé de répondre non seulement aux attentes de ma mère envers moi, mais aussi de suivre l'exemple de mon frère. Dans mon esprit, les deux sont liés. Emmêlés. Ce sont deux sommets impossibles que je ne pourrai jamais atteindre, parce qu'ils ne sont pas réels.

— Qu'est-ce que tu veux dire ?

— Maman veut que je sois Robert, dit-il simplement.

— Mais tu es toi. Tu es très bien comme tu es, et tu es formidable.

Il laisse échapper un petit rire.

— Je n'y ai vraiment cru qu'aujourd'hui. J'avais l'impression d'être une pâle copie de mon frère, un message que ma mère me rabâchait dès qu'elle le pouvait. C'est la raison pour laquelle j'ai relevé le défi d'ouvrir la succursale ici, à Hunter's Creek.

— Parce que Hunter's Creek est un marché si difficile à conquérir ?

Je demande en riant.

— Nous ne sommes qu'une petite ville de campagne au milieu de l'État de Washington. Nous n'avons rien de spécial.

— Si, vous voyez, c'est là que vous vous trompez. Vous êtes spéciaux. Très spéciaux.

Ses yeux brillent d'amour tandis qu'il dépose un baiser sur ma joue. Des frissons parcourent mon cou.

— Hunter's Creek ressemble à plein d'autres petites villes avec des cafés indépendants que les gens adorent. Les habitants veulent des endroits comme le Second Chance Café, où ils peuvent prendre une tasse de café et un bon repas préparé par quelqu'un qu'ils connaissent. Un lieu convivial, unique à la ville d'où il vient. Steamy Coffee n'a pas besoin d'être ici. En fait, je dirais que cet endroit se porte mieux sans nous. C'est ce que j'ai dit à ma mère, et c'est ce que j'ai dit au maire.

— Attends. Tu as dit au maire que vous fermiez ?

— Comment crois-tu que j'ai arrêté la manifestation, sinon ? Ce n'est pas en les séduisant. J'ai réservé ça pour toi.

Ses yeux pétillent.

— Tout ça n'est qu'une ruse pour me conquérir, hein ? je le taquine.

— Ça a marché, n'est-ce pas ?

Je ris en secouant la tête.

— Alors, quelle est la suite ?

— Tu sais quoi ? Je n'en ai aucune idée, mais il y a une chose dont je suis sûr.

J'enroule mes bras autour de son cou et lui souris.

— Ah oui ? Qu'est-ce que c'est ?

Il se penche et m'embrasse, ses bras me serrant contre lui, et j'inspire son délicieux parfum d'Oliver, le cœur rempli d'amour pour lui.

— Je ne te laisserai jamais partir.

Épilogue

Oliver

— Tu te rends bien compte que je porte les chaussures les moins pratiques du monde pour ça, dit Marlowe alors que je lui tiens la portière de la voiture sur le parking de l'étang.

Elle porte des talons hauts jaune pâle, assortis à sa robe, avec des lanières et des petits strass qui captent la lumière à chacun de ses mouvements. Bien que ma petite amie depuis un peu plus de six mois ne soit pas vraiment connue pour sa collection de chaussures pratiques — elle s'habille toujours pour le travail comme si elle était à Wall Street —, ces chaussures-là sont un pas de plus vers le non-pratique, même pour elle.

La première fois que j'ai posé les yeux sur elle ici, au bord de ce même étang, j'avais pensé qu'elle ressemblait à l'actrice Jessica Chastain. Maintenant que je la regarde dans sa robe sans manches jaune pâle, avec ses cheveux auburn tombant en douces ondulations sur ses épaules, elle ressemble à Marlowe. Ma Marlowe. Et elle me coupe le souffle.

— Enlève-les. Tu peux marcher pieds nus.

— Je ne suis pas sûre que ma sœur apprécie que j'arrive à son mariage pieds nus. Je suis la demoiselle d'honneur avec Ryn, tu te souviens ?

— Comment pourrais-je l'oublier ? Mais si tu ne veux pas abîmer tes chaussures, je te suggère vraiment de les enlever.

— C'est facile pour les mecs. Tout ce que vous avez à faire, c'est de porter des smokings avec des chaussures confortables et tout le monde dit que vous êtes beaux.

Je hausse un sourcil.

— Tu es en train de me dire que tu préférerais porter des chaussures confortables ?

Elle marque une pause avant de secouer la tête.

— C'est bien ce que je pensais.

Je jette un œil à l'heure sur mon téléphone.

— Nous n'avons pas beaucoup de temps avant que je doive t'amener à ta sœur.

— D'accord, chéri. Du moment que tu ne t'attends pas à ce que j'aille nager.

— Je ne m'y attends pas, promis.

— On est venus voir Freddy et ses amis ?

Elle fait référence aux poissons de l'étang. Apprendre qu'elle avait donné des noms aux créatures de l'étang était l'une des nombreuses choses surprenantes à propos de Marlowe, à commencer par le fait de ne pas m'attendre à rencontrer quelqu'un d'aussi merveilleux qu'elle pendant mon

séjour à Hunter's Creek, et encore moins à tomber éperdu-
ment amoureux d'elle.

Avec précaution, elle enlève ses chaussures et les pose dans
la voiture.

— Elles ne sont pas magnifiques ? demande-t-elle en les
admirant.

— Chérie, ce sont des chaussures.

Elle lève les yeux au ciel avant de prendre ma main, et
ensemble nous faisons le court trajet jusqu'à l'étang. C'est une
belle journée de printemps, avec un léger frisson dans l'air,
une brume adoucissant les contours de l'étang tandis que les
oiseaux gazouillent au-dessus de nos têtes.

La journée parfaite pour un mariage.

Christopher a demandé Harper en mariage le soir du
Festival d'hiver il y a quelques mois — une fois que ses élèves
ont eu interprété toutes les chansons de *La Mélodie du bonheur*,
bien sûr. Je peux vous dire que cette ville et ses chansons de
comédies musicales sont un vrai spectacle. Marlowe m'a dit
que c'était incroyablement romantique, au milieu des guirlandes lumineuses de Noël, et aujourd'hui, nous nous réunis-
sons tous pour célébrer leur union dans la petite église
pittoresque de la ville.

Bien sûr, tout un tas de choses se sont passées avant cela,
surtout pour Marlowe et moi. Le jour de la première du film
s'est avéré être un tournant, non seulement dans ma relation
avec la femme que je guide en ce moment sur le sentier
sinueux, mais dans ma vie toute entière.

Ça peut paraître dramatique, mais c'est la vérité.

Tout a commencé quand j'ai tenu tête à ma mère ce jour-
là, en lui disant que nous devions fermer la succursale de
Hunter's Creek parce que les habitants ne voulaient pas de
nous ici. Conformément à son caractère, elle m'a accusé de
suivre mon cœur plutôt que ma raison. Bien sûr, elle avait
raison, du moins en partie, mais l'avoir convaincue de parler
au maire Garcia et à ses manifestants passionnés lui a montré

qu'ils n'avaient aucune intention de faire marche arrière de sitôt. Cela, combiné à la présence des médias du monde entier pour diffuser l'événement, l'a finalement amenée à concéder que se retirer avec élégance du marché de Hunter's Creek était en fait la décision la plus intelligente à prendre.

Le fait que Leo ait dit à la presse que les meilleurs cafés glacés de la ville venaient du Second Chance Café d'en face, et non du Steamy Coffee, a scellé l'affaire.

J'ai peut-être eu une petite discussion avec lui à ce sujet, mais je ne dirai rien.

Je savais que Maman verrait la fermeture de la succursale comme mon échec personnel, une preuve de plus que je ne suis pas Robert. Mais vous savez quoi ? Ça me va très bien. Je ne suis pas Robert. Je suis Oliver, et je suis heureux d'être moi. Surtout quand une femme comme Marlowe Cole m'aime pour l'homme que je suis.

Le coup de grâce a été lorsque je lui ai annoncé que non seulement je pensais que nous devions fermer l'agence, mais qu'en plus je voulais rester à Hunter's Creek pour être avec la femme que j'aimais.

Ça s'est très bien passé, je peux vous le dire.

J'espère qu'un jour son cœur s'adoucira, qu'elle verra que je suis heureux, et que peut-être ça finira même par compter pour elle.

Mais je ne me fais pas d'illusions.

Sheila Browning ayant décidé de prendre sa retraite pour passer plus de temps avec son mari, Marlowe et moi avons repris le Second Chance, où nous passons nos journées *sans* nous faire concurrence — même si c'était parfois très amusant, n'est-ce pas, kiosque fraîchement repeint ? — mais en travaillant en parfaite harmonie. Je dois dire qu'être de l'autre côté du comptoir m'a donné un tout nouveau respect pour les petits établissements indépendants. On travaille dur, mais on adore ça.

En ce moment même, ici au bord de l'étang, j'ai une question importante à poser à Marlowe. Une question que je meurs d'envie de lui poser depuis, eh bien, quasiment depuis le jour où je l'ai rencontrée, en fait. Mais ça aurait été de la folie. Qui rencontre quelqu'un et la première chose qui lui sort de la bouche est : « Veux-tu m'épouser ? »

Les gens ivres, peut-être ? Pas un Langdon, ça c'est sûr.

Les yeux de Marlowe s'illuminent en découvrant la scène. Le décor de l'étang est à la fois significatif pour nous et magnifique, et je suis heureux de voir que la tonnelle, avec ses branches entrelacées, décorée d'une myriade de fleurs que Gabe et Ryn m'ont aidé à installer plus tôt dans la journée, est toujours bien en place.De plus, elle est parfaite. Exactement comme je l'avais imaginée.

Elle me regarde avec des yeux aussi grands que des tasses à café.

— Oliver ? Qu'est-ce qui se passe ?

— Tu le sauras bien assez tôt.

Je la conduis jusqu'à la tonnelle où je me tourne vers elle et lui prends les deux mains. Bien que j'aie répété ce que je m'apprête à dire un tas de fois dans ma tête, le trac monte et mon cœur bat à me sortir de la poitrine. Cependant, contrairement à la dernière fois où j'ai essayé de lui faire un discours, je n'ai pas besoin de mon téléphone comme pense-bête.

Cette fois, tout ce que je vais dire vient droit du cœur.

— Marlowe, commençai-je, mais je suis surpris quand ma voix sort, aussi fine que les roseaux autour de l'étang.

Je m'éclaircis la gorge.

— Marlowe, je répète, cette fois avec une voix beaucoup plus familière, une voix à la Oliver. Dès l'instant où j'ai posé les yeux sur toi ici, au bord de cet étang, l'été dernier, j'ai été attiré par ta beauté, ton intelligence et ton humour. Je savais que tu étais quelqu'un de spécial, quelqu'un que j'aimerais apprendre à mieux connaître.

Son visage s'illumine alors qu'elle me sourit.

— Puis nous nous sommes retrouvés enfermés dans une

bataille qui a fait de son mieux pour nous séparer, et on aurait dit qu'elle allait y arriver, d'ailleurs. Plusieurs fois. Mais comme le dit Beyoncé, qui veut d'une histoire d'amour parfaite, de toute façon ? Et la nôtre *est* une histoire d'amour. La plus belle des histoires d'amour.

— C'est tellement vrai.

Elle laisse échapper un rire étranglé, ses yeux d'un bleu profond commençant à s'embuer de larmes.

— Nous avons peut-être rencontré quelques obstacles sur la route, mais ils nous ont menés ici, et je ne voudrais être nulle part ailleurs.

— Moi non plus.

Je resserre ma prise sur ses mains.

— Je t'aime, plus que je n'aurais jamais imaginé pouvoir aimer quelqu'un. Tu m'as ramené à la vie. Tu m'as appris que je suffisais.

— Tu *suffis* amplement, me dit-elle alors qu'une seule larme coule sur sa joue.

— Maintenant que nous sommes ici, là où tout a commencé, je veux te demander…

Je pose un genou à terre et lève les yeux vers elle, mon cœur menaçant d'exploser alors que je sors l'écrin de la poche intérieure de ma veste et l'ouvre d'un coup sec.

Ses yeux s'écarquillent lorsqu'elle découvre la bague en diamant, un cadeau surprenant et totalement inattendu de la part de ma mère.

— Marlowe Cole, tu es l'amour de ma vie. Veux-tu m'épouser ?

Un sourire se dessine sur son visage alors que des larmes coulent à flots sur ses joues.

— Bien sûr que je veux t'épouser, Oliver. Bien sûr !

Elle se penche, prend mon visage entre ses mains et presse ses lèvres contre les miennes. Nos lèvres toujours scellées, je me relève, l'enlace de mes bras et l'attire dans le plus incroyable des baisers, empli d'amour, d'acceptation et de toutes ces choses merveilleuses que nous nous offrons l'un à l'autre, chaque jour de notre vie commune.

— Je t'aime, Oliver, s'extasie-t-elle.

Une série d'éclaboussures retentit au centre de l'étang ; nous interrompons notre baiser et, ensemble, nous nous tournons pour regarder.

Marlowe laisse échapper un rire ému.

— Tu crois que Freddy le poisson sait que nous sommes fiancés ?

— Attends. La bague, dis-je. J'ai complètement oublié de la mettre à ton doigt.

— Réglons ça tout de suite, tu veux bien ?

Elle me tend sa main gauche et je fais glisser la bague. La taille est parfaite. Elle rayonne en l'admirant.

— Oliver, elle est si belle, souffle-t-elle.

— Non, c'est toi qui es belle, je lui dis. C'était celle de ma grand-mère. Ma mère me l'a donnée. Pour toi.

Elle reste bouche bée.

— Vraiment ?

— Vraiment.

— Eh bien, c'est très gentil de sa part. Merci, Melody.

Je glousse.

— Tu sais qu'elle ne peut pas t'entendre.

— J'espère bien qu'elle ne le peut pas.

Je ris une fois de plus en l'entraînant dans un autre baiser, soulevant ses pieds nus du sable et la serrant contre moi, ne voulant jamais la laisser partir.

Marlowe

— Nous sommes fiancés, dis-je, n'y croyant pas tout à fait tandis qu'Oliver retourne en ville à toute vitesse après que nous avons passé bien trop de temps à fêter ça au bord de l'étang. Mais je ne me plains pas. Être avec Oliver est ce que je préfère au monde, depuis cette nuit où nous sommes restés enfermés au Steamy Coffee, et surtout depuis le jour où nous avons finalement admis la profondeur de nos sentiments l'un pour l'autre.

Et maintenant, me voilà, fiancée à l'homme le plus incroyable que j'aie rencontré de ma vie. Il m'aime et je l'aime en retour.

Cette journée ne pourrait pas être plus parfaite.

Oliver pose sa main sur mon genou.

— Heureuse ?

— Au-delà de l'imaginable.

Son regard croise le mien et nous échangeons un sourire, mon cœur débordant d'amour pour cet homme à mes côtés.

Il a totalement raison. Notre histoire d'amour n'a pas été parfaite. Loin de là. J'ai cru qu'il allait choisir son café plutôt que moi à plusieurs reprises, jusqu'au jour où il a tenu tête à sa mère. En faisant cela, il m'a montré qu'il était un homme de conviction, un homme de parole, un homme qui connaissait sa valeur. Un homme que j'admirais, que je respectais et que j'aimais.

Comment ai-je *jamais* pu penser qu'il ressemblait à Mike ?

Je frissonne à l'idée d'avoir entretenu cette pensée ne serait-ce qu'une seconde.

Il est l'antithèse de Mike. L'anti-Mike.

Le héros absolu de notre histoire.

Depuis le jour de l'avant-première du film, il y a eu quelques changements. Oliver s'est mis d'accord avec le maire Garcia pour fermer sa succursale du Steamy Coffee, et le maire ainsi que la Société historique se sont précipités au Second Chance pour fêter ça avec des tasses de café et des parts de tarte, racontant à qui voulait l'entendre comment ils avaient affronté et vaincu le grand capital américain. Bien sûr, c'était un tout petit peu exagéré, mais personne n'allait le leur faire remarquer, et surtout pas moi.

Melody Langdon voulait me tenir pour responsable de la fermeture de sa dernière succursale, prétextant que j'avais détourné l'attention d'Oliver et que je l'avais forcé à prendre des décisions irrationnelles. Bien sûr, elle aurait pu garder la succursale ouverte — c'est elle la patronne, après tout — mais le fait qu'elle l'ait bel et bien fermée m'a montré qu'elle respectait peut-être la décision d'Oliver.

C'est ce que j'espère, en tout cas.

J'admire ma nouvelle bague.

— Qu'est-ce que tu penses que ta mère va dire ? Tu crois que le fait qu'elle t'ait donné cette bague signifie qu'elle m'approuve maintenant ?

— Elle pourrait même bien t'aimer.

Je laisse échapper un rire surpris.

— C'est peut-être aller un peu loin. Je suis Astéroïde, tu te souviens ?

— Astérix, corrige-t-il avec un sourire, je te donnerai les bandes dessinées.

Oliver gare la voiture dans l'allée de mes parents.

— On se voit au mariage, future Mme Langdon.

— Mme Langdon ? Waouh, ça me vieillit tellement.

Il dépose un baiser sur mes lèvres.

— Pour moi, ça te rend merveilleuse.

Neuf minutes plus tard, Ryn, Kelly, la sœur de Christopher, et moi aidons Harper à apporter les dernières touches à sa tenue de mariée. Ma sœur a toujours préféré s'habiller avec des vêtements vintage, favorisant un style bohème par rapport à mon look classique et au style décontracté jean et t-shirt de Ryn. Aujourd'hui ne fait pas exception, pour aucune d'entre nous.

Harper porte une robe en dentelle avec un décolleté en V plongeant et une jupe légère et vaporeuse. Ses cheveux sont bouclés et une couronne de marguerites complète le look.

La règle pour nous, les demoiselles d'honneur, était de choisir le look que nous voulions, tant qu'il était jaune, d'où ma robe et mes talons. Ryn, quant à elle, porte un crop top jaune et un jean blanc, avec une paire de baskets jaunes aux pieds. Ses longs cheveux sont attachés en une queue de cheval lâche, entrelacée de gypsophiles. Kelly a opté pour une simple robe trapèze sans manches, et avec son teint, elle est magnifique.

En fait, je dirais que chacune de nous ressemble à la meilleure version d'elle-même.

— Bon, c'est l'heure du voile, annonce Harper.

Je prends le voile sur son cintre et le fixe délicatement à l'arrière de la tête d'Harper. Elle a choisi de ne pas avoir de voile sur son visage, car comme elle l'a expliqué, Christopher sait déjà à quoi elle ressemble. Il tombe donc dans son dos, atteignant le sol en plis souples.

Je prends du recul et la regarde : Harper Cole, une vision dans sa robe ivoire, prête à épouser son amour lors d'une petite cérémonie à l'église Saint-Luc.

J'ai la gorge serrée, les yeux me piquent à cause des larmes.

— Ne pleure pas ou tu vas me faire pleurer, dit Harper.

— Je ne pleure pas, mens-je. C'est juste le soleil dans mes yeux.

— Moi aussi, approuve Ryn en reniflant.

— Eh bien, moi, je pleure, dit Kelly, le nez rouge.

— Je sais que je suis partiale, mais j'ai vraiment les plus jolies filles de tout le comté, dit maman depuis le pas de la porte de la chambre. Et bientôt une belle-fille.

— Je ne serai pas vraiment ta belle-fille, tu sais, dit Kelly en reniflant.

— Je sais, ma chérie, mais tu fais partie de la famille maintenant, répond-elle.

Kelly lui sourit. Sans mère ni père, je sais que Harper et mes parents sont devenus une partie importante de la vie de Kelly, et j'en suis heureuse. Autant de personnes en plus à aimer.

— Maman, tu es si belle, souffle Harper alors que maman lui prend la main.

Comme la mariée, maman porte de la dentelle, mais sa robe a un col rond et des mancherons. Le bleu ciel fait positivement resplendir la chevelure rousse que nous avons toutes héritée d'elle.

— Pas aussi belle que toi, répond-elle, et elle se met instantanément à tamponner ses yeux avec un mouchoir.

— Maman, ne pleure pas. Tu vas abîmer le maquillage que je t'ai fait, proteste Ryn, mais ses propres yeux sont remplis de larmes.

Maman nous tend à toutes un mouchoir.

— Tenez.

On est toutes dans un tel état !

— Prêtes à y aller ? demande papa en apparaissant derrière notre mère. Oh, Harper. Tu es…

Il déglutit, et je sais que notre père se bat pour ne pas pleurer.

Maman lui tapote le bras.

— C'est vrai, chéri.

Il s'éclaircit la gorge.

— Je suis venu voir si vous étiez prêtes à partir, mais on dirait que vous êtes toutes trop occupées à pleurer.

— C'est une journée riche en émotions, dit maman.

— Je sais. Bon, Harper, tu es prête à aller épouser ton homme ? demande papa.

Harper nous adresse un sourire radieux.

— Oh que oui, dit-elle.

Après un court trajet en voiture — les demoiselles d'honneur et maman dans une voiture, et papa et Harper dans l'autre —, nous arrivons à l'église. Nous sommes accueillies par mes tantes, Lisa et Sheila, et mon oncle Johnny qui, je suis si heureuse de le dire, a terminé son traitement, et les médecins sont optimistes quant à son avenir. Tante Lisa a finalement accepté Oliver quand elle a vu à quel point il me rendait heureuse, ce qui tombe bien puisqu'elle est toujours la cuisinière du Second Chance et que nous travaillons ensemble tous les jours.

Bien sûr, tante Sheila et le Comité des Dames prétendent avoir orchestré toute notre relation, mais ça ne me dérange pas.

Maman serre une dernière fois Harper dans ses bras avant qu'elle et mes tantes n'entrent dans l'église, et je vérifie une dernière fois la robe et le voile de Harper.

— Voilà. Parfait, dis-je avec un sourire. Je rajuste sa couronne de fleurs, qui a glissé quand elle est sortie de la voiture.

Elle prend ma main dans la sienne, jette un coup d'œil à ma bague et murmure :

— Ne crois pas que je n'aie pas remarqué ton nouveau bijou.

Je n'ai pas pu retenir le sourire qui s'est dessiné sur mon visage, pour rien au monde.

— Il vient de me demander. Ce matin, à l'étang.

— Et tu viens de dire oui.

Je hoche la tête, le cœur débordant de joie.

Elle me serre dans ses bras.

— Oh, ma chérie. Je suis si, si heureuse pour toi. Oliver est un type génial.

— Le meilleur, j'approuve.

Je sens une main saisir la mienne et je me tourne pour voir Ryn et Kelly, bouches bées devant ma bague.

— Oh. Mon. Dieu. Tu es… commence Ryn.

D'un geste pressé, je lui fais signe de se taire.

— Je ne voulais rien dire. Pas aujourd'hui. Aujourd'hui, c'est le jour de Harper et Christopher. Je ne veux rien qui puisse leur voler la vedette.

— Alors, demain matin, à la première heure, je passe pour le petit déjeuner, me dit Ryn.

— Moi aussi, dit Kelly.

Je laisse échapper un rire.

— D'accord.

— Prête ? demande papa en arrivant à côté de nous.

Je glisse la bague de mon doigt et la fourre dans ma poche. Je ne veux pas que quelqu'un d'autre la voie. Pas aujourd'hui. Je le pensais vraiment. C'est le jour de Harper et Christopher, et rien d'autre.

Notre tour viendra.

— Prête, confirme Harper.

En tant que demoiselles d'honneur principales, Ryn et moi sommes les premières à entrer dans l'église, suivies par Kelly, puis, bien sûr, par Harper et papa. La musique retentit, l'air est empli du parfum des fleurs, et nous commençons notre descente dans l'allée. En arrivant à l'autel, nous nous tournons pour regarder la mariée.

Mes yeux trouvent Oliver dans l'assemblée, et j'ai le souffle coupé en voyant l'expression de son visage. Ses lèvres sont étirées dans ce sourire qui a toujours fait flageoler mes genoux, même lorsque j'étais dans le déni le plus total de mes sentiments pour lui. Ses yeux sont intenses, pleins d'amour. D'amour pour moi.

Il articule : « Bientôt nous », et je lui souris, rayonnante, le cœur débordant d'amour. D'amour pour Oliver. D'amour pour ma famille. D'amour pour cet endroit merveilleux que nous appelons notre chez-nous.

Je suis peut-être revenue ici la queue entre les jambes, blessée et déterminée à reprendre ma vie en main. Mais c'est ici que j'ai eu ma seconde chance, tant dans la vie qu'avec l'homme que j'aime, Oliver Langdon, mon fiancé. L'homme que je croyais être mon ennemi, et qui s'est avéré être mon unique grand amour.

De la même auteure

La série Sœurs et cœurs

Et si votre voisin d'enfance devenait bien plus que ça ?

GUIDE DU MEILLEUR AMI SECRET

Auteure bestseller du USA Today
KATE O'KEEFFE

Petite ville, grandes disputes...
et plus grandes passions.

GUIDE DE L'ENNEMI JURÉ PASSIONNÉ

Auteure bestseller du USA Today
KATE O'KEEFFE

De la même auteure en anglais

Royal Romcoms:

The Backup Princess

Royally Matched

The Royal Runaway

Royally Off-Limits

Hockey Romcoms:

Mistletoe Face Off

The Rebound Play

Offside and Off-Limits

Small Town Romcoms:

Faking It With the Grump

Faking It With My Best Friend

Faking It With the Guy Next Door

Romcoms Set in Britain:

Dating Mr. Darcy

Marrying Mr. Darcy

Falling for Another Darcy

Falling for Mr. Bingley (spin-off novella)

Never Fall for Your Back-Up Guy

Never Fall for Your Enemy

Never Fall for Your Fake Fiancé
Never Fall for Your One that Got Away

Romcoms Set in New Zealand:

One Last First Date
Two Last First Dates
Three Last First Dates
Four Last First Dates
No More Bad Dates
No More Terrible Dates
No More Horrible Dates

Co-Authored with Melissa Baldwin:

One Way Ticket

Lacey Sinclair spicy romances:

Manhattan Cinderella
The Right Guy
Playing with Fire
Stolen Kisses

À propos de l'auteur

Kate O'Keeffe est une auteure multi-récompensée et bestseller du *USA Today*, reconnue pour ses comédies romantiques amusantes et feel-good, débordantes d'humour, d'émotion et de fins heureuses. Originaire de Nouvelle-Zélande, Kate a créé de nombreuses séries populaires, s'attirant un lectorat international dévoué.

Avec un talent pour les dialogues spirituels et des héroïnes irrésistibles naviguant dans les hauts et les bas des rencontres modernes, les romans de Kate mettent en scène des amitiés solides, des situations comiques et bien sûr la route parfois cahoteuse mais toujours pleine d'espoir vers l'amour.

Quand elle n'écrit pas, on peut souvent trouver Kate en train de lire des comédies romantiques, de regarder ses séries préférées en binge-watching, ou de passer du temps avec ses amis et sa famille dans la magnifique région de Hawke's Bay en Nouvelle-Zélande.

www.ingramcontent.com/pod-product-compliance
Lightning Source LLC
Chambersburg PA
CBHW021215260626
47172CB00002B/435